AKTE X

Die unheimlichen Fälle des FBI

Ben Mezrich

Skin

Roman

Deutsch von Frauke Meier und Thomas Ziegler
Nach einer Idee von Chris Carter

WUNDERLICH TASCHENBUCH

Erstveröffentlichung bei:
HarperPrism – A Division of HarperCollins Publishers, New York
Titel der amerikanischen Originalausgabe: «The X-Files – Skin»

Veröffentlicht im Rowohlt Taschenbuch Verlag GmbH,
Reinbek bei Hamburg, März 2000

Umschlaggestaltung Cordula Schmidt
(Foto Copyright © 1998 by Twentieth Century Fox Corporation)
Umschlagillustration Hamugami & Carroll Associates
Innengestaltung Daniel Sauthoff
Satz Rotis PostScript (PageOne)
Gesamtherstellung Clausen & Bosse, Leck
Printed in Germany
ISBN 3 499 26207 X

Kapitel 1

Zwei Stunden nach Mitternacht zerriß Sirenengeheul die vergängliche Stille innerhalb der Ziegelmauern. Wimmernd rutschten Gummireifen über das Pflaster – Ambulanzfahrzeuge, die schleudernd auf dem Vorplatz am Eingang zum Stehen kamen. Die lauten Stimmen der Sanitäter vermengten sich mit dem Jaulen der Sirenen, als die Männer ihre Fracht aus den Fahrzeugen luden. Nur eine Sekunde später wurde eine Doppeltür aufgerissen und der große Raum schien zurückweichen zu wollen, als ein endloser Strom rollbarer Krankentragen über den gefliesten Boden hereinbrach.

»Los geht's!« brüllte jemand, und die Notaufnahme erwachte zu hektischem Leben. Verschlafen dreinblikkende Ärzte in weißen Kitteln, die bleichen Gesichter von Bartstoppeln geziert, stürzten herbei, riefen nach Medizinschalen und Notärzten. Notaufnahmeschwestern in rosa Trachten wirbelten zwischen den Krankentragen umher, schleppten Infusionsflaschen und Rollwagen mit transportablen intensivmedizinischen Gerätschaften durch die Reihen. Auf den ersten Blick schien der ganze Raum im Chaos versunken zu sein; tatsächlich jedoch war dies eine komplizierte Vorstellung außerordentlich kontrollierter Arbeitsmethodik. Schwestern und Ärzte waren aufeinander eingespielt wie eine professionelle Sportlermannschaft, strotzend vor kinetischer Harmonie spielte jeder von ihnen die ihm zugedachte Rolle.

Zusammengekauert in einer Ecke im hinteren Bereich der Notaufnahme, beobachtete Brad Alger das spektakuläre Schauspiel mit geweiteten Augen. Obwohl er erst seit zwanzig Minuten im Dienst war, war sein Gesicht bereits schweißnaß. Rote Flecken zierten die Ärmel seines weißen Arztkittels, und seine Nike-Boots hatten eine sonderbare, beinahe violette Farbe angenommen. Strahlendhell wie eine winzige Sonne standen seine platinblonden Haare in unordentlichen Locken vom Kopf ab. Um seine glasigen, blauen Augen lagen tiefdunkle Ringe, und er sah aus, als hätte er seit Monaten nicht geschlafen.

Mit einem feuchten Ärmel wischte er sich über die Stirn, ehe er rasch zur Seite sprang, als eine zerzauste Schwester einen Gerätewagen neben ihm an die Wand schob.

»Jesus«, keuchte Alger mit leicht schriller Stimme. »Wir stehen ja knietief in Verwundeten. Ich dachte, schon die erste Fuhre wäre schlimm gewesen – aber das hier ist doch verrückt. Wie viele Krankenwagen werden erwartet?«

»Zweiundzwanzig«, entgegnete die Schwester, während sie ein Paar blutverschmierter Latexhandschuhe auf den Boden warf. »Vielleicht noch mehr. Zuerst hieß es, neun Fahrzeuge seien in den Unfall verwickelt. Jetzt sagen sie, es sind vermutlich dreizehn.«

Alger stieß einen Pfiff aus. »Dreizehn Wagen. Um zwei Uhr morgens.«

»Das ist wohl Ihre erste Freitagnacht.«

Die Frau hatte kurzes, abstehendes dunkles Haar und freundliche Augen. Alger schätzte sie auf dreißig, vielleicht fünfunddreißig Jahre. Neben ihr kam er sich wie ein Kind vor, und es fiel ihm nicht leicht, das eingeschüchterte Klirren in seiner Stimme zu unterdrücken. »Meine Assistenzarztzeit hat am Sonntag begonnen.«

Die Schwester gönnte ihm ein mitfühlendes Lächeln. »Willkommen in New York.«

Sie zog ein Paar frischer Latexhandschuhe von dem Gerätewagen und stürzte sich wieder in das Getümmel. Wohl zum tausendsten Mal in nicht einmal einer Woche fragte sich Alger, was zur Hölle er hier zu suchen hatte.

Noch vor einem Monat war er Medizinstudent im vierten Jahr in Cincinnati, Ohio, gewesen. Bis dahin hatten seine größten Sorgen der Finanzierung von Lehrgangsgebühren und seiner neuesten Ex gegolten. Zwar hatte er bereits eine Dienstrunde in der Notaufnahme in Cincinnati hinter sich, doch mit dem, was er hier zu sehen bekam, hatte er absolut nicht gerechnet.

Der Abend hatte im Grunde ganz harmlos angefangen. Ein paar Herzgeschichten, eine Handvoll Neuzugänge im Messer-und-Pistolen-Club, ein halbes Dutzend Lungenkranke, die unter ihren Sauerstoffmasken heimlich Zigaretten schmuggelten. Dann kam der Notruf über die Kommunikationsanlage der Notaufnahme. Auf dem FDR-Drive[1] war es zu einer Massenkarambolage gekommen; mindestens zehn Verletzte in kritischem, weitere zwei Dutzend in schlechtem Zustand. Aus sämtlichen Abteilungen des Krankenhauses waren alle verfügbaren Ärzte angefordert worden, und in der Notaufnahme herrschte Tragödienalarm.

Alger hatte einmal den Fehler begangen, Duke Baker, den riesenhaften, aufbrausenden Chefarzt, zu fragen, was das auf Englisch zu bedeuten hätte. Dem Duke wäre beinahe die Halsschlagader geplatzt, als er ihn zurechtgewiesen hatte; die meisten englischen Worte, die in der Notaufnahme des Dukes gesprochen wurden, eigneten sich kaum zur Wiedergabe. Tragödienalarm bedeutete schlicht, zu versuchen, vor dem Morgen niemanden umzubringen – und Duke Baker während dieser Bemühungen um jeden Preis aus dem Weg zu gehen.

»Brad! Komm her!«

Alger fühlte, wie sein Puls in die Höhe schnellte, als er Dennis Crow erblickte. Groß, dürr, mit einem wirren

---

1 FDR: **F**ranklin **D**elano **R**oosevelt, Anm. d. Übers.

Schopf dunklen Haares und Sommersprossen auf jedem Quadratzentimeter unverhüllter Haut.

Crow war einer der vier Assistenzärzte, die gemeinsam mit Alger die Arbeit in dem Krankenhaus aufgenommen hatten, und er war der einzige, der hier noch mehr als er selbst fehl am Platz zu sein schien. Geboren und aufgewachsen auf einer Farm, hatte er an der Universität von Wisconsin studiert und war in der Notaufnahme der großen Stadt gänzlich überfordert. Mit anderen Worten: Sein sommersprossiger Arsch war von den Fußabdrücken des Dukes übersät.

Im Augenblick stand Crow zwischen zwei Sanitätern am Kopfende einer Krankentrage auf der anderen Seite der Notaufnahme. Die beiden Sanitäter kämpften mit dem krampfhaft zuckenden Patienten, während Crow mühsam einen Intubationsschlauch in die Kehle des Mannes einführte. Obwohl beide Sanitäter groß und stämmig waren, mußten sie sich höllisch anstrengen, um den Patienten ruhig zu halten. Einer von ihnen bemühte sich, einen Gurt um die Schultern des Mannes zu spannen, während der andere sein ganzes Gewicht einsetzen mußte, um seine Handgelenke festzuhalten.

Alger zog ein Paar steriler Latexhandschuhe von dem Gerätewagen neben ihm und lief los. Während er den Raum durchquerte, winkte er nach einer Notfallausrüstung, einem tragbaren EKG-Gerät und einem Medikamententablett. Nur Sekunden vor der Ausrüstung und einer herbeieilenden Schwester hatte er Crow erreicht. Er sah zu, wie Maria Gomez begann, die Elektroden des EKG-Gerätes auf der Brust des Patienten zu befestigen. Sie war von gewaltiger Statur, wuchtige Speckfalten hingen um ihre Arme und ihren Nacken, dennoch waren ihre Bewegungen fließend und außerordentlich geübt. Trotz ihrer Professionalität schimmerte ein Funke der Besorgnis in ihren braunen Augen. Crow und Alger waren lediglich Assistenzärzte mit einer nicht einmal einwöchigen Erfahrung. Keine Schwester, die halbwegs bei Verstand war, fand besonderen Gefallen daran, zwei Kindern beim Doktorspielen zuzusehen.

Alger schob diesen Gedanken weit von sich. Er spielte nicht den Arzt, er war Arzt, also konzentrierte er seine Aufmerksamkeit auf den Patienten auf der Trage.

Ein Kaukasier, vielleicht vierundzwanzig, fünfundzwanzig Jahre alt. Groß war er, muskulös, mit scharfen, kantigen Gesichtszügen und strahlendblauen Augen, das blonde Haar zu einem militärischen Bürstenschnitt gestutzt. Sein Hemd hatten die Sanitäter bereits aufgeschnitten, und oben auf seiner Schulter prangte eine Tätowierung, eine Art Drache, aus dessen Nüstern rote Flammen züngelten. Am Körper gab es keine sichtbaren Anzeichen für eine Verwundung. Nirgends fanden sich Spuren von Verletzungen, wie Alger sie bei einem Unfallopfer vermutet hätte.

Während er zuschaute, gelang es Crow endlich, die Intubationsröhre vorbei an der Epiglottis in die Kehle des Mannes einzuführen. Unter den Elektroden des EKG-Gerätes schwoll die Brust des Mannes an, und Crow schloß hastig eine Sauerstoffpumpe an dem Ventil am äußeren Ende des Schlauches an. Als die Atmung des Patienten wieder einsetzte, lehnte er sich kurz an die Krankentrage und schloß die Augen. Alger wandte sich an die Sanitäter. »Was ist mit dem Mann?«

Der Größere von beiden antwortete, während er den Gurt über der Brust des Mannes befestigte. »War zusammengebrochen, auf der Straße, vielleicht sechs Meter von dem Unfall entfernt. Keine Quetschungen, keine sichtbaren Anzeichen einer Verwundung. Im Krankenwagen hatte er zwei Krampfanfälle, und vor ein paar Minuten fingen die Atemprobleme an.«

»Wissen wir, wer er ist?«

Der Sanitäter trat einen Schritt von der Krankentrage zurück. »Kein Ausweis, keine Brieftasche. Reagiert nicht auf Reize. Im Wagen war er ein paar Minuten bei Bewußtsein, aber wir konnten ihn nicht dazu bewegen, unsere Fragen zu beantworten.«

»Hat er Medikamente bekommen?«

Der Sanitäter schüttelte den Kopf. »Puls und Blutdruck schienen in Ordnung zu sein. Wie ich sagte, die Atmungsprobleme sind erst vor wenigen Minuten eingetreten.«

»Wie steht es mit dem EKG?«

»Sie werden wohl der erste sein, der es zu sehen bekommt. An der Unfallstelle herrscht ein furchtbares Durcheinander. Wir mußten zwei weitere Opfer mit demselben Wagen transportieren, und beide waren in viel schlechterem Zustand. Wir sind nicht einmal sicher, ob der hier überhaupt etwas mit dem Unfall zu tun hat. Vielleicht wollte er sich das Spektakel nur ansehen. Jedenfalls sieht er nicht aus, als wäre er durch die Windschutzscheibe eines Autos geflogen oder so.« Nach einer kurzen Pause fragte er: »Okay, übernehmt ihr Jungs ihn dann jetzt?«

Der zögerliche Ausdruck in den Augen des Sanitäters war unübersehbar, und Alger fühlte, daß er errötete. Er konnte schließlich nichts daran ändern, daß er so jung aussah, also setzte er eine unerschrockene Miene auf und nickte. Der Sanitäter wandte sich um und ging zurück zu der zweiflügeligen Eingangstür. Sein Kollege nickte Alger kurz zu, ehe er ebenfalls hinausging. Von nun an lag der Patient in Händen der beiden Assistenzärzte. Alger sah sich rasch nach dem Duke um, der sich auf der anderen Seite der Notaufnahme über einen

Patienten beugte, und knirschte mit den Zähnen. Er war unerfahren, sicher, aber er war durchaus imstande, diese Situation zu meistern.

»Also gut, fangen wir mit den Grundlagen an. Luftwege, Atmung, Herztätigkeit.«

Ihm war bewußt, daß er in den Ohren der erfahrenen Krankenschwester wie ein kompletter Idiot klang, doch er mußte mit dem beginnen, was er wirklich beherrschte – und das war das kleine Einmaleins der Medizin. Er beobachtete das gleichmäßige Auf und Ab der Brust des Patienten. Crow hatte gute Arbeit geleistet, als er dem Mann den Intubationsschlauch eingeführt hatte. Nun wandte er sich dem EKG, dem Herzmonitor zu. Aufmerksam fixierte er den Bildschirm auf dem hüfthohen Gerätewagen.

»Heilige Scheiße«, flüsterte er.

Crow folgte seinem Blick, und seine Augen weiteten sich vor Schreck. Auf dem Bildschirm herrschte ein Chaos hektisch ausschlagender grüner Linien. »Er liegt völlig außerhalb der Norm! Das sieht aus, als würde sein Herz Purzelbäume schlagen. Ist das Herzflimmern?«

Alger starrte auf den Bildschirm und schüttelte dann den Kopf. Der Mann war noch nicht in Gefahr, einen Herzstillstand zu erleiden, aber er war nahe dran. Alger hatte so etwas noch nie zuvor gesehen. In der einen Sekunde zeigte der Monitor eine gleichmäßige Kurve, in der nächsten plötzlich lange Sprünge. Eine Sekunde lang erschien ein normaler Sinusrhythmus, und in der nächsten hüpfte die Linie durch eine ganze Kombination erschreckender Arrhythmien. Für Alger stand außer Zweifel, daß die Sanitäter, hätten sie dieses bizarre EKG bereits im Krankenwagen gesehen, den Patienten keinesfalls zwei Assistenzärzten anvertraut hätten. Sie hätten ihn direkt zum Chefarzt gebracht.

Alger wandte sich wieder dem Patienten zu. Der Mann war immer noch bewußtlos und lag reglos auf der Trage, und doch konnte der junge Arzt das krampfartige Zucken unter der Haut erkennen. Seine Muskeln schienen im Rhythmus der EKG-Anzeige auf dem Monitor zu vibrieren. Hier ging ohne jeden Zweifel etwas Sonderbares vor. »Jesus, das sieht nicht gut aus. Wie ist sein Blutdruck?«

Maria Gomez blickte von dem Blutdruckmeßgerät am rechten Arm des Mannes auf. »Zweihundertzwanzig zu neunzig.«

»Was?«

Die Schwester wiederholte die Messung. Ein wenig blaß, zuckte sie mit den Schultern. »Zweihundertzwanzig zu neunzig.«

Alger hustete. Sein Magen rebellierte. Zweihundertzwanzig zu neunzig war ein extrem hoher Wert. Zusammen mit dem ungleichmäßigen Herzschlag, war das ein Alarmsignal. Der gesamte Kreislauf des Mannes war in Unordnung geraten, und sein Herz war völlig überreizt.

»Akutes Herzversagen?« fragte Crow versuchsweise. »Vielleicht eine Lungenembolie?«

Alger schüttelte den Kopf. Das EKG sah weder nach Herzversagen noch nach einer Embolie aus. Verunsichert rieb er sich den Schweiß aus den Augen. *Nur ruhig. Konzentrier dich!* Die Befunde waren rätselhaft, aber das war schließlich das Aufregende an der Notaufnahme; Rätsel zu lösen gehörte zum Job. »Also gut, wir brauchen ein Blutbild und eine . . .«

»Der Blutdruck steigt«, fiel ihm Gomez ins Wort. »Zweihundertdreißig zu neunzig!«

Mist. Wie konnte dieser Blutdruck noch weiter ansteigen. Er lag jetzt schon weit außerhalb jeglicher Norm. Aufregend oder nicht, es war Zeit, den Duke zu rufen.

Das Herz dieses Patienten konnte jeden Moment stehenbleiben. Alger wollte gerade quer durch die Notaufnahme nach dem Chefarzt rufen, als Crow plötzlich brüllte: »Das ist jetzt aber ein Flimmern! Das ist definitiv ein Flimmern.«

Erneut wirbelte Alger um die eigene Achse und starrte auf den Monitor. Die leuchtenden, grünen Linien beschrieben vollkommen unregelmäßige, hektische Kurven, ein sicheres Anzeichen für ein Kammerflimmern. Das Herz des Patienten reagierte auf völlig wahllose elektrische Impulse und war nicht mehr in der Lage, Blut durch den Rest seines Körpers zu pumpen. Mit anderen Worten: Der Patient starb, und er starb schnell.

»Blutdruck fällt!« rief Gomez. »Er bricht zusammen!«

Alger stürzte sich auf den Gerätewagen, während Crow Unterstützung herbeirief. Normalerweise wären Ärzte und Schwestern sofort herbeigeeilt, um sich um den Patienten zu kümmern, doch in dieser Nacht waren in der Notaufnahme so viele schwere Fälle zu bewältigen, daß kaum jemand Notiz von dem Hilferuf nahm. Alger wußte, daß der Duke selbst den Patienten übernehmen würde, wenn er erkannte, daß lediglich die beiden Assistenzärzte bei dem sterbenden Mann waren – aber Alger hatte nun keine Zeit mehr, auf den Chefarzt zu warten.

Er schnappte sich die Elektroden des Defibrillators auf dem Gerätewagen und schob seine Hände durch die Griffschlaufen. Dann verteilte er ein leitendes Gel auf der Auflagefläche der Elektroden. Ihm blieb keine andere Wahl, als dem Mann einen Stromstoß zu versetzen und zu beten, daß sein Herzrhythmus sich wieder stabilisierte. Bis zu diesem Zeitpunkt hatte er den Defibrillator noch nie einsetzen müssen, aber er hatte während seines Studiums wenigstens ein Dutzend Mal gesehen, wie die Prozedur vonstatten ging.

»Dreihundert Joule«, verlangte er, mühsam bestrebt, das Zittern in seiner Stimme zu unterdrücken. Er wußte, daß dreihundert Joule ein recht hoher Wert für den ersten Versuch waren, aber der Mann war groß und muskulös. Vermutlich hatte er jeden Tag seines Lebens Sport getrieben. »Fertig!«

Die Schwester und Crow traten von der Krankentrage zurück. Alger preßte die Elektroden auf die nackte Brust des Mannes und betätigte mit dem Daumen den Auslöser. Krampfhaft bog sich der Leib des Mannes, ehe er wieder auf die Trage zurückfiel. Alger drehte sich zu dem EKG-Monitor um.

Keine Änderung. Wieder wandte er sich an Gomez, die direkt neben dem Defibrillator stand. »Dreihundertsechzig. Schnell!«

»Jesus«, murmelte Crow. »Wo zum Teufel ist Duke?«

Alger beachtete ihn gar nicht. Es gab nichts, was der Duke in diesem Augenblick hätte tun können. Entweder das Herz des Mannes begann wieder zu schlagen, oder es war zu Ende. Gomez erhöhte die Voltzahl, und Alger machte sich bereit. »Fertig.«

Dieses Mal hob der Mann volle zehn Zentimeter von der Trage ab. Sein Kopf fiel zurück, und seine Arme zuckten unter den Gurten.

»Kein Ausschlag!« rief Crow. »Er ist erledigt! Brad ...«

Ein drittes Mal versetzte er dem Mann einen Stromschlag. Der Geruch versengten Fleisches stieg in seine Nase, als er sich verzweifelt zu dem EKG-Monitor umblickte. Noch immer nichts. Er warf die Elektroden von sich, stürzte sich halb auf die Trage und legte seine Handflächen nahe der Mitte auf die Brust des Mannes. Die Muskeln an seinen Unterarmen spannten sich, als er mit der wohl energischsten Herzmassage seines Lebens begann. Der Brustkorb des Patienten fühlte sich unter seinen Fingern sonderbar steif an, seine Haut war rauh, beinahe wie Leder. Er arbeitete schweigend, und die Minuten zogen langsam dahin, während er sich bemühte, das Herz des Mannes doch noch zum Schlagen zu überreden. Schweiß lief über seinen Rücken, doch er ignorierte ihn ebenso wie den Schmerz in seinen Armen und Schultern. Seine Gedanken überschlugen sich auf der steten Suche nach einem Grund für diese schreckliche Fehlentwicklung. Hatte er irgend etwas übersehen? Gab es etwas, das er hätte tun können? Hatte er die richtige Entscheidung getroffen, als er den Defibrillator eingesetzt hatte?

»Und?« fragte er, obwohl er längst wußte, wie die Antwort ausfallen würde.

»Immer noch nichts«, entgegnete Crow. »Er ist tot, Brad. Du knetest nur noch totes Fleisch.«

Alger starrte auf den EKG-Monitor, dann zu Crow. Schließlich blickte er Gomez an, und sie nickte. Er fühlte, wie seine Schultern kraftlos herabsanken, seine Arme erschlafften. *Verdammt.* Es war alles so schnell passiert. Er sah sich nach Duke um, der noch immer auf der anderen Seite des Raumes mit seinem Patienten beschäftigt war. Entweder hatte er ihren Hilferuf nicht gehört, oder er hatte es ebenfalls mit einem Notfall zu tun.

Alger schluckte und sagte sich, daß er sich streng an die Regeln gehalten hatte. Auch der Duke hätte in dieser Situation nichts anderes tun können. Nicht einmal zwei Minuten, nachdem er in die Notaufnahme geschoben worden war, hatte das Herz dieses Burschen aufgehört zu schlagen. Der Defibrillator hätte sein Leben retten können – ganz sicher hatte er ihn nicht getötet. Dennoch fühlte Alger sich scheußlich. Ein Mann war unter seinen Augen gestorben. Er nahm die Hände von der Brust des Patienten und trat einen Schritt von der Trage zurück.

Warum zum Teufel hatte er sich auch für den Notdienst entschieden. Resigniert warf er einen Blick auf die Uhr über der Eingangstür. »Zeitpunkt des Todes: Drei Uhr fünfzehn.«

Während Gomez die Trage zum Fahrstuhl auf der Rückseite des Raumes schob, zog er seine Handschuhe aus. Der Fahrstuhl führte geradewegs hinab in die Pathologie und von dort aus weiter in die Leichenhalle des Krankenhauses. Aufgrund der mysteriösen Begleitumstände dieses Todesfalls würde vermutlich eine Autopsie stattfinden, und vielleicht konnte der Pathologe ihnen später erklären, was tatsächlich geschehen war. Für den Mann auf der Trage änderte das allerdings auch nichts mehr.

Algers Gesichtszüge erschlafften, als er zusah, wie Gomez den Leichnam fortbrachte. Plötzlich schienen seine Augenlider bleischwer zu sein. Er fühlte, wie Dennis Crow ihm die Hand auf die Schulter legte. »Wir haben getan, was wir konnten. Menschen sterben nun einmal, und ganz gleich, was der Duke auch denken mag, es ist nicht immer unsere Schuld.«

Alger starrte ihn an, ehe sein Blick zu der Eingangstür wanderte. Seufzend sah er zu, wie eine weitere Trage hereingerollt wurde.

Zwölf Stunden später bekämpfte Mike Lifton seine Übelkeit, als Josh Kemper die schwere Stahlschublade öffnete. Der drückende Geruch toten Fleisches vermengte sich mit der antiseptischen Kälte des Kühlraumes, und Mike verzog gepeinigt das Gesicht. Er wünschte sich, er hätte nie zugestimmt, seinen Zimmergenossen zu dieser schaurigen Ernte zu begleiten.

»Du gewöhnst dich daran«, sagte Josh, während er die Leichenschublade mit beiden Händen herauszog. Josh war groß und schlaksig. Seine übergroßen Segelohren lugten unter seinem langen, dichten Haar hervor. »Es hilft, daran zu denken, wieviel Geld das einbringt. Zwanzig Dollar die Stunde sind verdammt besser, als im *Starbucks* Kaffee zu servieren.«

Mike versuchte zu lachen, aber die Laute blieben irgendwo in seiner Kehle stecken. Nervös zupfte er an den Ärmeln seines grünen OP-Kittels und rieb das weiche Material zwischen seinen Fingern hin und her. Er fühlte, wie der Schweiß auf seinem Rücken abkühlte, während er fröstelnd über Joshs rechte Schulter blickte.

Der Leichnam in der Schublade war in einen durchsichtigen Plastiksack eingehüllt, der in der Mitte mit einem Reißverschluß verschlossen war. Unwillkürlich wich Mike einen kleinen Schritt zurück, als Josh den Reißverschluß öffnete. »Da haben wir ihn. Ein Steifer, medium.«

Mike blinzelte verständnislos, während sich in seinem Mund Trockenheit ausbreitete. Schließlich strich er sich mit der Hand durch das kurze, kastanienbraune Haar. Er hatte schon früher mit Leichen gearbeitet; als Medizinstudent im dritten Jahr hatte er genug tote Leiber abgetastet, um einen Zombiefilm zu füllen, aber er hatte noch nie eine so *frische* Leiche gesehen.

Der Mann in dem Plastiksack war unnatürlich bleich. Seine Haut hatte eine fast schon blaugraue Färbung. Krauses, blondes Haar bedeckte seine Brust. Seine Augen waren geschlossen, das Gesicht verzogen, und die Haut spannte sich stramm über seine Wangenknochen. Das Frühstadium von Rigor Mortis hatte gerade erst begonnen, und sein kantiges Kinn ragte steif empor. Es gab keine sichtbaren Anzeichen für eine Verletzung, keine klaffenden Wunden oder erkennbaren Prellungen. Das einzig Auffällige war eine farbenfrohe Tätowierung am rechten Oberarm des Mannes.

»Netter Drache«, kommentierte Josh, wobei er auf die Tätowierung zeigte. »Das sind etwa dreihundert Dollar nutzlos vergeudeter Haut.«

Der makabre Gedanke jagte Mike einen Schauer über den Rücken. Zwar wußte er, daß der Teilzeitjob in der Hautbank eine gute Möglichkeit bot, nicht nur Geld, sondern auch Erfahrungen zu machen, die wichtig sein würden, sollte er sich entschließen, nach dem Medizinstudium Chirurg zu werden, trotzdem fühlte er sich nun, als wäre er ein Ghul, ein Leichenschänder, daran konnte auch die lässige Haltung seines Kommilitonen nichts ändern. Josh Kemper war nicht einfach zynisch oder durch die Routine abgestumpft, er war schon ohne einen Funken der Achtung zur Welt gekommen. Schon in seinem ersten Jahr an der *Columbia Medical School* wäre er beinahe suspendiert worden, weil er im Anatomieunterricht eine Bauchspeicheldrüse zum Ballspiel mißbraucht hatte. Ohne Zweifel stand ihm eine große Karriere als Pathologe bevor.

Mike hingegen war immer schon sensibler gewesen als sein Zimmergenosse. Als der Professor in seinem ersten Anatomieseminar einen »Y«-Schnitt vorgenommen hatte, wäre er beinahe ohnmächtig geworden, und wenn er auch während der vergangenen drei Jahre einen Teil seiner Empfindlichkeit hatte ablegen können, so hatte er doch noch einen langen Weg vor sich, bis er fähig sein würde, ein Skalpell zu führen.

»Abgesehen von der Tätowierung«, fuhr Josh fort, während er den Reißverschluß ganz hinunterzog, »sieht er wirklich gut aus. Beide Arme, beide Beine, und die Augenbank hat sich auch noch nicht bedient, beide Gucker sind noch da.«

Mike mußte sich abwenden, um seine aufgewühlten Nerven zu beruhigen. Erneut machte er sich bewußt, daß diese Arbeit notwendig und wichtig war. Der menschliche Körper war recyclingfähig, und das bedeutete, daß irgend jemand sich um die Weiterverwertung kümmern mußte. Herz, Leber, Nieren, Augen, Haut – jemand mußte das wertvolle Material nun einmal ernten.

Doch auch dieser Gedanke machte es ihm nicht leichter. Die Zähne in die Unterlippe gegraben, bemühte er sich, die Stahlschubladen, die drei Wände des einsamen Kühlraumes einnahmen, nicht zu zählen.

»Falls du dich übergeben mußt«, unterbrach Josh seinen Gedankengang, »dann tu es jetzt. Wenn wir erst im OP sind, müssen wir steril bleiben.«

»Ich werde nicht kotzen.«

»Na ja, du siehst schlimmer aus als der Bursche hier. Mike, du mußt dich an diesen Kram gewöhnen. Das ist lediglich ein großer Brocken Fleisch, und wir sind die Jungs hinter dem Delikatessentresen.«

»Du bist widerlich.«

»Darum magst du mich doch so. Überprüf das Zehenetikett.« Josh ging zu dem Aktenschrank auf der anderen Seite des Raumes. »Ich hole die Akte.«

Mike mußte durch den Mund atmen, als er die offene Schublade umrundete. *Nur nicht nachdenken, mach einfach deine Arbeit!* Als er das hintere Ende der Lade erreicht hatte, zog er den Plastiksack von dem Leichnam. Die Beine des Toten waren lang und muskulös und wie seine Brust von blonden Haaren bedeckt. Schwielen prangten auf seinen Füßen, und seine Zehennägel waren gelb verfärbt wie die eines alten Mannes. Mike fragte sich, ob er unter einer Art Fußpilz gelitten haben mochte.

Jetzt denkst du wie ein richtiger Arzt. Innerlich lächelnd suchte er an den großen Zehen nach dem Etikett. Falten legten sich auf seine Stirn, als er keines finden konnte. Nun suchte er unterhalb der schwieligen Fersen des Mannes in der Schublade, doch auch dort fand sich keine Spur der kleinen Kunststoffplakette, die der Identifikation des Leichnams diente. »Hey, Josh, ich kann kein Etikett finden.«

Josh kehrte von dem Aktenschrank zurück. In seinen Händen hielt er einen Schnellhefter aus Manilapapier. »Manchmal fällt es runter.«

»Ich habe schon überall nachgesehen. Da ist kein Etikett.«

Fluchend blieb Josh neben ihm stehen. Er klemmte sich den Manilahefter unter den Arm und hob die Füße des Leichnams mit beiden Händen an. Gemeinsam durchsuchten die Studenten nun die Leichenschublade, doch wieder ohne Erfolg.

»Scheiße«, schimpfte Josh. »Das ist wirklich großartig. Eckleman ist so ein verdammter Idiot.«

»Wer ist Eckleman?«

»Der Assistent des Leichenbeschauers. Er ist für den Kühlraum zuständig, soll die Etiketten anbringen und dafür sorgen, daß die Akten korrekt codiert sind. Der Kerl ist ein riesengroßer Haufen Scheiße, und er säuft.« Josh nahm den Ordner wieder in die Hände und blätterte mit seinen Latexhandschuhen darin. »Derrick Kaplan. Kaukasier, Mitte Dreißig. Blondes Haar, blaue Augen. Akutes Kreislaufversagen, gestorben auf der Intensivstation.«

Mike betrachtete den Leichnam in der Lade. »Tja, er ist blond, und er hat blaue Augen. Aber er sieht nicht wie Mitte Dreißig aus. Steht da irgend etwas über die Tätowierung?«

Josh schüttelte den Kopf. »Nein, aber wie gesagt, Eckleman ist ein Idiot. Sieh mal, dies ist Fach zweiundfünfzig. Eckleman verschlampt dauernd Etiketten, ganz besonders, wenn in der Notaufnahme viel los ist, und nach dem Unfall in der letzten Nacht . . .«

»Josh, bist du wirklich sicher, daß wir nicht erst noch einmal nachfragen sollten? Was ist, wenn das die falsche Leiche ist?«

Nachdenklich kratzte Josh sich am Kinn. Dann sah er zu dem Aufzug in einer Ecke des Raumes hinüber, vor dem eine fahrbare Krankentrage darauf wartete, den Leichnam zur Ernte in den OP zu bringen. Schließlich zuckte er die Schultern. »Wie haben eine Genehmigung, und, was noch wichtiger ist, der OP ist in der nächsten Stunde für uns reserviert. Also laß uns ein bißchen Haut aufschlitzen.«

Er wandte sich um und ging auf die Trage zu. Mike betrachtete erneut den tätowierten Drachen und hoffte, daß sein Zimmergenosse wußte, was er tat.

»Paß genau auf. Ich verspreche, es wird dir gefallen.«

Hinter der OP-Maske aus Zellstoff biß sich Mike auf die Lippe, als Josh mit einem der Beutel mit Salzlösung spielte, der an dem Infusionsflaschenhalter über dem OP-Tisch hing. Mit einem Zischen erwachte die Infusionspumpe zum Leben. Erschrocken sah Mike zu, wie sich die Haut über der Brust des toten Mannes wie ein gewaltiger Wasserballon aufblähte.

»Die Salzlösung löst die Haut von dem subkutanen Zellgewebe«, erklärte Josh, wobei er auf drei weitere Beutel der Lösung deutete, die am Rand des OP-Tisches bereitlagen. »Durch den Druck wird die Dermis von dem darunter liegenden Fettgewebe abgehoben. Auf diese Art läßt sie sich leichter schneiden.«

Mike nickte, abgestoßen aber fasziniert. Nun, da die Brust des Leichnams rasiert und mit Desinfektionsmittel präpariert und die Haut durch Salzlösung aufgebläht war, sah er nicht länger menschlich aus. Die aufgeschwemmte Haut war glatt und ebenmäßig und von einer beigen Farbe, wie Mike sie außerhalb eines Bekleidungskataloges noch nie gesehen hatte. »Wird es blutig werden?«

»Nur ein bißchen«, entgegnete Josh, während er die Hand nach dem Instrumententablett neben dem Operationstisch ausstreckte. »Bis wir ihn umdrehen. Das meiste Blut hat sich in seinem Rücken gesammelt.«

Er nahm ein glänzendes, stählernes Instrument von dem Tablett und zeigte es Mike. Es erinnerte an einen übergroßen Käseschneider mit einer numerierten Plakette unter der rasiermesserscharfen Klinge. »Ich werde das Dermatom auf 0,9 mm einstellen. Das Ziel lautet, ein Hautsegment zu entfernen, das beinahe durchsichtig ist.«

Er beugte sich vor und setzte das Instrument direkt unter dem Schlüsselbein des Leichnams an. Mike war versucht, den Blick abzuwenden, doch dann biß er die Zähne zusammen. In wenigen Monaten schon würde er selbst in der Notaufnahme seinen Dienst verrichten, und er hatte gewiß schon ähnliche, wenn nicht schlimmere Dinge gesehen.

Aufmerksam beobachtete er, wie Josh das Instrument über die Brust des Mannes führte. Ein dünnes Rinnsal dunklen, desoxydierten Blutes lief in die Abflußrinnen des Chromtisches. Die dünne Hautschicht rollte sich jenseits der scharfen Klinge auf. Als er das Ende des Brustkorbes erreicht hatte, drehte Josh das Dermatom mit einer geschickten Bewegung, um den Hautstreifen abzuschneiden. Vorsichtig hob er ihn am Rand hoch und hielt ihn Mike vor das Gesicht. Er war beinahe transparent und etwas mehr als dreißig Zentimeter lang.

»Mach die Kühlbox auf«, sagte Josh, und Mike suchte

rasch nach dem Plastikkoffer unter dem Tisch. Die weiß-rote, rechteckige Kühlbox trug auf beiden Seiten das Abzeichen der Feuerwehr von New York. Mike öffnete den Deckel und entdeckte einen kleinen Behälter, der mit einer bläulichen Flüssigkeit gefüllt war.

Josh ließ den Hautstreifen in die Flüssigkeit gleiten, und Mike schloß den Deckel. In der Kühlbox würde die Haut frisch bleiben, bis sie zur Hautbank transportiert werden konnte. Dort würde sie mit antibiotischer Flüssigkeit getränkt und bei minus siebenundfünfzig Grad Celsius gelagert werden.

Josh wandte sich wieder seiner Arbeit an der Brust des Mannes zu. Seine Schnitte waren ebenmäßig und sicher, und schon nach wenigen Minuten hatte er die Haut vom überwiegenden Teil der Brust und der Leibesmitte und von beiden Armen und Beinen entfernt. Nur um den tätowierten Drachen ließ er ein kreisförmiges Stück Haut zurück, das sich als farbenfrohe Insel von dem Hintergrund aus weiß-rosa schimmerndem subkutanen Fettgewebe abhob.

»Hilf mir, ihn umzudrehen«, bat Josh, während er seine Hände unter den Rücken des Mannes schob. Mike trat näher, um ihm zu helfen, und gemeinsam drehten sie den Mann auf die Seite. Im Nacken des Leichnams entdeckte Mike ein kreisrundes Exanthem.

»Josh, sieh dir das an.«

Josh betrachtete den Ausschlag. Er maß etwa siebeneinhalb Zentimeter im Durchmesser und bestand aus Tausenden von winzigen roten Flecken. »Was ist damit?«

»Steht davon etwas in der Akte?«

Josh drehte den Leichnam vollständig auf den Bauch und wandte sich erneut der Hautentnahme zu. »Das ist nichts. Vielleicht ein Insektenbiß. Eine Hautabschürfung. Vielleicht haben wir ihn gekratzt, als wie ihn auf den Operationstisch gelegt haben.«

»Es sieht irgendwie sonderbar aus . . .«

»Mike, der Bursche ist bereits tot. Jemand anderes, irgendwo da draußen, hat sich vielleicht eine schwere Verbrennung zugezogen, und dieser Junge hier ist so freundlich, ihm seine Haut zu überlassen. Also laß uns unsere Arbeit machen und dann nichts wie raus hier.«

Mike nickte. Josh hatte recht. Der Mann auf dem Operationstisch hatte die Notaufnahme bereits hinter sich. Die Ärzte hatten versucht, sein Leben zu retten, und nun gab es nichts mehr, das irgend jemand noch für ihn tun konnte. Aber dank Josh, Mike und der Feuerwehr von New York würde ein anderer von dem Tod dieses Mannes profitieren können. Derrick Kaplan war tot – aber irgendwer brauchte seine Haut.

Zähneknirschend deutete Mike auf das scharfe Instrument in der Hand seines Zimmergenossen. »Wenn es dir nichts ausmacht, würde ich es gern versuchen.«

Josh Kemper zog die Brauen hoch, ehe sich seine Lippen hinter der Maske zu einem Lächeln verzogen.

Eine Woche später zuckte Perry Stanton zweimal kurz unter dem dünnen Krankenhaushemd in seinem Privatpatientenzimmer im *Jamaica Hospital* in Queens, ehe er ganz plötzlich erwachte, während Dr. Alec Bernstein freudestrahlend auf ihn herabblickte.

»Professor Stanton«, sagte Bernstein mit freundlicher Stimme. »Guten Tag. Sie werden sich freuen zu erfahren, daß die Operation erfolgreich verlaufen ist.«

Stanton blinzelte heftig, während er versuchte, den Nebel aus seinem Bewußtsein zu vertreiben. Bernstein betrachtete den zierlichen Mann mit einer Miene, die einen beinahe väterlichen Stolz ausdrückte. Derartige

Gefühle ergriffen stets von ihm Besitz, wenn er einen Patienten mit Verbrennungen behandelte. Anders als all die Gesichtsoperationen, Brustvergrößerungen und anderen Schönheitsoperationen, die den Löwenanteil seiner Arbeit ausmachten, erfüllte ihn die erfolgreiche Behandlung von Brandverletzungen mit Stolz.

Auch jetzt, während er Stanton betrachtete, empfand er diesen Stolz. Stanton, ein neunundvierzigjähriger Geschichtsprofessor, der an der nahegelegenen *Jamaica University* lehrte, war erst vor zwei Tagen mit Verbrennungen dritten Grades an der linken Hüfte in die Notaufnahme eingeliefert worden. Ein Heizkessel im Keller der Universitätsbibliothek war explodiert, und der extrem heiße Dampf hatte die Haut an Stantons Bein vollständig zerstört.

Bernstein erinnerte sich an den Notruf; er war gerade mit einer Fettabsaugung beschäftigt gewesen, die er jedoch sofort abgebrochen hatte. Rasch hatte er sich ein Bild von den Verletzungen gemacht und eine Anforderung an die Hautbank geschickt. Schon drei Stunden später hatte er mit der Arbeit an Stantons Bein begonnen.

Als sich eine Schwester an ihm vorbeischob, um einen neuen Infusionsbeutel an dem Haken über Stantons Bett zu befestigen, blickte Bernstein auf. Teri Nestor schenkte dem Chirurgen ein Lächeln, ehe sie den Patienten betrachtete, der allmählich wieder voll zu Bewußtsein kam. »Sie werden so gut wie neu sein, Professor Stanton. Dr. Bernstein ist der beste Arzt, den das Krankenhaus zu bieten hat.«

Bernstein errötete. Die Schwester beendete ihre Arbeit mit den Infusionsbeuteln und ging zum Fenster hinüber, das sich zum Parkplatz des Krankenhauses hin öffnete, der zwei Stockwerke tiefer lag. Sie fummelte eine Weile an den Vorhängen herum, bis sich orangefarbenes Sonnenlicht im einundfünfzig Zentimeter großen Bildschirm des Fernsehgerätes auf der anderen Seite des kleinen Einzelzimmers spiegelte.

Perry Stanton hustete, als das Licht sein blasses Gesicht erfaßte, und Bernstein konzentrierte seine Aufmerksamkeit wieder auf seinen Patienten. Der Husten erfüllte ihn mit Besorgnis; die Einwirkung des heißen Dampfes konnte durchaus die Lungenkapazität angegriffen haben. Außerdem hatte Stanton Anzeichen für Atemprobleme gezeigt, als er in die Notaufnahme eingeliefert worden war. Stanton war ein zierlicher Mann mit kurzen Gliedmaßen, gerade einen Meter und sechzig Zentimeter groß und hundertzwanzig Pfund schwer. Es brauchte nicht viel, seine Atmungstätigkeit auf ein gefährliches Niveau zu reduzieren.

Bernstein hatte Stanton bereits intravenös Solumedol verabreicht, ein starkes Steroid, das die Atmungsprobleme lindern sollte. Nun fragte er sich, ob er die Dosis zumindest für ein paar Tage erhöhen sollte. »Professor, wie fühlen Sie sich? Haben Sie irgendwelche Schwierigkeiten beim Atmen?«

Stanton hustete erneut, schüttelte aber den Kopf. Dann räusperte er sich, ehe er ein wenig undeutlich zu sprechen begann. »Ich bin nur ein bißchen benommen.«

Erleichtert nickte Bernstein. »Das liegt am Morphin. Wie steht es mit der Hüfte? Haben Sie Schmerzen?«

»Nur ein bißchen. Und es sticht heftig.«

Wieder nickte Bernstein. Das Morphin dämpfte die Schmerzen bis auf ein Minimum, während das temporäre Transplantat der verbrannten Region Gelegenheit gab, weit genug zu heilen, um die endgültige Gewebeverpflanzung vorzunehmen. Das Stechen war zwar ein bißchen ungewöhnlich, aber keineswegs einzigartig.

»Ich werde die Morphindosis ein wenig erhöhen, um die Schmerzen unter Kontrolle zu halten. Das Stechen sollte von selbst verschwinden. Nun lassen Sie mich noch einen Blick auf den Verband werfen.« Bernstein beugte sich vor und schob vorsichtig Stantons Hemd hoch, um die linke Hüfte des Mannes freizulegen. Über dem Transplantat bedeckten rechteckige Streifen Verbandsmull das Bein auf der ganzen Länge zwischen dem Knie und der Leistengegend.

Vorsichtig hob Bernstein eine Ecke des Verbandes mit den Fingern an, die in einem Latexhandschuh steckten. Er konnte gerade noch die kleinen Stahlklammern erkennen, die das Transplantat auf der Wunde festhielten. Die Haut war gelblich-weiß und spannte sich fest über das subdermale Fettgewebe. »Das sieht sehr gut aus, Professor, wirklich gut.«

Nun zog Bernstein das Krankenhemd wieder über den Verband. Um das Stechen mußte er sich nicht sorgen, solange es nicht schlimmer wurde. Mehr Sorgen bereitete ihm etwas, das er entdeckt hatte, als er seinen schlafenden Patienten zum ersten Mal nach der Operation untersucht hatte.

»Professor Stanton, würde es Ihnen etwas ausmachen, Ihren Kopf zur Seite zu drehen?« Bernstein trat an den Kopf des Krankenhausbettes heran und starrte auf die Haut im Nacken des Patienten.

Die kleine, kreisrunde Hautrötung direkt oberhalb der Halswirbel war noch immer da. Tausende winziger roter Punkte, zusammen nur ein paar Zentimeter im Durchmesser, sicher nichts Bedrohliches, dennoch würde er es im Auge behalten müssen.

Schließlich trat Bernstein einen Schritt von dem Krankenhausbett zurück. »Versuchen Sie, noch ein bißchen zu schlafen. Ich werde Teri sagen, daß sie die Morphindosis erhöhen soll. In ein paar Stunden werde ich wieder nach Ihnen sehen.«

Bernstein gab Teri Anweisungen für die Einstellung der Morphindosis und verließ das Krankenzimmer. Er zog die schwere Holztür hinter sich ins Schloß und ging einen langen Gang mit weißen Wänden und einem grauen Teppich hinunter. Am Ende des Korridors stand eine Kaffeemaschine unter einem großen Dienstplan an der Wand.

Bei der Kaffeemaschine blieb er stehen und nahm sich einen Kunststoffbecher von dem Stapel neben der halbvollen Kanne. Während er sich den Kaffee einschenkte, fiel ihm auf, daß das Krankenhaus sogar für einen Sonntagnachmittag ungewöhnlich still wirkte. Er wußte, daß außer ihm noch drei andere Ärzte und mindestens ein Dutzend Schwestern auf der Privatstation Dienst taten, doch in diesem Augenblick war er mit seinem Kaffee, seinem Patienten und seinen Gedanken gänzlich allein.

Er trank einen tiefen Schluck und fühlte, wie die heiße Flüssigkeit über seine Zunge rann. Der Kaffee war nicht heiß genug, Hautverbrennungen zu erzeugen oder die Voraussetzungen für spätere Thrombosen zu schaffen, aber die Temperatur reichte durchaus, seine Synapsen zu befeuern und Alarmsignale durch sein Gehirn zu jagen: Flüchte, ehe die Hitze dir Schaden zufügen kann. Nur noch ein bißchen mehr Hitze, und es bliebe keine Zeit mehr für Alarmsignale. Perry Stanton hatte den heißen Dampf vermutlich nicht einmal gespürt. Selbst jetzt hatten seine Schmerzen nichts mit dem verbrannten Bereich seines Beines zu tun, in dem es keine lebenden Nerven mehr gab. Tatsächlich verursachten die Stahlklammern, die das temporäre Transplantat hielten, den Schmerz. Aber in einigen Wochen würden sowohl die Klammern als auch die Schmerzen verschwunden sein.

Der Professor würde das *Jamaica Hospital* verlassen und kaum mehr zurückbehalten als eine Narbe und die Erinnerung an einen hervorragenden plastischen Chirurgen.

Bernstein lächelte, während er den Dienstplan über der Kaffeemaschine betrachtete. Als er in Gedanken den Rest des Nachmittags abhakte, schwand sein Lächeln sofort. Ein Lifting um vier Uhr, die Beratung zu einer Brustoperation um fünf, eine Fettabsaugung um fünf Uhr dreißig. Es waren nur Schönheitsoperationen. Seufzend trank Bernstein einen weiteren Schluck Kaffee.

Gerade wollte er seinen Becher wieder auffüllen, als plötzlich ein Schrei die Stille des Korridors durchbrach. Bernsteins Augen weiteten sich vor Entsetzen, als er erkannte, daß der Schrei aus Perry Stantons Zimmer kam.

Er wirbelte um die eigene Achse und stürzte zurück durch den Gang, während der Schrei in seinen Ohren nachhallte. Es war der Schrei einer Frau gewesen, ein Schrei, erfüllt von unsäglicher Angst. Bernstein hatte so etwas noch nie zuvor gehört.

Endlich erreichte er das Ende des Ganges. Die Tür zu Perry Stantons Krankenzimmer war noch immer geschlossen, doch Bernstein konnte die Geräusche aus dem Inneren des Raumes hören: das Splittern von Holz, das Klirren berstenden Glases, das Donnern schwerer Objekte, die auf den Boden geschleudert wurden. Bernstein schluckte und blickte kurz den Flur hinunter. Hinter der nächsten Biegung des Ganges erklangen Stimmen, und er wußte, daß binnen weniger Sekunden wenigstens ein Dutzend Schwestern, Techniker und Ärzte bei ihm sein würden, aber den Geräuschen aus dem Krankenzimmer zufolge war es fraglich, ob Perry Stanton und die Schwester so lange überleben würden.

Gerade wollte Bernstein nach der Klinke greifen, als von innen etwas so heftig gegen die Tür schlug, daß sich das Holz nach außen wölbte. Voller Schrecken wich Bernstein hastig zurück. Das Türblatt bestand aus schwerem Eichenholz; was konnte genug Gewalt aufbringen, eine Beule in das Holz zu schlagen? Mit starrem Blick wartete er darauf, daß die Tür aufspringen würde.

Er wartete umsonst. Die Sekunden zogen dahin, und Stille kehrte ein. Dann erklangen Fußschritte, gefolgt von einem lauten Krachen. Endlich überwand Bernstein seine Angst. Er trat einen Schritt vor und griff nach der Türklinke.

Die Tür öffnete sich, und Bernstein blieb wie angewurzelt stehen. Nie zuvor war ihm ein solches Ausmaß der Verwüstung begegnet. Der Metallrahmen des Krankenhausbettes war vollkommen verbogen, und in der Mitte der Matratze klaffte ein großer Riß. Der Fernseher lag rauchend mit implodierter Bildröhre am Boden. Beide Fensterflügel waren zersplittert, und der Boden war mit Glasscherben bedeckt. *Mein Gott*, dachte Bernstein. Wer konnte das getan haben? Sollte es eine Explosion gegeben haben? Und wo war Perry Stanton? Dann entdeckte Bernstein das Gestell für die Infusionslösung, das sich halb in die Steinmauer zu seiner Rechten gebohrt hatte. Schwindel erfaßte ihn, während er zaghaft einen Schritt vorwärts tat.

Sein Fuß landete in etwas Feuchtem. Als er zu Boden blickte, stockte ihm der Atem. Unter seinem Schuh erkannte er eine nierenförmige Blutlache und er brauchte nicht einmal eine Sekunde, das Blut zu seiner Quelle zurückzuverfolgen.

Halb unter dem verdrehten Krankenhausbett fand er Teri Nestor. Ihre Beine lagen in unnatürlichem Winkel hinter ihrem Leib. Beide Arme sahen aus, als wären sie an mehreren Stellen gebrochen, und ihre Schwesterntracht war blutgetränkt. Bernstein bückte sich, um ihre

Lebenszeichen zu prüfen, als sein Blick über ihre ausgerenkten Schultern wanderte.

Seine Knie gaben nach, und er ließ sich an die nächste Wand fallen, eine Hand voller Entsetzen vor die Lippen gepreßt, doch es gelang ihm nicht, die Augen von diesem schrecklichen Anblick abzuwenden.

Es war, als hätten zwei unglaublich starke Hände Teri Nestors Schädel zu beiden Seiten ergriffen und zusammengepreßt.

Kapitel 2

Fox Mulder preßte ein nasses Hotelhandtuch an die Seite seines Unterkiefers, während er sich auf das im Kolonialstil gefertigte Bett niederließ. Das Eis in dem billigen Stoff war bereits größtenteils geschmolzen, und er fühlte, wie eisige Tropfen über die Haut an seinem Unterarm rannen. Er legte sich auf die Matratze und lauschte dem Krakeelen des Fernsehgerätes, und die monotone Stimme des Nachrichtensprechers von CNN mischte sich mit dem dumpfen Pochen in seinem Schädel. *Ein wunderbares Ende für einen wunderbaren Nachmittag.* Mit der Zungenspitze tastete er das Innere seines Mundes ab und verzog das Gesicht, als er den salzigen Geschmack wahrnahm. Getrocknetes Blut, vermengt mit dem ausgeprägten, derben Geschmack vergorener Kuhfladen. Nun, so dachte er, es hätte schlimmer kommen können. *Der Kerl hätte besser zielen können.*

Mulder schloß die Augen, während er mit dem eisgefüllten Handtuch die schmerzende Muskulatur gleich unter seinem Zahnfleisch massierte. In Gedanken konnte er noch immer die Schaufel, die auf ihn eindrosch, und das irre Funkeln in den Augen des Kolumbianers aufblitzen sehen. Nur ein paar Zentimeter höher, und das Werkzeug hätte ihm den Kopf gespalten. Mulder wünschte nur, seine Partnerin, Scully, hätte den Mann nicht so schnell in Handschellen gelegt, nachdem sie ihm die Waffe abgenommen hatte. Ein nettes, ausgedehntes Handgemenge hätte Mulder Gelegenheit gegeben, dem Kolumbianer den Hieb mit der Schaufel heimzuzahlen. Und das sinnlose Unterfangen, das sie überhaupt erst zu dieser verlassenen Scheune geführt hatte.

Immerhin, das mußte Mulder sich eingestehen, es war nicht allein dem Kolumbianer zuzuschreiben, daß er und Scully zwei Wochen lang einem Fall im Staat New York nachgejagt hatten, der eigentlich in die Zuständigkeit des Drogendezernats fiel. Carlos Sanchez konnte nicht von den Berichten über verstümmeltes Vieh gewußt haben, die das FBI während der letzten Monate erreicht hatten; auch war ihm die dadurch entstandene Akte nicht bekannt, die eines Tages auf Mulders Schreibtisch im Keller des Hoover-Gebäudes gelandet war, einerseits weil die bizarren Funde im Mittelpunkt dieses Falles gut zu Mulders Leidenschaft für das Unerklärbare paßten, andererseits weil kein anderer Agent daran interessiert war, einen Haufen toter Kühe zu untersuchen.

Sanchez hatte von all dem nichts gewußt, ganz einfach, weil der Fall nur am Rande mit verstümmeltem Vieh zu tun hatte. Mulder hingegen hätte von Anfang an wissen müssen, daß dies keine echte X-Akte war. Zweiunddreißig Kühe mit sauber aufgeschlitzten Bäuchen waren allenfalls abgedroschen, aber bestimmt nicht geheimnisvoll.

Aber Mulder hatte die Hinweise nicht gesehen, bis es

zu spät war. Als Scully das Vorhandensein älterer Wundnähte unter den frischen Wunden entdeckt hatte, hätte er mißtrauisch werden müssen. Dann, als er und Scully herausgefunden hatten, daß alle Rinder von derselben Zuchtstation außerhalb von Bogota stammten, hätte er die Fäden endgültig zusammenfügen müssen.

Aber er erkannte die Wahrheit erst in dem Augenblick, als er in die verlassene Scheune auf Sanchez' Farm hineinstolperte. Dort starrte er auf die ausgeweideten Kadaver, die sich in der Mitte der Scheune stapelten, und auf die blutverschmierten Kunststoffbeutel mit weißem Pulver, die im Heu trockneten, und endlich ging ihm ein Licht auf. Sanchez hatte die Kühe dazu mißbraucht, Kokain in die Vereinigten Staaten zu schmuggeln. Die verlassene Scheune war ein Drogendepot, dessen Verteilungswege über die Autobahn direkt nach Manhattan führten.

Noch ehe Mulder seine Entdeckung verdaut hatte, war Sanchez schon mit der Schaufel auf ihn losgegangen. Eine Minute später lag er bereits auf dem Kolumbianer in einem Haufen getrockneter Kuhfladen, während Scully dem Mann die Handschellen anlegte. Während der Rückfahrt zum Hotel hatte er schweigend sein schmerzendes Kinn gepflegt, stets darauf bedacht, Scullys Blicken auszuweichen. Er mußte nicht erst ihren Gesichtsausdruck sehen, um genau zu wissen, was sie dachte. Wieder war ein Geheimnis enttarnt worden, hatte sich ein Mysterium als gänzlich trivial entpuppt. Aber schließlich war es ihre Aufgabe, so zu denken. Nur deswegen war sie ihm als Partnerin zugeteilt worden – um die wissenschaftlich erklärbaren, rationalen Hintergründe der von Mulder vermuteten Rätsel aufzudekken. Manchmal, so wie in diesem Augenblick, war selbst ihr Schweigen nicht minder unangenehm als ein Schaufelhieb gegen sein Kinn.

Stöhnend richtete er seine athletisch gebauten hundertdreiundachtzig Zentimeter in eine sitzende Position an der Bettkante auf, als er hörte, wie die Dusche im gegenüberliegenden Raum aufgedreht wurde. Erschöpfung und Enttäuschung peinigten ihn von Kopf bis Fuß. Mit der freien Hand strich er sich durch das dunkle Haar, während er versuchte, den Nebel vor seinen müden, haselnußbraunen Augen zu vertreiben. Es war Zeit zur Abreise. Er und Scully hatten noch eine weite Fahrt bis zum Flughafen in Westchester vor sich, und wenn sie das letzte reguläre Flugzeug nach Washington noch erreichen wollten, so mußten sie unterwegs mehr als nur ein paar Geschwindigkeitsbegrenzungen mißachten. Andererseits war das einer der Vorteile, die der Dienstausweis und die FBI-Plakette mit sich brachten. Jemand anderes kümmerte sich um die Strafzettel.

Mulder ließ das nasse Handtuch auf den häßlichen, beigen Teppich fallen. Das beengte Hotelzimmer mit seinen vier weißgetünchten Rigipswänden, die im fahlen Licht des Einundfünfzig-Zentimeter-Fernsehgerätes aufleuchteten, schien ihn anzustarren. Abgesehen von dem Fernsehgerät, enthielt der Raum eine Anrichte aus Rotholz, die offenbar antik aussehen sollte, einen Schreibtisch mit Telefon und Faxgerät und einen begehbaren Wandschrank, den Mulder mit blauen und grauen Anzügen gefüllt hatte. Mulders Reisetasche lag unter dem Schreibtisch, Waffe und Brieftasche neben dem Telefon, und die Riemen seines Schulterhalfters hingen hinter dem Faxgerät von der Tischplatte herab, wo sie sacht in der kühlen Brise der Ventilatoren in der Fußleiste hin und her baumelten. Zurück auf die Straße, eine neue Variation zu diesem Thema. Mulder und Scully hatten das schon tausend Male hinter sich.

Gerade, als Mulder aufstehen und seine Sachen pak-

weisstücken suchte, ein weiteres Zeugnis für die bizarre Natur des Verbrechens. Das Ausmaß der Zerstörung war genauso, wie Mulder es nach der CNN-Reportage beschrieben hatte, und es sah ganz bestimmt nicht aus wie das Werk eines einzigen Mannes.

Scully fühlte Mulders Hand auf ihrer Schulter und folgte seinem Blick zum Boden vor ihren Füßen. Die mit Kreide gezeichneten Umrisse begannen irgendwo unterhalb einer Ecke des Bettgestells und beschrieben dann einen grausigen Bogen durch einen kreisförmigen Flekken getrockneten Blutes. *Teri Nestors Blut.*

»Ihren Anzügen nach zu urteilen, nehme ich an, daß Sie die beiden FBI-Agenten sind, vor denen mich Ihr Büro in Manhattan gewarnt hat«, sagte eine heisere Stimme hinter dem verbogenen Regal. Gleich darauf trat eine stämmige Frau mit breiten, muskulösen Schultern in ihr Blickfeld. Sie war ziemlich groß, etwa einmeterachtzig. Ihre mit Handschuhen verhüllten Hände hielten ein Klemmbrett, und um die glanzlosen blauen Augen unter ihrem krausen, dunklen Haar lagen tiefdunkle Ringe. »Detective Jennifer Barrett, NYPD.«

Scully übernahm die Vorstellung, wobei ihr der kraftvolle Händedruck der Frau auffiel. Das waren Pranken, keine Hände. Barrett überragte die zierliche, gerade einmetersechzig große FBI-Agentin um Haupteslänge, und obgleich sie aussah, als ginge sie mit großen Schritten auf die Fünfzig zu, schien sie eine Menge Zeit im Fitneßcenter zuzubringen. Ihr ungekämmtes Haar und die derben Gesichtszüge verschlimmerten noch die Wirkung ihrer beinahe schon erschreckenden Ausmaße. Scully fragte sich, ob Barrett unter einer genetisch bedingten Fehlfunktion der Hypophyse leiden mochte; Mulders Miene verriet ihr, daß ihm ganz ähnliche Gedanken durch den Kopf gingen.

Scully durchbrach das Schweigen, bevor es peinlich werden konnte, und wandte sich nach einigen kurzen Höflichkeitsfloskeln dem Fall zu. »Wenn wir richtig verstanden haben, ist Perry Stanton der einzige Verdächtige in diesem Mordfall. Basiert diese Annahme auf forensischen Beweisen?«

Barrett nickte, wobei sie auf die beiden Männer in den Overalls deutete, die sich noch immer über die Matratze beugten. »Nach dem, was wir bis jetzt wissen, war Stanton allein mit der Schwester, als der Mord geschah. Nach der Aussage des plastischen Chirurgen, Dr. Alec Bernstein, waren sie kaum fünf Minuten bei geschlossener Tür in dem Zimmer, als es zu dem Gewaltakt kam. Haare, Fasern und Fingerabdrücke bestätigen Bernsteins Aussage. Durch die Tür hat niemand das Zimmer betreten, und das Fenster liegt mehr als sechs Meter über dem Parkplatz.«

»Ein ziemlich langer Weg hier herauf«, kommentierte Mulder, der neben der Tür in die Knie gegangen war. »Und ein ebenso langer Weg bis nach unten.«

Scully sah sich nach ihm um. Er hielt seine Hand vor die Einbuchtung in der Tür und ahmte den tiefen Abdruck aus einigen Zentimetern Entfernung mit den Fingern nach. Scully wandte sich wieder ab und sah zu, wie Barrett zu dem zerbrochenen Fenster ging. Dort zog sie eine Ecke des gelben Papiers hoch. »Der Weg nach unten ist leichter als der nach oben. Man muß nur richtig landen. Stanton hatte Glück und hat das Gestrüpp am Rand des Parkplatzes getroffen. Wir haben abgerissene Fetzen seines Krankenhauskittels in den Ästen gefunden und noch mehr von Teri Nestors Blut. Wir haben eine Großfahndung für den ganzen Bezirk eingeleitet, aber bisher konnten wir keine Spur von ihm finden.«

»Also ist dieser Professor nach der Operation aus der Narkose erwacht«, nuschelte Mulder, »hat ein Krankenzimmer verwüstet und einer Schwester den Schädel zertrümmert, ehe er aus dem Fenster im zweiten Stockwerk in ein Gebüsch gestürzt ist. Und trotzdem ist er immer noch in der Lage, einer Polizeifahndung zu entgehen?«

Mulders Frage war an Scully gerichtet, doch die roten Flecken, die sich über Barretts Gesicht ausbreiteten, zeigten deutlich, daß sie Mulders Worten eine andere Bedeutung beimaß, als er beabsichtigt hatte. Sie wandte sich vom Fenster ab, verschränkte die gewaltigen Arme vor der Brust und verzog die Lippen zu einem Ausdruck größten Mißfallens. Ein schwerer Brooklyn-Akzent verzerrte nun plötzlich ihre Aussprache. »Hey, wollen Sie vielleicht Ihre eigenen Leute auf den Fall ansetzen? Ich wäre froh, wenn es eine andere Erklärung gäbe. Wegen dieser Geschichte hängen mir jetzt schon die Presseleute am Arsch. Wir mußten die Autopsie zweimal durchführen lassen. Die Fingerabdruckspezialisten waren wenigstens ein Dutzend Mal hier, und trotzdem finden wir keine neue Spur. Ein Täter, eine tote Schwester, eine Fahndung. Es ist mir egal, für wie schlau ihr euch haltet, ihr werdet auch nichts Neues entdecken.«

Scully starrte die Frau an, verblüfft über ihren gänzlich veränderten Tonfall. Sie war nicht frustriert, sondern offenkundig feindselig. Anscheinend ließ sie sich nicht gern etwas sagen, und ihr Temperament entsprach uneingeschränkt ihrer beachtlichen Körpergröße, woraus sich nach Scullys Ansicht eine wenig erfreuliche Verbindung ergab, also beschloß sie zu intervenieren, bevor Mulder sie noch weiter erzürnen konnte. »Wir sind nicht hier, um Ihnen bei Ihrer Arbeit im Weg zu stehen, Detective Barrett, wir wollen Sie lediglich bei der Jagd nach dem Täter unterstützen. Gibt es in Professor Stantons Lebenslauf irgend etwas, das diesen plötzlichen Gewaltausbruch erklären könnte?«

Barrett grunzte leise, während ihr Zorn langsam verrauchte. »Musterexemplar eines braven Bürgers bis zu der Transplantation. Keine Vorstrafen, nicht einmal ein Strafzettel wegen zu schnellen Fahrens. War sechzehn Jahre verheiratet, bis seine Frau im letzten Februar verstarb. Lehrt europäische Geschichte an der Universität, bietet zweimal in der Woche freiwillig seine Dienste in einem Erwachsenenbildungsprogramm der öffentlichen Bibliothek in der Innenstadt an.«

»Keine Hinweise auf Drogen oder Alkohol in seiner Vorgeschichte?« fragte Scully.

»Gelegentlich am Wochenende ein Glas Wein, sagt seine Tochter. Emily Kysdale, sechsundzwanzig Jahre, Kindergärtnerin aus Brooklyn. Laut Mrs. Kysdale war ihr Vater ein schüchterner, zurückhaltender, aber zufriedener Mann. Am liebsten hat er sich in der Bibliothek der Universität aufgehalten. Dort ist auch der Unfall geschehen, bei dem er sich die Verbrennung zugezogen hat.«

»Das paßt jedenfalls bestimmt nicht zu dem Profil eines Psychopathen«, kommentierte Mulder. Er stand neben dem waagerecht aus der Wand herausragenden Infusionsflaschenständer und versuchte zu schätzen, wie tief er in die Mauer eingedrungen war. »Dem vorläufigen Autopsiebericht zufolge war er einmeterzweiundsechzig groß und hundertdreißig Pfund schwer. Scully, was glauben Sie, wieviel dieser Ständer wiegt? Oder die Matratze?«

Für den Augenblick beschloß Scully, Mulders Frage zu ignorieren. Sie wußte nicht, ob er lediglich neugierig war oder ob er den Detective provozieren wollte. Mit einem Kopfnicken deutete sie auf das Klemmbrett in Barretts Hand. Deutlich erkannte sie das krankenhaustypische Format der Blätter unter der schweren Metallklammer. »Ist das Stantons Krankenblatt?«

Barrett nickte. Ohne Mulder aus den Augen zu lassen, überreichte sie Scully die Akte. »Der plastische Chirurg, Dr. Bernstein, ist die Daten bereits mehrfach mit mir durchgegangen. Er sagt, es hätte in Stantons Fall keine medizinischen Besonderheiten gegeben – und nichts, was seiner Ansicht nach einen psychotischen Schub hätte auslösen können. Aber eines habe ich in den letzten zwanzig Jahren im Morddezernat von New York auf jeden Fall gelernt: Menschen brauchen keinen Grund, um verrückt zu spielen.«

Die Akte umfaßte sechs Seiten mit hingekritzelten Befunden und Erklärungen. Stanton war mit einer durch heißen Dampf verursachten Verbrennung dritten Grades in das *Jamaica Hospital* eingeliefert worden. Er hatte außerdem über Atemprobleme geklagt und war intravenös mit Solumedol, einem starken Steroid, behandelt worden. Als sich seine Atmung wieder stabilisiert hatte, war er für die Operation vorbereitet und in den OP gebracht worden. Dr. Bernstein hatte eine Hautverpflanzung durchgeführt – das zerstörte Gewebe im Bereich der Verbrennung war entfernt worden, um ihn für die Transplantation vorzubereiten, ehe die Wunde mit Spenderhaut geschlossen worden war.

Die Operation war ohne Zwischenfälle vonstatten gegangen; Stanton war in seinem Krankenzimmer wieder zu sich gekommen und hatte lediglich geringe körperliche Beschwerden beklagt. Wäre alles gut verlaufen, so hätte das temporäre Transplantat zwei Wochen lang auf der Wunde bleiben sollen, bis Stanton ein endgültiges Transplantat aus einem anderen Bereich des eigenen Körpers, vorzugsweise aus der hinteren Leistengegend, erhalten hätte.

Wenn Scully auch keine plastische Chirurgin war, war sie doch durchaus imstande, die medizinischen Daten zu begreifen, und sie konnte in dem Operationsbericht nichts finden, was den Gewaltausbruch Stantons hätte auslösen können. Trotzdem gab es in der Akte einen Hinweis, den Scully als mögliche Erklärung in Erwägung zog.

Sie ging zu Mulder und zeigte ihm die medizinische Indikation. »Stanton hat eine ziemlich große Dosis Solumedol erhalten. Das ist ein extrem wirkungsvolles Steroid. Es gibt zahlreiche dokumentierte Fälle, in denen Patienten auf Steroide gewalttätig reagiert haben – eine Art allergischer, neurologischer Reaktion. Das kommt zwar relativ selten vor, ist aber bestimmt kein Einzelfall.«

Mulder starrte den Infusionsflaschenständer an, der zwischen ihnen in der Luft hing. »Steroidale Erregung? Scully, er hat das Solumedol schon vor der Operation erhalten, explodiert ist er aber erst Stunden später.«

Scully zuckte die Schultern. »Die Reaktion muß nicht sofort eintreten. Die Neurotransmitter bauen sich im Nervensystem auf. Die Operation könnte die körperliche Reaktion noch verstärkt haben, und als die Wirkung des Anästhetikums nachließ, ist die Psychose voll ausgebrochen.«

Mulder war nicht überzeugt. »Hätte Dr. Bernstein diese Möglichkeit gegenüber Barrett nicht erwähnen müssen?«

Barrett beobachtete sie vom Fenster aus, die Arme noch immer vor der Brust verschränkt. Schließlich hustete sie, wie um Scully und Mulder darauf hinzuweisen, daß sie nach wie vor anwesend war. »Ich würde mich bestimmt erinnern, wenn er das getan hätte. Im Augenblick ist er mit einer Laserbehandlung beschäftigt, aber

Sie können ihn gern noch einmal befragen, wenn er fertig ist.«

Scully nickte. Mulder schien die schlichte Erklärung für Stantons Psychose, die Scully so schnell herbeigezaubert hatte, nicht zufriedenzustellen. Während Scully ihm zusah, zog er ein Paar Latexhandschuhe aus der Jackentasche und über seine Finger. Dann legte er, von Barrett mit einem spöttischen Lächeln auf den übergroßen Lippen beobachtet, beide Hände behutsam auf den Infusionsständer.

»Er steckt gut fest. Ich habe zwanzig Minuten versucht, ihn herauszulösen, und ich bezweifle, daß *Sie* mehr Erfolg haben werden.«

Mulder begegnete der Herausforderung mit einem Lächeln, ehe er sein ganzes Gewicht an den Ständer hängte. Die Muskeln seiner Arme arbeiteten heftig unter den Ärmeln seines dunklen Anzugs, Schweiß rann über seine Schläfen, und die Anspannung schlug sich in seinen Zügen nieder. Eine volle Minute zerrte er an dem Ständer, ehe er keuchend aufgab. »Ich schätze, wir sind beide keine Champions.«

Nach kurzem Schweigen lachte Barrett. Es war ein Geräusch, irgendwo zwischen einem Dieselmotor und dem rasselnden Atem eines Sterbenden. Scully war erleichtert, daß Mulders Charme Barretts feindselige Haltung durchbrochen hatte. Solange sie zusammenarbeiten mußten, würde es gewiß hilfreich sein, wenn sie zivilisiert miteinander umgingen. Scully räusperte sich. »Solange wir auf Dr. Bernstein warten – Sie haben erwähnt, daß Stanton eine Tochter hat. Vielleicht kann sie uns weitere Informationen über Professor Stanton liefern.«

Barrett nickte. »Draußen im Korridor. Das hübsche Ding mit der Fingerfarbe auf dem Hemd. Sie ist schon hier, seit wir sie gestern nachmittag zur Befragung hergebracht haben, und sie weigert sich zu gehen, solange ihr Vater nicht gefunden ist. Gehen Sie vorsichtig mit ihr um, sie ist sehr zerbrechlich.«

Unwillkürlich wanderte Scullys Blick zu Barretts gewaltigen Händen, und sie fragte sich, ob Mulder das gleiche denken mochte wie sie. *Unter derartigen Pranken – wer wäre da nicht zerbrechlich?*

»Das ist einfach zu viel für mich. Sie müssen mir glauben, er könnte so etwas niemals tun. Nie.« Emily Kysdale starrte in ihren Kaffeebecher, während der Besucherstrom der Cafeteria hinter ihren herabhängenden Schultern vorbeirauschte. Mulder und Scully hatten der relativ anonymen Atmosphäre der Cafeteria den Vorzug gegenüber der Krankenstation gegeben, um der jungen Frau die Chance einzuräumen, außerhalb der direkten Nachbarschaft uniformierter Polizisten mit ihnen zu sprechen.

Emily zitterte furchtbar. Mitfühlend sah Scully die Gänsehaut auf ihren nackten Armen, und sie mußte sich des Bedürfnisses erwehren, die Hand auszustrecken und die Frau auf der anderen Seite des Tisches zu berühren, um ihr zu versichern, daß alles wieder gut werden würde. Doch die Wahrheit war, daß nichts wieder gut werden würde. Emilys Vater hatte eine Frau im Alter seiner Tochter ermordet; eine Frau mit einem Kind und einem Ehemann. Selbst wenn eine allergische Reaktion oder eine Geisteskrankheit oder ein unkontrollierbarer psychotischer Schub diese Gewalttat ausgelöst haben sollte, war es doch immer noch ein Mord.

»Mrs. Kysdale«, sagte Mulder mit besänftigender Stimme, während er sich neben Scully setzte. »Wir müssen Ihnen einige Fragen stellen. Ich weiß, daß das schwer für Sie ist, aber wir versuchen, Ihrem Vater zu helfen.«

Scully ahnte die Emotionen hinter der beinahe monotonen Stimme ihres Partners. Sie kannte ihn besser als jeder andere Mensch auf Erden, und sie konnte sich vorstellen, welche Gedanken ihm gerade durch den Kopf gingen. Emily war eine attraktive, schlanke, zerbrechliche Frau mit langem, dunkelblondem Haar und blaßgrünen Augen. Ihre Jeans und das farbverschmierte Hemd waren zerdrückt, und es war offensichtlich, daß sie seit dem Vorfall kein Auge zugetan hatte. Zweifellos berührte ihr Schmerz etwas tief im Inneren von Mulders Seele – vielleicht die Erinnerung an seine eigene Schwester. Wie eine Narbe tief im Herzen war Samantha Mulder stets präsent, als wartete sie im Verborgenen unter seiner Haut. Die einzigartigen Umstände von Samanthas Verschwinden – und Mulders unumstößlicher Glaube, daß sie von Außerirdischen entführt worden war – trugen um so mehr zu dem dauerhaften und aufrichtigen Charakter seiner Trauer bei. Das war es, was seine Besessenheit von dem Unerklärbaren nährte, und Emilys Kummer würde seine Entschlossenheit, die Wahrheit herauszufinden, nur noch verstärken, ganz gleich wie phantastisch diese Wahrheit auch aussehen mochte.

»Mein Vater war ein freundlicher Mann«, entgegnete Emily schließlich, wobei sie Mulder direkt in die mitfühlend blickenden Augen sah. »Er hat für seine Arbeit gelebt, für seine Forschung. Er war nie zuvor in Schwierigkeiten. Und er hat sich niemals beklagt, ist nie wütend geworden. Nicht einmal, als meine Mutter gestorben ist.«

»Mrs. Kysdale«, fragte Scully. »Hat Ihr Vater jemals unter Erkrankungen gelitten, die in seiner medizinischen Akte nicht auftauchen? Gab es irgendeine Virusinfektion, entweder kürzlich oder auch vor längerer Zeit?«

Emily zuckte die Schultern. »Nichts Besonderes. Er hatte dieses Jahr ein paar Mal die Grippe. Und vor zwei Jahren hatte er mit einer Lungenentzündung zu kämpfen. Der Blinddarm wurde ihm entfernt, als ich noch sehr jung war . . .«

»Wie steht es mit Allergien?« Scully tappte im dunkeln, aber einen Versuch war es wert. Ein anaphylaktischer Schock zog das ganze neurologische System in Mitleidenschaft, ganz ähnlich wie eine steroidale Reaktion. Wenn es in Stantons Vorgeschichte stark ausgeprägte Allergien gegeben haben sollte, so würde das ihre Theorie über das Solumedol stützen.

»Nicht, daß ich wüßte«, antwortete Emily. »Dr. Bernstein hat mir die gleiche Frage gestellt, als mein Vater in die Notaufnahme eingeliefert wurde. Ich bin hier angekommen, als sie ihm gerade ein Medikament verabreichen wollten, um ihm das Atmen zu erleichtern.«

Mit hellwachem Blick sah Scully Mulder an. »Intravenös verabreichte Steroide.«

Emily nickte. »Ich habe mich daran erinnert, daß er auch während der Lungenentzündung Steroide bekommen hat. Damals hatte er keine Probleme damit, und Dr. Bernstein sagte, daß es dann auch dieses Mal keine Schwierigkeiten geben dürfte.«

Scully lehnte sich auf dem Stuhl zurück. Sie konnte Mulders Schuhe unruhig auf dem gefliesten Boden unter dem Tisch pochen hören. Auch diese neue Information machte ihre Theorie über das Solumedol nicht vollends zunichte – aber sie ließ diese Möglichkeit weniger wahrscheinlich erscheinen. Vermutlich hatte Bernstein das Solumedol gegenüber Detective Barrett nicht erwähnt, weil Stanton es schon früher eingenommen hatte, ohne daß es zu unerwünschten Nebenwirkungen gekommen war. Scully wußte jedoch, daß der Mensch derartige

Überempfindlichkeiten in jeder Phase seines Lebens entwickeln konnte. Insektenbisse, Schalentiere, Erdnüsse und Steroide waren dafür bekannt, daß sie schon Menschen getötet hatten, die nie zuvor ein Problem mit diesen Wirkstoffen gehabt hatten. Wenn auch die Wahrscheinlichkeit abgenommen hatte, war das Solumedol doch immer noch ein möglicher Ansatzpunkt.

»Als Sie ihren Vater in der Notaufnahme gesehen haben«, fragte Mulder, »ist Ihnen da in seinem Verhalten oder seiner Erscheinung irgend etwas Außergewöhnliches aufgefallen?«

Emily zuckte die Schultern. »Er hatte diese furchtbare Verbrühung am Bein. Und er verlor immer wieder das Bewußtsein. Aber wenn er wach war, schien er ganz normal zu sein.«

»Und nach der Transplantation . . .«

»Ich hatte gar keine Gelegenheit mehr, ihn nach der Operation noch einmal zu sehen. Ich hatte mich gerade erst von den Kindern im Kindergarten verabschiedet und war wieder auf dem Weg zum Krankenhaus, als ich im Radio gehört habe, was passiert ist. Ich konnte es nicht glauben, und ich glaube es immer noch nicht.«

»Mrs. Kysdale«, fragte nun Scully. »Gab es in der Familie Ihres Vaters Fälle von Geisteskrankheit?«

Die Frage brachte Emily für einen Moment aus der Fassung. Als sie schließlich antwortete, klang ihre Stimme vorsichtig, als wäre ihr jetzt erst bewußt geworden, daß sie mit zwei FBI-Agenten sprach. »Meines Wissens nicht.«

Scully dachte nach; so sehr sich die junge Frau auch bemühte, sie zu unterstützen, würde Emily Kysdale ihnen doch nicht helfen können, die Ursachen für die Gewalttätigkeit ihres Vaters zu begreifen. Außerdem zeigte sich in der Veränderung ihres Tonfalls deutlich, daß Perry Stanton für sie ein Opfer war, kein Mörder. An der

Art, wie Mulder sie ansah, erkannte Scully, daß ihr Partner ganz ihrer Meinung war.

Was auch der Grund für seinen Ausbruch gewesen sein mochte, Perry Stanton war ein Verbrecher. Die Ursache war lediglich für die Frage seiner Schuldfähigkeit von Interesse. Selbst wenn der Auslöser für diese Tat im dunkeln bleiben würde, würde das nichts an den Fakten oder der Aufgabe ändern, die Mulder und Scully zu bewältigen hatten. Es war ihr Job, den Verbrecher zu fassen, der Teri Nestor umgebracht hatte, und im Augenblick kam für diese Tat nur Perry Stanton in Frage.

»Mrs. Kysdale, haben Sie irgendeine Idee, wo sich Ihr Vater versteckt halten könnte. Gibt es einen Ort, an dem die Polizei ihn vielleicht nicht suchen würde?«

Nun zitterte Emily am ganzen Leib, und sie hielt den Kunststoffbecher mit Kaffee in ihren Händen fest umklammert. Schließlich senkte sie den Kopf und atmete tief durch, bis sie sich wieder einigermaßen unter Kontrolle zu haben schien. »Sie waren in seinem Appartement, in seinem Büro, bei all seinen Freunden. Sie haben die Universität durchsucht. Sie haben überall nachgesehen, wo er hingehen könnte, sogar auf dem Friedhof, auf dem meine Mutter beerdigt ist. Aber ich konnte ihnen nicht helfen, denn der Mann, der diese Schwester umgebracht hat, ist nicht der Mann, den ich kenne. Mein Vater ist nicht der Mann, den sie suchen.«

Scully fühlte eine Last auf ihrem Herzen, als Emilys Kummer endlich durch ihre reservierte Fassade brach. Mulder hatte seine Gründe, mit der bekümmerten Frau zu fühlen – und Scully hatte die ihren. Der Mord an ihrer Schwester, der Tod ihres Vaters, sie wußte, was es bedeutete, ein Familienmitglied zu verlieren, und genau das war Emily Kysdale gerade passiert. Der Perry Stanton, den sie gekannt hatte, existierte nicht mehr.

Scully beugte sich über den Tisch und berührte die Hand der jungen Frau. Dann erhob sie sich und dankte ihr für ihre Hilfe. Mulder wartete noch einen Augenblick, während die Frau in ihren Kaffee weinte, ehe er Scully zum Fahrstuhl auf der Rückseite der Cafeteria folgte, der sie wieder hinauf in die Abteilung für plastische Chirurgie und zu Dr. Alec Bernstein bringen sollte. Kaum hatte sich die Fahrstuhltür geschlossen, sagte Mulder leise: »Ich glaube ihr, Scully. Ihr Vater ist nicht der Mann, den wir suchen.«

»Was wollen Sie damit sagen?«

»Sie haben doch gehört, was sie gesagt hat – er war ganz normal, als er in die Notaufnahme eingeliefert worden ist. Er war auch noch normal, nachdem ihm das Solumedol verabreicht wurde. Aber er war nicht mehr normal, als er nach der Operation wieder zu Bewußtsein kam. Er hätte anfällig sein sollen, benommen, hätte Schmerzen erleiden müssen; statt dessen war er zu einer ganz unglaublichen Gewalttat imstande, zu einem Kraftakt, den wir kaum umschreiben, geschweige denn verstehen können.«

Scully versuchte, in seinem Gesicht zu lesen, doch sie konnte nur sein Profil erkennen. Als der Fahrstuhl im vierten Stock in der Abteilung für plastische Chirurgie anhielt, führte er seinen Gedanken zu Ende. »Scully, während dieser Transplantation muß irgend etwas geschehen sein, was diese Veränderung in Perry Stanton bewirkt hat.«

Scully wußte nicht recht, was er meinte. »Mulder, das Einsetzen eines temporären Transplantats ist beinahe so verbreitet – und ganz bestimmt ebenso sicher – wie eine Appendektomie! Und sie beschränkt sich auf den verletzten Hautbereich – bei Stanton war das die rechte Hüfte.«

Doch noch während sie sprach, kam ihr ein Gedanke. Die Operation betraf vorrangig Stantons Hüfte, trotzdem gab es eine Interaktion mit seinem Blutkreislauf und dem Immunsystem. Vielleicht hatte Mulder recht: es war keineswegs unmöglich, daß das Transplantat selbst in irgendeiner Form auf Stanton einwirkte. Sie würde sich mit der einschlägigen Literatur befassen müssen, aber sie war überzeugt, schon einmal davon gehört zu haben, daß bestimmte Virusinfektionen auf eben diese Art übertragen werden konnten. Sie glaubte sich sogar zu erinnern, daß es Fälle gegeben hatte, in denen Krebserkrankungen durch ein Transplantat weitergegeben worden waren, vor allem Lymphadenome und das Karposisarkom. Diese Fälle waren zwar selten, aber durchaus im Bereich des Möglichen. Die Frage war nun, welche Erkrankung einen psychotischen Schub herbeiführen konnte.

»Etwas in der Art wie Meningitis«, murmelte Scully, als sich die Fahrstuhltür öffnete. »Oder Syphilis. Etwas, das eine Schwellung des Gehirns auslöst und das neurologische System beeinträchtigt.«

»Wie bitte?« fragte Mulder.

»Wenn das temporäre Transplantat mit einem durch Blut übertragbaren Virus infiziert war«, erklärte Scully, »könnte sich auch Stanton durch die Operation eine Infektion zugezogen haben, und es gibt viele Krankheiten, die zu explosiven Gewaltausbrüchen führen können.«

»Das habe ich nicht gemeint, Scully. Das Ausmaß der Gewalt sprengt die Skala eines psychotischen Schubes. Stanton hat sich nicht einfach eine Krankheit eingefangen – er wurde verändert. Er hat sich zu etwas verwandelt, das nicht einmal seine eigene Tochter wiedererkennen könnte.«

Scully wußte, daß mehr als schlichte Übertreibung aus

seinen Worten sprach. Mulders Vorstellungen waren noch nie von den Gesetzen der Wissenschaft eingeschränkt worden. Aber Scully hatte nicht die Absicht, sich von ihm in eine weitere wilde Phantasterei entführen zu lassen. Im Augenblick war dieser Fall in ihren Augen ein medizinisches Geheimnis, kein phantastisches. Diese Ermittlung fand auf ihrem Terrain statt.

Sie verließ den Fahrstuhl und betrat die Abteilung für plastische Chirurgie. »Manchmal liegt eine Veränderung in der Natur einer Erkrankung, Mulder.«

Mit deutlichem Interesse schaute Scully durch die Glasscheibe, während Dr. Bernstein vorsichtig sein Laserskalpell über den nackten Leistenbereich eines Patienten führte. Das Instrument hatte die Form eines Füllfederhalters und war mit einem langen, mehrteiligen stählernen Arm verbunden, an dem eine ganze Reihe Spezialspiegel angebracht war. Der Greifarm ragte aus einem einmeterzwanzig hohen, zylindrischen Gestell neben Bernstein heraus. Ein Pedal neben seinem Fuß gestattete ihm, Stärke und Reichweite des Laserstrahls zu kontrollieren.

»Interessante Gegensätze«, kommentierte Mulder, dessen Gesicht ebenfalls nahe der Scheibe war, während er den kleinen Operationsraum betrachtete. »Eine fünftausend Jahre alte Kunst, die durch eine gerade fünf Jahre alte Technologie ausgelöscht wird.«

Scully sah zu, wie das rote Führungslicht über die Ränder der gewaltigen Tätowierung auf dem Rücken des Patienten wanderte und zitternde Reflexionen in dem weißen Rauch erzeugte, der von der Haut des Patienten aufstieg, als die äußeren Hautzellen unter dem Einfluß der punktgenauen, extremen Hitze verdampften. Der Patient war bei Bewußtsein, doch er verspürte keinen Schmerz. Eine Lokalanästhesie reichte vollkommen, den Hautbereich, auf dem sich die Tätowierung befand, zu betäuben. Im Grunde konnte man diese Prozedur kaum als Operation bezeichnen. Von Bernstein und dem Patienten abgesehen, war lediglich eine Schwester zugegen, die den Blutdruck des Patienten kontrollierte.

»Ich schätze, es gibt überhaupt nichts wirklich Dauerhaftes mehr«, fuhr Mulder fort. »Alles kann ausradiert werden.«

»Es ist nur eine Tätowierung, Mulder. Das ist kaum der passende Ausgangspunkt für philosophische Betrachtungen.« Scully mußte sich zusammenreißen, nicht zurückzuzucken, als sich der Laser durch einen wunderbar gezeichneten Löwenkopf fraß und weiter über die braune Mähne wanderte. Sie dachte an das Bild auf ihrem eigenen Rücken: eine Schlange, die sich in den eigenen Schwanz biß, das Resultat einer Laune während einer Ermittlung, die sie vor etwas mehr als einem Jahr allein in Philadelphia durchgeführt hatte. Manchmal erinnerte sie sich kaum mehr an die Existenz der Tätowierung; zu anderen Zeiten genoß sie den Gedanken daran, daß sie die Courage besessen hatte, etwas zu tun, das so gar nicht zu ihrer äußeren Erscheinung paßte. Sie war eine Skeptikerin, aber gewiß keine Konformistin. Auch das trug dazu bei, daß sie und Mulder so gut zusammenarbeiten konnten.

Die Laserbehandlung dauerte noch weitere zehn Minuten; als Bernstein schließlich seine Arbeit beendete, blickte er auf und entdeckte Scully und Mulder auf der anderen Seite der Scheibe. Er sagte etwas zu der Krankenschwester, ehe er das Laserskalpell abschaltete und sich von seinem Patienten entfernte. Während die Schwester den behandelten Hautbereich mit antiseptischem Verbandsmull bedeckte, zog Bernstein seine Latexhandschuhe aus und ging zur Tür des Operationsraumes. Dort zog er sich die Maske vom Gesicht und ging hinaus in den angeschlossenen Desinfektionsraum, in dem Scully und Mulder ihn erwarteten.

»Ich vermute, Sie sind nicht wegen der Entfernung einer Tätowierung hier«, sagte Bernstein, wobei er seine Handschuhe in einen Mülleimer warf und den Raum in Richtung eines Doppelwaschbeckens auf der anderen Seite durchquerte. Er war großgewachsen, leicht übergewichtig mit beginnender Glatze, attraktiven Zügen und bemerkenswert schlanken, wohlgeformten Händen. Zu seinem grünen Operationskittel trug er Turnschuhe von der gleichen Farbe. »Also, wie kann ich Ihnen helfen?«

»Es tut mir leid, Sie zu stören, Dr. Bernstein. Ich bin Agent Scully, das ist Agent Mulder. Wir möchten Ihnen ein paar Fragen über Perry Stanton stellen.«

Bernstein nickte, während er die Hände in den Wasserstrahl hielt und sorgsam seine langen Finger massierte. Der besorgte Ausdruck seiner Augen entging Scully ebenso wenig wie das leichte Beben seiner Schultern. »Ich bin nicht sicher, ob ich Ihnen helfen kann. Mr. Stanton war vollkommen in Ordnung, als ich ihn verließ, und als ich zurückkam, war er bereits durch das Fenster verschwunden. Es war ein furchtbarer Anblick – so schlimm, ich bezweifle, daß ich ihn jemals vergessen werde. Oder verstehen.«

Scully konnte die Fassungslosigkeit in seiner Stimme hören. Er erinnerte sie an viele andere Ärzte, die sie während ihres Medizinstudiums kennengelernt hatte; er wußte nicht, was er mit dieser Erfahrung anfangen sollte, die seine Fachkenntnisse bei weitem überstieg. Scully bemühte sich, ihrer Stimme einen mitfühlenden Klang zu verleihen. »Die ganze Angelegenheit ist tatsächlich sehr mysteriös, aber wir arbeiten daran, eine Erklärung zu finden. In diesem Zusammenhang ist mir aufgefallen, daß Sie Solumedol verabreicht haben, um Mr. Stanton das Atmen zu erleichtern ...«

»Ja«, unterbrach Bernstein mit einer unduldsamen Handbewegung. »Detective Barrett hat mich schon nach dem Solumedol gefragt, nachdem Sie unten in dem Krankenzimmer mit ihr gesprochen haben, und Sie haben recht. Ich hätte ihr gleich davon erzählen sollen. Aber ich persönlich glaube nicht, daß das Steroid irgend etwas mit diesem Gewaltakt zu tun hat. Er hat erst vor recht kurzer Zeit die gleichen Steroide eingenommen – es ging um eine Lungenentzündung, ich glaube, das war vor drei Jahren. Es ist extrem unwahrscheinlich, daß er innerhalb so kurzer Zeit eine derart schlimme Allergie entwickelt hat.«

Scully nickte; sie hatte eine notwendige Frage gestellt und die erwartete Antwort erhalten. Das Solumedol war als Auslöser noch nicht ausgeschieden, aber, wie Dr. Bernstein gesagt hatte, es war äußerst zweifelhaft, daß dieses Medikament zu der Tat geführt hatte. Sie mußten ihre Suche auf andere Möglichkeiten ausdehnen.

Mulder gab das passende Stichwort, als Bernstein sich von dem Waschbecken abwandte und ein Handtuch aus dem Wandregal zog.

»Dr. Bernstein, wie steht es mit der Transplantation. Erinnern Sie sich an irgendwelche Auffälligkeiten im Verlauf der Operation? Irgend etwas Außergewöhnliches?«

Mit kraftvollen Bewegungen trocknete Bernstein seine Hände. »Ich habe schon Hunderte dieser Transplantationen durchgeführt, und immer ist alles gut verlaufen. Die ganze Operation hat nicht einmal eine Stunde gedauert. Ich habe die Wunde gereinigt, die Spenderhaut darüber gespannt und an Stantons Hüfte festgeklammert ...«

»Festgeklammert?« fragte Mulder mit hochgezogenen Brauen. Diese Frage hätte ihm auch Scully beantworten können, doch sie überließ das Feld dem plastischen Chirurgen.

»Ganz richtig. Das Gerät arbeitet ganz ähnlich wie ein Bürohefter – nur daß die Heftklammern aus gehärtetem Spezialstahl bestehen und vorher durch Hitze sterilisiert werden. Wie auch immer, ich habe die Haut über der Brandwunde festgeklammert und mit sterilem Verbandmull abgedeckt. In drei Tagen hätte ich den Verband wechseln wollen. In etwa zwei Wochen sollte dann die Spenderhaut wieder entfernt werden, wenn die Wunde weit genug abgeheilt gewesen wäre, ein endgültiges Transplantat zu erhalten.«

Scully hatte Mulder die Vorgehensweise erklärt, nachdem er in Stantons Akte davon gelesen hatte, aber es konnte ihnen beiden nicht schaden, von dem Experten noch eine Bestätigung zu erhalten. Immerhin lag Scullys Assistenzzeit in der Chirurgie schon recht lange zurück, und sie hatte sich während ihres Studiums nur einige Monate lang mit plastischer Chirurgie beschäftigt.

»Also dient die Spenderhaut nur als vorübergehendes Transplantat?« fragte Mulder.

»Das ist richtig. Das temporäre Transplantat besteht aus Fremdgewebe. Der Körper des Patienten würde es nach einigen Wochen abstoßen. Darum entnehmen wir etwas von der eigenen Haut des Patienten, um die Wunde endgültig zu schließen. In der Zwischenzeit verringert die Spenderhaut das Infektionsrisiko. Außerdem hilft sie uns, festzustellen, wann der verbrannte Hautbereich weit genug verheilt ist, ein dauerhaftes Transplantat aufzunehmen.«

»Wenn das temporäre Transplantat aus Fremdgewebe besteht«, unterbrach Scully, »welche Vorsichtsmaßnahmen werden dann ergriffen, um sicherzustellen, daß das Gewebe keinen Erreger trägt, der den Patienten mit einer übertragbaren Krankheit infizieren kann?«

Bernstein warf ihr einen flüchtigen Blick zu. Sie konnte ihm ansehen, daß er sich ebenfalls schon Gedanken über diese Frage gemacht hatte. Stanton war sein Patient, und so unfair und unlogisch es auch sein mochte, er wies auch sich selbst einen Teil der Schuld an dem zu, was geschehen war. »Die Wahrheit ist, daß von meiner Seite aus nicht viel passiert. Die Haut wurde uns von der Hautbank der Feuerwehr von New York geliefert; die Bank ist dafür verantwortlich, Bakterienkulturen anzulegen und die Haut auf virale Infektionen zu untersuchen. Aber dort verläßt man sich auch auf die medizinische Vorgeschichte, die im Krankenhaus des jeweiligen Spenders bekannt ist. Es gibt Millionen Dinge zu überprüfen, und es ist einfach unmöglich, jedes Detail zu erfassen. Wenn ein Spender an einer Infektionskrankheit stirbt, wird seine Haut von der Bank abgelehnt. Aber wenn er durch andere Ursachen zu Tode kommt und zufällig ein Virus trägt, so besteht die Gefahr, daß der über das Transplantat weitergegeben wird.«

»Eine geringe Gefahr?« fragte Mulder. »Oder ein beachtliches Risiko? Und könnte irgendeine Erkrankung, die auf diese Weise übertragen wird, sich auf das Gehirn des Patienten auswirken? Genug, um ihn zu einem gewalttätigen Zornesausbruch zu treiben?«

»Ich denke, so etwas passiert extrem selten«, entgegnete Bernstein, während er sich mit dem Rücken an die Waschbecken lehnte. »Aber es ist möglich. Man weiß beispielsweise, daß sich ein unentdecktes Melanom über eine Hauttransplantation ausbreiten kann. Es wächst unter der Haut in die Blutgefäße und erreicht so mit dem Blutstrom das Gehirn. Außerdem gibt es einige Viren, die aus den unteren Lagen der Epidermis auf die Kapillargefäße übergreifen können; Herpes, Gürtelrose, AIDS, Meningitis, Enzephalitis, die Liste geht endlos weiter. Aber die meisten dieser Krankheiten hätten sich bereits beim Spender gezeigt. Eine derart mikrobenverseuchte Haut würde gar nicht erst entnommen werden.«

Jedenfalls nicht ohne Grund, wie Scully im stillen dachte. Andererseits begingen Menschen nun einmal Fehler, und Mikroben waren oft nur schwer aufzufinden, selbst von einem erfahrenen Experten. Auf einem Stecknadelkopf hatten eine Million Viren Platz, und sie waren nur schwer nachzuweisen. »Hat Stanton nach der Operation irgendwelche Symptome gezeigt? Irgend etwas, das uns einen Hinweis auf eine virale oder bakterielle Infektion liefern könnte?«

Bernstein wollte gerade den Kopf schütteln, als er plötzlich innehielt. »Jetzt, da ich darüber nachdenke, gab es da doch etwas Sonderbares. Aber ich kann mir nicht vorstellen, wie das mit einem solchen Gewaltakt in Verbindung stehen sollte.«

Er rieb sich mit der Hand über den Nacken. »Da war eine kleine, kreisrunde Entzündung. Genau hier, am Nacken. Es sah aus, als würde sie aus Tausenden kleiner roter Punkte bestehen. Ich habe angenommen, daß es sich um eine hormonell bedingte Reizung handelt. Ganz ähnlich wie ein Insektenstich, nur ein bißchen größer. Ich bin kein Experte, aber ich kann mir keine ernsthafte Erkrankung vorstellen, die sich durch so ein Symptom äußert.«

Scully war nicht davon überzeugt, daß die seltsame Hautreizung etwas mit dem Fall zu tun hatte, aber sie speicherte die Information in Gedanken. Während sie darüber nachdachte, ob es noch etwas gab, das sie von dem plastischen Chirurgen erfahren konnten, sah Bernstein mit einem tiefen Seufzer zur Uhr. »Es tut mir leid, aber ich muß in ein paar Minuten ein Gesichtslifting durchführen – wie üblich. Ich trage eben meinen Teil dazu bei, Amerika schön zu halten. Wenn Sie noch weitere Fragen haben, finden Sie mich im OP 4 am anderen Ende des Ganges. Und sollte sich in dem Fall etwas Neues ergeben, so lassen Sie es mich bitte wissen. Teri Nestor war eine persönliche Freundin von mir – und Stanton war mein Patient. Ich weiß, daß das dumm ist, aber ich kann mich des Gefühls nicht erwehren, bei seiner Behandlung versagt zu haben.«

Er entschuldigte sich und verließ den Waschraum. Als er gegangen war, wandte sich Scully zu ihrem Partner um. Obwohl es inzwischen nach ein Uhr morgens war, fühlte sie sich von einem Strom neuer Energie durchdrungen. Angesichts der Fakten, von denen sie in den vergangenen Stunden Kenntnis erlangt hatten, war sie sicher, daß sie der Lösung des Falles näherkamen. Hier gab es einen faszinierenden Unterschied in der Persönlichkeit der beiden Agenten: Mulder ließ sich von Geheimnissen elektrisieren, während Scully ähnlich auf die bevorstehende Klärung eines Falles reagierte. »Ich glaube, es steht außer Frage, was wir nun zu tun haben. Während Barrett ihre Fahndung vorantreibt, müssen wir die Spur zurück zu der Hautbank verfolgen und herausfinden, ob das Transplantat irgendeinen Erreger getragen hat, der Stantons Gewalttätigkeit ausgelöst haben kann. Und wir müssen schnell handeln – schließlich wollen wir nicht, daß von dieser Haut noch etwas in einem anderen Patienten landet.«

Mulder antwortete nicht gleich. Statt dessen ging er zu dem Waschtisch. Bernstein hatte den Wasserhahn nur nachlässig abgedreht, so daß ein dünnes Rinnsal leise in das Becken tröpfelte. Mulder hielt seine Handfläche in den Strom. »Scully, glauben Sie wirklich, ein Virus könnte eine Erklärung für die Vorkommnisse in dem Krankenzimmer liefern?«

Verwundert starrte Scully auf seinen Hinterkopf. Sie hatten beide die gleichen Beweise gesehen, hatten die Befragungen gemeinsam durchgeführt – dennoch führten ihre Gedanken offensichtlich in zwei verschiedene Richtungen. *Wie immer.* »Absolut. Dr. Bernstein hat meine Theorie noch erhärtet. Es ist möglich, daß Stanton sich durch das Transplantat eine Infektion geholt hat – eine Krankheit, die sich auf sein Gehirn ausgewirkt hat – und auf seine Persönlichkeit. Wenn wir die Spur des Transplantats verfolgen, werden wir Gelegenheit haben, Genaueres herauszufinden. Und dann werden wir auch wissen, wie wir mit Stanton umzugehen haben, wenn wir ihn gefunden haben – und welche Vorsichtsmaßnahmen Barrett und ihre Mitarbeiter treffen sollten, um ihn zu verhaften.«

Mulder drehte den Hahn ab und trocknete seine Hand mit einem Handtuch aus dem Regal. »Eine Mikrobe, Scully? So erklären Sie sich das?«

»Haben Sie eine bessere Idee?«

Mulder zuckte die Schultern. »Wann immer Ärzte auf ein Geheimnis stoßen, das sie nicht erklären können, behaupten sie, Mikroben wären die Auslöser. Irgendein Virus oder eine Art Bakterium, etwas, das man nur durch ein Mikroskop erkennen kann, und manchmal kann man es auch gar nicht sehen. Wenn Sie mich fragen, ist das eine ausgesprochen bequeme Denkweise. Das ist die wissenschaftliche Methode, vorzugeben, etwas zu begreifen, das sich jeglichem Zugriff entzieht.«

»Mulder«, unterbrach ihn Scully frustriert. »Wenn Sie einen besseren Plan für unser weiteres Vorgehen anzubieten haben, höre ich Ihnen zu.«

»Eigentlich bin ich ganz Ihrer Meinung, Scully. Wir müssen die Spur dieses Transplantats zurückverfolgen. Wir müssen herausfinden, was aus Perry Stanton einen gewalttätigen Mörder gemacht hat. Aber ich bin nicht so sehr davon überzeugt, daß wir ein Mikroskop brauchen, um zu finden, was wir suchen.«

Scully sah, wie er auf die Tür zuging. »Was wollen Sie damit sagen?«

Er blickte sich nach ihr um. »Man braucht schon ein ziemlich großes Mikroskop, um einer Krankenschwester den Schädel zu zerquetschen.«

Als Scully Mulder auf den Gang hinaus folgte, entging ihr der großgewachsene, kräftige Mann, der sie aus dem inzwischen verlassenen Operationsraum auf der anderen Seite des Sichtfensters beobachtete. Der Mann trug eine blaue Sanitäteruniform, und der größte Teil seines jungen Gesichts verbarg sich hinter einer sterilen weißen Chirurgenmaske. Seine Haut war dunkel, möglicherweise asiatisch, sein schwarzes, kurzgeschorenes Haar steckte unter einer rosafarbenen, antiseptischen Haube.

Seine schmalen Augen folgten den beiden Agenten, bis sie aus seinem Blickfeld verschwanden. Dann zog er ein kleines Mobiltelefon aus seiner Tasche. Rasch wählte er eine Nummer, und seine Finger huschten hastig über die numerierten Tasten. Einige Sekunden später begann er mit leiser, nasaler Stimme zu sprechen. Die Worte waren fremd, und sein Ton stieg und fiel, während eine Silbe nach der anderen durch das dünne Material der Chirurgenmaske vor dem Mund des jungen Mannes drang. Eine kurze Pause trat ein, ehe eine tiefe Stimme von irgendeinem weit entfernten Ort aus antwortete. Der junge Mann nickte und schob das Mobiltelefon zurück in seine Tasche.

Ein erwartungsvolles Schaudern erfaßte seine Schultern. Dann grinste er, und seine hochangesetzten Wangenknochen drückten sich gegen den Rand der Chirurgenmaske. Für ihn bedeutete die vor ihm liegende Aufgabe mehr als nur ein Akt der Loyalität oder der Pflichterfüllung – für ihn war es ein Akt beinahe erotischen Vergnügens.

Seine Finger spannten sich, als er den beiden FBI-Agenten hinaus in den Korridor des Krankenhauses folgte.

Kapitel 4

Zwanzig Minuten später erschauerte Mulder in dem kalten Luftzug, als er dem ausladend gebauten Assistenten des Leichenbeschauers in den Kühlraum folgte, der ganz unten im Keller des New York Hospitals untergebracht war. Es war relativ einfach gewesen, die Spur der Haut zurück über die Brücke an der 59. Straße zu verfolgen. Doch gleich darauf waren er und Scully dem ersten Hinweis darauf begegnet, daß ihre Untersuchung doch nicht so einfach verlaufen würde – und gleichzeitig hatte Scullys wachsender Glaube, die sonderbaren Umstände in diesem Fall mit konventionellen, medizinischen Methoden lösen zu können, einen empfindlichen Schlag verkraften müssen. Wie Mulder es vorausgesagt hatte, würde Stantons Veränderung nicht durch einen schnellen Besuch in der Hautbank der Feuerwehr von New York aufgeklärt werden können.

»Verschollen«, hatte Scully gesagt, als sie das Telefongespräch beendet hatte, während sie und Mulder das

Jamaica Hospital verließen. »Sie sind nicht in der Lage, die sechs Schalen mit entnommenen Hautstreifen aufzutreiben, von denen Stantons Transplantat stammt.«

Der Verwaltungschef der Hautbank hatte Scully versichert, das FBI würde sofort benachrichtigt werden, wenn die vermißten Schalen gefunden würden. Außerdem hatte er darauf beharrt, daß dies kein Grund zur Besorgnis wäre; die vollkommen unterbesetzte und wirtschaftlich notleidende Hautbank hatte es jede Woche mit mehreren hundert Pfund Haut zu tun, und Fehler wie dieser waren keineswegs ungewöhnlich. Und obwohl es ihm nicht gelungen war, die entnommene Haut zu finden, hatte der Verwaltungschef Scully doch zumindest Namen und Aufenthaltsort des Spenders nennen können: Derrick Kaplan, derzeit wohnhaft in der Leichenhalle des New York Hospitals.

Während Scully den Aussagen des Verwaltungschefs unbesehen Glauben schenkte, fühlte Mulder, wie sein eigenes Mißtrauen wuchs. Er glaubte nicht, daß Stantons Verhalten durch irgendwelche bekannten Mikroben erklärt werden konnte – und nun war überdies die Haut verschwunden. Für einen reinen Zufall war das ein bißchen viel. Dennoch hatten er und Scully nun eine Spur, der sie nachgehen konnten. Während das NYPD mit seiner Suche nach Stanton beschäftigt war, würden er und Scully das Hauttransplantat bis zu seiner Quelle zurückverfolgen.

Nachdem Scully das Gespräch mit der Hautbank beendet hatte, hatten sie und Mulder sich gleich auf den Weg zum New York Hospital gemacht. Nach einem kurzen Zwischenstopp an der Rezeption war es ihnen gelungen, den Assistenten des Leichenbeschauers halb schlafend in seinem Büro, zwei Stockwerke unter der Notaufnahme, aufzutreiben. Kleingewachsen, das blonde lockige Haar ungekämmt, war Leif Eckleman genau der Typ Mann, den Mulder an einem Arbeitsplatz in der Leichenhalle im Kellerlabyrinth eines Krankenhauses vorzufinden erwartet hatte. Auch war Mulder nicht überrascht gewesen, eine halb geleerte Dreiviertelliterflasche Jack Daniels in der oberen Schublade des unaufgeräumten Schreibtisches zu entdecken. Alkohol gehörte gewissermaßen zum Job, und Mulder war bemüht, sich nicht zu einem vorschnellen Urteil hinreißen zu lassen.

»Die beiden Jungs von der medizinischen Fakultät waren am Freitag noch spät in der Nacht hier«, murmelte Eckleman, als er den rechteckigen Raum durchquerte und auf die Aktenschränke zuging, die in ebenmäßiger Flucht an einer der Backsteinwände aufgebaut waren. Seine Aussprache war ein wenig undeutlich, aber Mulder konnte nicht erkennen, ob der Alkohol die Schuld trug oder lediglich die Tatsache, daß sie den Mann aus dem Schlaf gerissen hatten. »Josh Kemper und ein Freund von ihm – ich glaube, er hieß Mike. Haben im OP 6 gearbeitet, oben in der Chirurgie. Haben hinterher anständig aufgeräumt. Keiner der Ärzte hat sich beschwert.«

Eckleman zog eine Aktenschublade auf und begann, die Hängemappen im Inneren durchzublättern. Mulder sah zu, wie Scully durch den Raum schlenderte, wobei ihre niedrigen Absätze auf dem gefliesten Boden klapperten. Ihr Blick klebte an der Wand mit den Leichenschränken, die sich über die ganze Länge des Raumes zogen. Mulder zählte mindestens sechzig Schubladen, und er wußte, daß dies lediglich einer von achtzig ebensolchen Kühlräumen war, die gemeinsam die Leichenhalle des Krankenhauses bildeten. New York war nun einmal eine große Stadt. Hier war es schwer, eine Wohnung zu finden, und vermutlich war es ebenso schwer, die richtige Schublade zu finden.

»Hier ist es«, sagte Eckleman schließlich, wobei er eine Hängemappe aus dem Aktenschrank hervorzog. »Mike Lifton, das war der Name von dem anderen Jungen. Beide waren im dritten Jahr an der medizinischen Fakultät Columbia. Sie haben für ihre Hautspende um drei Uhr fünfzehn morgens unterschrieben. Derrick Kaplan, Kaukasier, Mitte Dreißig, blond, blaue Augen, Schubfach zweiundfünfzig.«

Mulder ging bereits auf die Schubfächer an der anderen Wand zu, während Scully sich an Eckleman wandte und die Aufschrift auf der Aktenmappe studierte. »Darf ich die Akte einmal sehen?«

Achselzuckend übergab Eckleman ihr die Mappe. »Da gibt es nicht viel zu sehen. Kaplan ist mit Brustschmerzen in die Notaufnahme eingeliefert worden. Später ist er auf der Intensivstation an akutem Kreislaufversagen gestorben. Hatte einen Spenderausweis in der Brieftasche. Die Hautburschen haben ihn zuerst bekommen, weil der Lieferwagen von der Augenbank in dem Unfall auf dem FDR-Drive feststeckte. Die Massenkarambolage, wissen Sie? In der einen Nacht habe ich sieben Leichen eingesammelt, aber nur Kaplan hatte eine Geierkarte.«

»Geierkarte?« hörte Mulder Scully fragen, als er endlich die Stahlschublade mit der Nummer zweiundfünfzig entdeckt hatte, die in schwarzer Schrift auf einem Pappetikett prangte. »So nennen Sie hier den Organspenderausweis?«

»Wenn Sie hier unten arbeiten, müssen Sie morbid werden. Außerdem habe ich nichts gegen Geier. Verdammt fleißige Vögel – die lassen nichts verkommen. So sehr unterscheiden sie sich nicht von den Ernteleuten, wenn man es recht bedenkt.«

Mulder war nicht überzeugt, ob er das überhaupt bedenken wollte. Er tastete nach dem Handgriff unter dem numerierten Etikett und zog behutsam daran. Mit einem leisen, metallischen Ächzen öffnete sich das Schubfach. Mulder wartete einen Augenblick und sah Scully an, doch sie war in Kaplans Akte vertieft. Mulder räusperte sich.

Scully sah auf. Ihr Partner deutete auf das Innere des Schubfaches, und Scully erbleichte augenblicklich.

Das Schubfach war leer. Rasch wandte sie sich wieder zu dem Assistenten des Leichenbeschauers um. »Mr. Eckleman?«

Eckleman wischte sich mit dem Handrücken über die wulstigen Lippen. Dann lachte er nervös. »Hoppla. Das ist nicht gut. Sind Sie sicher, daß das Fach Nummer zweiundfünfzig ist?«

Mulder überprüfte noch einmal die Zahl auf dem Etikett. »Kann es sein, daß der Leichnam fortgebracht worden ist?«

Rasch ging Eckleman zu dem Aktenschrank zurück. »Sollte er nicht. Aber manchmal tauschen sie einfach die Plätze. Ganz besonders in arbeitsreichen Nächten. Und Freitag war eine arbeitsreiche Nacht. Sieben Leichen, wie ich schon sagte. Außerdem kann es natürlich immer passieren, daß die Jungs den Leichnam nach der Organentnahme in eine falsche Schublade legen.«

Er unterbrach sich, während er eine Handvoll Aktenmappen aus dem Schrank zog. Dann begann er, sie schweigend zu lesen, und Mulder ging zurück zu Scully, die noch immer Kaplans Akte studierte. »Irgend etwas Auffälliges, Scully?«

Scully schüttelte den Kopf. »Nichts, was auf eine Virusinfektion hindeutet. Aber wir brauchen den Leichnam, um sicherzugehen. Oder wenigstens ein Stück von seiner Haut.«

Mulder fühlte das Adrenalin in seinen Adern pulsieren. Zuerst die verschwundenen Schalen aus der Hautbank – jetzt ein verschwundener Leichnam. Andererseits wollte er nichts überstürzen. Er betrachtete den nervösen, halbbetrunkenen Leichenbeschauerassistenten; es war durchaus vorstellbar, daß dieser Mann die Schubladen verwechselt hatte.

»Ich werde die anderen sechs Leichen überprüfen, die in der Nacht hereinkamen. Und alle leeren Schubfächer. Müßte mit dem Teufel zugehen, wenn wir den Knaben nicht finden.« Eckleman klemmte sich die Hefter unter den rechten Arm und hastete zu der Wand mit den Schubfächern hinüber. Dann begann er, die Schubladen zu öffnen, wobei er nervöse Selbstgespräche führte. Mulder konnte deutlich erkennen, wie verlegen der Mann war. Möglicherweise war etwas Ähnliches schon früher vorgekommen. »Fach dreiundfünfzig ist in Ordnung. Angela Dotter, eines der Unfallopfer. Hat sich ein Steuerrad in die Rippen gerammt. Vierundfünfzig und fünfundfünfzig sind auch in Ordnung. Und hier haben wir noch ein Unfallopfer. Der Bursche kann kaum älter als zwanzig ...«

Mitten im Satz brach Eckleman ab, als die Front des nächsten Schubfachs neben seinen Knien stoppte. Dann fing er an zu murmeln, halb an sich selbst gewandt. Die Heftmappen entglitten seinem Arm. Einzelne Blätter flogen heraus, als die Aktenmappen auf den Boden fielen. »Was zum Teufel ...? Das kann doch nicht stimmen!«

Er streckte die Hand aus, und das Geräusch eines Reißverschlusses hallte durch den Raum. Mulder trat näher heran, als Eckleman sich über das Etikett am Fuß des Toten beugte. »Derrick Kaplan. Das ist er. Aber das ergibt keinen Sinn.«

Mulder blickte dem Mann über die Schulter. Der

Leichnam starrte aus weit geöffneten blauen Augen zur Decke, und Mulder hörte, wie Scully geräuschvoll ausatmete, als sie sich zu ihm gesellte. Sofort war offensichtlich, was mit diesem Leichnam nicht stimmte.

Derrick Kaplan fehlte nicht das kleinste Stück seiner Haut.

»Verdammt«, fluchte Eckleman, während er sich erneut über die aufgedunsenen Lippen wischte. »Die kleinen Geier müssen den falschen Leichnam gehäutet haben.«

»Den falschen Leichnam?« hakte Mulder nach.

Eckleman antwortete nicht. Statt dessen bückte er sich und fing an, die leeren Schubfächer in der untersten Reihe zu öffnen. Jedesmal, wenn er erneut in eines dieser Fächer starrte, fluchte er, und seine Verwünschungen wurden mit jedem Fach blumiger und obszöner. »Dafür kann man mir aber nicht die Schuld in die Schuhe schieben. Auf gar keinen Fall ist das meine Schuld. Ich häute schließlich niemanden. Ich war nicht einmal hier . . .«

Eckleman unterbrach sich, als ihm plötzlich bewußt wurde, daß er das letzte Schubfach erreicht hatte. »Verdammter Hurensohn. Wenn sie ihn nicht zu einer anderen Leiche gelegt haben, dann ist er nicht hier.«

Mulder betrachtete die lange Reihe offenstehender, leerer Schubfächer. Er wußte nicht recht, ob er enttäuscht oder fasziniert sein sollte. »Können wir wenigstens herausfinden, welcher Leichnam vermißt wird?«

»Vermutlich derjenige, der ursprünglich in diesem Schubfach liegen sollte«, entgegnete Scully, wobei sie auf Derrick Kaplans Leichnam deutete. »Haben Sie nicht gesagt, daß in diesem Fach eine der sieben Leichen liegen sollte, die in derselben Freitagnacht hereingebracht worden sind?«

Eckleman nickte und ging zurück zu dem Aktenstapel, den er zu Boden fallengelassen hatte. Seine Stummelfinger zitterten, während er nach dem passenden Ordner suchte. »Ein John Doe. Wurde nach dem Unfall, von dem ich Ihnen erzählt habe, in die Notaufnahme gebracht. Ebenfalls blond, blaue Augen, aber erst Anfang bis Mitte Zwanzig. Hatte eine Drachentätowierung auf seiner rechten Schulter.«

»War John Doe ein Traumapatient?« fragte Scully. »Ist er an Verletzungen gestorben, die von dem Unfall stammen?«

Stille kehrte ein, während Eckleman die Unterlagen überflog. Dann schüttelte er den Kopf. »Eigentlich nicht. Es gab keine äußerlichen Anzeichen für eine Verletzung. Die beiden Assistenzärzte, die ihn behandelt haben, wußten nicht, woran er gestorben ist. Er war für eine Autopsie um acht Uhr morgen früh eingeplant.«

Mulder und Scully sahen einander an. *Ein vermißter Leichnam und eine Autopsie, die in weniger als fünf Stunden stattfinden sollte.* Ihre Spur führte mehr und mehr in die Irre, und trotz aller Mühe war es ihnen nicht gelungen, auch nur das kleinste Fitzelchen von der Spenderhaut aufzutreiben.

»Ich sollte das lieber melden«, grummelte Eckleman, während er auf die Tür zuging. »Cavanaugh, der Verwaltungschef, wird meinen Arsch zum Frühstück verspeisen, aber ich sage Ihnen, das war nicht mein Fehler. Ich habe verdammt nochmal nicht dem falschen Leichnam die Haut abgezogen.«

Mulder sah zu, wie der Mann aus dem Kühlraum hinaustrottete. Dann drehte er sich wieder zu Scully um, die sich gerade in den Ordner von John Doe vertieft hatte. »Das ist eine gewaltige Institution, mit der wir es hier zu tun haben, und es ist schon sehr spät. Um drei Uhr morgens geht leicht etwas verloren. Um acht Uhr morgens ist es meistens wieder da. In der Zwischenzeit sollten wir mit diesen beiden Medizinstudenten sprechen. Wenn irgend etwas von diesem John Doe weitergegeben worden ist, sind sie ganz offensichtlich diejenigen, die uns etwas darüber sagen können.«

Da John Does Leiche verschwunden und Perry Stanton noch immer auf der Flucht war, waren die beiden Medizinstudenten auch die einzigen, die ihnen etwas über diese Sache erzählen konnten. Mulder fühlte, wie sich sein Pulsschlag erhöhte, als sein Blick erneut zu der leeren Schublade wanderte. Irgendwie kam ihm das rechteckige, stählerne Fach ohne eine Leiche weit aussagekräftiger vor. Es war, als würden sie ein Grab ausheben und einen leeren Sarg vorfinden.

Entgegen Scullys Worten glaubte Mulder nicht, daß das Verschwinden des Leichnams ein Zufall war. Er war überzeugt, daß der Schlüssel zu der Tragödie im Krankenzimmer in John Does Haut zu suchen war. Und er war nicht bereit, irgendeine Erklärung anzuerkennen, die nicht aufdecken konnte, was tatsächlich mit Perry Stanton geschehen war – ganz gleich wie vernünftig sie auch klingen mochte.

Kapitel 5

Wie ein Teppich aus Smaragden glitzerte das zerborstene Glas in dem hellen Dreieck; scharfkantige, grüne Glasscherben verteilten sich in der Form eines aufgedunsenen Julimondes über dem schwarzen Asphalt. Perry Stanton stand unter einer

Straßenlaterne am Rinnstein, und seine schmalen Schultern hoben und senkten sich unter dem zerrissenen Krankenhauskittel. Vor sich erkannte er die Flaschenhälse, die aus den Scherben herausragten wie phallische Eisberge, Spuren eines alkoholumwölkten Zornausbruchs oder einer Studentenparty, deren buntes Treiben sich über die dunklen Straßen von Brooklyn ergossen hatte. Stanton schwirrte der Kopf, als die Scherben unter seinen Augen zu wachsen schienen, mächtige grüne Dornen verspotteten ihn, forderten ihn heraus und lockten ihn, näherzukommen.

Plötzlich öffnete sich sein Mund, und ein dumpfes Stöhnen ertönte in der nächtlichen Luft. Seine nackten Füße verkrampften sich auf dem Gehweg, und seine Wirbelsäule bog sich zurück. Die Muskeln in seinen Hüften spannten sich, und er warf sich nach vorn, tauchte Hals über Kopf in die dunkle Straße ein. Sein Körper schlug auf den Glasscherben auf, und er rollte sich auf den Splittern hin und her, während er mit beiden Armen wild um sich schlug.

Er hörte, wie der Krankenhauskittel riß, hörte das Glas unter seinem Gewicht bersten. Doch er empfand keine Erleichterung. Das Glas konnte das grauenhafte Stechen nicht lindern. Die Scherben hätten ebenso leicht durch seine Haut dringen sollen, wie sie den dünnen Kittel aufgeschlitzt hatten, und doch hielt das schreckliche Kribbeln unvermindert an. Es fühlte sich an, als würde jeder Zentimeter seines Körpers von winzigen, hungrigen Maden heimgesucht. Es war so furchtbar, daß er nicht einen einzigen klaren Gedanken fassen konnte, so entsetzlich, daß jeder Befehl aus seinem Gehirn scheinbar tausendmal zurückhallte, ehe er den Weg zu seinen Muskeln fand.

Während er flach auf dem Rücken in dem zerbrochenen Glas lag, schlug er die Handflächen vor die Augen, und ein gequältes Wimmern stieg aus seinen Lungen empor. Was zum Teufel ging nur vor? *Was zum Teufel stimmte nicht mit ihm?*

Er fühlte etwas Warmes, Flüssiges an seinen geschlossenen Lidern und zog hastig die Hände fort. Als er die Augen wieder öffnete, starrte er auf seine blutroten Handflächen. Rasch mühte er sich auf die Knie, und neue Tränen brannten in seinen Augen.

Trotz des entsetzlichen Stechens erinnerte er sich noch immer an den Kopf der Frau zwischen seinen Händen. Noch immer konnte er hören, wie die Knochen geborsten waren, als er zugedrückt hatte. Noch immer konnte er sehen, wie ihre Augen aus den Höhlen traten, wie Blut aus ihren Ohren sprudelte, wie ihre Wangen einfielen – noch immer fühlte er sie zwischen seinen Händen. *Zwischen seinen Händen.*

Und das Schlimmste von all dem: er konnte noch immer den glühenden Zorn fühlen, der in seinem Körper gewütet hatte. Der Zorn, der all sein Denken und seinen Verstand überwältigt hatte, ihn aus dem Krankenhausbett getrieben hatte. Dieser grimmige Zorn hatte irgendwo zwischen den Stichen seinen Ursprung; gleich einer unglaublichen Hitze hatte er sich durch sein Fleisch gebrannt. Er hatte das Gefühl gehabt, seine Adern und Venen hätten Feuer gefangen, seine gesamten Innereien würden unter dem Einfluß dieser heißen Flammen zu kochen beginnen.

Dann war der Zorn in seinen Kopf eingedrungen, und alles war der Weißglut zum Opfer gefallen. Er hatte die Krankenschwester gesehen, wie sie sich über ihn beugte, und es war, als sähe er sie durch die Augen eines Fremden. Der Zorn hatte die Kontrolle übernommen, und er hatte ihren Kopf mit seinen Händen gepackt.

Danach war alles furchtbar schnell gegangen. Das Stechen, der Zorn, der ihn dazu trieb, alles in seiner Reichweite zu zerstören. Und dann hatte sich ein einziger Gedanke in all der Qual bemerkbar gemacht: Flucht.

Sein Kopf zuckte vor und zurück, als neue Schauer von seinem Körper Besitz ergriffen. Stolpernd kam er auf die Füße und schüttelte das Glas aus dem zerfetzten Stoff des Kittels. *Flucht.* Irgendwo in den kümmerlichen Überresten seines Geistes wußte er, daß das nicht sein eigener Gedanke war. Auch er entstammte dem schrecklichen Stechen. *Irgendwo in seiner Haut.*

Ihm blieb keine Wahl als sich zu fügen. Wann immer er Widerstand leistete, wurde das Stechen noch schlimmer. Also taumelte er voran, und unter seinen nackten Füßen knirschte das Glas. Er wußte nicht recht, wo er war, aber er wußte, daß er nicht weit von dem Sirenengeheul und den Rufen entfernt war. Er durfte nicht zulassen, daß sie ihn fanden. Allzu gut wußte er, zu was das Stechen und der Zorn ihn treiben würden, wenn sie ihn erwischen sollten. *Noch mehr Schädel zwischen seinen Händen . . .*

Plötzlich zerrte ein Kreischen an seinen Trommelfellen. Aus glasigen Augen blickte er auf. Er sah die gelbe Motorhaube eines Taxis um die vor ihm liegende Kurve schleudern, sah den erschrockenen Fahrer, der mit aller Macht die Hand auf die Hupe preßte. Nur eine kurze, eingefrorene Sekunde, dann berührte der vordere Kotflügel Stantons linke Hüfte.

Endlich kam der schleudernde Wagen zum Stehen. Stanton blickte an sich herab und sah, daß die verbeulte Motorhaube sich halb um sein Bein gewickelt hatte. Er trat einen Schritt zurück, und sein ganzer Körper begann heftig zu zittern. Das Stechen erfaßte seine Hüften, seine Brust, sein Gesicht. *Nein, nein, nein!*

Die Fahrertür öffnete sich, und ein großer, dunkelhäutiger Mann stürzte aus dem Wagen. Er sah Stanton und brüllte irgend etwas. Dann erst bemerkte er sein ruiniertes Taxi. Seine Augen weiteten sich ungläubig. »Mister, sind Sie okay?«

Stantons Haut fing Feuer, und sein Geist fiel der weißen Glut zum Opfer. Er versuchte, dagegen anzukämpfen, versuchte die Befehle aufzuhalten, ehe sie seine Muskeln erreichen konnten. Er versuchte, daran zu denken, wie er früher war – nett, freundlich und schwach. Schließlich bemühte er sich, sich auf das Bild seiner Tochter zu konzentrieren, geliebte Emily, und auf sein Leben vor der Transplantation.

Doch die Gedanken verschwanden, als die Maden sich ihren Weg über seine Haut bahnten. Mit einem Ausdruck des Wahnsinns in den verzerrten Zügen sprang er vor. Der Taxifahrer sah das Blut an seinen Händen, und plötzlich erkannte er die Gefahr. Er drehte sich um und rannte schreiend die dunkle Straße hinunter.

Stanton stolperte hinter ihm her, und nur ein Wort hallte wieder und wieder durch seinen Geist.

Lauf! Lauf! Lauf!

Kapitel 6

Als Mulder die steinernen Stufen hinaufstieg, die in das *J.P. Friedler*-Gebäude für Medizin auf dem Campus der medizinischen Fakultät Columbia führten, hatte sich der Himmel bereits dunkelgrau verfärbt. Er mußte nicht erst zur Uhr sehen, um zu wissen, daß es fünf Uhr morgens war; seine Muskeln verbreiteten das sonderbare, steife Gefühl, das deutlich verkündete, daß er beinahe vierundzwanzig Stunden nicht geschlafen hatte. Ihm war bewußt, daß er und Scully nicht mehr lange so weitermachen konnten, aber solange Perry Stanton nicht im Gefängnis war, zwangen die geheimnisvollen Begleitumstände dieses Falles sie zu einem erbitterten Wettlauf gegen die Zeit.

Erst vor wenigen Minuten hatte Scully ihm die neuesten Nachrichten von Barretts Fahndung am Telefon durchgegeben. Stanton hatte irgendwo im Norden Brooklyns ein Taxi zertrümmert. Der Fahrer war gerade noch mit dem Leben davongekommen. Die Suche konzentrierte sich nun auf ein fünf Häuserblocks umfassendes Gebiet, und Barrett war zuversichtlich, Stanton innerhalb der nächsten Stunden zu fassen.

Damit wurde es für Mulder und Scully noch wichtiger, eilends voranzukommen. Sie hatten sich bereits getrennt, um die beiden Medizinstudenten so schnell wie möglich zu finden, und dennoch konnte Mulder nur beten, daß sie es noch rechtzeitig schaffen würden. Wenn Scullys Theorie zutreffen sollte, so wütete ein gefährlicher, kranker Mann noch immer in den Straßen New Yorks. Und wenn Mulder recht haben sollte ... Eine Krankheit konnte das Phänomen, dem sie nachjagten, nicht einmal ansatzweise erklären: ein Phänomen, das imstande war, einen stillen, freundlichen Professor in einen gewalttätigen Mörder mit übermenschlicher Kraft zu verwandeln.

Es dauerte einige Minuten, bis Mulder das Anatomielabor im dritten Stockwerk des weitläufigen Steingebäudes erreicht hatte. Außer Atem verließ er das ganz in Marmor gehaltene Treppenhaus. Vor der Doppeltür zu dem Labor lehnte er sich für einen Augenblick an die Wand, um zu verschnaufen. Durch ein rundes Fenster in der Mitte einer der Türen konnte er in den höhlenartigen

Raum hineinsehen. Er war beinahe fünfzig Meter lang und rechteckig. Zwei parallel angeordnete Reihen hüfthoher Stahltische zogen sich über die ganze Länge des Raumes. Vage konnte Mulder die Wölbungen auf den Tischen ausmachen; die Leichen waren in durchsichtige Plastiksäcke eingehüllt, und an jedem Tisch, gleich neben den Abflußrinnen für Körperflüssigkeiten, befanden sich kleinere Rolltische mit leuchtendroten Plastikschalen, die dazu dienten, die entnommenen Organe aufzunehmen. Mulder würgte seine Übelkeit hinunter, als er die Handfläche an die Tür legte. Diese Reaktion hatte mehr physiologische als mentale Ursachen; er hatte im Verlauf seiner Karriere viele Leichen gesehen, und er war von Natur aus nicht zimperlich. Aber die klinische Atmosphäre in dem Autopsiesaal berührte etwas Primitives in seinem Inneren. Hier war der menschliche Körper nur noch ein Stück Fleisch. Hier gab es keinen Platz mehr für Philosophien vom Leben, von der Seele oder von Gott selbst. Hier wurde menschliche Existenz durch leuchtendrote Organschalen aus sterilem Kunststoff und Abflußrinnen aus rostfreiem Stahl definiert.

Er öffnete die Tür und betrat das langgestreckte Labor. Der strenge Geruch von Formaldehyd drang in seine Nase, und er mußte sich zusammenreißen, um nicht zu würgen. Sein Blick wanderte über die Leichentische, sprang von Beutel zu Beutel, bis er schließlich seine Beute entdeckte, allein, am anderen Ende des Raumes über einen geöffneten Leichensack gebeugt. Aus dieser Entfernung sah Michael Lifton groß und schlaksig, sein kurzes Haar leicht rötlich und seine Züge jugendlich aus. Er trug eine karmesinrote Jogginghose und ein graues, sportliches T-Shirt unter seinem weißen Laborkittel. Auf dem Rollwagen am Kopfende des Autopsietisches lag ein aufgeschlagenes, dickes Buch. Lifton schien vollends von dem vor ihm liegenden Leichnam gefesselt zu sein. Er sah nicht auf, bis Mulder nur noch wenige Schritte von ihm entfernt war, und als er es tat, schien sein verklärter Blick in weite Ferne zu schauen. Seine Augenlider waren halb gesenkt, und ein leichtes Zittern hatte seine Oberlippe befallen. War er krank? Oder nur müde? Farbe kehrte in Liftons Gesicht zurück, und er hustete. »Entschuldigen Sie. Ich habe Sie nicht kommen gehört. Kann ich Ihnen helfen?«

Mulders Blick wanderte von Liftons Gesicht zu seinen blutverschmierten Latexhandschuhen und dem Skalpell zwischen Daumen und Zeigefinger. »Ich hoffe, ich störe Sie nicht. Ich bin Agent Fox Mulder vom FBI. Ich habe es erst in Ihrem Zimmer versucht, aber dort habe ich niemanden angetroffen. Ihr Nachbar hat mir erzählt, daß ich Sie hier finden könnte.«

Lifton verharrte eine volle Sekunde in vollkommener Reglosigkeit. Dann legte er das Skalpell vorsichtig neben das aufgeschlagene Buch. Mulder las die fettgedruckten Buchstaben, die sich über den oberen Rand der beiden Seiten zogen: PARTIELLE DARMRESEKTION. Dann glitt sein Blick über den Unterleib der Leiche auf dem Autopsietisch. Er sah aus wie ein Beutel, aus dem sich unzählige schwarze Schlangen herauswanden. Rasch konzentrierte sich Mulder wieder auf das Gesicht des jungen Mannes.

»Vom FBI?« fragte Lifton mit großen Augen. »Bin ich etwa in irgendwelchen Schwierigkeiten?«

Erneut hustete er, und das Geräusch klang vage nach einer Lungenentzündung. Mulder sah Schweißperlen auf dem Gesicht des jungen Mannes. Er sah aus, als hätte er Fieber. »Ist mit Ihnen alles in Ordnung, Mr. Lifton?«

»Nennen Sie mich Mike. Ich habe mich ein bißchen

erkältet. Und ich habe den größten Teil der Nacht hier gearbeitet; das Formaldehyd verträgt sich nicht mit meinen Allergien. Worum geht es?«

Liftons Hand zitterte, doch Mulder konnte nicht erkennen, ob Nervosität oder Fieber die Ursache war. Er dachte an Scullys Mikrobentheorie. Jeden Augenblick würde sie in Josh Kempers Appartement eintreffen; würde er die gleichen grippeähnlichen Symptome aufweisen wie der Junge, der vor ihm stand? Waren diese Symptome womöglich nur der Anfang von etwas weit Schlimmeren? »Ich muß mit Ihnen über die Hautentnahme sprechen, die Sie letzten Freitag gemeinsam mit Josh Kemper durchgeführt haben.«

Lifton wich einen winzigen Schritt von dem Autopsietisch zurück und ließ die Hände sinken. »Haben wir irgend etwas falsch gemacht?«

An seinem Tonfall konnte Mulder feststellen, daß dieser Gedanke den jungen Mann weit weniger überraschte, als er es erwartet hatte. »Wir befürchten, daß Sie und Josh die Haut eines falschen Leichnams entnommen haben könnten.«

Lifton schloß die Augen über den farblosen Wangen. »Ich wußte es. Aber Josh war so hartnäckig. Er sagte, daß Eckleman die Etiketten vermutlich verschlampt hätte. Er sagte, der Körper entspräche der Beschreibung in der Akte. Blondes Haar, blaue Augen, keine äußeren Verletzungen.«

»Wieso haben Sie denn gedacht, es könnte die falsche Leiche sein?«

Lifton seufzte, während er sich mit dem Unterarm den Schweiß von der Stirn wischte. »Da war diese Tätowierung. Ein Drache, auf seinem rechten Arm. Und dann diese sonderbare Hautreizung.«

Mulders Instinkte schlugen Alarm. Er erinnerte sich an

die Hautreizung in Stantons Nacken, von der ihm Bernstein erzählt hatte. »Was für eine Hautreizung?«

Lifton drehte den Kopf zur Seite und deutete auf einen Punkt freier Haut gleich unter seinem Haaransatz. »Hier, im Nacken. Ein kreisrunder Ausschlag, Tausende kleiner roter Punkte. Josh meinte, das wäre nichts, und vermutlich hatte er auch recht damit. Aber wenn der Bursche auf der Intensivstation gewesen wäre, dann hätte etwas darüber in der Akte gestanden. Bei einem direkten Transport aus der Notaufnahme mag so etwas übersehen werden, aber nicht auf der Intensivstation.«

Mulder nickte. John Doe war von der Notaufnahme direkt in die Leichenhalle überführt worden. Derrick Kaplan hingegen hatte auf der Intensivstation gelegen, bevor er gestorben war. Mike Lifton war ein kluger Junge, aber er hatte sich zu der Hautentnahme drängen lassen, obwohl er den Verdacht gehegt hatte, daß es sich um die falsche Leiche handeln mochte.

»Als Sie mit der Gewebeentnahme fertig waren«, fuhr Mulder mit der Befragung fort, »was haben Sie da mit dem Leichnam gemacht?«

Lifton starrte ihn an. »Was meinen Sie? Wir haben ihn in die Leichenhalle zurückgebracht. Was sonst?«

»In dasselbe Schubfach?«

»Ja. Irgendwas mit fünfzig. Zweiundfünfzig, vierundfünfzig. Normalerweise kann ich mir Zahlen gut merken, aber ich habe beinahe jede Nacht in dieser Woche hier drin geübt. Schlafmangel, wissen Sie. Macht mich völlig fertig.«

Mulder nickte. Er hoffte innig, daß der Schlafmangel das einzige war, was Mike Lifton beeinträchtigte. Trotzdem mußte er diese Angelegenheit überprüfen – und Scullys Theorie auf diese Weise erhärten oder widerlegen. »Sie müssen sich sofort ärztlich untersuchen lassen.

Es wäre möglich, daß Sie sich bei John Doe etwas eingefangen haben.«

Liftons Gesicht wurde noch blasser. »Was soll das heißen? Ist er denn an einer Infektionskrankheit gestorben?«

»Wir sind nicht sicher. Darum müssen wir Sie untersuchen lassen.«

Liftons ganzer Körper schien zusammenzusacken, als er sich bewußt machte, was Mulder ihm erzählte. Dann erfaßte ein neuerliches Beben Liftons Oberlippe, gefolgt von einem schweren Husten. »Ich glaube, wir sollten Sie sofort in eine Notaufnahme schaffen. Nur um sicherzugehen.«

Zwar wußte er nicht, ob er hier einen Beweis für Scullys Theorie vor sich hatte, doch Mike Liftons Symptome beunruhigten ihn plötzlich sehr. Es schien, als würde Liftons Zustand sich vor seinen Augen rapide verschlechtern. Während der Student den bloßgelegten Leichnam mit zitternden Händen wieder verpackte, hoffte Mulder, daß Scully den anderen Medizinstudenten rechtzeitig gefunden hatte.

»Mr. Kemper! Mr. Josh Kemper!« Scullys Stimme hallte von der schweren Appartementtür zurück. »Ich bin Agent Dana Scully vom FBI! Der Hausverwalter steht neben mir, und wenn Sie die Tür nicht öffnen, werde ich hereinkommen!«

Scully fühlte das Pochen ihres Herzens, während sie auf eine Antwort wartete. Sie blickte den kleingewachsenen, stämmigen Mann mit dem über die Hose hängenden grauen T-Shirt an, der neben ihr stand, und nickte dann. Mitch Butler durchstöberte den übergroßen Schlüsselring, der die Schlüssel zu sämtlichen Appartements enthielt. Innerlich fluchend beobachtete Scully, wie die Stummelfinger des Hausverwalters sich um den richtigen Schlüssel bemühten. Das dauerte viel zu lang.

Scully hatte bereits ein Ambulanzfahrzeug gerufen, als sie bei den Appartements der Columbia-Universität eingetroffen war und Josh Kemper nicht auf ihr Klopfen reagiert hatte, doch sie wußte, daß noch weitere Minuten vergehen würden, ehe ein Krankenwagen eintreffen würde. Sie hatte so oder so schon wertvolle Zeit verloren, als sie den schmuddeligen Hausverwalter aus seinem Appartement im ersten Stock gezerrt hatte; der Weg zurück in die vierte Etage hatte sich dann als unerträglich zeitraubend erwiesen.

»Da ist er ja«, erklärte Butler schließlich, einen kupferfarbenen Schlüssel zwischen den dicken Fingern. »Appartement Vier-zwölf.«

Scully nahm ihm den Schlüssel aus der Hand und fing an, das Schloß zu bearbeiten. Die Tür öffnete sich und sie stürzte in das Zimmer hinein. »Mr. Kemper? Josh?«

Das Wohnzimmer war klein und beinahe frei von Mobiliar. In einer Ecke befand sich eine graue Couch gegenüber einem kleinen Fernsehgerät, das auf einem Pappkarton stand. Das Bild zweier Hunde im Smoking nahm den größten Teil der gegenüberliegenden Wand ein, während der Fußboden bis zum letzten Quadratzentimeter mit schmutziger Wäsche bedeckt war. Scully erinnerte sich an ihr eigenes Studium, als selbst eine einzige Stunde für die Wäscherei ein Geschenk des Himmels gewesen war. Damals war sie beinahe noch ein Kind gewesen, das unbeholfen zu überleben versucht, so wie Josh Kemper.

»Wie viele Zimmer?« rief sie dem Hausverwalter zu, der, noch immer völlig außer Atem von dem zurückliegenden Treppenaufstieg, an der Türschwelle verharrte.

»Nur dieses, die Küche und das Schlafzimmer. Dort durch die Tür.«

Scully lief auf die offene Tür auf der anderen Seite des Wohnzimmers zu. Dann durchquerte sie einen kleinen Flur und fand sich selbst in einer winzigen Küche wieder: Fliesen auf dem Boden, der Putz an den Wänden eingerissen und eine Lampenfassung, die weit älter aussah als der elektrische Strom, mit dem sie betrieben wurde. Auf einem kleinen Holztisch vor dem Kühlschrank stand eine offene Tüte mit Orangensaft. Sonst gab es keine Lebenszeichen. Hastig durchquerte Scully die Küche und trat durch eine weitere, offene Tür.

Beinahe wäre sie über einen Stapel Bettzeug gefallen. Im letzten Moment konnte sie den drohenden Sturz mit Hilfe des großen, hölzernen Kleiderschrankes abfangen. In der Mitte des Raumes lag eine kahle Matratze, auf der sich medizinische Schriften und wissenschaftliche Zeitschriften stapelten, doch von Josh Kemper war weit und breit nichts zu sehen.

»Das Bad«, brüllte sie über ihre Schulter hinweg. »Wo ist das Badezimmer?«

»Hinter dem Schlafzimmer.«

Fluchend starrte sie in das Durcheinander, bis sie schließlich eine geschlossene Tür auf der anderen Seite des Kleiderschrankes entdeckte, die teilweise hinter einem Vorhang aus bunten Perlen verschwand. Sie schob die Perlenstränge zur Seite und riß die Tür auf.

Dort fand sie ihn. Mit unbekleidetem Oberkörper lag er mit dem Gesicht nach unten auf dem Boden, einen Arm um den Fuß des Toilettenbeckens geschlungen, den anderen in sonderbarem Winkel hinter den Rücken gedreht. Scully fiel auf die Knie und legte ihre Hand an seinen Hals. Kein Puls. Seine Haut fühlte sich unter ihren Fingern warm an, wirkte aber wächsern und hatte sich blaugrau verfärbt. Es gab keinen Zweifel – Josh Kemper war tot. Vorsichtig löste sie seinen Arm von dem Toilettenfuß, wobei ihr auffiel, daß seine Gelenke keine Anzeichen für Leichenstarre aufwiesen. Unter Einsatz ihres Körpergewichtes drehte sie ihn auf den Rücken.

Seine Augen und sein Mund standen offen, und seine jungenhaften Züge waren zu einem Ausdruck der Qual erstarrt. Dort, wo sich das Blut unter der Haut gesammelt hatte, waren Gesicht und die nackte Brust leicht purpurn verfärbt. Scully streckte die Hand aus und schob eine widerspenstige Strähne blonden Haares aus dem Weg, ehe sie den Zeigefinger in die Wange des Jungen preßte. Der Druck ließ die Haut unter ihrer Fingerspitze erbleichen, doch als sie die Hand zurückzog, kehrte die Verfärbung zurück. Erste, noch veränderliche Leichenflecke. Das bedeutete, daß der Tod vor höchstens drei oder vier, mindestens aber zwei Stunden eingetreten war. Aus dem gepeinigten Gesichtsausdruck und der verdrehten Lage seines Körpers schloß Scully, daß er unter Krämpfen gelitten oder mit den Armen gerudert hatte. Aber an seinem Kopf gab es keine sichtbaren Wunden, also war er nicht durch den Sturz gestorben. Es mußte eine andere Ursache geben, eine, die innerhalb seines Körpers zu suchen war.

Plötzlich hatte Scully eine Idee, und sie drehte Kempers Kopf zur Seite. Aber sein Nacken schien vollkommen in Ordnung zu sein. Keine roten Punkte, keine kreisförmige Hautreizung. Das bedeutete jedoch nicht, daß er nicht trotzdem unter der gleichen Erkrankung gelitten hatte, die Stanton zu dem Gewaltakt getrieben hatte.

Seufzend erhob sie sich wieder. Sie wandte sich zum Waschbecken und drehte den Heißwasserhahn auf. Unter einem Wasserstrahl, so heiß, wie sie es nur ertragen konnte, wusch sie sich mit Seife sorgfältig die Hände. Sie wußte, daß sie bereits ein Risiko eingegangen war, als sie nur den Raum betreten hatte, aber sie bezweifelte, daß sie sich durch die Luft oder auch durch schlichten Körperkontakt infizieren konnte. Durch die Luft übertragbare Viren, die imstande waren, einen so jungen Mann wie Kemper zu töten, waren extrem selten – und wenn John Doe Träger eines solchen Virus' gewesen wäre, müßte es inzwischen bereits weitere Opfer geben. Also wurde die Krankheit vermutlich über das Blut übertragen. Damit bestand Ansteckungsgefahr für die beiden Assistenzärzte, die ihn behandelt hatten, die beiden Medizinstudenten, möglicherweise die Sanitäter, die ihn in die Notaufnahme gebracht hatten, und Bernsteins Operationsteam im *Jamaica Hospital*.

»Ms. Scully?« Irgendwo im Schlafzimmer erklang das heisere Husten des Hausverwalters. »Ist da drin alles in Ordnung?«

»Mr. Butler«, entgegnete Scully. »Ich möchte, daß Sie hinuntergehen und unten auf den Krankenwagen warten. Ich werde gleich nachkommen.«

Scully lauschte, während sich Butlers schwerfällige Schritte langsam entfernten. Dann trocknete sie ihre Hände und zog das Handy aus ihrer Brusttasche. Ihre Schultern sackten herab, als sie Mulders Nummer wählte. Es klingelte zweimal, bevor er sich meldete.

»Mulder, wo sind Sie?«

Blechern klang seine Stimme in der Hörmuschel des Telefons. »Notaufnahme in der medizinischen Hochschule.«

Scullys Blick wanderte zu dem leblosen Körper auf dem Boden des Badezimmers. In der Ferne konnte sie Sirenen hören, doch sie war nicht sicher, ob das Geräusch durch die dünnen Wände des Appartements oder durch das Telefon an ihre Ohren drang. »Ich nehme an, Sie haben Mike Lifton gefunden?«

»Scully, es geht ihm nicht besonders gut. Als ich ihn hergebracht habe, klagte er über Grippesymptome, jetzt sagen die Ärzte, er sei in eine Art Koma gefallen.«

Scully nickte schweigend. Die Symptome paßten zu ihrer Theorie. Eine Viruserkrankung, ein Virus, das zu einer Schwellung im Gehirn führen konnte. Eine Krankheit, die außerdem imstande war, psychotische Schübe und tödliche Krämpfe auszulösen. »Wir müssen sofort das Seuchenkontrollzentrum informieren. Sie werden mit jedem sprechen wollen, der Kontakt zu John Doe hatte. Und sie werden schnell handeln müssen – offensichtlich verschlechtert sich der Zustand der erkrankten Personen in enormem Tempo.«

Mulder verfiel am anderen Ende der Leitung in Schweigen, und Scully fragte sich, ob er sich dem Gedanken, Mikroben könnten hinter den besonderen Umständen dieses Falles stecken, noch immer verschloß. Oder hatte ihn die Erkrankung des Medizinstudenten schließlich doch noch davon überzeugen können, daß eine Krankheit die Verbindung aller Fäden ihrer Ermittlungen darstellte? Im Grunde konnte sie sich allerdings nicht vorstellen, daß er vernünftigen Argumenten so leicht zugänglich sein würde.

Endlich erklang Mulders Stimme wieder neben Scullys Ohr. »Dann ist Josh Kemper also auch krank?«

Scully atmete tief durch. »Er ist tot, Mulder. Worunter dieser John Doe auch gelitten haben mag, es schreitet sehr schnell voran.«

»Und Sie glauben, daß das die gleiche Krankheit ist, die Stanton dazu getrieben hat, Teri Nestor umzubringen?«

»Ja. Wie ich schon sagte, es muß sich um eine Mikrobenart handeln, die eine Schwellung des Gehirns verursachen kann. Und, Mulder, wozu Stanton auch in seinem

Krankenzimmer oder heute morgen draußen in Brooklyn fähig war, ich bezweifle, daß er in einigen Stunden immer noch zu solchen Anstrengungen imstande ist. Diese Krankheit nimmt einen sehr schnellen Verlauf.«

Scully hörte Stimmen außerhalb des Appartements. Die Sanitäter waren eingetroffen. »Ich komme mit Kempers Leichnam zurück zum Krankenhaus. Ich werde herausfinden, was für eine Mikrobe das ist, Mulder. Und wenn ich das getan habe, dann können wir beide uns ein bißchen Schlaf gönnen.«

Ausnahmsweise hörte sie dieses Mal keine Widerworte vom anderen Ende der Leitung.

Keine zehn Minuten später hatten die Sanitäter den Leichnam Josh Kempers sicher im rückwärtigen Teil des Krankenwagens verstaut. Kaum waren die Türen verschlossen und das schwere Fahrzeug auf seinem Weg, als eine einsame Gestalt aus einer schmalen, schmutzigen Gasse neben dem Appartement-Komplex heraustrat. Das glänzende, schwarze Haar verbarg sich unter einer Baseballkappe, und der geschmeidige Körper des Mannes war unter dem langen, lohbraunen Mantel kaum auszumachen. Die Hände hatte er in den Manteltaschen vergraben, und nur ein winziger Fleck weißen Latex lugte aus den Eingriffen hervor.

Er sah zu, wie das Ambulanzfahrzeug leise die verlassene Straße hinunterrollte. Aus der Ferne konnte er gerade noch die rothaarige FBI-Agentin auf dem Beifahrersitz erkennen. Ihre blasse Wange lag an der Fensterscheibe, und in ihren grünen Augen zeigte sich ein Ausdruck blanker Erschöpfung.

Der junge Mann mit der karamelfarbenen Haut dachte an die Entdeckung, die Agent Scully bald machen würde. Sie würde ganz sicher jegliche Müdigkeit aus ihren attraktiven Zügen vertreiben. Der junge Mann lächelte, während er vorsichtig die rechte Hand aus der Tasche zog. Seine Finger spielten mit einem kleinen Kunststoffgegenstand. Der Gegenstand war dünn und zylindrisch, von der Form eines winzigen Kugelschreibers. Er berührte den Plastikdruckknopf am Ende des Gegenstandes, und ein kaum wahrnehmbares Klicken ertönte.

Ein Schaudern wohliger Erregung raste über die Haut des jungen Mannes, während er sorgfältig die sieben Zentimeter lange Nadel untersuchte, die sich aus einem Ende des Gegenstandes herausgeschoben hatte. Die Nadel war dünner als ein Haar, die Spitze deutlich kleiner als eine menschliche Pore. Zu klein, auch nur die Partikel der frühmorgendlichen Luft zu stören, schien sie aus bestimmten Blickwinkeln unsichtbar zu sein.

So viel subtiler als ein Gewehr oder eine Rasierklinge – und doch gleichzeitig um ein Vielfaches effektiver. Der junge Mann schloß die Augen. In Gedanken erlebte er noch einmal den nun fünf Stunden zurückliegenden Augenblick – die kurze Bewegung seines Handgelenks, das unauffällige Streifen eines Fremden in einem vollbesetzten U-Bahnwaggon am späten Abend. Dann das zweite Ereignis, nur zehn Minuten später, im Vorbeigehen auf der Treppe zum Anatomielabor der Columbia Universität. Erregung pulsierte in seinem Leib, und er seufzte, erfüllt von dem innigen Wunsch, die Auswirkungen selbst beobachten zu können.

Doch so sehr er seine Arbeit auch liebte, er mußte sich wenigstens den Anschein der Professionalität erhalten. Erneut fand sein Finger den kleinen Plastikdruckknopf, und die winzige Nadel rutschte in das Gerät zurück. Vorsichtig legte er das kugelschreiberförmige Etwas wieder in seine Tasche, ehe er zu einem blauen Chevrolet schlenderte, der ein paar Meter entfernt in der Auffahrt stand.

Die beiden FBI-Agenten würden in das New York Hospital zurückkehren. Wenn er sich beeilte, konnte er wenige Minuten nach dem Krankenwagen, in dem Josh Kemper lag, eintreffen. Er mußte den beiden Agenten dicht auf den Fersen bleiben, nur für den unwahrscheinlichen Fall, daß sie doch klüger als erwartet sein sollten. Falls sie der Lösung doch einmal zu nahe kämen... Erneut lächelte der junge Mann, während seine Finger zärtlich über das Instrument in seiner Jackentasche strichen. Noch immer fühlte er die warme, beinahe sexuelle Erregung in seinem ganzen Leib.

Tief im Herzen hoffte er, daß die Agenten Scully und Mulder sich als absolut brillant entpuppen würden.

Kapitel 7

Vier Stunden später riß ein grell orangefarbenes Licht Mulder aus tiefem Schlaf. Heftig blinzelnd setzte er sich ruckartig auf dem geliehenen Krankenhausbett in einem Ruheraum der Assistenzärzte im dritten Stockwerk auf. Scully kam in sein Blickfeld. Das helle Licht der Leuchtstofflampen auf dem Korridor des Krankenhauses umrahmte ihr rotbraunes Haar. Sie trug einen weißen Laborkittel und Handschuhe, und in ihrer rechten Hand erkannte Mulder einen Bogen mit Kontaktabzügen. Ihre Miene spiegelte eine Mischung aus ungläubigem Erstaunen und Bestürzung wider.

»Wir haben unsere Mikrobe gefunden«, sagte sie, als sie den Raum durchquerte und sich schwer auf Mulders

Bett sacken ließ, wobei sie ihm die Kontaktabzüge auf den Schoß warf. »Das sind Aufnahmen des isolierten Virus unter einem Elektronenmikroskop. Die Probe stammt aus der cerebrospinalen Flüssigkeit, die Josh Kemper post mortem durch eine Lumbalpunktion entnommen wurde. Sie wird gerade mit den Proben des anderen Opfers verglichen.«

Mulder betrachtete die Kontaktabzüge. Er konnte ein kleines, pillenförmiges Objekt erkennen, das ein halbes Dutzend Male aus verschiedenen Blickwinkeln aufgenommen worden war. Es sah so klein aus, so harmlos.

»Das Labor hat mich vor zwanzig Minuten geweckt, als sie die Ergebnisse hatten«, fuhr Scully fort. »Ich bin selbst hingegangen, um die Information zu überprüfen, weil ich es kaum glauben konnte.«

»Was meinen Sie damit, Scully? Was sehe ich mir da an?«

Scully atmete tief durch. »Enzephalitis Lethargica. Wir haben sie mit den Daten im Computer des Seuchenkontrollzentrums verglichen. Sie werden heute nachmittag einen Experten schicken, um die Diagnose selbst zu prüfen. Aber das EEG und die Computertomographien stimmen überein. Ein Irrtum ist unmöglich.«

Mulder wußte nicht, ob er je von dieser Krankheit gehört hatte. »Also ist es eine Form der Enzephalitis. Das haben Sie doch vorausgesagt – eine Krankheit, die zu einer Gehirnschwellung führen kann?«

»Es ist eine Art Enzephalitis, aber es hat nichts mit dem gemeinsam, was ich zu finden erwartet habe.«

Mulder wartete schweigend, während Scully die Kontaktabzüge in seiner Hand anstarrte, als könnte das pillenförmige Virus jeden Augenblick durch das Zimmer kriechen.

»Mulder«, sagte sie schließlich. »Es hat seit 1922 keinen Ausbruch von Enzephalitis Lethargica mehr gegeben. Das Virus, das Sie da sehen, kam in über siebzig Jahren außerhalb eines Labors praktisch nicht vor. Hier und da mal ein vereinzelter Fall, aber nichts, was mit dem vergleichbar wäre, was wir beobachtet haben.«

Mulder zog die Brauen hoch. Nun wunderte er sich nicht mehr, daß er die Krankheit nicht kannte. »Wie manifestiert sich dieses Virus? Paßt es etwa nicht zu den Symptomen, die wir erlebt haben?«

Scully zuckte hilflos die Schultern. »Die Krankheit fängt ganz ähnlich an wie die weiter verbreiteten Arten der Enzephalitis: Fieber, Verwirrungszustände, möglicherweise einseitige Lähmungen – und in manchen Fällen Krämpfe, psychotische Schübe, Koma und Tod. Aber die Enzephalitis Lethargica führt auch zu extremen Ermüdungserscheinungen, weshalb sie auch als ›Schlafkrankheit‹ bezeichnet wird.«

Mulder nickte. Er erinnerte sich an Mike Liftons schwere Lider und seine glasigen Augen. Aber Scully hatte ihm nichts erzählt, was die übermenschliche Kraft zu erklären vermochte, die Stanton freigesetzt hatte. Und es gab noch andere Widersprüche, die auf eine Erklärung warteten. »Scully, was ist mit der kreisförmigen Hautreizung von John Doe und Perry Stanton? Kann sie durch die Enzephalitis Lethargica hervorgerufen worden sein? Und warum haben die beiden Medizinstudenten diesen Ausschlag dann nicht ebenfalls?«

»Die Reizung hat möglicherweise nichts damit zu tun. Vielleicht handelt es sich um eine andere Infektion, deren Erreger nicht so leicht aufzuspüren ist. Vergessen Sie nicht, daß die beiden Studenten nicht in demselben Umfang Kontakt zu John Doe hatten wie Perry Stanton. Stanton trägt ein Stück Haut dieses Mannes über einer offenen Brandwunde.«

»Das erklärt immer noch nicht Stantons gewalttätigen Ausbruch. Keiner der Medizinstudenten hat gewalttätige Reaktionen ...«

Scully winkte ab. »Viren können auf verschiedene Menschen ganz unterschiedliche Auswirkungen haben, ganz besonders ein Virus wie dieses. Lethargica greift Bereiche des Gehirns und der Meninx, der Hirnhaut, an. Es ist unmöglich vorauszusagen, wie eine infizierte Person auf die Krankheit reagiert. Während der Epidemie, 1922, sind vierzig Prozent der Infizierten gestorben. Dieses Mal ist der Prozentsatz weit höher, aber wenigstens beschränkt sich die Krankheit auf die wenigen Menschen, die engen Kontakt mit ihrem Träger hatten. Das bedeutet, daß der Übertragungsweg des Virus' sich verändert hat.«

Mulder schob die Füße aus dem Bett und streckte die Beine aus. Mit jeder Sekunde wurde er lebendiger. Er konnte nur hoffen, daß Scully ebenso wach war wie er – denn für ihn war dieser Fall noch lange nicht gelöst. »Sie meinen also, er wird durch Blut übertragen, so wie HIV?«

Scully nickte. »Ganz richtig. Es wird nur durch direkten Blutkontakt übertragen. Das Virus, das 1922 aktiv war, wurde auch durch Moskitos weitergegeben, aber so etwas kommt nur extrem selten vor.«

Mulder streckte den Arm aus und berührte Scullys Hand, die noch immer in einem Latexhandschuh steckte. »Scully, beide Medizinstudenten haben Latexhandschuhe getragen. Wie erklären Sie sich dann einen direkten Blutkontakt? Durch einen Moskitoschwarm in der Notaufnahme?«

»Latexhandschuhe bieten keinen hundertprozentigen Schutz. Und Hautentnahme ist alles andere als eine saubere Prozedur.«

Dennoch hielt Mulder es für bemerkenswert, daß beide Studenten so schwer – und so schnell – erkrankt waren, während das Team des plastischen Chirurgen, das später mit der entnommenen Haut gearbeitet hatte, gesund geblieben war. »Da stimmt etwas nicht, Scully. Selbst wenn das Virus das Verbindungsglied zwischen den Medizinstudenten und unserem John Doe sein sollte, gibt es noch keinen Beweis für eine Verknüpfung mit Perry Stanton. Wenn Dr. Bernstein krank wäre, vielleicht, aber er ist vollkommen gesund. Das einzige, was John Doe und Perry Stanton verbindet, ist die kreisförmige Hautreizung.«

Scully erhob sich schwerfällig von dem Bett und nahm die Kontaktabzüge aus Mulders Hand. »Wir werden erst sicher sein können, wenn wir Stanton unter Verschluß haben. Ich habe Barrett über die Vorsichtsmaßnahmen informiert: Latexhandschuhe, Gesichtsmasken, möglichst wenig direkter Kontakt, und sie hat mir versichert, daß sie ihn innerhalb der nächsten Stunde schnappen werden. Bis dahin wird der Experte vom Seuchenkontrollzentrum hier sein und die Diagnose Lethargica bestätigen, und wir können einen Schlußstrich unter diese Tragödie ziehen.«

Mulder strich sich mit den Fingern durch das Haar, doch er sprach nicht aus, was er dachte: daß diese Tragödie von ihrem Schlußakt noch weit entfernt war. Desgleichen bezweifelte er, daß es Barrett allzu leicht fallen würde, einen Mann festzunehmen, der einen Infusionsständer einen halben Meter tief in die Wand eines Krankenhauses getrieben hatte. Anstelle einer entsprechenden Bemerkung legte er die Finger an seinen Unterkiefer und prüfte die Beweglichkeit seines verletzten Kinns, ehe er sich von dem Bett erhob. »Ich glaube nicht, daß das Seuchenkontrollzentrum uns helfen kann, Licht in diesen Fall zu bringen, Scully. Sie können der Spur des Lethargicavirus' folgen, wohin sie auch führen mag; in der Zwischenzeit werde ich versuchen, mehr über unseren John Doe herauszufinden.«

Scully zog die Brauen hoch. »Mulder, wir haben seine Akte nun schon ein halbes Dutzend Mal überprüft. Die Assistenzärzte wußten nicht, was ihm gefehlt hat – und solange wir keine Leiche haben und keine Autopsie durchführen können, können wir auch nichts Genaueres über seinen Tod herausfinden.«

Mulder hatte sich bereits Richtung Tür in Bewegung gesetzt. »Mich interessiert nicht, wie er gestorben ist, Scully. Ich will wissen, wie er überhaupt zu einer Krankenakte werden konnte.«

Mulder traf in der Notaufnahme ein, als gerade ein Notärzteteam mit einem Patienten durch die Tür hereinstürmte. Er zählte mindestens sechs Personen rund um die Rolltrage: den stämmigen Chefarzt, einen Chirurgen in einem grünen OP-Kittel, zwei Schwestern und, am hinteren Ende der Trage, zwei leicht untersetzte Männer in dunkelblauen Sanitäteruniformen. Der Kleinere der beiden hielt eine Blutkonserve über seinen Kopf und beeilte sich, mit dem Infusionsschlauch Schritt zu halten, der in der rechten Hüfte des Patienten steckte. Der größere Sanitäter trug ein sonderbar geformtes Objekt, das vollständig mit weißem Verbandmull umwickelt war, mit äußerster Vorsicht auf beiden Armen.

Mulder hielt ein wenig Abstand, als die Rolltrage den Raum in Richtung des Aufzugs durchquerte, der hinauf in die Chirurgie führte. Kurz erhaschte er zwischen den Schultern der beiden Schwestern hindurch einen Blick auf den Patienten: dünn, groß, gekrümmt vor Schmerzen. Infusionsnadeln steckten in jedem Stückchen sichtbarer Haut. Zuerst konnte Mulder nicht feststellen, was ihm fehlen mochte, bis sein Blick auf die Aderpresse am linken Unterarm des Mannes fiel. Erschrocken sah er zu, wie der Chirurg dem Sanitäter das verhüllte Objekt abnahm und eine Ecke des weißen Stoffes anhob.

»Sie ist in ziemlich gutem Zustand«, hörte er den Sanitäter sagen. »Ist unter den Schienen gelandet, so daß der Zug sie nicht erwischen konnte. Glauben Sie, Sie können sie wieder annähen?«

Der Chirurg nickte und folgte der Rolltrage. Die beiden Sanitäter sahen zu, wie der Rest der Truppe eilends in dem Aufzug verschwand. Mulder erschauderte, ehe er sich auf sein Vorhaben besann und auf die Männer zutrat.

»Luke Canton?« fragte er. Den Namen hatte ihm der Einsatzleiter der Notaufnahme genannt. Canton und sein Partner hatten John Doe in der Nacht der Massenkarambolage ins Krankenhaus gebracht. Der Einsatzleiter hatte Canton als einen der besten Sanitäter der ganzen Stadt beschrieben.

Canton drehte sich zu Mulder um und musterte ihn von Kopf bis Fuß. Der Sanitäter war einmeterdreiundachtzig groß und breitschultrig. Rötliche Stoppeln bedeckten den größten Teil seiner unteren Gesichtshälfte. Er zog die blutverschmierten Handschuhe aus und schleuderte sie auf den Boden. »Ganz richtig. Und das ist mein Partner, Emory Ross.«

»Ich bin Agent Mulder, FBI. Das war ja eine höllische Szene. Wird er wieder gesund?«

Canton zuckte die Schultern. Seine Miene war grimmig, aber tief in seinen blauen Augen zeigte sich ein lebhaftes Strahlen. Für ihn war das das Höchste, ein Adrenalinstoß von gewaltigem Ausmaß. »Hat einen Kampf gegen eine U-Bahn verloren. Aber wenn der Chirurg was taugt, dann wird er seine Hand behalten können.«

Mulder bemerkte die Blutflecken auf Cantons Uniform. »Nettes Muster. War es am Freitag genauso, als Sie diesen John Doe hergebracht haben?«

Canton schüttelte den Kopf. »Ich dachte mir doch, daß Sie deswegen hier sind. Habe schon gehört, daß er möglicherweise irgendeinen Virus gehabt haben soll.«

»Die Möglichkeit besteht«, entgegnete Mulder. Wohlwissend, daß das Seuchenkontrollzentrum am Nachmittag vermutlich alle nur denkbaren Risikokandidaten einsammeln würde, deutete er auf Cantons Uniform. »Wahrscheinlich einer, der durch direkten Blutkontakt übertragen wird.«

Canton zuckte die Schultern. »Dann kann uns ja nichts passieren. Dieser John Doe hatte keine äußeren Verletzungen. Da gab es kein Blut. Eigentlich sind wir kaum mit ihm in Berührung gekommen, haben ihn nur in den Krankenwagen gehoben und die Gurte befestigt. Zusammengebrochen ist er erst in der Notaufnahme. Wir haben nicht einmal eine Infusionsnadel gesetzt – die beiden Jungs von der Notaufnahme haben ihn übernommen, und wir sind wieder aufs Schlachtfeld zurückgefahren.«

Mulders Blick wanderte von Canton zu seinem Partner, Emory Ross. Keiner der beiden sah krank aus. »Und es geht Ihnen gut? Keine Erschöpfungsanzeichen, kein Fieber?«

Canton lächelte. »Ich habe heute morgen schon Sport getrieben. Wie steht's mit dir, Ross?«

Ross lachte. Er sah viel jünger aus als Canton, und es war ihm anzusehen, wie sehr er zu seinem breitschultrigen Partner aufschaute. »Bevor die Schicht angefangen hat, habe ich vierzig Minuten lang Basketball gespielt. Allzu viele Punkte konnte ich nicht machen, aber ich hatte auch einige Abpraller.«

Erleichterung, gepaart mit einem aufgeregten Prikkeln, erfaßte Mulder. Es war zwar kein Arzt, doch soweit er es beurteilen konnte, schienen die beiden Sanitäter nicht in Gefahr zu sein, von der Schlafkrankheit oder was auch immer hier für eine Infektion umging, befallen zu werden. Gemeinsam mit den Sanitätern ging Mulder zu den Umkleideräumen hinter der Anmeldung der Notaufnahme. »Mir wurde berichtet, daß John Doe nach dem Unfall auf dem FDR-Drive eingeliefert wurde.«

»Das ist richtig«, antwortete Canton. »Wir haben ihn bewußtlos, aber stabil auf der Straße gefunden, vielleicht sechs Meter vor dem vorderen Fahrzeug. Wir hatten bereits ein Unfallopfer im Wagen, eine Frau mit ziemlich tiefen Schnittwunden im Brustbereich, aber wir haben uns trotzdem entschieden, das Risiko einzugehen und den Mann noch aufzusammeln. Es waren zwar noch andere Krankenwagen vor Ort, aber der Unfall war wirklich schlimm. Viel mehr Opfer als Fahrzeuge.«

Mulder sah zu, wie Canton die Hüfte einer vorbeieilenden Schwester umfaßte. Die junge Frau wand sich lachend aus seinem Griff, und Mulder fiel auf, daß Luke Canton ein sehr beliebter Mann war. »Ist er während der Fahrt zum Krankenhaus stabil geblieben?«

»Er hat auf nichts reagiert«, entgegnete Canton. »Aber er war bestimmt stabil. Wir haben sogar bezweifelt, daß er überhaupt etwas mit dem Unfall zu tun gehabt hat; es gab nirgends Verletzungen, wie man sie nach so einem Unfall erwarten sollte, keine Quetschungen, keine Schnittwunden, nichts . . .«

»Nur diese Hautreizung«, meldete sich Ross zu Wort, als sie den Vorhang vor der Tür zum Umkleideraum erreichten. »So ein kleines rundes Ding in seinem Nacken. Sah aber nicht sonderlich wichtig aus – ich weiß gar nicht mehr, ob wir den Assistenzärzten überhaupt davon erzählt haben, als wir ihn abgeliefert haben.«

Canton warf seinem Partner einen Blick zu, woraufhin dieser sogleich zu Boden sah. Dann wandte sich Canton wieder Mulder zu. »Es war eine verrückte Nacht. Wir mußten sofort zum Unfallort zurückkehren, um uns um die Leichtverwundeten zu kümmern. Ich bin sicher, die Jungs haben den Kratzer auch allein gefunden. Außerdem glaube ich nicht, daß das irgend etwas mit dem zu tun hat, was den Burschen umgebracht hat.«

Sie schoben sich in den kleinen Umkleideraum hinein. Eine Seite des Raumes beherbergte eine Reihe metallener Spinde, vor denen drei Holzbänke parallel zueinander aufgestellt waren. Außerdem gab es einen Schrank mit Kleiderbügeln und eine Tür, die zum Duschraum führte. Während die Männer in frische Uniformen schlüpften, dachte Mulder darüber nach, was Canton ihm erzählt hatte. Seine Gedanken kreisten immer wieder um den Unfallort, wo John Doe gefunden worden war. Wenn er nicht von einem der Fahrzeuge erfaßt worden war, warum hatte er dann bewußtlos auf der Straße gelegen, nur sechs Meter von der Unfallstelle entfernt?

Als die Sanitäter fertig waren, wandte sich Mulder noch einmal an Luke Canton. »Ich habe bereits mit dem Einsatzleiter gesprochen, und wenn es Ihnen nichts ausmacht, würde ich Ihnen gern eine Stunde Ihrer Zeit stehlen.«

Canton zog die Augenbrauen hoch, wechselte einen kurzen Blick mit seinem Partner und zuckte die Schultern. »Sie haben die Befugnis, ich habe die Stunde.«

Mulder grinste. Luke Cantons Haltung gefiel ihm.

Kapitel 8

Durch drei Straßen schien sich das Ambulanzfahrzeug von dem New Yorker Feierabendverkehr regelrecht treiben zu lassen, als Luke Canton sich mit der Gewandtheit des erfahrenen Fahrers einen Weg zwischen den fremden Stoßstangen hindurch bahnte. Nur zweimal hatte er zum Armaturenbrett greifen müssen, um die farbigen Signalleuchten zu aktivieren. Mulder beobachtete die Autoschlangen, die unter den Seitenscheiben vorüberglitten, und er fragte sich, wie es möglich war, daß Autos bei solch hoher Geschwindigkeit mit einem derart kurzen Abstand zueinander unterwegs sein konnten. *Geordnetes Chaos.*

»Es ist wirklich nicht verwunderlich, wenn sie verunglücken«, kommentierte Canton, als hätte er seine Gedanken gelesen. »Es ist verwunderlich, wenn sie es nicht tun. Wissen Sie, wie viele Menschen jedes Jahr in ihren Wagen sterben?«

Mulder hatte eine vage Vorstellung, zog es aber vor zu schweigen. Canton deutete auf einen zerbeulten Kleinlaster, der zwei Wagen vor ihnen durch den Verkehr schwankte. »Über fünfzigtausend. Der Verkehr kostet etwa so viele Menschenleben wie AIDS. Komische Sache. Wir sind bereit, auf Sexabenteuer zu verzichten. Aber einen abenteuerlichen Fahrstil aufgeben? Nie!«

Mulder fühlte, wie sich der Sicherheitsgurt spannte, als Canton auf die Bremse trat und der Krankenwagen ganz plötzlich nach rechts schwenkte. Er sah zu, wie die Leitplanke näherrückte, als sie in der Straße, in der der Unfall geschehen war, ausrollten. Eigentlich war es keine Straße, sondern mehr eine Fahrrinne, die sich über etwa fünfzig Meter an einer Gleiskurve entlangzog. Sie war nur halb so groß wie die üblichen Verkehrsadern der Stadt. Die Fahrspur war so schmal, daß selbst das Ambulanzfahrzeug kaum Platz darauf fand. Mulder sah das Glitzern zerbrochenen Glases, etwa zwölf Meter entfernt, und im Gras jenseits der Leitplanke lagen die verdrehten Überreste einer Heckstoßstange. Außer der Stoßstange und dem Glas erinnerte nichts mehr an den Unfall. »Sieht aus, als hätten sie ordentlich aufgeräumt.«

»Sie hätten das gleich nach dem Unfall sehen sollen. Die ganze Fahrbahn war mit Metallstücken und Glassplittern bedeckt. Alle drei Spuren waren gesperrt, und die Autos haben ausgesehen wie zerdrückte Socken. Nicht einmal die vorderen Fahrzeuge konnte man noch klar auseinanderhalten. Eine Frau haben wir auf dem Fahrersitz des Wagens vor ihrem eigenen gefunden.«

Mulder öffnete die Tür und sprang auf den Asphalt hinaus. Der Lärm der vorbeirasenden Autos war ohrenbetäubend. Eine warme Brise zerrte an seiner Jacke, und der schwere Geruch der Auspuffgase stieg ihm in die Nase. Canton trat vor den Krankenwagen und deutete auf den direkt vor ihnen liegenden Straßenabschnitt. »Hier beginnt der Unfallbereich. Der letzte beteiligte Wagen hat sich da in die Leitplanke gebohrt. Dann haben sich mitten auf der Fahrbahn noch einige andere ineinander geschoben, und schon hatte der Unfall eine Strecke von dreißig Metern stillgelegt. Der vordere Wagen, ein BMW-Roadster, hatte sich überschlagen und lag mit eingedrücktem Dach kopfüber in der Straßenmitte.«

Langsam ging Mulder ein Stück voran und ließ seine Blicke aufmerksam über den Straßenbelag wandern. Er wußte, daß allein die Natur in Verbindung mit der vergangenen Zeit dafür gesorgt haben dürfte, daß von den Unfallspuren, die die dreizehn Fahrzeuge hinterlassen hatten, kaum noch etwas zu finden sein sollte. Aber genauso wußte er, daß Ermittlungen immer auch etwas mit Glück zu tun hatten. »War es möglich, festzustellen, warum der erste Wagen ins Schleudern gekommen ist?«

Canton nickte, während sie weiter die Straße hinaufgingen. »Einem Zeugen zufolge, der fünf Wagen weiter hinten war, ist direkt vor dem BMW ein weißer Lieferwagen in Schlangenlinien hin und her gefahren. Dann sind die hinteren Türen des Lieferwagens aufgesprungen, und die Fahrerin des BMW ist in Panik geraten. Sie ist gegen die Leitplanke geprallt und hat sich überschlagen. Der nächste Wagen, ein Volvo, ist mit fünfundsechzig Meilen die Stunde frontal in sie reingefahren. Dann haben sich die anderen dahinter gestapelt.«

Sie erreichten die Stelle, an der sich der erste Wagen nach Cantons Aussage überschlagen hatte. Mulder sah sich nach der Leitplanke um und entdeckte einen großen, ausgefransten Riß in den horizontal verlaufenden Stahlleisten. Zwei schwarze Reifenspuren führten bis zu dem Riß, und Mulder konnte sich die verzweifelten Bemühungen der Fahrerin, den BMW anzuhalten, lebhaft vorstellen. Offensichtlich waren ihre Anstrengungen jedoch zu spät gekommen. »Hat die Fahrerin den Lieferwagen gut erkennen können?«

»Vielleicht«, seufzte Canton, der sich an eine unbeschädigte Stelle der Leitplanke lehnte. »Aber sie wurde von der Vorderachse des Volvo geköpft. Wie ich schon sagte, der einzig brauchbare Zeuge war fünf Wagen weiter hinten. Die Polizei hat nur in Erfahrung bringen können, daß der Lieferwagen weiß war, irgendein amerikanisches Fabrikat, und daß die Hintertüren offen waren. Sie haben eine Fahndung rausgegeben, aber in dieser Stadt gibt es eine Menge weißer Lieferwagen.«

Mulder nickte. Wenn er wieder im Krankenhaus wäre,

wollte er mit der Polizei sprechen, doch er erwartete nicht, daß sie ihm irgendwelche Antworten liefern konnte. Wenn der Lieferwagen vom Unfallort geflüchtet war, wollte der Fahrer vermutlich nicht gefunden werden.

»Und dieser John Doe?« fragte Mulder. »Er hat da vorn bewußtlos gelegen?«

Canton ging ein paar Schritte weiter und deutete dann auf eine Stelle der Straße. Mulder gesellte sich zu ihm. Die Stelle lag gerade drei Meter von der entfernt, an der die Fahrerin des BMW die Kontrolle über ihren Wagen verloren hatte. Etwa dort, wo der Lieferwagen seine Schlangenlinien beschrieben hatte, *mit offenen Hintertüren.*

Mulder ging in die Knie, den Blick auf den Asphalt gerichtet. Natürlich konnte er nichts Besonderes entdekken. Immerhin war bereits eine Woche vergangen. Dennoch betrachtete er den Boden eingehend, während er versuchte, sich vorzustellen, wie der Körper des Mannes dort gelegen hatte. »Das Gesicht nach unten? Oder nach oben?«

»Beinahe Fötuslage«, antwortete Canton. »Lag auf der Seite, und sein Kopf zeigte von der Straße weg.«

Unter seinen Knien konnte Mulder den Asphalt vibrieren spüren, als ein schwerer Jeep die Straße hinunterrumpelte. Etwas klapperte leise, und er sah, wie ein Plastikbecher in Richtung Leitplanke über die Fahrbahn hüpfte. Seine Gedanken verdichteten sich, als der Becher an dem grasbewachsenen Abhang jenseits der Leitplanke verschwand. Er erhob sich und ging an den Straßenrand. Langsam bewegte er sich an der Leitplanke entlang, bis er, nicht weit von Canton, stehenblieb.

In der Eisenstrebe war eine kleine Delle, etwa in

Kniehöhe. Mulder bückte sich und betrachtete die Einbuchtung. Dann sah er sich zur Straße um. »Mr. Canton, was sagten Sie, wie schnell der vordere Wagen unterwegs war?«

»Etwa fünfundsechzig Meilen pro Stunde. Das würde ich jedenfalls aufgrund der Unfallschäden veranschlagen.«

»Und der Lieferwagen fuhr etwa mit der gleichen Geschwindigkeit, als die hinteren Türen aufsprangen?«

»Richtig.«

Mulder nickte. Die Lage der Beule schien zu seinen Gedanken zu passen. Wenn John Doe aus dem Lieferwagen auf die Straße gestürzt und dann gegen die Leitplanke gerutscht war, dann wäre er etwa an der Stelle gelandet, an der Canton stand. Das einzig Unstimmige war der Zustand, in dem sich John Does Körper befunden hatte. Beide Sanitäter und der Medizinstudent hatten bestätigt, was die beiden Assistenzärzte im Krankenblatt vermerkt hatten: John Doe hatte keinerlei äußere Anzeichen für ein Trauma aufgewiesen. In Gedanken konnte Mulder schon jetzt hören, was Scully fragen würde, wenn er ihr von seiner Theorie erzählte: Wie konnte ein Mann bei fünfundsechzig Meilen in der Stunde aus einem Lieferwagen fallen, eine Leitplanke verbeulen, und sich keine äußeren Verletzungen zuziehen?

Auf diese Frage hatte auch Mulder keine Antwort – noch nicht. Dennoch war er gewiß nicht bereit, diese Theorie einfach aufzugeben. Es gab eine Verbindung zwischen John Doe und Perry Stanton, und Perry Stanton hatte erstaunliche, übermenschliche Leistungen vollbracht. War es da nicht denkbar, daß auch John Doe gewissermaßen unverwundbar gewesen war?

Mulder griff in seine Manteltasche und zog einen sterilen Kunststoffbeutel und einen kleinen Roßhaarpinsel hervor. Dann bückte er sich zu der Delle hinab und bürstete die Staubschicht in den Beutel. Er bezweifelte zwar, daß er dort irgend etwas finden würde, aber schließlich konnte er nicht ausschließen, daß eine genaue Untersuchung doch noch Fasern oder andere Beweise zutage fördern würde.

»Was machen Sie denn da?« fragte Canton, während er ihm zuschaute. »Ich habe doch gesagt, daß wir John Doe da drüben gefunden haben.«

»Ich glaube nicht, daß er von Anfang an dort gelegen hat. Ich denke, das war lediglich die Stelle, an der sein Körper schließlich liegengeblieben ist. Die Reise, die er vorher gemacht hat, interessiert mich.« Mulder wollte sich gerade auf den Boden knien, um auch dort nach Beweisen zu suchen, als sein Pinsel sich in einer winzigen Kerbe in der Leitplanke verhakte. Als er zog, um den Pinsel zu lösen, sah er, daß sich winzige Fasern weißen Stoffes in den feinen Roßhaaren verfangen hatten. Er hielt den Pinsel dicht vor die Augen, woraufhin er Spuren einer Art roten Pulvers entdeckte, die an der Unterseite der Stoffasern klebten. Das Pulver hatte einen strengen, modrigen Geruch, ähnlich einer Brotscheibe, die zu lange in einem feuchten Schrank gelegen hatte. Er fragte sich, ob Pulver und Stoff etwas mit dem geheimnisvollen John Doe zu tun haben mochten. Es war durchaus möglich, daß die Kerbe in der Leitplanke die Fasern vor der Macht der Natur geschützt hatte. Er zog eine zweite Plastiktüte aus der Manteltasche und ließ die Stoffasern hineingleiten. Dann ging er zurück zu Canton, der ihn mit sonderbarem Blick musterte. »Warum interessiert sich das FBI so sehr für diesen John Doe? War er eine Art Serienmörder?«

»So weit wir bisher wissen«, entgegnete Mulder,

während er in die Knie ging, um weitere Proben von der Straße abzunehmen, »hat er nichts getan. Er ist lediglich gestorben. Das Problem ist, daß seine Haut nicht mit ihm gestorben ist.«

Mulder ließ den Gedanken unausgesprochen, der ihm gerade durch den Kopf geschossen war: Vielleicht war seine Haut der Mörder, nicht irgendwelche Mikroben, die er in seinem Blut gehabt haben mochte – wie Scully vermutete – sondern die Haut selbst. Denn das war der gemeinsame Nenner. Kein Blut, keine Mikroben, keine Krankheit.

Haut.

Vierzig Minuten später betrat Mulder die Abteilung für Infektionskrankheiten des New York Hospital. Die Station war nichts anderes als eine ausgelagerte Abteilung des Seuchenkontrollzentrums; zwei Gänge und ein halbes Dutzend Krankenzimmer mit einem unabhängigen Ventilationssystem und dichtschließenden Spezialtüren. Die Zimmer waren geeignet, diversen Sicherheitsstufen zum Schutz vor biologischen Gefahren zu genügen. Von der höchsten Sicherheitsstufe mit Sauerstoffzelten und speziellen Schutzanzügen bis zu Zimmern für leichter zu handhabende Bedrohungen, in denen Handschuhe, Richtlinien und eine strikte Videoüberwachung durch Seuchenexperten ausreichend waren.

Mulder wurde zu einem Eindämmungsraum im hinteren Bereich der Abteilung geführt, wo er mit Handschuhen und Gesichtsmaske ausgestattet wurde, ehe er in ein kleines Einzelzimmer gebracht wurde. Scully stand neben einem Krankenbett und brachte mit entschlossener Stimme ihre Argumente dar. Dr. Bernstein, der plastische Chirurg, der Perry Stanton behandelt hatte, saß in seinem weißen Arztkittel auf der Bettkante und hatte das Gesicht zu einer skeptischen Miene verzogen. In seinem Arm steckte eine Infusionsnadel, die er alle paar Sekunden mit deutlicher Verachtung betrachtete. Es war offensichtlich, daß er nicht den Wunsch verspürte, hier zu sein, und es war ebenso offensichtlich, daß er absolut nicht krank war.

»Sehen Sie«, sagte er gerade, als Mulder den Raum betrat, »ich kann Ihnen versichern, daß es während der Operation keinen Kontakt zwischen seinem und meinem Blut gegeben hat. Ich habe Handschuhe und Maske getragen, ebenso wie die Schwestern. Ich habe ähnliche Operationen bei Patienten durchgeführt, die HIV-positiv waren, und ich hatte nie irgendwelche Probleme.«

»Dr. Bernstein«, erwiderte Scully, »ich habe diese Quarantäne nicht angeordnet. Der Experte für Infektionskrankheiten beim Seuchenkontrollzentrum hat beschlossen, keine Risiken einzugehen. Sie und Ihre Mitarbeiter bilden die am meisten gefährdete Risikogruppe, und diese Quarantäne ist lediglich eine logische Vorsichtsmaßnahme.«

»Das ist nicht logisch, es ist nutzlos. Wir wissen beide, daß es kein Heilmittel für die Schlafkrankheit gibt. Ich kann es ja verstehen, daß Sie mich nicht operieren lassen, bis die Inkubationszeit abgelaufen ist, aber wozu halten Sie mich und die Schwestern in diesen Zellen fest?«

Scully seufzte und deutete mit einem Kopfnicken auf den Infusionsbeutel. »Der Experte vom Seuchenkontrollzentrum hat vorgeschlagen, Ihnen mindestens bis zum Ablauf der Inkubationszeit Aciclovir zu verabreichen. Das Mittel hat sich bei der Bekämpfung diverser Formen der Enzephalitis als sehr wirkungsvoll erwiesen.«

Bernstein verdrehte die Augen. »Aciclovir war lediglich bei den Formen der Enzephalitis wirkungsvoll, die durch ein Herpes Simplex-Virus ausgelöst wurden. Schlafsucht wird nicht von Herpes verursacht.«

Scully nickte und zuckte gleich darauf die Schultern. »Dr. Bernstein, ich habe nicht die Absicht, mich mit Ihnen über Medizin zu streiten. Ihr Spezialgebiet ist die plastische Chirurgie, meines die forensische Pathologie. Keiner von uns ist ein Experte für Infektionskrankheiten. Wir sollten uns beide den Wünschen des Spezialisten vom Seuchenkontrollzentrum fügen.«

Bernstein antwortete nicht. Schließlich verzog er die Lippen zu einem Ausdruck widerwilligen Einverständnisses, ehe er Mulder anblickte und sagte: »Ich schätze, ich sollte tun, was sie sagt.«

Mulder lächelte. »Üblicherweise ist das meine Rolle. Scully, kann ich Sie für einen Moment sprechen?«

Scully folgte ihm hinaus auf den Korridor. Nachdem die Tür hinter ihnen ins Schloß gefallen und versiegelt war, zog sie die Maske von ihrem Gesicht. »Mulder, ich habe gute Neuigkeiten. Dr. Cavanaugh, der Verwaltungschef des Krankenhauses, hat Fortschritte bei der Suche nach dem Leichnam von John Doe gemacht. Einer seiner Mitarbeiter hat ein Überstellungsformular aus der *Rutgerschule* für Medizin in New Jersey gefunden. Cavanaugh sagt, der Leichnam könnte versehentlich zu einer Sezierung dorthin geschickt worden sein. In ein paar Stunden werden wir es genau wissen.«

Mulder überdachte diese Information, aber er konnte nicht an eine so einfache Lösung glauben. »Ich werde gespannt den Atem anhalten. In der Zwischenzeit möchte ich, daß Sie sich etwas ansehen. Sagen Sie mir, ob Sie irgendeine Vorstellung davon haben, was das ist.«

Er griff in seine Tasche und zog den kleinen Beutel mit den Stoffasern und dem roten Pulver hervor. Scully nahm ihm den Plastikbeutel ab und öffnete ihn vorsichtig. Sie sah hinein und zog die Nase kraus. Dann schüttelte sie den Beutel, woraufhin ein Teil des Pulvers sich von dem weißen Stoff löste. Schließlich preßte sie den Beutel mit den Fingern zusammen, um ein Gefühl für die Struktur des Pulvers zu bekommen. »Ich glaube, ich habe so etwas schon einmal gesehen. Dem Geruch und der Beschaffenheit zufolge, könnte es sich bei dem roten Pulver um eine Art antibakteriellen Wirkstoff handeln. Die Stoffasern sehen aus, als stammten sie von einem Verband. Woher haben Sie das?«

Mulder hatte das Gefühl zu schweben, als seine Intuition sich bemerkbar machte. Nun würden sie endlich weiterkommen. »Von dem Unfallort, an dem John Doe bewußtlos aufgefunden wurde.«

Scully starrte ihn an, ehe ihr Blick wieder zu dem roten Pulver und den Stoffstreifen wanderte. Es schien fast, als würde sie plötzlich ihren eigenen Erinnerungen mißtrauen. »Bevor Sie irgendwelche Schlußfolgerungen ziehen, lassen Sie mich das Dr. Bernstein zeigen. Er ist Chirurg – er wird genauer wissen, was das ist.«

Sie gingen zurück in das kleine Krankenzimmer. Dr. Bernstein lag auf dem Rücken, die Hände hinter dem Kopf verschränkt. »So schnell wieder zurück? Bin ich etwa aus der Haft entlassen?«

Scully reichte ihm den Plastikbeutel. »Eigentlich sind wir nur gekommen, um Sie nach Ihrer Meinung zu fragen. Erkennen Sie diese rote Substanz?«

Bernstein setzte sich auf dem Bett auf und schüttelte den Beutel vor seinen Augen. Dann nickte er. Für ihn lag die Antwort auf der Hand. »Natürlich. Staub. So nennen wir das hier. Es ist ein antibakterielles Präparat, das bei größeren Hauttransplantationen verwendet wird. Ich spreche von Patienten, deren Haut zumindest zu fünfzig

Prozent verbrannt ist, oft auch mehr. Es ist außerordentlich wirkungsvoll und sehr teuer. Das Patent ist erst vor kurzer Zeit von der Gesundheitsbehörde freigegeben worden.«

Mulder verschränkte die Hände hinter dem Rücken. Er fühlte, wie sich seine Erregung in einem Beben seiner Schultern entlud. Ein Puder, der bei Hauttransplantationen Verwendung fand. Wenn es zwischen diesem Pulver und John Doe eine Verbindung gab – es wäre eine wahrhaft verblüffende Entdeckung und ein mehr als nur bizarres Zusammentreffen. Er räusperte sich. »Dr. Bernstein, wie bekannt ist dieser ›Staub‹?«

»Überhaupt nicht bekannt«, entgegnete Bernstein, während er Scully den Beutel zurückgab. »Ich glaube nicht, daß er in den hiesigen Kliniken benutzt wird, und ganz bestimmt nicht im *Jamaica*. Ich habe es im vergangenen Jahr an der UCSF[1] eingesetzt, wo ich zum ersten Mal Gelegenheit hatte, den Wirkstoff auszuprobieren. Wenn Sie mehr darüber erfahren wollen, dann sollten Sie sich an die Firma wenden, die ihn entwickelt und auf den Markt gebracht hat. *Fibrol International*. Sie arbeiten auf dem Gebiet der Biotechnologie und haben sich auf die Materialien spezialisiert, die bei Transplantationen nach Verbrennungen benötigt werden. Ich glaube, ihre Unternehmenszentrale ist ganz hier in der Nähe.«

Mulder hatte nie zuvor von der Firma gehört. Allerdings war ihm bewußt, daß es im nordöstlichen Teil der Vereinigten Staaten Hunderte, wenn nicht gar Tausende Unternehmen gab, die auf dem Gebiet der Biotechnologie tätig waren. Er wartete ab, bis Scully sich von Bernstein verabschiedet hatte, ehe er ihr auf den Gang hinaus folgte. Als er ihr erzählte, was ihm durch den Kopf

---

1 UCSF: University of California, San Francisco. Anm. d. Übers.

ging, gelang es ihm kaum, seinen Enthusiasmus zu verbergen. »Scully, das kann kein Zufall mehr sein.«

»Nun . . .«

»Ein Puder, der nur bei Hauttransplantationen gebraucht wird und genau da entdeckt wird, wo John Doe aufgefunden wurde?« Mulder preschte voran wie ein Bulldozer. »Das könnte bedeuten, daß John Doe Empfänger eines Transplantats war. Und als seine Haut weitergegeben wurde, sind auch die sonderbaren, unerklärbaren Symptome auf Perry Stanton übergegangen. Der rote Puder – der ›Staub‹ – könnte der Schlüssel zu all dem sein.«

Scully blinzelte und schüttelte den Kopf. »Mulder, Sie schießen über's Ziel hinaus. Sie haben dieses Pulver an einem Unfallort gefunden; auf einem Abschnitt einer Hauptausfallstraße aus Manhattan?«

»Sie haben doch gehört, was Bernstein gesagt hat. Der Puder ist selten und sehr teuer. Wir müssen mit den Leuten von Fibrol International reden und herausfinden, ob wir die Spur . . .«

Ein schrilles Klingen unterbrach Mulder. Scully hatte ihr Mobiltelefon in der Hand, noch ehe der Klang in Mulders Ohren verhallt war. Nur wenige Menschen kannten Scullys Nummer, und Mulder konnte sich gut vorstellen, wer am anderen Ende der Leitung war.

»Barrett«, formten Scullys Lippen tonlos. Ihr Gesichtsausdruck veränderte sich, während sie der blechernen Stimme an ihrem Ohr lauschte. Als sie schließlich das Gespräch beendete, strahlten ihre Augen voller Lebhaftigkeit. »Stanton. Ein Augenzeuge hat gesehen, wie er eine U-Bahn-Station in Brooklyn Heights betreten hat. Barrett will wissen, ob wir bei seiner Verhaftung dabei sein wollen.«

Doch Mulder hatte sich längst in Richtung Fahrstuhl in Bewegung gesetzt.

Kapitel 9

Susan Doppler schloß die Augen. Das Kreischen von Metall auf Metall dröhnte durch ihren Schädel. Ihr Körper ruckte vor und wieder zurück, und die rhythmischen Schwankungen des stählernen Sarges schmerzten während des mechanischen Ritts durch die Eingeweide der Stadt in ihren müden Muskeln. Längst hatte sie den beinahe komatösen Zustand regelmäßiger Pendler erreicht, in dem selbst das unruhige Klappern der Schienen, dessen Schwingungen über ihre Füße in ihren Leib getragen wurden, sie kaum noch wach zu halten vermochte.

Wie so viele andere New Yorker haßte auch Susan die U-Bahn. Dennoch gehörte die vierzig Minuten lange Fahrt nach Manhattan zu den unumgänglichen Notwendigkeiten ihres Alltags. Als alleinerziehende, sechsundzwanzigjährige Mutter konnte sie sich kaum ein Taxi leisten – und von ihrer Wohnung in Brooklyn führte keine direkte Busverbindung zu ihrem Arbeitsplatz in einem Warenhaus in der Innenstadt. So lange ihre neun Jahre alte Tochter noch auf ihre Fürsorge und Unterstützung angewiesen war, blieb ihr keine Alternative zu dem unterirdischen Kreischen und Rütteln.

An diesem Tag war die Tortur noch qualvoller als sonst. Seit zwei Stationen war die Klimaanlage ausgefallen, und Susan fühlte, wie der Schweiß über ihren Rücken rann. Die Luft roch nach allerlei Körperausdünstungen und abgestandenem Urin. Jeder einzelne Atemzug kam einer Lungenfunktionskontrolle gleich, und ihre Kehle war bereits rauh und trocken von dem mühevollen Ringen um Sauerstoff. Der Waggon war voll besetzt, und Susan mußte aufpassen, nicht von den beiden Geschäftsmännern, die sie zu beiden Seiten flankierten, erdrückt zu werden. Der Mann links von ihr war übergewichtig und sein weißes Hemd schweißgetränkt. Noch unangenehmer war der knochige, kantige Mann auf der rechten Seite, der ihr alle paar Sekunden aus rücksichtloser Achtlosigkeit den Ellbogen in die Rippen rammte, wenn er die Seiten des Supermarktprospektes auf seinem Schoß umblätterte.

Dennoch gelang es ihr beinahe, sich vorzustellen, sie wäre gar nicht hier, solange sie die Augen fest geschlossen hielt und ihr Kopf an der heftig vibrierenden Fensterscheibe lag. Vielleicht eine Sauna in einer Stadt am anderen Ende der Welt, eine warme, nebelverhangene Bucht auf einer Insel mitten im Pazifik, im glühendheißen Fluggastraum eines explodierenden Flugzeuges, das auf einen Berghang zu raste. *Alles war besser als eine überfüllte U-Bahn im Juli!*

Susan verzog das Gesicht, als der scharfe Ellbogen sich erneut oberhalb ihrer Hüfte in ihre rechte Seite bohrte. Sie öffnete die Augen und bedachte den ausgemergelten Geschäftsmann mit finsterem Blick. Er war groß, hatte spinnenartige Gliedmaße, ergrauendes Haar und buschige Brauen. Offenbar war er vollkommen in das Magazin vertieft und hatte über den farbenfrohen Bildern von allerlei Berühmtheiten und Spinnern alles andere um sich herum vergessen.

Frustriert wandte Susan sich ab und stützte das Kinn auf ihre Hand. Strähnen ihres langen braunen Haares fielen über ihre Wangen und umrahmten die blauen Augen. Azur, so hatte ihr Ex-Mann sie bezeichnet, als sie ihn noch interessiert hatten. Ihre Augen verengten sich, während sie sich im stillen tadelte, überhaupt an ihn zu denken. Inzwischen war über ein Jahr vergangen, und er hatte keinen Anteil mehr an ihrem Leben oder dem ihrer Tochter. Ihre Augen waren *blau* – nicht azur.

Susan versteifte sich, als die Bahn in eine Linkskurve ratterte und die Lichter zu flackern begannen. Als das Flackern aufhörte, stellte sie fest, daß sie dem ihr gegenübersitzenden Mann direkt in die Augen starrte. Der Anblick war so jämmerlich, daß sie beinahe laut gekeucht hätte. So etwas gab es nur in New York.

Der in sich zusammengesunkene Mann stützte seinen fußballförmigen Kopf auf die Hände. Sein hagerer, zierlicher Körper wurde von einem dreckigen Kittel notdürftig bedeckt, dessen dünner, schmutziger Stoff zerrissen war und über und über gespickt mit etwas, das nach grünen Glassplittern aussah. Er zitterte, vermutlich eine Folge von Crack oder Heroin, und sein dünnes, zurückweichendes Haar glänzte schweißnaß. Während Susan ihn anblickte, bewegte der Mann den Kopf, und sie konnte sehen, daß sich seine Lippen bewegten und ein stetes, unverständliches Brabbeln hervorbrachten. Dann erhaschte sie einen kurzen Blick in seine Augen und bemerkte, daß sie blau waren, ähnlich wie ihre eigenen, vielleicht sogar azurblau.

Abgestoßen wandte sie sich ab. Der Mann hatte offensichtlich kein Zuhause. Sehr wahrscheinlich war er geistesgestört. Glücklicherweise konnte er mit seiner geringen Größe kaum irgendwelche Schwierigkeiten machen, dennoch war Susan froh, daß sie nicht neben ihm sitzen mußte.

Dann berührte der Ellbogen sie erneut, und sie fluchte laut. Endlich nahm der spindeldürre Geschäftsmann Notiz von ihr, und er entschuldigte sich im schweren New Jersey-Dialekt. Er faltete den Prospekt zusammen und verstaute ihn sorgfältig zwischen seinen Knien. Als er eine Ecke anhob, um weiterzulesen, erblickte Susan ein Schwarzweißfoto auf der Rückseite des Magazins. Über dem Bild stand in großen Buchstaben die Überschrift: »Psycho-Professor durchstreift New York.«

In Susans Geist gab es ein leises Klicken, und sie sah von dem Magazin auf. Mit schärferem Blick betrachtete sie nun den zusammengesunkenen, kleinen Mann auf der Bank gegenüber. Als sie starren Blickes den zerrissenen weißen Kittel musterte, lief ein warmes Prickeln über ihren Rücken. Ganz langsam öffnete sich wie von selbst ihr Mund, als sie erkannte, daß es sich um einen Krankenhauskittel handeln mußte.

Sie erinnerte sich an die Geschichte, die sie an diesem Morgen in den Nachrichten gehört hatte. Ein kleingewachsener Geschichtsprofessor hatte eine Krankenschwester ermordet und war aus einem Fenster im zweiten Stock gesprungen. Wenn sie auch nicht vollkommen sicher sein konnte, war es doch durchaus möglich, daß dieser Mann nun genau vor ihr saß.

Unruhig rutschte sie auf dem Sitz hin und her und fragte sich, ob sie irgend etwas tun sollte. Dann drang ein Geräusch an ihre Ohren – das Kreischen zupackender Bremsen. Sie hatten die nächste Station erreicht. Der Waggon ruckte heftig, und der kleine Mann blickte plötzlich auf. Susan sah ihm direkt in die Augen, und da wußte sie es. Das war der Psycho-Professor, *und er sah sie an.*

Ruckartig öffnete sich ihr Mund noch weiter, und ein unbeabsichtigter Schrei brach aus ihrer Kehle hervor. Während sein Körper wie unter Krämpfen hochzuckte, schienen die Augen des Professors zu schrumpfen. Dann war er plötzlich auf den Beinen und kam in dem beengten Wagen direkt auf sie zu. Susan zuckte zurück, deutete mit dem Finger auf den Mann, während die anderen Passagiere die Vorgänge wie gelähmt verfolgten. Für einen entsetzlichen Augenblick der Erstarrung stand der Professor über ihr, die Hände neben dem Körper zu Fäusten geballt. Ruckartig hielt die Bahn an der nächsten Station, und ein gequälter Ausdruck huschte über sein Gesicht.

Als hätte er Susan völlig vergessen, drehte er sich um und stürzte auf die Tür zu. Sein Kopf wirbelte scheinbar haltlos durch die Luft, als er sich zwischen den Passagieren hindurchdrängte. Ein vierschrötiger Mann in einer hellen Jogginghose brüllte ihn an, er solle nicht drängeln – und purzelte gleich darauf zur Seite, als der winzige Professor ihn im Vorbeieilen von den Beinen riß. Nur eine Sekunde später war er schon draußen auf dem Bahnsteig.

Susan stürzte auf die andere Seite des Waggons und drückte die Nase an die Fensterscheibe. Sie sah, wie der Professor an einer Gruppe Schaulustiger vorbeiwirbelte, und dann entdeckte sie die drei Polizisten, die durch die Drehkreuze auf den Bahnsteig liefen. Ein Gefühl der Erleichterung erfaßte ihren ganzen Körper, als sie erkannte, daß dem Professor kein Fluchtweg mehr blieb.

Der kleine Mann blieb stehen und betrachtete die drei Polizisten, die sich auf ihn zu bewegten. Susan sah, daß sie alle bewaffnet waren – und daß sie Latexhandschuhe trugen. Um sie herum war Stille in den Waggon eingekehrt, nachdem sich auch die anderen Passagiere drängelnd und stoßend einen Platz am Fenster gesichert hatten.

Die drei Polizisten verteilten sich und versuchten, den Professor von drei Seiten einzukreisen. Plötzlich traf der kleine Mann eine Entscheidung, brach nach links aus und hielt direkt auf den dunklen U-Bahn-Tunnel vor dem wartenden Zug zu. Einer der Polizisten stand zwischen ihm und der ovalen, schwarzen Einfahrt in den Tunnel. Susan sah zu, wie der Polizist sich auf ein Knie hockte, die Waffe vor der Brust ausgestreckt. Er brüllte etwas – doch der kleine Mann ließ sich nicht beirren.

Ein Keuchen entwich Susans Kehle, als sie den entschlossenen Ausdruck in den Zügen des Polizisten bemerkte.

Officer Carl Leary hielt den Atem an, als der kleine Mann auf ihn zuraste. Er konnte den Zorn in den wilden blauen Augen des Professors sehen, den Ausdruck ungezähmter Gewalt, und er wußte, daß er keine Wahl hatte. Schon in der nächsten Sekunde würde der Mann ihn erreicht haben.

Sein Finger spannte sich um den Abzug, der Dienstrevolver zuckte hoch, und die Muskeln in seinen Armen spannten sich, um den Rückschlag abzufangen. Laut hallte die Explosion durch die U-Bahn-Station, gefolgt von einem halben Dutzend Schreie aus den offenen Wagentüren. Learys Augen weiteten sich, als er sah, daß der Mann noch immer auf ihn zurannte. Erneut krümmte sich sein Finger, und eine zweite Explosion donnerte durch die Station ...

Und dann hatte der kleine Mann ihn passiert. Wie betäubt fiel Leary auf den Boden des Bahnsteigs. Er hatte aus kürzester Entfernung geschossen. Wie zur Hölle konnte er ihn verfehlt haben?

Er sah dem Professor nach, als dieser in dem U-Bahn-Tunnel verschwand. Dann fühlte er eine Hand auf seiner Schulter. Er blickte auf und erkannte den besorgten Ausdruck auf dem schweißnassen Gesicht seines Partners. Joe Kenyon belegte bereits seit zwei Jahren den Beifahrersitz in Learys Streifenwagen. Sie hatten alles gesehen, was diese Stadt an Wahnsinn zu bieten hatte, doch nun waren beide sprachlos.

»Alles in Ordnung?« brachte Kenyon schließlich mit vor Aufregung heiserer Stimme hervor. »Der Irre hat dir nichts getan, oder?«

Leary schüttelte den Kopf, während er die Kammern seines Dienstrevolvers überprüfte. Der Lauf war noch heiß, und er roch das Schwarzpulver in der Luft. Er zählte die Patronen und überzeugte sich davon, daß zwei fehlten. Dann zuckte er die Schultern und strich sich mit der Hand durch den Schopf schweißverklebten roten Haares. »Dieser kranke kleine Mistkerl ist vollkommen verrückt! Er ist direkt auf mich zu gerannt.«

»Er wird nicht weit kommen«, murmelte Kenyon, während er sich nach der wartenden U-Bahn umsah und beobachtete, wie der dritte Polizist die Passagiere aus dem stehenden Zug scheuchte. »Ich glaube, du hast ihn sauber erwischt. Der schafft höchstens noch zwanzig, dreißig Meter.«

Leary antwortete nicht. Kenyon mußte einfach recht haben. Auf diese kurze Entfernung konnte er nicht danebengeschossen haben. Aber warum war der kleine Mann dann nicht zu Boden gegangen? Wie konnte ein Mensch aus dieser geringen Distanz von einer Revolverkugel getroffen werden, ohne zusammenzubrechen?

Er schob den Gedanken von sich, während er nach seinem Zwei-Wege-Sprechfunkgerät griff. Gerade wollte er die Sprechtaste drücken, als Kenyon auf die Drehkreuze deutete. »Vergiß das Funkgerät. Da kommt Riesenarsch Barrett mit den beiden Bundesbullen.«

Leary sah zu, wie der Koloß von einem Detective und die beiden gutgekleideten Agenten den Bahnsteig betraten, ehe er sich wieder zu dem dunklen U-Bahn-Tunnel umblickte.

Ganz gleich, ob er ihn getroffen hatte oder nicht – Perry Stanton würde ihnen nicht entkommen, dieses Mal hatte er keine Chance.

Kapitel 10

Mit analytischem Blick und zugleich auch mit leichtem Widerwillen beobachtete Scully, wie eine Ratte von der Größe eines Basketballs frontal gegen die Steinmauer zu ihrer Rechten prallte, ehe sie hastig unter die eisernen Schienenstränge huschte. Scully konzentrierte sich wieder auf den finsteren Tunnel und bewegte den scharfen Lichtstrahl ihrer Taschenlampe so lange, bis sie die Umrisse von Mulders Schultern einige Schritte voraus entdeckte. Leise hörte sie seine Stimme, begleitet von dem Rumpeln der Belüftungsanlage, und sie beeilte sich, aufzuschließen. Detective Barrett, die ihren mächtigen Leib direkt vor Mulder durch die Finsternis bewegte, kam in ihr Blickfeld. Mulder deutete auf den schweren Revolver, den sie in ihrer rechten Pranke hielt.

»Er kann seine Handlungen nicht kontrollieren«, brachte Mulder vor. »Es gibt doch bestimmt einen humaneren Weg, ihn aufzuhalten.«

»Er ist ein Mörder«, zischte Barrett, »und ich habe nicht die Absicht, mich oder meine Mitarbeiter in Gefahr zu bringen. Wenn Sie sich mit diesem Stück Plastik für ausreichend bewaffnet halten, dann ist das Ihre Sache.«

Scully blickte auf die Betäubungswaffe in ihrer rechten Hand hinab. Mulder und sie hatten diese nicht tödlich wirkenden Waffen auf ihrem Weg zur U-Bahn-Station im Arsenal der New Yorker Außenstelle des FBI erhalten. Die Vorrichtungen waren etwa so groß wie ein Taschenbuch und wogen keine drei Pfund. Die gemaserte Kunststoffoberfläche fühlte sich durch die Latexhaut ihrer Handschuhe hindurch warm an.

»Ein Elektroschock ist genauso wirksam wie eine Kugel«, sagte Mulder. »Er kann einen dreihundert Pfund schweren Mann kampfunfähig machen, ohne bleibende Schäden zu hinterlassen.«

»Ich weiß selbst, was im Bedienungshandbuch steht«, konterte Barrett aufgebracht. »Aber haben Sie schon einmal versucht, mit so einem Spielzeug einen Junkie im PCP-Wahn auszuschalten? Das ist etwa das gleiche, als wollten sie eine Klapperschlange mit einer Büroklammer abwehren.«

Scully räusperte sich. Aus ihrer Sicht war die ganze Diskussion überflüssig. Die anderen drei Polizisten waren mindestens zwanzig Meter vor ihnen, und sie alle trugen hochkalibrige Dienstwaffen. Barrett hatte sie vorausgeschickt, weil zwei von ihnen bereits hier unten gearbeitet hatten und das Tunnelsystem kannten. »Hoffen wir, daß wir die tödlichen Waffen nicht brauchen werden. Detective Barrett, wie lang ist die Tunnelstrecke bis zur nächsten Station?«

»Etwa eine halbe Meile«, entgegnete Barrett, die wieder vorauseilte. »Aber es gibt etliche Abzweigungen, die von der Hauptverbindungsstrecke fortführen. Wartungsschächte, Maschinenräume und Generatorengewölbe; genug Platz für Stanton, sich ein Versteck zu suchen. Ich habe an allen Ausgängen Polizisten postiert, aber wenn wir ihn nicht schnell finden, werden wir Suchtruppen mit Spürhunden anfordern müssen.«

Scully atmete tief durch, und die feuchte, schwere Luft legte sich erstickend auf ihre Atemwege. Sie konnte sich die Furcht und die Verwirrung vorstellen, die Stanton erleiden mußte, während er durch die Dunkelheit flüchtete und sein Gehirn jedes Signal seines Nervensystems fehlinterpretierte. Seine psychotische Paranoia trieb ihn dazu, vor den Menschen wegzulaufen, die ihm helfen wollten.

Einige Minuten vergingen in völligem Schweigen, während sie sich weiter in den Tunnel hineintasteten.

Der Boden neben den Gleisen war uneben und mit einer dichten Schicht aus Schmutz und Schotter bedeckt. Große Steinbrocken ragten aus der grob verfliesten Fläche der gekrümmten Stahlbetonwände hervor.

Weiter vorn konnte Scully eine scharfe Linksbiegung erkennen. Unter einer orangefarbenen Notbeleuchtung stand einer der drei Polizisten. Er winkte ihnen zu, sich zu beeilen, und Scully beschleunigte ihre Schritte. Sie folgte den Gleisen über eine sanfte Steigung und fand sich gleich darauf an einer Kreuzung zweier Schächte wieder. Die Gleise führten weiter nach links in einen besser beleuchteten Tunnelabschnitt hinein. Der andere Schacht, dessen Wände aussahen, als wären sie aus grob behauenem Kalkstein gefertigt, lag in tiefer Dunkelheit.

»Das ist eine neue Strecke«, erklärte der Polizist. Er war ein wenig übergewichtig. Schweiß lief in kleinen Rinnsalen an den Seiten seines rotangelaufenen Gesichts hinunter. »Ist noch im Bau. Leary hat den Flüchtigen etwa dreißig Meter voraus entdeckt. Er und Kenyon sind ihm gefolgt.«

Scully richtete ihre Taschenlampe in die Schwärze des Schachts. Begierig verschluckte die Finsternis den orangefarbenen Lichtstrahl schon nach wenigen Metern. Sie sah abwechselnd Mulder und Barrett an. Dieser noch im Bau befindliche Tunnel war ein riskanter Ort, um den Träger einer seltenen und gefährlichen Krankheit zu verfolgen. Sie überlegte, ob sie Barrett bitten sollte, Verstärkung anzufordern, als ein krachendes Donnern von den Kalksteinwänden widerhallte.

Scullys Magen verkrampfte sich, als ihr bewußt wurde, daß dies die nachhallende Meldung einer Neun-Milimeter-Polizeiwaffe war. Sie sah, wie Mulder voranstürzte, und beeilte sich, ihm zu folgen. Hinter sich konnte sie Barrett und den übergewichtigen Polizisten hören, doch sie vertrieb beide aus ihren Gedanken und konzentrierte sich auf den in der Finsternis kaum erkennbaren Boden unter ihren Füßen. Der Lichtstrahl ihrer Taschenlampe hüpfte über Steinplatten und Gleisteile, und sie mußte aufpassen, wollte sie auf dem unebenen Grund nicht stürzen. Vor ihr lief Mulder scharf nach rechts, und sie folgte ihm stolpernd einen schmalen, ansteigenden Schacht hinauf. Sie vermutete, daß es sich um eine Art Versorgungsschacht für die Bauarbeiten handelte, der möglicherweise bis hinauf an die Oberfläche führte. Sollte das der Fall sein, so würden am anderen Ende Polizisten Stellung bezogen haben, die, falls sie den Schuß gehört hatten, möglicherweise bereits in den Schacht eindrangen . . .

Beinahe wäre Scully gegen Mulders Schulter geprallt, als er plötzlich wie angewurzelt stehenblieb, die Taschenlampe auf den Boden gerichtet. Scully leuchtete mit ihrer eigenen Lampe in die gleiche Richtung und entdeckte den Polizisten, der zusammengerollt an der Mauer lag. Sie erkannte das hellrote Haar des Mannes wieder und ließ sich rasch auf die Knie sinken. Aus einer Wunde direkt über Learys rechtem Ohr floß Blut. Scully streckte die Hand aus, um den Pulsschlag des Mannes zu kontrollieren.

»Er lebt«, flüsterte sie, während sie gleichzeitig sanft, aber gleichmäßig Druck auf die blutende Kopfwunde ausübte. »Sieht aus, als wäre er von etwas Hartem getroffen worden, vermutlich ein Eisenrohr oder ein schwerer Stein. Möglicherweise hat er eine Schädelfraktur.«

»Er hält die Waffe immer noch in der Hand«, stellte Mulder fest, während er ebenfalls niederkniete. »Der Lauf ist noch warm, und drei Kugeln fehlen in der Trommel.«

Von hinten erklangen schwere Fußschritte, und Scully

warf schnell einen Blick über die Schulter. Sie sah, wie Barrett, gefolgt von dem übergewichtigen Polizisten, die letzten Schritte zu ihnen hinauftrampelte.

»Jesus«, keuchte Barrett, als sie den niedergeschlagenen Mann erblickte. Dann starrte sie den finsteren, engen Schacht hinauf, der scheinbar nie enden wollte. »Wo zum Teufel ist Kenyon?«

Scully richtete ihre Aufmerksamkeit wieder auf den Mann vor ihren Füßen und versuchte, die Wunde genauer in Augenschein zu nehmen. »Ich brauche sofort eine medizinische Notfallausrüstung, und wir müssen schnellstens Sanitäter hier herunterbringen.«

»An der Kreuzung gibt es einen Erste-Hilfe-Kasten«, sagte der beleibte Cop. Barrett nickte ihm zu, und er rannte zurück in die Richtung, aus der sie gekommen waren, während Mulder bereits wieder einige Schritte weiter in den dunklen Gang getan hatte. Dann blieb er stehen und blickte sich zu Scully um, und sie nickte.

Nun hastete er weiter, die Elektroschockwaffe angriffsbereit in den Händen. Barrett schob sich eilends an Scully und dem bewußtlosen Officer vorbei. Ihre Absichten waren unübersehbar. Mulder deutete auf den Revolver in ihrer Hand. »Vergessen Sie lieber nicht, daß einer Ihrer Männer noch da vorn ist.«

Barrett nickte, und als sie in der Finsternis verschwanden, rief Scully ihnen nach: »Ich komme nach, wenn die Sanitäter hier sind – und ich sorge dafür, daß er nicht kehrtmachen und verschwinden kann. Falls er nicht längst die Oberfläche erreicht hat.«

»Er wird die Oberfläche nicht erreichen«, erklang Barretts Antwort.

»Warum?« fragte Scully.

»Weil er in eine Sackgasse gelaufen ist. Dieser Versorgungsschacht ist vor zwei Wochen mit drei Tonnen Zement verschlossen worden.« Während Barrett und Mulder weiterliefen, verhallte ihre Stimme in der Dunkelheit.

Warm strömte das Adrenalin durch Mulders Körper. Seine Augen waren weit geöffnet und folgten ununterbrochen dem Lichtschein der Taschenlampe, während er sich einen Weg über den unebenen Boden des Schachts bahnte. Das schwere Keuchen Barretts folgte ihm wenige Schritte hinter seiner rechten Schulter; alle paar Sekunden hallte ein Fluch von den Wänden wieder, während sie sich nach Kräften bemühte, Schritt zu halten.

Als sie etwa zwölf Meter in den Tunnel eingedrungen waren, hinterließ die Luft einen metallischen Geschmack auf ihren Zungen, und die Wände verströmten einen schweren, modrigen Gestank. Je näher der Schacht der Oberfläche kam, desto enger schien er zu werden, und die krummen Wände schlossen sich über ihnen wie die Innenseiten der Finger einer zur Faust geballten Hand. Mulder wurde langsamer und bedeutete Barrett, sich still zu verhalten. Sie waren beinahe am Ende des Ganges angelangt, und das bedeutete, das Perry Stanton und der andere Polizist nicht mehr weit sein konnten.

Der Tunnel beschrieb eine scharfe Rechtskurve, und Mulder fand sich plötzlich am Eingang zu einem weiteren, schmalen Korridor wieder. Er bewegte den Lichtstrahl der Taschenlampe über die Wände und erkannte schwere Kabelstränge, die in parallelen Reihen über die Kalksteinwände verliefen, in die im Abstand weniger Meter kleine Nischen eingelassen waren.

»Generatorenraum«, flüsterte Barrett, als sie den Eingang ebenfalls erreicht hatte. »In diesen leeren Nischen waren die Generatoren untergebracht, mit denen die

Gerätschaften für die Erdarbeiten mit Strom versorgt worden sind. Die Zementwand müßte genau am anderen Ende dieses Korridors sein.«

Mulder richtete die Taschenlampe auf die nächste Generatorennische. Die Einbuchtung schien etwa drei Meter tief und mindestens einen Meter breit und hoch zu sein. Mehr als genug Platz für einen winzigen Professor. *Oder für den reglosen Leib eines Polizisten.*

Die Elektroschockwaffe einsatzbereit vor der Brust, betrat Mulder langsam und vorsichtig den Korridor. Seine Nackenhaare richteten sich auf, als er seine Taschenlampe stetig hin und her bewegte, um einen möglichst großen Bereich mit dem Lichtstrahl zu erfassen. Trotz all seiner Mühe war er doch von tiefschwarzer Dunkelheit umgeben. Nach wenigen Schritten wurde ihm bewußt, in welche Gefahr er sich begeben hatte; Stanton konnte ihn aus jeder Richtung angreifen, ohne daß er die geringste Chance hatte, ihn kommen zu sehen. Gerade wollte er zu Barrett zurückgehen, als sein rechter Fuß etwas Weiches berührte.

Rasch richtete er den Lichtstrahl auf den Boden. Er sah einige blaue Streifen, hier und dort mit roter Flüssigkeit bedeckt, ehe das orangefarbene Licht die glänzenden Umrisse einer Polizeimarke erfaßte.

Als er Barrett rufen wollte, bemerkte er plötzlich eine Bewegung zu seiner Rechten. Bevor er sich zu der schemenhaften Gestalt umdrehen konnte, wurde er direkt unter der Schulter von etwas getroffen. Seine Elektroschockwaffe ging los. Funken stoben auf, als die Metallkontakte eine Kalksteinmauer berührten.

Mulder prallte mit der Schulter voran zu Boden, und die Atemluft wurde gewaltsam aus seinen Lungen gepreßt. Taschenlampe und Elektroschocker entglitten seinen Händen. Der Lichtstrahl bohrte sich kreiselnd in die

Finsternis, und Mulder konnte Perry Stantons Gesicht über sich erkennen, und in seinen blauen Augen stand ein Ausdruck tiefster Qual. Dann sah er Stantons Hände, zu sehnigen Fäusten geballt hielt er sie hoch über seinen Kopf. Stanton stürzte auf ihn zu, und Mulder schrie auf, hob abwehrend die Arme und fragte sich, warum er seine Waffe offenbar immer im denkbar schlechtesten Augenblick verlieren mußte, als plötzlich ein helltönendes Summen erklang. Stanton erstarrte mitten in der Bewegung, die Augen weit aufgerissen. Sein Mund öffnete sich bebend. Krämpfe erfaßten seinen ganzen Leib, und die Muskeln verspannten sich zu sonderbaren Verdickungen unter der Hautoberfläche. Sein Rücken bog sich zurück. Dann gaben seine Knie nach und er brach kaum einen Meter von Mulder entfernt mit zuckenden Gliedmaßen zusammen. Gleich darauf lag er reglos am Boden.

Mulder krabbelte auf die Knie, als Scully, die Elektroschockwaffe locker in der Rechten, den Korridor betrat. Hinter ihr stürzte Barrett herbei. Gänzlich sinnlos zielte die Mündung ihres Revolvers auf den Körper des regungslos am Boden liegenden Professors. »Ich konnte nicht schießen. Jesus, er ist so schnell auf Sie losgegangen.«

Scully eilte an Mulders Seite. Sie war vollkommen außer Atem. Schweiß tropfte von ihrer Stirn in ihre Augen. »Sind Sie in Ordnung? Leary ist wieder zu Bewußtsein gekommen, kurz nachdem wir uns getrennt hatten. Ich war der Ansicht, daß er allein auf die Sanitäter warten konnte.«

»Gut abgepaßt, Scully. Und noch besser gezielt.«

Scully lächelte. »Eigentlich habe ich gar nicht gezielt. Ich habe nur gefeuert. Sie hatten lediglich Glück, daß Sie sich nicht selbst mit einem scheußlichen Brummschädel herumplagen müssen.«

Mulder deutete auf den Cop, der in der Mitte des Korridors lag. »Officer Kenyon hatte weniger Glück.«

Scully richtete ihre Taschenlampe auf den Mann und prüfte seinen Puls. Dann packte sie ihn an der Schulter und drehte ihn auf die Seite. Sie sah auf, und Mulder bemerkte ihren betroffenen Gesichtsausdruck. Er betrachtete den Officer und erkannte, daß seine Nase in die falsche Richtung zeigte. Stanton hatte ihm den Kopf um einhundertachtzig Grad gedreht und ihm die Halswirbelsäule zertrümmert.

Barrett entdeckte den toten Polizisten und rammte geräuschvoll ihre Waffe zurück in ihr Halfter. »Dieses verdammte Tier. Es ist mir egal, wie krank er ist, ich werde dafür sorgen, daß er den Rest seines Lebens in einer Zelle verbringt.«

Mulder reagierte nicht auf Barretts zornerfüllten Kommentar. Wie tragisch die Situation sich auch zugespitzt haben mochte, er glaubte nicht, daß Stanton dafür verantwortlich war. Er dachte an den gepeinigten Ausdruck in den Augen des Professors – und an die sonderbaren Muskelzuckungen, die seinen Körper durchgeschüttelt hatten. Fast hatte es so ausgesehen, als würden seine Muskeln gegen die Haut ankämpfen, darum ringen, sie zu durchbrechen.

Langsam erhob sich Mulder. An der Wand entdeckte er seine Taschenlampe. Er hob sie auf und richtete den Lichtstrahl auf den zusammengebrochenen Professor. Stanton lag auf dem Rücken. Arme und Beine hatte er unnatürlich verdreht von sich gestreckt. Seine Augen waren weit geöffnet, und die krampfhaft verzogenen Lippen gaben den Blick auf seine Zähne frei. Vorsichtig trat Mulder einen Schritt näher. *Irgend etwas stimmte da nicht.*

»Scully«, sagte er, den Lichtstrahl auf Stantons reglosen Brustkorb gerichtet. »Ich glaube, er atmet nicht mehr.«

Scully wandte sich von dem toten Officer ab. »Er ist nur betäubt, Mulder. Die Spannung, die diese Schocker erzeugen, ist nicht einmal annähernd lebensbedrohlich.«

Trotzdem ging sie zu dem kleinen Mann hinüber und kniete sich neben ihn. Vorsichtig beugte sie sich vor und brachte ihr Ohr dicht an seine Lippen. Dann ruckten ihre Augenbrauen hoch und sie berührte rasch mit dem Finger seinen Hals.

Mit starrem Blick zog sie die Hand zurück. Bestürzung zeichnete sich auf ihren Zügen ab. Sie zog Stantons Kopf zurück, um seine Atemwege von möglichen Blockaden zu befreien. Dann legte sie beide Hände auf seine Brust und begann mit einer kraftvollen Herzmassage. Mulder hockte sich neben sie und beugte sich vor, um eine Mund-zu-Mund-Beatmung vorzunehmen, doch Scully hielt ihn zurück. »Mulder, die Schlafkrankheit.«

Mulder schüttelte ihre Hand ab. Selbst wenn ihr Verdacht zutreffen sollte und Stanton mit einer durch Blut übertragbaren Form der Enzephalitis infiziert war, sprach aus Mulders Sicht doch alles für ihn. Speichelflüssigkeit allein war als Träger des Virus' kaum von Bedeutung. Und er konnte das Bild Emily Kysdales nicht aus dem Kopf bekommen. *Was auch immer dieser Mann getan hatte, er hatte eine Tochter.*

Er preßte seine Lippen an Stantons offenen Mund und atmete aus, blies die Luft in die Lunge des leblosen Mannes. Scully fuhr mit der Herzmassage fort, während Barrett sie schweigend beobachtete. Die Minuten vergingen, während Mulder und Scully gemeinsam wortlos versuchten, den Mann ins Leben zurückzuholen.

Endlich gab Scully ihre Bemühungen auf. Von der Anstrengung war ihr rotbraunes Haar schweißbenetzt, als sie sich aufrichtete. »Er ist tot, Mulder. Ich verstehe das nicht. Er hatte kein Herzleiden, und er war stark genug, den Polizisten umzubringen. Wie kann ein Elektroschock ihn dann einfach töten?«

Mulder konnte ihr keine Antwort liefern. Als sich aus dem Tunnel Stimmen näherten, ging ihm ein seltsamer Gedanke durch den Kopf. Leary hatte dreimal auf Stanton geschossen, und er hatte ihn nicht aufhalten können. Scully hatte ihn einmal mit dem Schocker getroffen, und er war gestorben. Ganz ähnlich wie der Fall des John Doe, der bei siebzig Meilen aus einem fahrenden Lieferwagen gefallen war, ohne sich auch nur einen Kratzer zuzuziehen. Dann hatten die beiden Assistenzärzte ihm mit dem Defibrillator einen Stromschlag versetzt, und er war unter ihren Hände gestorben.

»Scully«, setzte er an, brach jedoch sogleich ab, als Sanitäter mit einer Krankentrage in den Korridor stürmten, gefolgt von einer Handvoll uniformierter Polizisten. Barrett brüllte einige Anweisungen, und die Sanitäter hasteten zu dem toten Officer. Dann erblickten sie Stanton und forderten laut schreiend eine zweite Trage an.

Mulder und Scully machten den Weg frei, als weitere Sanitäter den Korridor betraten und Stanton ebenfalls auf eine Trage hoben. Mit entschlossener Miene beobachtete Scully die Vorgänge. »Ich werde dieser Sache auf den Grund gehen, Mulder. Ich werde die Autopsie selbst durchführen und herausfinden, was ihn wirklich umgebracht hat.«

Mulder selbst fühlte eine nicht minder starke Entschlossenheit. Stanton war tot, aber die Ermittlungen waren noch nicht vorüber. Mulder wich noch immer nicht von seiner Überzeugung ab: Perry Stanton mochte eine Krankenschwester und einen Polizisten getötet haben, aber er war kein Mörder. Er war ein Opfer.

Mulder hatte es gesehen, in dem qualvollen Ausdruck seiner Augen.

Kapitel 11

Der digitale Sichtschirm flackerte und färbte sich schließlich dunkelgrün. Scully lehnte sich auf dem lederbezogenen Bürostuhl zurück, die Arme vor sich auf dem Tisch ausgestreckt. Ein Radiologieassistent in einem weißen Laborkittel beugte sich über ihre Schulter, und sein warmer Atem strich an ihrem Ohrläppchen vorüber. »Nur noch ein paar Sekunden.«

Scully pochte ungeduldig mit dem Finger auf den Rand der Tastatur neben dem Bildschirm, und die Neugier schlug sich in ihren angespannten Muskeln nieder. In Gedanken stellte sie sich Stantons Körper vor, der zwei Räume entfernt in einem gewaltigen Ultraschallgerät lag. Mulder war bei dem Leichnam geblieben, während sie dem Assistenten in den Beobachtungsraum gefolgt war. Später würden sie sich unten in der Pathologie wiedertreffen, wo sich auch Barrett und der Untersuchungsbeamte des Seuchenkontrollzentrums zu ihnen gesellen sollten.

»Sie wollen auch Ausdrucke, richtig?« riß der Assistent sie aus ihren Gedanken. Scully nickte, und der Assistent drückte eine ganze Reihe verschiedener Tasten an einem Farblaserdrucker gleich neben dem Monitor. Der junge Mann war nicht besonders groß und trug eine Brille mit dicken Gläsern und einer Kunststoffassung. Augenscheinlich freute er sich an der Gesellschaft und der Gelegenheit, sein Können an dem Ultraschallgerät unter Beweis zu stellen.

Ultraschallaufnahmen gehörten üblicherweise nicht zu einer Autopsie, aber Scully war entschlossen, jede Möglichkeit zu nutzen, um herauszufinden, was mit Perry Stanton geschehen war. Insgeheim konnte sie das

Gefühl nicht loswerden, eine Mitschuld am plötzlichen Tod des Mannes zu tragen. Zwar wußte sie, daß sie keinen Fehler begangen hatte, dennoch war sie es gewesen, die die Elektroschockwaffe eingesetzt hatte. Sie wollte wenigstens erfahren, warum sein Körper auf eine so erschreckende Weise überreagiert hatte.

»Und los geht's«, sagte der Assistent, wobei er auf den Monitor deutete. In demselben Augenblick, in dem der Bildschirm erneut flackerte und das Grün einem wabernden See verschiedener Grautöne wich, begann der Drucker zu summen. Das Grau verdichtete sich allmählich annähernd zu der Form eines menschlichen Schädels, und ein Querschnitt durch die Mitte von Perry Stantons Gehirn kam zum Vorschein.

Scully brauchte nicht einmal eine Sekunde, um festzustellen, daß all ihre früheren Schlußfolgerungen einer neuen Einschätzung bedurften. Selbst ohne eine Autopsie konnte sie schon jetzt mit Gewißheit sagen, daß Stantons Tod absolut nichts mit Enzephalitis zu tun hatte. »Das kann nicht stimmen.«

Der Assistent sah kurz zum Monitor, wandte sich dann zum Drucker um und zog einen Stapel frisch bedruckter Blätter hervor. Die Ausdrucke zeigten das gleiche Bild aus vier verschiedenen Blickwinkeln. »Das ist die Sequenz, die Sie angefordert haben. Das Gerät war den ganzen Morgen in Betrieb, und niemand hat sich beschwert.«

Scully nahm ihm die Blätter ab und sah sie rasch durch. Nie zuvor hatte sie etwas Ähnliches gesehen. Da war kein Ödem, keine Anzeichen für Enzephalitis Lethargica – und trotzdem war Stantons Gehirn alles andere als normal. Mit dem Finger folgte sie den Konturen eines großen, dunkelgrauen Flecks, der sich nahe der Mitte der Aufnahme befand. Dort war der Hypothalamus, die Drüse, die das Nervensystem steuerte, aber sie war riesig, beinahe dreimal so groß wie sie es normalerweise sein sollte. Sechs polypenartige Wucherungen umgaben die aufgeblähte Drüse halbkreisförmig. In all der Zeit, die sie in pathologischen Laboren zugebracht hatte, waren ihr derartige Symptome noch nie begegnet.

Hastig erhob sie sich von dem lederbezogenen Stuhl und klemmte sich die Bilder unter den rechten Arm. Sie wollte so schnell wie möglich mit der Autopsie beginnen. Der Radiologieassistent betätigte einige Tasten, woraufhin der Monitor sich wieder grün färbte. »Wir werden die Aufnahmen speichern, so lange Sie sie brauchen. Rufen Sie mich, wenn Sie sie noch einmal ansehen wollen.«

Der junge Mann blinzelte ihr hinter seinen dicken Brillengläsern zu, doch Scully eilte bereits aus dem Zimmer und der Abteilung hinaus. Ihre Gedanken weilten bereits drei Stockwerke tiefer in einem Kellerlabor mit Organschalen aus Kunststoff und stählernen Abflußrinnen.

Scully sollte das Autopsielabor nicht erreichen. Sie hatte gerade drei Schritte aus dem Fahrstuhl heraus getan, als sie Mulders wütende Stimme hörte, die von den Backsteinmauern der pathologischen Abteilung widerhallte.

Auf dem langen Gang, der sich durch das Zentrum der Station zog, entdeckte sie ihren Partner, dem drei rotgesichtige Männer in weißen Laborkitteln den Weg versperrten. An allen drei Kitteln hingen Namensschilder mit kleinen roten Emblemen, die Scully von früheren Begegnungen mit den Mitarbeitern des Seuchenkontrollzentrums bekannt waren. Mulder konzentrierte sich auf den größten der Männer, einen Afroamerikaner, Mitte Fünfzig, mit geschwollenen Augenlidern und graumeliertem Haar. Der Mann hatte die Arme vor der Brust verschränkt, während er Mulder mit geringschätzigem

Blick musterte. Sein Namensschild wies ihn als Dr. Basil Georgian, einen ranghohen Untersuchungsbeamten für Infektionskrankheiten, aus. Scully bekam gerade noch die Schlußphase der hitzigen Auseinandersetzung mit, als sie die Männer schließlich erreichte.

»Das ist nicht nur blinder Alarm, sondern eine Ermittlung des FBI.« Mulder brüllte beinahe. »Ihre Untersuchung genießt nicht automatisch Priorität, und Sie sind nicht zuständig.«

Georgian schüttelte den Kopf. »Und genau da irren Sie sich. Uns liegen Berichte über zwei Fälle von Enzephalitis Lethargica vor, und damit unterliegt diese Angelegenheit unserer Zuständigkeit. Ihr Mörder ist tot, Agent Mulder. Er wird nirgends mehr hingehen. Unser Virus ist aber noch ausgesprochen lebendig – zumindest in einem komatösen Patienten. Es ist unsere Aufgabe, dafür zu sorgen, daß er dort bleibt.«

Mulder drehte sich zu Scully um. »Diese Burschen scheinen zu glauben, sie könnten sich einfach mit unserer Leiche aus dem Staub machen.«

Scully sah Georgian an. Georgian zuckte die Schultern. »Unsere Vorgesetzten in Atlanta haben bereits mit Ihren Vorgesetzten in Washington gesprochen. Alle sind sich einig, daß es angebracht ist, wenn wir die Autopsie in unserem Eindämmungslabor in Hoboken durchführen – wo die Mikroben ausführlich studiert und sicher verwahrt werden können. Wir werden Ihnen den Bericht zukommen lassen, wenn wir fertig sind. Lethargica kommt nicht oft vor, und wir würden gern herausfinden, was das Virus nach New York verschlagen hat.«

Ohne ein weiteres Wort machte Georgian auf dem Absatz kehrt und lief den Gang hinunter, flankiert von seinen beiden Kollegen. Scully sah, daß die Rolltrage, auf der Stantons Leichnam lag, zehn Meter vor ihnen durch eine Doppeltür geschoben wurde, vermutlich zu einer Tiefgarage, in der bereits ein Ambulanzfahrzeug wartete. Mulder wollte den Männern folgen, doch Scully hielt ihn mit ausgestrecktem Arm zurück. »Sie werden ihre Meinung nicht ändern. Und sie haben Priorität. Offiziell gesehen, ist unsere Ermittlung beendet. Unser Mörder ist sozusagen unter Verschluß.«

Seufzend schüttelte Mulder den Kopf. »*Die schicken uns ihren Bericht?* Das ist lächerlich. Es ist unser Fall.«

»Aber durch die Infektionskrankheit ist es nun ihr Fall. Mulder, ich glaube nicht, daß wir eine Wahl haben.«

»Also lassen wir sie einfach gehen?«

Scully gefiel der Gedanke ebensowenig wie ihm. Aber sie mußten die Experten des Seuchenkontrollzentrums ihre Arbeit tun lassen. In der Zwischenzeit – Scully hatte schließlich immer noch die Ultraschallaufnahmen. Sie zog sie unter dem Arm hervor und zeigte Mulder eines der Bilder. »Während wir auf den Autopsiebericht warten, können wir immer noch diese Spur verfolgen. Das ist eine der seltsamsten Ultraschallaufnahmen, die ich je gesehen habe. Sehen Sie die Polypen am Hypothalamus?«

Blinzelnd folgte Mulder ihrem Finger mit seinen Augen. Für einen ungeübten Betrachter war die Anomalie kaum zu erkennen, doch für Scully schien sie so deutlich wie eine Neonreklame. »Angesichts des plötzlich eintretenden psychotischen Schubs nehme ich an, daß diese Polypen in Zusammenhang mit einer exzessiven Dopaminüberproduktion stehen. Davon wäre der Hypothalamus betroffen – und es würde Gewaltbereitschaft und Orientierungslosigkeit erklären.«

»Dopamin«, wiederholte Mulder. »Das ist ein Neurotransmitter, richtig? Eine Chemikalie, die das Nervensystem dazu benutzt, Informationen weiterzuleiten?«

Scully nickte. Sie konnte zwar erst sicher sein, wenn sie den Autopsiebericht gesehen hatte, aber immerhin war es eine nicht von der Hand zu weisende Möglichkeit. Und trotzdem war auch das noch keine Erklärung. »Ich möchte diese Bilder in den Computer einspeisen und herausfinden, ob so etwas schon früher vorgekommen ist.«

Mulder starrte immer noch sehnsüchtig in die Richtung, in der Stanton verschwunden war. »Scully, wie oft haben wir bisher mit dem Seuchenkontrollzentrum zusammengearbeitet?«

Scully zog eine Braue hoch. »Sechsmal, vielleicht mehr. Warum fragen Sie?«

Mulder zuckte die Schultern. »Zuerst dieser John Doe. Jetzt Perry Stanton. Es scheint beinahe, als würde sich jemand große Mühe geben, damit wir niemanden in die Finger bekommen, der etwas mit dieser Hauttransplantation zu tun hat.«

Scully widerstand dem inneren Drang, die Augen zu verdrehen. »Mulder, ich habe das Seuchenkontrollzentrum über die Schlafkrankheit informiert, nicht umgekehrt.«

Mulder deutete auf die Ultraschallbilder. »Sieht das etwa nach der Schlafkrankheit aus?«

Scully zögerte. »Die Wahrheit ist, daß ich keine Ahnung habe, was das ist, und genau darum müssen wir herausfinden, ob das schon einmal passiert ist.«

Zehn Minuten später hockten Scully und Mulder zusammen in einer Ecke eines vollgestopften Verwaltungsbüros, ein Stockwerk oberhalb der Pathologie. Sie hatten das Büro von einem Verwaltungsmitarbeiter entliehen und sich sämtlichen Fragen und bürokratischen Widerständen durch ein kurzes Aufblitzenlassen ihrer FBI-

Ausweise entzogen. Die Einrichtung des Büroraums war karg, kaum mehr als ein Schreibtisch, ein paar Stühle und eine IBM-Workstation. Mit anderen Worten: ein absolut schmuckloses Fenster in den Cyberspace.

Der Computer surrte, als das interne Modem den beiden Agenten Zugang zu der nationalen medizinischen Datenbank, Medline, in Washington D.C. verschaffte. Scully saß dicht vor dem Monitor, und ihre Haut leuchtete in einem künstlichen Blauton, während sie sich mit Hilfe eines Trackballs durch Dutzende von Menüs mit unzähligen Optionen und Navigationsbefehlen tastete. Mulder hatte bereits eines der Ultraschallbilder auf den Scanner gelegt, und schon in wenigen Minuten würden sie anfangen können, hundert Millionen gespeicherter Krankenakten nach einer Entsprechung zu durchsuchen.

»Diese Suche sollte alle Ultraschalluntersuchungen, Computertomographien und Schädelröntgenaufnahmen mit ähnlichen Symptomen umfassen«, sagte Scully. »Das System von Medline ist landesweit mit jedem Krankenhaus vernetzt, und weltweit mit vielen weiteren. Wenn es irgendwo ein ähnliches Syndrom gegeben hat, dann werden wir bestimmt etwas finden . . .«

Sie unterbrach sich, als der Bildschirm sich veränderte. Plötzlich weiteten sich ihre Augen. Mulder las die Überschrift über der Akte, die nun auf dem Bildschirm zu sehen war. »Eine Übereinstimmung. New York Hospital, 1984.«

Scully erkannte die Bedeutung dieser Überschrift sofort, und während sie die ersten Absätze der Akte las, nahm ihr Entsetzen noch weiter zu. Das Ultraschallbild stimmte mit zwei Computertomographien überein, die von zwei Insassen des Gefängnisses Rikers Islands in New York kurz vor ihrem Tod angefertigt worden waren.

Beide Insassen hatten sich freiwillig für ein Forschungsexperiment gemeldet, das in den frühen Achtzigern durchgeführt worden war. Noch verblüffender aber war, daß das Experiment dieser Akte zufolge unter der Schirmherrschaft eines aufstrebenden Biotechnologieunternehmens ganz in der Nähe von Manhattan stattgefunden hatte. Den Namen des Unternehmens erkannte Scully auf Anhieb.

»Fibrol International«, konstatierte Mulder in dem für ihn so typischen, ruhigen Tonfall. »Die gleiche Firma, die das rote Pulver herstellt, das ich an der Unfallstelle gefunden habe.«

Scully wußte nichts zu sagen. Sie blätterte weiter und fand schließlich die angekündigten Computertomographien. Auf beiden Abbildungen entdeckte sie das unverkennbare Muster der Polypen am Rand des vergrößerten Hypothalamus. Am Ende der Akte befand sich ein Verweis auf eine andere Datei. Scully klickte den Verweis an, und anstelle der Computertomographien erschien eine Seite mit einem offiziell wirkenden Text.

»Das ist ein Ermittlungsbericht der Staatsanwaltschaft«, sagte sie, als sie die Kopfzeile gelesen hatte. »Es hat eine kriminaltechnische Untersuchung gegen den Mann stattgefunden, der hinter diesen Experimenten stand – der Gründer und Leiter von Fibrol, Emile Paladin. Aber es sieht so aus, als wäre es nie zu einer Verhandlung gekommen. Diesem Bericht zufolge hat das Experiment mit dem vollen Einverständnis der Häftlinge stattgefunden, denen im Gegenzug Strafverkürzung in Aussicht gestellt worden ist. Über den Tod der beiden Männer steht hier nur, daß es ein Unfall gewesen ist.«

»Sehen Sie sich das an«, sagte Mulder und tippte mit dem Finger auf einen anderen Absatz des Berichts, der eine kurze Beschreibung der Inhalte des Experiments enthielt. »Hauttransplantation, Scully. Das Experiment hatte etwas mit einer vollkommen neuen Methode der Hauttransplantation zu tun.«

Scully rieb sich den Schädel mit den Fingerspitzen. Es war kaum zu glauben. Perry Stantons Gehirn war von den gleichen Polypen geschädigt worden, an denen diese beiden Häftlinge gestorben waren. Aber Stanton hatte sich keiner experimentellen Transplantation unterzogen.

»Der rote Puder«, fuhr Mulder fort. »Das ist die Verbindung – und Fibrol ist der gemeinsame Nenner. Wir müssen diesen Emile Paladin aufsuchen.«

»Das ist über zehn Jahre her«, entgegnete Scully. »Und Perry Stanton war nie an irgendeinem derartigen Experiment beteiligt.«

»Nicht direkt. Aber John Doe könnte sich dafür zur Verfügung gestellt haben, und Stanton trägt jetzt seine Haut.«

Scully schüttelte den Kopf. Was Mulder da andeutete, war extrem unwahrscheinlich. Was für ein Mechanismus sollte auch eine so fatale cerebrale Reaktion weitertragen – nur durch einen Streifen entnommener Haut. Medizinisch war das unsinnig.

Andererseits wußte sie nicht, was sie von dieser Verbindung zu Fibrol halten sollte. Sie mußten mehr über dieses Experiment herausfinden, das die beiden Gefangenen getötet hatte. Und Mulder hatte recht: sie mußten Emile Paladin aufspüren.

Vielleicht konnte er ihnen sagen, wie eine Hauttransplantation das Gehirn eines Mannes von innen heraus schädigen konnte – und was das alles mit der Enzephalitis Lethargica zu tun hatte, die zwei Medizinstudenten befallen hatte.

Vielleicht hatte Emile Paladin eine Vorstellung davon, was tatsächlich mit Perry Stanton geschehen war.

Kapitel 12

Das Atrium, das sich jenseits der elektronischen Drehtür ausbreitete, war in einem Karmesinrot gehalten, das an frisches Blut aus einer Schußwunde gemahnte. Mulder hielt den Atem an, als er und Scully aus dem rotierenden Dreieck aus Rauchglas hinaustraten. Zwanzig Meter vor ihnen stand ein gewaltiger Schreibtisch aus schwarzem Glas, um den herum sich drei Männer in gleichartigen, dunkelblauen Anzügen gruppiert hatten. Hinter dem Schreibtisch wölbten sich die Wände prachtvoll der schwarzgetäfelten Decke entgegen, in die mehr als ein Dutzend winziger Punktscheinwerfer eingelassen worden waren, die die Decke in einen künstlichen Nachthimmel über einer nachgeahmten roten Wüste, geschaffen aus importiertem Marmor, verwandelte.

Die Einrichtung des Fibrolgebäudes stand in krassem Kontrast zu den nichtssagenden, ungeputzten Außenwänden der dreistöckigen Kästen, die er und Scully vom Highway aus gesehen hatten. Selbst als sie die zweifache Sicherheitsüberprüfung auf dem Weg zum Parkplatz überstanden hatten, war Mulder das Ausmaß der architektonischen Täuschung dieses Gebäudekomplexes nicht bewußt geworden. Von draußen sah die Hauptverwaltung von Fibrol nicht anders aus als Hunderte anderer Bürogebäude in den grasbewachsenen Gebirgsausläufern rund um New York City. Das Dekor der Innenräume hingegen entsprach schon weit mehr den Wirtschaftsberichten, die die beiden Agenten durchstöbert hatten, nachdem sie das New York Hospital verlassen hatten. Im Zuge der Blütezeit der Biotechnologie in den späten achtziger Jahren hatte Fibrol kräftig zugelegt und sich zu einem der größten Zulieferer für Brandverletzungs-Transplantationsmaterialien der Vereinigten Staaten entwickelt. Die jüngste Produktentwicklung, den antibakteriellen ›Staub‹ eingeschlossen, verschaffte Fibrol über dreihundert Patente für Produkte, die in allen wichtigen Transplantationskliniken und Forschungszentren zum Einsatz kamen. Das Unternehmen unterhielt ein halbes Dutzend Spezialkliniken für Brandverletzungen und Außenstellen in Los Angeles, Seattle, London, Tokio, Paris und Rom.

Mulders Schuhe klapperten über die polierten Marmorplatten, als er und Scully das mächtige Atrium durchquerten. An der Wand zu seiner Rechten bemerkte er eine langgestreckte Glasvitrine, in der allerlei fremdartige Werkzeuge aus Kunststoff und Metall ausgestellt waren; jedes Instrument war mit einer Plakette versehen, die ihren Gebrauch und den Zeitraum der Entwicklung verkündete. Als er das dritte skalpellähnliche Objekt passierte, erkannte Mulder, daß der Inhalt dieser Vitrine die Geschichte der Kunst der Transplantation veranschaulichte. Als sie den letzten Bereich der Vitrine erreichten, sah er genauer hin. Er sah Gerätschaften, die wie mikroskopisch kleine Skalpelle und Nadeln aussahen und gleich neben einem Spezialmikroskop ausgestellt waren. Rechts von dem Mikroskop entdeckte er ein Laserinstrument, das dem Gerät glich, mit dem Dr. Bernstein die Tätowierung seines Patienten entfernt hatte. Schließlich kam er zu dem roten Puder, der in drei gleich großen Häufchen über einer metallisch glänzenden Plakette ausgestellt war.

Er blieb stehen und tippte Scully auf den Arm. Das Datum auf der Plakette lag dreizehn Monate zurück. Außer diesem Datum befand sich auf dem Etikett ein einziger Satz in goldenen Lettern: ***Antibakterielles Präparat 1279***

– besonders wirkungsvoll bei der antiseptischen Nachbehandlung großer Transplantationen. Mulder wollte sich gerade nach der medizinischen Definition ›antiseptischer Nachbehandlung‹ erkundigen, als eine hohe Stimme sich in sein rechtes Ohr bohrte. »Agenten Mulder und Scully? Ich hoffe, Sie haben nach meinen Anweisungen gleich hergefunden?«

Mulder blickte von der Vitrine auf. Einer der drei Männer hatte sich erhoben. Kaum mehr als ein Kind – er sah tatsächlich keinen Tag älter als dreiundzwanzig aus – mit kurzem blondem Haar und einem von Akne gezeichneten Gesicht. Seine schlaksigen Glieder hatten viel zu viel Platz in dem dunklen Anzug. Scully nickte ihm zu. »Sind Sie der Mann, mit dem wir telefoniert haben?«

Das Kind lächelte, während es den Schreibtisch umrundete. »Dick Baxter. Ich habe für Sie einen Termin bei Dr. Kyle, unserem Forschungsdirektor, arrangiert. Er erwartet Sie in seinem Büro. Ich werde Sie gleich zu ihm führen.«

Mulder und Scully schüttelten Baxter die Hand. Unübersehbar verströmte der Junge aus jeder Pore seines Körpers überschwenglichen Enthusiasmus.

»Dr. Kyle?« fragte Mulder. Er erinnerte sich, den Namen in den Wirtschaftsberichten gelesen zu haben. Kyle zeichnete für eine beachtliche Anzahl der Patente von Fibrol verantwortlich, deren Entwicklung bis zu den Anfängen des Unternehmens zurückreichte. Dennoch hatte Mulder gehofft, daß ihr Status als Bundesagenten ihnen Zugang zu höhergestellten Personen hätte verschaffen können.

Andererseits wußte Mulder bisher nicht genug über die Unternehmensstruktur, als daß er sich hätte beklagen können. Er und Scully hatten gehofft, Emile Paladin noch immer am Ruder der Gesellschaft vorzufinden, aber sie hatten zu ihrer Überraschung feststellen müssen, daß der Gründer und ehemalige Leiter von Fibrol kurz nach dem Experiment mit den beiden Gefangenen von Rikers Island bei einem Unfall in Übersee ums Leben gekommen war. Seither hatte das Unternehmen zwei Geschäftsführer überlebt und wurde nun von einem Direktorenkonsortium geführt. Möglicherweise war Julian Kyle die ranghöchste Person, die Scully und Mulder erreichen konnten.

»Sie wollten die Person sprechen, die für unsere Operationen an der Ostküste verantwortlich ist, nicht wahr?« fuhr Baxter fort. »Julian Kyle leitet alle neuen Projekte von Fibrol. Er hat den Finger am Puls des Unternehmens und ist über alle Vorgänge informiert.«

Mulder und Scully folgten dem jungen Mann, als er von dem Schreibtisch zu einer undurchsichtigen Glastür schlenderte, die in die marmorverkleidete Wand eingelassen war. Dort blieb Baxter stehen und preßte seine Hand an eine runde Kunststoffplatte neben der Tür. Ein kurzes, metallisches Surren ertönte, und die Tür glitt auf und gab den Blick auf einen langen Korridor mit passenden, karmesinroten Wänden frei.

»Nette Technik«, kommentierte Scully.

»Infrarotabtastung«, erklärte Baxter mit stolzem Lächeln. »Das ist weit angenehmer als ein Retinalscanner und ganz bestimmt genauer als ein Daumenabdruck. Natürlich ist es auch viel teurer als die anderen Technologien.«

Mulder warf einen Blick zurück in das spektakuläre Vorzimmer. »Es sieht nicht so aus, als wäre Fibrol wegen der Kosten besonders besorgt.«

Baxter lachte. »In jüngster Zeit nicht. Wir haben eine ganze Reihe wichtiger neuer Entwicklungen in Vorbereitung. Schon jetzt haben sich die Einnahmen unserer

Außenstellen verdreifacht – in gerade mal zwei Jahren. Dieses neue Direktorenkonsortium hat beschlossen, die Einrichtung des Hauses zu erneuern, um den Grad des Erfolges optisch widerzuspiegeln. Sie haben den größten Teil des Gebäudes umgestaltet; Sie sollten die Labore im Keller sehen – wir sprechen hier von allerfeinster Hochtechnologie.«

Mulder zog die Augenbrauen hoch und sah Scully an, während sie dem jungen Mann durch die Sicherheitstür hinaus in den langen Korridor folgten. »Sie scheinen über die Veränderungen hocherfreut zu sein. Lassen die Sie deshalb die Tür bedienen?«

Baxter lachte und zupfte an den Aufschlägen seines blauen Anzugs. »Eigentlich bin ich Doktorand der Philosophie an der Universität von New York. Ich arbeite hier nur während der Sommermonate – aber ich hoffe, übernommen zu werden, wenn ich meinen akademischen Grad erworben habe. Vielleicht könnte ich als Wissenschaftsassistent anfangen und mich von dort aus in die oberen Etagen der Forschungsabteilung hocharbeiten. Das ist ganz was anderes als die akademische Welt. Hier kann ich sehen, daß meine Arbeit zu etwas Sinnvollem führt.«

Mulders Augen waren ständig in Bewegung, während sie über die inneren Gänge des Gebäudekomplexes wanderten. Der labyrinthartige Bau erinnerte Mulder an den Grundriß des Pentagon. Sie passierten unzählige, nicht gekennzeichnete Büroräume, die alle von Sicherheitstüren aus undurchsichtigem Glas verschlossen waren. Keine der Türen hatte einen Knauf. Statt dessen war jede von ihnen mit einer Handauflegeplatte aus Kunststoff ausgestattet. Fibrol verfügte über ein ausgesprochen wirkungsvolles Sicherheitssystem, das vermutlich von einer Computeranlage, irgendwo in dem Komplex, kontrolliert wurde. Neben all den anderen Vorsichtsmaßnahmen fielen Mulder die schwenkbaren Kameras auf, die im Abstand von etwa drei Metern an der Decke des Korridors angebracht waren. Selbst diese Kameras waren in dem gleichen Karmesinrot gehalten wie die Wände. Mulder berührte Scullys Arm und deutete zur Decke. »Bei Fibrol scheint man die Sicherheit sehr ernst zu nehmen. Kameras, Infrarotabtastung und gleich zwei Sicherheitsüberprüfungen auf dem Weg zu dem umzäunten Parkplatz.«

Baxter hatte seine Worte mit angehört und nickte lebhaft. »Oh ja. Wir sind sehr darauf bedacht, unsere Arbeit geheimzuhalten. Sie würden überrascht sein, wenn Sie wüßten, was in der biotechnischen Industrie vor sich geht. Diebstahl, Sabotage, Wirtschaftsspionage, sogar über das Internet versuchen sie, sich illegal Informationen zu beschaffen. Erst im vergangenen Monat gab es Ärger mit dem Mitarbeiterstab des Hausmeisters. Eine Putzfrau wurde im dritten Stock ertappt, als sie geschreddertes Papier aus einem zentralen Aufbewahrungsbehälter stehlen wollte.«

»Geschreddertes Papier?« fragte Scully.

Baxter hatte eine ernste Miene aufgesetzt. »Ein geschickter Hacker könnte im Auftrag einer Konkurrenzfirma Paßworte aus dem gestohlenen Müll herausfiltern. Wenn sie aber erst einmal Zugriff auf unser Computersystem haben, kann niemand sagen, welchen Schaden sie anrichten werden.«

Mulder unterdrückte ein Lächeln. Offenbar besaß er doch kein Monopol auf paranoides Denken. Andererseits hatte Baxter vielleicht recht. Mulder wußte, daß das Überleben der Unternehmen der biotechnischen Industrie von der Wahrung ihrer Geheimnisse abhängig war. Patente konnten nur diejenigen Produkte schützen, deren Entwicklung bereits abgeschlossen war – bis zu diesem Ziel mußte jedoch ein langer Weg zurückgelegt werden, auf dem jeder Schritt ein Rennen gegen die Konkurrenz bedeutete. Bedachte man die üppige Ausstattung des Atriums mit seiner teuren Marmorverkleidung, mußte die Siegprämie beeindruckend sein.

Vor einer weiteren Glastür blieb Baxter stehen und legte seine Hand auf einen Infrarotabtaster. Nach zweimaligem Klicken öffnete sich die Tür, und Baxter winkte den beiden Agenten zu, hineinzugehen. »Doktor Kyle wird sich nun Ihrer Fragen annehmen. Ich hoffe, Sie haben einen angenehmen Aufenthalt.«

Mulder konnte Baxter an den Augen ansehen, wie ernst es ihm mit diesen guten Wünschen war. Der Junge schwebte förmlich auf den Fußballen und hatte nicht eine Spur Zynismus im Leib. Solange er sich diese Haltung bewahrte, würde er es in der Geschäftswelt vermutlich weit bringen können. *Großartiges Werbematerial.*

Mulder und Scully bedankten sich und betraten gemeinsam Julian Kyles Büro.

»Verdammt! Bleiben Sie, wo Sie sind. Ich werde sie gleich wieder einschalten.«

Wie erstarrt stand Mulder neben Scully in vollkommener Dunkelheit, und seine Haut prickelte sanft, während seine Pupillen sich vergeblich mühten, sich den Lichtverhältnissen anzupassen. Die Lichter waren in dem Augenblick erloschen, in dem die Tür sich hinter ihnen geschlossen hatte. Für einen winzigen Moment hatte er einen stämmigen Mann in einem weißen Laborkittel gesehen, der in dem großzügigen, gut eingerichteten Büroraum auf sie zu kam – und dann war alles in tiefster Finsternis versunken. Eine Sekunde später hatte er ein lautes Knallen, gefolgt von dem Geräusch berstenden Glases gehört.

»Das liegt nur an diesen neuen Umgebungssensoren«, erklang eine frustrierte Stimme aus einer Ecke des Raumes. »Das ist alles Bill Gates' Schuld. Er mußte hingehen und ein intelligentes Haus bauen, und plötzlich will jeder Architekt seine Technologie kopieren. Die Sensoren sollen dafür sorgen, daß das Licht ausgeht, wenn man den Raum verläßt, nicht wenn jemand anderes hereinkommt. So, gleich habe ich es.«

Mit einem metallischen Husten erwachten die Leuchtstofflampen flackernd zum Leben. Das Büro war etwa zehn Meter breit und tief. Zwei verdunkelte Fenster führten hinaus zu dem Parkplatz des Unternehmens, und die Wände waren in dem gleichen Karmesinrot gehalten wie die Korridore. Am anderen Ende des luftigen Raumes stand ein gläserner Schreibtisch, der von einer exquisiten EDV-Anlage und sauberen kleinen CD-Rom-Stapeln beherrscht wurde. Vor dem Schreibtisch stand ein von hohen Armlehnen flankiertes Plaudersofa aus schwarzem Leder. Gleich neben dem Sofa lag der verchromte Rahmen einer Vitrine in einem Haufen zerbrochenen Glases, aus dem, halb vergraben unter den Splittern, ein glänzendes, rechteckiges Kunststoffobjekt herausragte, dessen Farbe von Rosa bis hin zu Beige reichte.

»Mist. Wenn das kaputt ist, mache ich das Konsortium dafür verantwortlich. Dieser ganze Umbau war deren Idee. Ich hatte nie Probleme mit weißen Wänden, Türklinken und Lichtschaltern.«

Mit flatterndem weißem Kittel kehrte Julian Kyle aus der Ecke seines Büroraumes zurück. Er war gebaut wie ein Hydrant, hatte wuchtige Schultern, kurze, stämmige Beine und einen quaderförmigen Schädel. Sein silbriges

Haar klebte dich an seiner Kopfhaut, und sein Gesicht war bemerkenswert fein geschnitten und für einen Mann seines Alters erstaunlich glatt. Mulder schätzte ihn auf etwa fünfundsechzig, doch es fiel ihm schwer, sich festzulegen. Mit einem energischen Sprung stürzte sich der Doktor auf die zerstörte Vitrine und zog mit äußerster Vorsicht das große Kunststoffobjekt aus den Trümmern hervor.

»Können wir behilflich sein?« fragte Scully, während die beiden Agenten nähertraten. Kyle schüttelte den Kopf, wobei er das Objekt hochhielt und sorgsam die Glassplitter von seiner Oberfläche schüttelte. Nun erkannte Mulder, daß es eine Art Modell war, hergestellt aus verschiedenfarbigen Lagen, von denen jede mehrere Zentimeter hoch war.

»Ein Preis von der Internationalen Gesellschaft für Brandopfer«, erklärte Kyle, während er das Objekt ehrfürchtig auf Kratzspuren untersuchte. »Es stellt einen dreidimensionalen Querschnitt durch ein gesundes Segment menschlicher Haut dar. Sehen Sie, dort können Sie sogar die Melanophoren erkennen. Sie sind aus Bronze.«

Mulder betrachtete das Model eingehend, als Kyle es auf eine freie Ecke seines Schreibtisches stellte. Der Querschnitt war in drei Teile aufgeteilt: oben die Epidermis, dann die dicke, beigefarbene Schicht der Dermis und schließlich die weiße Lage subkutanen Fettgewebes. Winzige Blutgefäße und vielfach verzweigte Nervenstränge wanden sich durch den mittleren Abschnitt, vorbei an den röhrenartigen Schweißdrüsen und den dunklen, gewölbten Haarbalgen. Mulder war von der sorgfältigen Nachbildung der komplizierten Hautstruktur beeindruckt. Natürlich wußte er, daß die Haut ein Organ und das größte des menschlichen Körpers war, aber er hatte nie darüber nachgedacht, was das bedeutete. Für Mulder war Haut ganz einfach *da*. Sie konnte rauh oder samtig sein, porzellanfarben wie die von Scully oder fleckig wie die des Krebskandidaten.

Kyle bemerkte Mulders Interesse, als er den Schreibtisch umrundete. »Die meisten Menschen haben eine falsche Vorstellung von der Haut. Sie halten sie für etwas Statisches; so wie ein Ledermantel, der den Körper umgibt, um ihre Knochen warmzuhalten. Aber nichts könnte weiter von der Wahrheit entfernt sein. Die Haut ist ein faszinierendes Organ. Sie befindet sich in einem Zustand steter Veränderungen. Basalzellen wandern zur Oberfläche, um die absterbende Epidermis zu ersetzen, Nerven reagieren auf äußere Einflüsse, Blutgefäße versorgen Muskeln und Fettgewebe, und die Schweißdrüsen geben sich alle Mühe, die Körpertemperatur konstant zu halten, wenn die Zellen sich, den Körperbewegungen angepaßt, dehnen oder zusammenziehen. Ganz zu schweigen von dem ununterbrochenen Heilprozeß oder der erstaunlichen Leistung, feucht und geschmeidig zu bleiben.«

Mulder setzte sich neben Scully auf den ledernen Zweisitzer, als Kyle sich auf seinem Stuhl hinter dem Schreibtisch niederließ, die Hände mit den Handflächen nach unten vor sich auf dem Schreibtisch. Er bewegte die Finger, als würde er auf einer unsichtbaren Tastatur herumtippen. »Wir nehmen erst Notiz von unserer Haut, wenn irgend etwas mit ihr nicht stimmt. Eine Schnittwunde, ein Kratzer oder eine Verbrennung. Dann erkennen wir, wie wichtig sie tatsächlich ist und wieviel wir zu zahlen bereit wären, um sie wieder in ihren Normalzustand zu versetzen.«

Mulder nickte, während seine Gedanken zu dem beeindruckenden Vorraum des Gebäudes wanderten. »Genug, um den größten Teil der Marmorplatten aus Italien zu importieren.«

Kyle lachte, dann sanken seine Mundwinkel herab, als er mit der Hand auf die Wände deutete. »Und den ganzen Bau karmesinrot zu streichen. Das war wohl die schlechteste Entscheidung, die das Konsortium je getroffen hat. Sicher, wir haben uns auf Brandverletzungen spezialisiert, aber müssen wir deshalb durch jede Wand in diesem Gebäude ständig so schauerlich daran erinnert werden? Mir haben sie erzählt, es soll unsere Besucher aus dem Ausland, besonders die Geschäftsführer der Außenstellen in Tokio, Seoul und jetzt auch Beijing, beeindrucken.«

»Das klingt, als würden die Geschäfte gut laufen«, kommentierte Scully.

»Wahrhaftig«, strahlte Kyle. »Unsere neue Produktpalette trägt dazu bei, daß Tausende Menschen Transplantationen überleben, die vor wenigen Jahren noch undenkbar gewesen wären. Wir haben neue Heilverbände entwickelt, eine ganze Reihe neuartiger Mikroskalpelle, eine innovative, mit Trockenchemikalien behandelte Schutzhülle – um nur einige unserer jüngsten Errungenschaften zu nennen.«

Mulder hörte sich den Vortrag schweigend an. Julian Kyle schien nicht minder enthusiastisch als dieses Kind am Empfang – nur daß Kyles Leidenschaft von einem Hauch Überheblichkeit begleitet wurde, als wollte er ihnen erzählen, daß Fibrol all diese Dinge allein seiner Arbeit verdankte.

»Eigentlich interessiert uns im Augenblick vor allem die Unternehmensgeschichte«, unterbrach Scully, als Kyles Monolog sich allmählich dem Ende zuneigte. »Ganz besonders eine Episode aus dem Jahr 1984, an der zwei Gefangene von Rikers Island beteiligt waren.«

Kyle zog eine Braue hoch. Die Bewegung spannte die Haut an seinem Kinn und offenbarte eine genau in der Mitte liegende Narbe. Sein Gesicht hatte eine beinahe militärische Ausstrahlung, und Mulder vermutete, daß er sich in Uniform und Soldatenhelm ebenso wohlfühlen würde wie in dem weißen Laborkittel. »Verzeihen Sie meine Überraschung, Agent Scully. Es ist lange her, seit das letzte Mal irgend jemand nach dieser Sache gefragt hat. Wir haben das alles schon seit Emiles Tod hinter uns gelassen.«

Die Atmosphäre in dem Büro hatte sich verändert, als hätte Kyles Stimmung die Moleküle der Luft unter Spannung gesetzt. Mulder versuchte, den Gesichtsausdruck des Mannes zu entschlüsseln, suchte nach Zeichen von Schuldgefühlen oder verborgenem Wissen, aber die Verblüffung, die sich in seinen Zügen spiegelte, schien echt zu sein.

»Das war ein unglückseliger Zwischenfall«, fuhr Kyle fort. »Und ich befürchte, daß ich Ihnen nicht viel darüber erzählen kann. Emile Paladin war ein sehr eigenbrötlerischer und geheimnistuerischer Mann. Dieses Experiment stand voll und ganz unter seiner Kontrolle und wurde in seiner eigenen Privatklinik, etwa hundert Meilen nördlich von hier, durchgeführt. Es hatte irgend etwas mit einer neuen Transplantationsmethode zu tun, aber die Details sind mir nicht bekannt. Damals war ich nur ein Wissenschaftsassistent und konnte Paladin nicht das Wasser reichen.«

Mulder erkannte die frustrierten Linien auf Scullys Stirn. Sie hatte eine einfache Antwort erhofft, und statt dessen waren sie erneut gegen eine Mauer gelaufen. Kyle spreizte die Hände auf der Schreibtischplatte. »Nachdem die staatsanwaltschaftliche Untersuchung eingestellt worden war, gab Paladin bekannt, daß das

Experiment ein totaler Fehlschlag war. Daraufhin richtete er das Unternehmen auf die Entwicklung von Produkten für Transplantationskliniken statt auf die Entwicklung der Operationstechnik aus. Kaum sechs Monate später ist er gestorben – aber Fibrol ist mit dieser neuen Firmenpolitik weitergewachsen.«

Mulder rutschte unruhig auf der Ledercouch hin und her. Kyle hatte ihnen lediglich erzählt, was sie längst aus den Wirtschaftsberichten erfahren hatten. Schuld an dem Fehlschlag des Experiments war der Gründer von Fibrol, und seit seinem Tod hatte die Firma eine neue Richtung eingeschlagen.

Scully räusperte sich und kam direkt zum Punkt. »Dr. Kyle, wir haben Grund zu der Annahme, daß heute morgen ein Mensch aufgrund von Komplikationen gestorben ist, die denen gleichen, die den Tod der beiden Gefangenen verursacht haben. Haben Sie vielleicht eine Idee, wie das möglich sein kann?«

Kyle starrte sie voller Entsetzen an. »Absolut nicht. Wie ich schon sagte, wußte nur Paladin über das Experiment Bescheid, und er ist vor beinahe fünfzehn Jahren gestorben. Ich kann mir nicht vorstellen, wie etwas, das vor so kurzer Zeit geschehen ist, damit in Verbindung stehen sollte.«

Scully reckte den Kopf vor. »Wir haben gelesen, daß Paladin bei einer Art Unfall in Übersee ums Leben gekommen ist.«

Kyle nickte. »Ein Unfall während einer Bergwanderung in Thailand. Das war seit dem Vietnamkrieg sein zweites Zuhause. Er war dort in einer MASH-Einheit stationiert. Nach dem fehlgeschlagenen Experiment wollte er eine Weile in einer friedlichen Umgebung ausspannen. Er besaß ein kleines Haus außerhalb eines Fischerdorfes namens Alkut, etwa dreihundert Meilen östlich von Bangkok. Er ist während einer Klettertour durch die Berge rund um sein Haus gestorben.«

»Und nach seinem Tod«, unterbrach Scully. »Wer hat die Macht im Unternehmen geerbt? Hatte er Familie?«

»Einen Bruder, Andrew Paladin. Aber obwohl Andrew der Hauptaktionär ist, hat er im Grunde nichts mit der Firma zu tun. Sehen Sie, Andrew ist das, was Sie vermutlich einen Einsiedler nennen würden. Er hat etwa zur gleichen Zeit wie sein Bruder im Vietnamkrieg gedient. Mitte der Siebziger hat ihn eine Verletzung zu Emiles MASH-Einheit in Alkut verschlagen. Nach dem Krieg hat er sich in Thailand niedergelassen und das Land seither nicht mehr verlassen.«

»Gibt es irgendeine Möglichkeit, Kontakt mit ihm aufzunehmen?« fragte Scully. »Vielleicht hat er noch weitere Informationen über Paladins Experiment.«

Kyle zuckte die Schultern. »Nicht, daß ich wüßte. Etwa zu der Zeit, als sein Bruder starb, hat er einen Anwalt in Bangkok engagiert, aber wir haben seit über zehn Jahren nichts mehr von ihm gehört. Soweit ich weiß, können wir nicht einmal über seine derzeitige Anschrift sichere Angaben machen. Allerdings bezweifle ich, daß er Ihnen helfen kann, falls es Ihnen überhaupt gelingt, ihn zu finden. Wie gesagt, Paladin liebte seine Unabhängigkeit, und er hat seine Arbeit mit niemandem geteilt.«

Kyle verschränkte die Arme vor der Brust. Für ihn war das Gespräch offensichtlich beendet. Aber Mulder war noch lange nicht fertig. Er beugte sich zu dem Schreibtisch vor und wechselte abrupt das Thema: »Dr. Kyle, erzählen Sie uns etwas über das das antibakterielle Präparat 1279.«

Zum ersten Mal während des kurzen Gespräches schien Kyle die Fassung zu verlieren, doch selbst das war kaum wahrnehmbar, nur eine leichte Anspannung der Haut um seine Augen, die so schnell wieder verschwand, wie sie aufgetaucht war. Andererseits besaß Mulder ein feines Gespür für die Anzeichen menschlichen Unbehagens, und er wußte, wenn er jemanden unvorbereitet getroffen hatte.

»Über den Staub?« entgegnete Kyle. »Ich bin überrascht, daß sie überhaupt davon gehört haben. Wir haben das Patent dafür erst im letzten Jahr erhalten. Er wird uns wenigstens für ein Jahrzehnt die Marktführerschaft auf diesem Gebiet sichern. Wieso interessieren Sie sich für unseren antibakteriellen Puder? Das ist schließlich eine sehr junge Entwicklung, die überhaupt nichts mit Emile Paladins Arbeiten zu tun hat.«

Mulder sah Scully an. Er hatte nichts über eine Verbindung zwischen Paladins Experiment und dem Puder erwähnt, auf diese Idee war Kyle allein verfallen. Scully folgte Mulders Gesprächsfaden, und ihre Stimme klang kühl, aber nicht herausfordernd. »Dr. Kyle, gestern früh fanden wir eine Probe Ihres Puders an einer Unfallstelle auf dem FDR-Drive.«

Kyle zog die Stirn kraus. Dann rieb er sich mit der Hand das Kinn. »Das ist allerdings sonderbar. Keine der New Yorker Kliniken benutzt den Staub bisher. Natürlich könnte es von einem Transport zwischen einigen unserer eigenen Kliniken stammen. Unser größtes Zentrum für Brandwunden liegt zwanzig Meilen nördlich von hier, und wir unterhalten ein Forschungslabor in Hoboken, New Jersey. Aber das kann ich leicht herausfinden.«

Scully nickte, aber Mulder war noch nicht zufrieden. »Wir denken auch noch an eine andere Möglichkeit. Könnte der ›Staub‹ von einem Patienten stammen, der erst vor kurzer Zeit operiert wurde?«

Kyle starrte ihn schweigend an. Dann lachte er kurz. »Das ist extrem unwahrscheinlich. Tatsächlich ist es sogar so gut wie ausgeschlossen. Der Staub wird nur bei Patienten mit großflächigen Verbrennungen angewandt. Solche Patienten stehen nicht einfach auf und gehen spazieren. Sie würden nicht einmal den Transport in einem Krankenwagen überleben. Es ist unmöglich, einen solchen Patienten außerhalb einer Klinik zu finden, nicht einmal für einen kurzen Augenblick.«

Kyles unerbittlicher Tonfall überraschte Mulder. Selbst wenn es unwahrscheinlich war, war es deshalb tatsächlich ausgeschlossen, daß sich eine Transplantationsklinik trotz der Risiken zu einem Krankentransport entschlossen hatte? »Vielleicht könnten Sie uns einige Daten zu dem Puder geben, damit wir ein besseres Verständnis für die Problematik bekommen. Vielleicht eine Liste der Patienten, an denen er eingesetzt worden ist . . .«

»Es tut mir leid«, unterbrach Kyle, wobei er sich von seinem Stuhl erhob. »Aber ich muß zuerst mit dem Konsortium sprechen, bevor ich unsere Daten preisgeben kann. Ich will Ihnen wirklich keine Schwierigkeiten bereiten, aber wir unterliegen nun einmal einem scharfen Wettbewerb. Ich muß die offiziellen Wege befolgen, ehe ich geschützte Information weitergeben darf.«

Kyle hatte zwar nichts von einem Durchsuchungsbefehl gesagt, aber für Mulder stand fest, daß er die gewünschten Informationen ohne diesen nicht erhalten würde. Die Frage, die sich daraus ergab, lautete: War Kyle einfach nur ein guter, loyaler Angestellter? Oder ging hier noch etwas anderes vor?

Scully erhob sich als erste von dem Ledersofa, und Mulder folgte ihr, als Kyle einen Summer auslöste und auf den Zweisitzer zumarschierte. Mulder war viel größer als der Doktor – trotzdem war Kyle von beeindruckender, beinahe einschüchternder Gestalt. Als Kyle die beiden Agenten zur Tür geleitete, stellte ihm Mulder endlich die Frage, die ihm schon seit Beginn des Gesprächs durch den Kopf ging: »Dr. Kyle, ich hoffe, Sie nehmen mir die Neugier nicht übel, aber haben Sie beim Militär gedient?«

Scully bedachte Mulder mit einem überraschten Blick, aber Kyle lächelte nur. »Zwölf Jahre. Ich bin Mitte der Fünfziger dazugestoßen und während des Vietnamkrieges zum Major befördert worden. In dieser Zeit habe ich Emile Paladin kennengelernt. Ich habe in Alkut unter ihm gedient. Dort habe ich auch zum ersten Mal Bekanntschaft mit der Kunst der Hauttransplantation gemacht und aus erster Hand erfahren, wie wertvoll Haut ist – und wie leicht und unter welchen Schmerzen sie zerstört werden kann.«

In Kyles Augen stand eine beinahe schon fanatische Entschlossenheit. Mulder zweifelte nicht daran, daß Kyle alles Notwendige tun würde, um Fibrol vor jeder Art Gefahr zu schützen, selbst wenn nur er sie wahrnehmen konnte.

»Es tut mir leid, daß ich Ihnen nicht mehr helfen konnte«, fuhr Kyle fort, als er seine Hand an die Kunststoffplatten neben der Tür legte. »Mr. Baxter wird Sie zu Ihrem Wagen zurückbringen. Ich melde mich bei Ihnen, wenn ich neue Informationen für Sie erhalten sollte.«

Zischend öffnete sich die Tür. Mulder und Scully standen erneut Dick Baxter gegenüber, und sie folgten dem lächelnden jungen Mann zurück durch das Netzwerk karmesinroter Wände.

Erst als sie sich wieder in der verschwiegenen Umgebung ihres gemieteten Chevrolets befanden, erzählte Mulder seiner Partnerin, was er dachte. »Kyle weiß irgend etwas. Über den roten Puder – und über Paladins Experiment. Wir müssen weitergraben.«

Scully schwieg einen Augenblick, die Hände vor sich am Armaturenbrett. Schließlich zuckte sie die Schultern.

»Das wird nicht einfach. Emile Paladin ist vor beinahe fünfzehn Jahren gestorben, und nach dem, was Kyle uns erzählt hat, hat er die Geheimnisse seines Experiments mit ins Grab genommen.«

Mulder hatte nicht die Absicht, den Äußerungen Kyles unbesehen Glauben zu schenken. Paladin mochte vor Jahren gestorben sein, aber sein Experiment war mehr als nur Geschichte. Es hatte irgend etwas mit dem Stanton-Fall zu tun. »Und was ist mit dem roten Puder? Und der Verbindung zu John Doe?«

»Ich halte Kyles Aussage für ziemlich überzeugend. Es könnte aus einer Lieferung medizinischer Produkte stammen. Ob es eine Verbindung zu unserem John Doe gibt, ist schließlich noch nicht bewiesen.«

Mulder drehte den Zündschlüssel, und der Motor sprang an. »Fibrol hat etwas mit der Sache zu tun. Die Ultraschallbilder lügen schließlich nicht. Stanton war ein weiteres Opfer von Emile Paladins Transplantationsexperiment. Und wenn Kyle uns nicht erzählen kann, wie das möglich ist, dann müssen wir eben jemanden finden, der das kann.«

Er sah Scully an, daß ihre Gedanken in die gleiche Richtung führten. Als sie von dem Wachmann am ersten Tor des Parkplatzes durchgewunken wurden, erzählte sie ihm, was in ihrem Kopf vorging. »Andrew Paladin. Der Einsiedler-Bruder. Er könnte die letzte Person sein, die Emile Paladin vor seinem Tod gesprochen hat.«

Mulder nickte, während er im Rückspiegel beobachtete, wie der kastenförmige Komplex rasch kleiner wurde. Sie konnten Wochen und Monate auf den Versuch verschwenden, die nichtssagende Fassade von Fibrol zu durchbrechen; aber Mulder hatte das sichere Gefühl, daß die Antworten, die sie suchten, am anderen Ende der Welt zu finden waren.

Kapitel 13

Als Julian Kyle wieder allein war, legte er beide Hände auf die beruhigend kühle Glasplatte des Schreibtischs und starrte auf die Ledercouch auf der anderen Seite des Zimmers. Er fragte sich, wie viele Millionen Hautschuppen in den mikroskopischen Schluchten des Leders zurückgeblieben sein mochten, wie viele Millionen unendlich kleiner zellularer Hinterlassenschaften der FBI-Agenten in der unsichtbaren Luftströmung trieben. Er dachte an Agent Mulders dunkle, intelligente Augen und an Scullys feste, scharfe Stimme. Er dachte an die Fragen, die sie gestellt hatten – und an die Reaktionen auf seine Antworten.

Kyle hielt sich für einen guten Menschenkenner, doch diese beiden Agenten waren ihm ein Rätsel. Ihr ganzes Erscheinungsbild irritierte ihn. In keinerlei Hinsicht ähnelten sie den Schreibtischhengsten aus den Sicherheitsdiensten, mit denen es Kyle so oft in seiner Karriere zu tun gehabt hatte. Sie waren anders . . . gewitzter, und sie würden nicht so schnell aufgeben.

Mehrere Sekunden verharrte Kyle völlig regungslos, dann griff er unter seinen Schreibtisch und drückte den kleinen Knopf, der direkt über seinen Knien angebracht war. Ein paar Momente später glitt die Tür zu seinem Büro auf.

Er verfolgte, wie der hochgewachsene junge Mann mit den glatt nach hinten gekämmten Haaren hereinschlüpfte, sich auf die Couch fallen ließ und die langen Beine lässig über eine der Armlehnen schwang. Die schmalen Augen des Jungen wanderten amüsiert zu der zersplitterten Vitrine neben dem Schreibtisch, und ein spöttisches Lächeln umspielte seine Lippen. »Einen schlechten Tag gehabt, Onkel Julian?«

Als er den schweren Thai-Akzent des Jungen hörte, schnitt Kyle eine Grimasse. Er haßte diese künstliche Vertrautheit. Er hatte den jungen Mann aufwachsen sehen, doch glücklicherweise gab es keine Blutsbande zwischen ihnen. Kyle hielt sich selbst für einen gläubigen Mann mit festen moralischen Prinzipien, und dieser Junge war das genaue Gegenteil. Er war verdreht. Pervertiert. Gefährlich. *Er hat alle Fehler seines Vaters – aber keine seiner Tugenden.*

»Wir haben ein Problem«, erwiderte Kyle so knapp wie möglich. »Die Lage ist noch immer nicht unter Kontrolle.«

Der Junge zog eine Braue hoch. Dann streckte er scheinbar gelangweilt die Arme über den Kopf, und Kyle konnte das Spiel der kräftigen Muskeln unter der karamelfarbenen Haut deutlich sehen. Unwillkürlich fröstelte er. Er hatte in Vietnam gekämpft, hatte viele gefährliche Männer kennengelernt, doch dieser Junge machte ihm angst. Er wußte, mit wieviel teuflischem Vergnügen er seine Arbeit tat; er ahnte, mit welcher ungezügelten, fast sexuellen Lust er seine lautlosen Gewalttaten beging. Seit Jahren beobachtete er, wie immer neue Opfer den perversen Appetit des schmalen Burschen stillen mußten – und wie diese Lust an der Vernichtung als eine unfehlbare Waffe benutzt worden war.

Er haßte sich selbst dafür, daß auch er hin und wieder an dieser Benutzung beteiligt gewesen war und daß ihn die Umstände vielleicht dazu zwingen könnten, den Jungen erneut einzusetzen. »Diese beiden FBI-Agenten werden sich nicht so leicht abwimmeln lassen. Sie dürfen auf gar keinen Fall mehr herausfinden.«

»Du machst dir zu viele Gedanken«, erwiderte der Junge und fuhr sich mit der Hand durch das schwarze

Haar. »Bis jetzt haben sie noch nicht mal eine Leiche. Solange wir ihnen immer einen Schritt voraus bleiben, haben sie nur Vermutungen.«

Unruhig rieb sich Kyle das Kinn. Der Junge hatte recht, doch Kyle haßte es, Risiken einzugehen – vor allem so kurz vor der entscheidenden Phase des Experiments. »In diesem Stadium können sogar Vermutungen gefährlich sein.«

Schulterzuckend faltete der Junge die Hände und gönnte seinem Gegenüber einen engelsgleichen Augenaufschlag. »Ich erwarte wie immer ungeduldig deine Befehle.«

Kyle suchte den Blick des Jungen, forschte nach einer tieferen Bedeutung seiner Worte – doch er sah nur bodenlose schwarze Abgründe. Er atmete tief durch und griff langsam nach seinem Telefon. »Es sind nicht *meine* Befehle, Quo Tien. Vergiß das niemals. Um unser beider willen.«

Kapitel 14

Scully verfolgte, wie über den Brillengläsern von Assistant Director Skinner eine steile Falte entstand, während er mit den Fingern ungeduldig auf die Akte trommelte, die vor ihm auf dem Schreibtisch lag. Wie immer wenn sie sich in Skinners holzgetäfeltem Büro im dritten Stock des FBI-Hauptquartiers in Washington aufhielt, war Scully äußerst unbehaglich zumute. Rechts neben ihr hatte Mulder auf der glänzenden Ledercouch Platz genommen. Er wirkte wesentlich entspannter, doch sie wußte, daß es hinter seiner Fassade ganz anders aussah: Ihr eigenes turbulentes Verhältnis zu ihrem Vorgesetzten war nichts im Vergleich zu der chaotischen, manchmal lautstarken Beziehung zwischen Mulder und dem kahlköpfigen Ex-Marine, der über das Wohl und Wehe ihrer Karrieren zu bestimmen hatte.

Der einsachtzig große Skinner besaß einen durchtrainierten Körper, markante Gesichtszüge und steingraue Augen. Seine Stirn über dem kantigen Kinn war ständig gefurcht, und die Muskelstränge an Nacken und Schultern spannten den Stoff seines eleganten Anzugs. Jeder Zentimeter seines Körpers strahlte Kraft aus, und Scully war überzeugt, daß der Assistant Director Mulder mit einer Hand das Kreuz brechen konnte. Doch in diesem muskulösen Körper wohnte ein brillanter, logisch denkender Verstand, und es geschah nicht viel in Washington, ohne daß Skinner davon erfuhr. Dieses Wissen – und Skinners undurchsichtige Beziehungen sowohl zu den etablierten Militärkreisen als auch zu den grauen Eminenzen im Hintergrund – machten ihn zu einem prädestinierten Ziel von Mulders Paranoia. Umgekehrt waren Mulders unorthodoxe Ermittlungsmethoden und seine exotische Sicht der Dinge ein ständiges Ärgernis für Skinner und hatten ihn schon in manchen Fällen bis zur Weißglut getrieben. Scully betete, daß diese Nachmittagsbesprechung nicht allzu lange dauern würde.

Skinner klappte die Akte zu und verschränkte die Arme vor der Brust. Während sein Blick zum Fenster hinüberwanderte, tanzte das Sonnenlicht über die Gläser seiner Brille. Skinners Büro war spartanisch eingerichtet, ein weiteres Spiegelbild seiner Persönlichkeit. Abgesehen von der Holzvertäfelung und der makellosen Ledergarnitur waren ein gerahmtes Foto von Janet Reno und eine farbige Wandkarte der Vereinigten Staaten die einzigen auffälligen Elemente. Die Karte war von Stecknadeln mit bunten Plastikköpfen übersät, von denen jede einen ungelösten Bundesfall repräsentierte. Unwillkürlich starrte Scully auf die große weiße Nadel, die mitten in Manhattan steckte.

»Roter Staub von einem Highway und ein paar computertomographische Aufnahmen«, resümierte Skinner schließlich, ohne den Blick vom Fenster zu wenden. »Das ist nicht gerade viel. Vor allem, wenn man die Kosten und den ganzen Verwaltungsaufwand bedenkt.«

Scully nickte. »Wir wären nicht hier, wenn es einen anderen Weg gäbe, Sir. Es ist eine . . . einzigartige Situation. Wir müssen eine Erklärung für Perry Stantons Zustand finden – ein Zustand, der ihn dazu brachte, zwei Morde zu begehen. Im Moment sind Agent Mulder und ich der Meinung, daß Fibrol eine Sackgasse ist; selbst mit einem Durchsuchungsbefehl dürften wir dort kaum irgendwelche Beweise für Emile Paladins Arbeit oder eine Verbindung zu Stantons Computertomographien finden. Wir glauben, daß die einzige Informationsquelle, die als Ausweg aus dem Dilemma übrigbleibt, in Thailand ist.«

Skinner wandte sich vom Fenster ab. »Andrew Paladin. Der Bruder des Verstorbenen. Sie sagen, er lebt in der Nähe einer Stadt namens Alkut?«

»Ein winziges Fischernest an der Südostküste«, bestätigte Scully. Sie hatte auf dem Flug von New York nach Washington per Funktelefon Informationen über Alkut eingeholt. »Das Dorf hat rund fünftausend Einwohner, hauptsächlich Fischer und ihre Familien. Bis jetzt ist der Ort noch kein Touristenziel, da er weder mit dem Zug noch mit dem Flugzeug erreichbar ist. Es gibt auch keine Polizeiwache und keine nennenswerte Verwaltung. Es ist demnach unmöglich, Andrew Paladin über die lokalen Behörden zu erreichen.«

»Was ist mit unseren Auslandsvertretungen? Dem

State Department, der CIA, vielleicht sogar der DEA? Sie haben überall in Südostasien ihre Leute.«

Mulder hüstelte und schlug die Beine übereinander. Er vermied es, Skinner direkt in die Augen zu sehen. »Unsere Untersuchung befindet sich noch immer im Anfangsstadium, Sir. Andrew Paladin ist nicht der letzte, sondern nur der notwendige nächste Schritt. Es ist nicht einfach damit getan, ihm ein paar Fragen zu stellen.«

Während sich Skinner in seinem Sessel zurücklehnte, kletterte seine rechte Augenbraue in die Höhe. »Agent Scully? Stimmen Sie Agent Mulder zu? Ist Thailand tatsächlich der ›notwendige nächste Schritt‹?«

Scully holte tief Luft. Ihr gefiel der Gedanke nicht, um die halbe Welt zu reisen, doch sie wußte, daß sie keine andere Wahl hatten. Für die Computertomographien von Stantons Schädel gab es bisher noch nicht einmal den Ansatz einer Erklärung – und solange sein Tod ein Rätsel blieb, war der Fall noch nicht erledigt. Der einzige handfeste Anhaltspunkt, den sie hatten, war die Verbindung zu Fibrol und Emile Paladins fünfzehn Jahre zurückliegenden Experimenten. In New York führte diese Spur in eine Sackgasse, denn Julian Kyle konnte sich monatelang hinter seinem Vorstand verstecken. Die Untersuchung würde sich endlos hinziehen und vielleicht sogar im Sande verlaufen. Somit blieben ihnen nur zwei Optionen. Den Fall ungelöst zu lassen – oder ihre Spur an einer anderen Stelle weiterzuverfolgen.

Scully suchte Skinners Blick. Sie wußte, daß seine Entscheidung von ihrer Antwort abhing. »Wenn wir Andrew Paladin über die Aktivitäten seines Bruders befragen wollen, dann müssen wir es persönlich tun. Vorausgesetzt, wir finden ihn.«

Skinner schwieg, während er sie lang und forschend musterte. Dann nickte er.

Stunden später bohrten sich Scullys Finger in das dicke Kunstlederpolster ihres Sitzes, als die 747 von Windböen geschüttelt steil in die Höhe stieg. Für einen kurzen Moment herrschte tückische Schwerelosigkeit, dann rollte das Flugzeug auf übelkeiterregende Weise nach rechts. Scully blickte durch das ovale Fenster an ihrer Seite – es war, als würde sie in eine Ölpfütze starren, in eine Tintenschwärze, die nur vom Flackern ferner Blitze unterbrochen wurde.

»In derartigen Momenten bin ich doppelt froh, gläubig zu sein«, bemerkte Mulder, der rechts neben Scully saß. Nervös knetete er die Armlehnen. »Ich schätze, ich habe in den letzten fünf Minuten zwölf neue Religionen entdeckt.«

»Ich halte mich lieber an die Gesetze der Aerodynamik und an die Flugstatistiken«, erwiderte Scully. »Aber wenn es noch schlimmer wird, hole ich meinen Rosenkranz aus dem Gepäckfach. Das ist wirklich ein verdammt heftiger Sturm.«

»Südostasien im Juli, Scully. Der Spaß hat gerade erst begonnen. In ein paar Wochen wird das hier eher wie ein lauer Frühlingsabend erscheinen.«

Scully wandte sich vom Fenster ab und versuchte, sich auf ihren Laptop zu konzentrieren, den sie vor sich auf den Knien balancierte. Der graue Bildschirm war grün geworden, während das Modem über die störanfällige Funkverbindung, die Scully vor Ausbruch des Sturms hergestellt hatte, Informationen einholte. Sie schob die Finger ineinander und macht einige Dehnübungen, um ihre müden Muskeln zu lockern. Es war ein langer, anstrengender Flug gewesen: Selbst in der relativen Bequemlichkeit der Businessklasse von Thai Airlines konnten zweiundzwanzig Stunden zu einer kleinen Ewigkeit werden.

»Andrew Paladin«, meldete Scully halblaut, als ihr Laptop plötzlich aufleuchtete. Das Foto nahm die Hälfte des Monitors ein, und Mulder beugte sich vor, um das Bild besser erkennen zu können. Hochgewachsen, muskulös, breite Schultern und blondes kurzgeschnittenes Haar. Er trug eine grüne Infanterieuniform und hatte die Hände stramm an die Hosennähte gelegt. Allem Anschein nach war diese Aufnahme als ein offizielles Foto der Army entstanden – und der blauäugige Andrew Paladin hatte den entschlossenen Blick eines Karriere-Infanteristen aufgesetzt.

»Er ist viel kompakter als sein Bruder«, stellte Mulder fest. »Breiter in den Schultern, vielleicht ein paar Zentimeter kleiner.«

Scully nickte. Sie hatten bereits ein Dutzend Fotos von Emile Paladin gesehen, von denen die meisten aus der Zeit des Fibrol-Skandals stammten. Emile Paladin war ein attraktiver Mann gewesen, groß und dünn, mit intelligenten Augen und einem einnehmenden Lächeln. Besonders in den Jahren vor seinem Tod hatte er sich gern und oft fotografieren lassen. Doch Andrew Paladin war offensichtlich eine andere Sache. »Mehr kann ich nicht bieten, Mulder. Ich habe jede nur denkbare Datenbank durchforstet und bloß ein Army-Foto und ein paar persönliche Daten gefunden. Er ist wie sein Bruder im Norden des Staates New York geboren und diente zwei Jahre in Südvietnam, bevor er im Kampf verwundet wurde. Er war damals zwanzig Jahre alt und anscheinend ein guter Soldat. Zweimal für Tapferkeit ausgezeichnet, ständig gute Beurteilungen von seinen kommandierenden Offizieren. Aber nach seiner Verwundung endeten die Berichte ... Er wurde zur MASH-Einheit seines Bruders in Alkut verlegt – und verschwand spurlos von der Bildfläche.«

Als das Flugzeug in eine neuerliche Turbulenz geriet, hielt Mulder den Laptop an der Seite fest. »Was ist mit seiner Verwundung? Steht in den Akten, wo es ihn erwischt hat – und wie schwer?«

Scully schüttelte den Kopf. Sie hatte Andrew Paladins dünne Militärakte durchgesehen, während sich Mulder vom dritten Film dieses Flugs berieseln ließ, einen in ihren Augen unsäglichen Streifen über eine Familie sprechender Katzen. »Naja, seine Verletzungen waren schwer genug, um den Krieg für ihn zu beenden. Drei Monate nach seiner Ankunft in Alkut wurde er für dienstuntauglich erklärt und aus der Army entlassen. Aber in seiner Akte steht nichts Genaueres. Merkwürdig, Mulder ... die Army ist in diesen Dingen doch sonst so penibel. Es müßte zumindest eine Art Krankenblatt geben, irgendwelche Unterlagen für den Fall, daß er in einer Klinik des Veteranenverbandes hätte weiterbehandelt werden müssen.«

Nachdenklich zupfte Mulder an seiner Unterlippe. »Emile Paladin war für die medizinische Behandlung seines Bruder verantwortlich, nicht wahr? Wenn er irgendwelche Informationen unterschlagen wollte, hätte er es problemlos tun können.«

Scully hielt den Atem an, als die Kabinenbeleuchtung flackerte, verlosch und dann wieder aufflammte. Der Sturm schien schlimmer zu werden, und immer dickere Regentropfen prasselten gegen das Doppelfenster aus Plexiglas. »Warum hätte er aus dem Gesundheitszustand seines Bruders ein Geheimnis machen sollen?«

Mulder überlegte, ob er seinen Verdacht laut aussprechen sollte, und wie gewöhnlich entschied er sich, aus seiner Meinung keinen Hehl zu machen. »Vielleicht hatte Emile Paladin etwas zu verbergen ... Und vielleicht hat er das immer noch.«

Scully starrte ihn an. »Mulder, Emile Paladin ist vor fünfzehn Jahren gestorben.«

»Genau in dem Moment, als ein Skandal hochkochte, der ihn möglicherweise ins Gefängnis gebracht oder seine Firma ruiniert hätte?« konterte Mulder.

»Sie halten den Zeitpunkt seines Todes für verdächtig«, folgerte Scully nach einem kurzen Moment des Schweigens.

»Und die Umstände. Er starb bei einem Unfall in Übersee. Sein einsiedlerischer Bruder erbte die Firma – ein Bruder, der vor über zwanzig Jahren von der Bildfläche verschwand und bis heute so unsichtbar blieb, daß es von ihm noch nicht einmal eine Adresse oder eine Telefonnummer gibt.«

Scully schüttelte den Kopf. »Ich stimme zu, daß es eine Menge ungeklärter Fragen gibt. Aber anzudeuten, daß Emile Paladin seinen Tod vorgetäuscht hat ... Aus welchem Grund, Mulder? Und wie paßt Andrew Paladin ins Bild?«

»Vielleicht«, Mulder hob die Schultern, »wollte Emile Paladin seine Forschungen heimlich weiterführen. Vielleicht hilft ihm sein Bruder, seine Arbeit geheimzuhalten. Und vielleicht hat Emile Paladin irgendeinen Fehler gemacht – und Perry Stantons tödlichen Amoklauf ausgelöst. Um die Sache zu vertuschen, brachte er anschließend die beiden Medizinstudenten um.«

Scully lehnte sich in ihrem Sitz zurück, innerlich aufgewühlt wie die Luft draußen vor dem Fenster. Mulders Paranoia hatte ihn wieder einmal zu Schlußfolgerungen veranlaßt, die die momentane Faktenlage weit hinter sich ließen. Es gab keinerlei Grund anzunehmen, daß Emile Paladin noch am Leben war. Es gab auch keine schlüssige Verbindung zwischen den Polypen in Perry Stantons Schädel und dem Tod der beiden Medizinstudenten. Doch Scully wußte auch, daß es nicht ratsam war, Mulders Theorie einfach zu verwerfen: Seine Intuition – so verrückt sie oft erscheinen mochte – war einmalig. »Wir sind nicht hier, um einen Toten zu jagen, Mulder. Wir sind hier, um Andrew Paladin zu suchen.«

Bevor Mulder antworten konnte, neigte sich die 747 plötzlich nach vorn und die Kabinenbeleuchtung blinkte dreimal auf. Eine Stimme mit starkem Akzent verkündete, daß die Maschine nun zum Landeanflug auf den Bangkok International Airport ansetzen würde. Mulder wartete, bis die Durchsage zu Ende war, und räusperte sich dann. »Sie haben recht. Wir müssen mit Andrew Paladin beginnen. Aber ich glaube nicht, daß ein paar Antworten eines einsiedlerischen Bruders diese Untersuchung beenden werden.«

Mit einem resignierenden Nicken ließ Scully das Gespräch auf sich beruhen. Sie lehnte sich erschöpft zurück, während die Maschine im Sinkflug weiter und weiter durch die tobende Nacht pflügte.

Sechs Reihen hinter ihnen krabbelten Quo Tiens lange Finger wie eine Spinne über das Fenster und jagten die Regentropfen auf der anderen Seite der Scheibe. Er verfolgte, wie das Lichtermeer von Bangkok durch die Wolkendecke brach, während das Flugzeug die ihm zugeteilte Landebahn ansteuerte. Die riesige Metropole weckte gemischte Gefühle in ihm; er dachte an die Jahre, die er in ihren nächtlichen Straßen verbracht hatte, ganz im Banne seiner Kunst, immer bereit, den nächsten Auftrag auszuführen. Sieben Jahre hatte er sich dort seinen Lebensunterhalt verdient – aber seine wahre Heimat war immer Alkut geblieben.

Tien war ein Mischling, der Sohn eines amerikanischen Soldaten und einer Thai-Prostituierten, eine Tatsache, die ihn in seiner Kultur zu einem Unreinen, Unberührbaren machte. Doch er hatte seine Herkunft nie verflucht. Die Distanz zwischen ihm und den Kindern, mit denen er aufgewachsen war, hatte nichts mit der helleren Tönung seiner Haut zu tun. Es war immer eine Frage des Appetits gewesen. *Eine Frage des Hungers.*

Er dachte an die beiden Agenten, die ein paar Meter vor ihm saßen, und sein Unterleib brannte und schickte vertraute Hitzewellen durch seinen Körper. Ein verträumtes Lächeln huschte über sein schmales Gesicht. Genüßlich schloß er die Augen und gab sich dem wiegenden Rhythmus des Sturmes hin.

Kapitel 15

Zwölf Stunden später rauschte der Regen in dichten grauen Schleiern vom Himmel, während Mulder einen gemieteten Jeep mit Allradantrieb über die Schlammpiste steuerte, die einmal eine Straße gewesen war. Scully hatte eine Straßenkarte der US-Army auf ihrem Schoß liegen und schien große Mühe zu haben, die zwanzig Jahre alten militärischen Angaben mit der Umgebung in Einklang zu bringen. Mittlerweile war sie mehr als müde und frustriert. Immer wenn der Jeep über eins der kratergroßen, scheinbar aus dem Nichts entstehendem Schlaglöcher holperte, fielen ihr feuchte Haarsträhnen in die Augen und ihre Knochen wurden durchgerüttelt. Sie fluchte gepreßt – ein für Scullys Verhältnisse so ungewöhnliches Benehmen, daß Mulder schmunzeln mußte, auch wenn er nachempfinden konnte, wie ihr zumute war. Er selbst fühlte sich alles andere als ausgeruht, während er das widerspenstige Lenkrad zu bändigen versuchte und ihm der Schweiß in Strömen über Brust und Rücken lief. Jede Unebenheit der desolaten Straße brachte den altersschwachen Jeep ins Schlingern.

Bis jetzt hatte sich Thailand noch nicht als das tropische Paradies gezeigt, von dem er bisher geträumt hatte. Die Schönheit der Landschaft war irgendwann vom Regen, von der drückenden Hitze, der erstickenden Schwüle und den zunehmend primitiveren Bedingungen verdrängt worden. Längst hatte Mulder sein Jackett abgelegt und trug nur noch ein dünnes Baumwollhemd und seine Hose – doch der Stoff klebte erbarmungslos an der juckenden Haut. In der fast zähflüssigen Luft fiel ihm jeder Atemzug schwer.

Die Straße vor ihnen wirkte wie ein Lebewesen: Serpentinen aus dunklem Schlamm schlängelten sich durch sattgrüne Bäume, verschwanden in dämmrigen Senkungen, um dann überraschend emporzuschnellen. Schon vor langer Zeit war der Himmel hinter einer düsteren Decke aus Regenwolken verschwunden, und die Lichtkegel der Nebelscheinwerfer vollführten einen wilden Tanz, während Mulder mit dem Lenkrad kämpfte, damit der Jeep nicht in die undurchdringliche Wildnis zu beiden Seiten der Straße rutschte.

Die zwölf Stunden nach ihrer Landung in Bangkok waren auch ohne das Unwetter anstrengend genug gewesen. Am Terminal hatte sie ihr militärischer Verbindungsoffizier erwartet, ein Army-Corporal in Galauniform und mit einem durch nichts zu erschütternden spöttischen Grinsen. Timothy Van Epps war ein Berufssoldat mit wenig Zeit und noch weniger Respekt vor FBI-Agenten, die so weit von ihrem Zuständigkeitsbereich entfernt waren – es war offensichtlich, daß er erst im letzten Moment und gegen seinen Willen die Order erhalten hatte, sich um die Neuankömmlinge zu kümmern. Nachdem er die Agenten in ein kleines Büro hinter der Zollabfertigung geführt hatte, wo er sie in eine kurze Diskussion über den derzeitigen Stand der Beziehungen zwischen den USA und der Thai-Monarchie verstrickte, drückte er ihnen einen Zettel mit der Beschreibung des Weges nach Alkut sowie eine Karte des winzigen Fischerdorfes und seiner Umgebung in die Hand. Dann wurde sein Grinsen noch breiter. »Wahrscheinlich sieht die Wirklichkeit mittlerweile ganz anders aus als auf diesem Stück Toilettenpapier. Seit Vietnam haben wir für dieses Gebiet nicht viel Verwendung gehabt – die meisten Eintragungen sind also im besten Fall zwanzig Jahre alt. Wenn Sie wollen, können Sie mir ja nach Ihrem kleinen Ausflug ein Update der Karte faxen.«

Mulder bezweifelte, daß die US-Army FBI-Agenten benötigte, um ihre Informationen aufzufrischen – und das in einer Region Südostasiens, in der sie früher massive militärische Präsenz gezeigt hatte. Viel wahrscheinlicher war, daß Van Epps den Befehl bekommen hatte, ihnen Steine in den Weg zu legen. Dabei glaubte Mulder nicht an eine gezielte Sabotage, sondern hielt Van Epps' Spielchen eher für eine jener Maßnahmen, die der Army zur zweiten Natur geworden waren: Das Militär sah das FBI als einen unberechenbaren kleinen Bruder, der toleriert, aber keinesfalls ermuntert werden durfte. Vor allem, wenn der kleine Bruder plötzlich sogar in Übersee auftauchte.

Nachdem er ihnen die Karte und die Wegbeschreibung gegeben hatte, führte sie Van Epps zu einer Regierungslimousine mit Diplomatenkennzeichen und brachte sie vom Flughafen nach Hua Lamphong, Bangkoks Hauptbahnhof. Die Fahrt war nach dem langweiligen Flug ein Fest für die Sinne. Die thailändische Hauptstadt definierte den Begriff urbaner Dschungel neu: schmale, lückenlos von Häusern gesäumte Straßen voller Kleinwagen, offener Busse, Fahrräder und Motorrikschas – und auf jedem freien Fleck liefen, standen, saßen Menschen, Millionen von Menschen. Thailändische Männer in weißen Hemden und Frauen in Seidenkleidern, Kinder in dunklen Schuluniformen und Mönche in leuchtend orangenen Roben; ein endloses Menschenmeer, das sich in ungleichmäßigen Schüben durch die Häuserschluchten wälzte. Die überfüllten Bürgersteige wurden von Gebäuden überragt, die geradewegs dem Traum eines Schizophrenen zu entstammen schienen. Bürohochhäuser aus Glas und Stahl türmten sich neben uralten Tempeln mit goldenen Dächern, Appartementkomplexe wuchsen an allen Straßenecken in die Höhe, jeder eine Mischung aus einem halben Dutzend verschiedener Baustile: himmelstürmende Turmspitzen, kubische Balkone, gerundete weiße Ecken, Stockwerke aus Holz, Gips, Stein und Stahl. Die Gebäude schienen in einen ewigen Krieg zwischen dem Althergebrachten und der kompromißlosen Erneuerung verstrickt zu sein, und die einzige Konstante war das Wachstum – unaufhörlich, pulsierend, unaufhaltsam.

Mulder und Scully bekamen keine Chance, diese kakophonischen Eindrücke zu verarbeiten. Van Epps begleitete sie schnurstracks in den überfüllten Bahnhof, einem recht modernen Komplex in der Nähe des Stadtzentrums, zeigte ihnen den richtigen Bahnsteig und verabschiedete sich dann mit einem knappen Nicken. Als der Corporal fort war, atmete Mulder erleichtert auf. Er konnte Männern wie Van Epps nicht trauen, und er hatte auch kein Interesse daran, daß ihnen das Militär bei der Arbeit über die Schulter sah. Jetzt konnten er und Scully die Untersuchung nach ihrem eigenen Ermessen fortführen.

Bald lag die Riesenmetropole Bangkok hinter ihnen und wich fruchtbarem grünem Land, dichten Wäldern und endlosen Reisfeldern, als der Zug auf seiner Fahrt zur Südostküste einen kurzen Abstecher ins Landesinnere machte. Auf ihrer gemählich dahinruckelnden Fahrt unterhielt sich Mulder – in einer Mischung aus Englisch und holperigem Französisch – mit einem Thai-Bauern, der nach einem dreiwöchigen Besuch in der Hauptstadt nach Hause zurückkehrte. Doch als Mulder dem ärmlich gekleideten Mann ihr Ziel nannte, reagierte er seltsam. Er wich vor ihm zurück und griff gleichzeitig nach einem kleinen Gegenstand, den er unter dem Hemd trug. Mulder sah genauer hin und erkannte, daß es eine Art Amulett war – nichts Ungewöhnliches in Thailand. Die Thai waren eines der abergläubischsten und religiösesten Völker der Welt, und die meisten thailändischen Männer trugen mindestens einen buddhistischen Glücksbringer.

Als Mulder den Bauern fragte, murmelte sein Gegenüber etwas von *Mai Dee Phis*, ›bösen Geister‹, wie Mulder in seinem Wörterbuch nachschlug. Den Rest der Fahrt sah der Mann aus dem Fenster und vermied jedes weitere Gespräch.

Der Zug hatte die beiden Agenten bis Rayong gebracht, ein von weißen Sandstränden und Hotelanlagen im europäischen Stil umgebenes Städtchen am Golf. Ein Fischerdorf, das für sein *nam plaa* berühmt war – ›Fischsoße‹, das beliebteste Würzmittel in Thailand –, voller Straßencafés und Souvenirläden für die zahllosen Touristen aus den nahegelegenen Hotelanlagen.

Mulder und Scully mieteten den Jeep am Stadtrand, ließen die Touristenzentren hinter sich und fuhren tief in die unberührten südlichen Regionen des Landes hinein. Bald wichen die asphaltierten Straßen primitiven Lehmpisten, die palmengesäumten Strände mit ihren direkt am Meer gelegenen Hotels verwandelten sich in dichten Wald mit tückischen Felsklippen. Je näher sie Alkut kamen, desto schwiergier wurde ihre Reise, und manchmal hatte Mulder das Gefühl, die Zivilisation viel mehr als nur ein paar Dutzend Kilometer hinter sich gelassen zu haben.

»Der Ort muß hier irgendwo in der Nähe sein«, brach Scully ihr erschöpftes Schweigen, während sie eine Ecke der Karte glättete und auf eine Lücke zwischen den Bäumen zeigte. »Ich glaube, der Golf von Thailand liegt direkt hinter diesem Hang. Und diese Abzweigung rechts führt hinauf ins Gebirge *See Dum Kao* – die ›schwarzen Berge‹. Bis zu viertausend Meter hoch, und auf der anderen Seite liegt die Grenze zu Kambodscha. Der Karte zufolge erstreckt sich das See-Dum-Gebirge über eine Fläche von fast vierhundert Quadratkilometern. Das meiste davon ist unbewohnt und unerforscht ... mit jeder Menge Erdrutsche, Lawinen, giftigen Tiere und ansteckenden Krankheiten.«

»Der Himmel für jeden Eremiten«, witzelte Mulder. »Man haust in irgendeiner Höhle, ißt zu Mittag ein paar Spinnen und sieht sich am Wochenende mit seinen Eremiten-Kumpels die Erdrutsche an ...«

»Mulder!«

Der Jeep neigte sich gefährlich nach vorn, als die Lehmstraße plötzlich steil abfiel und in einem Gewirr aus dichter Vegetation und massivem Geröll verschwand. Mulder riß das Lenkrad hart nach rechts und kämpfte verzweifelt, um die Scheinwerfer nach vorn gerichtet zu halten, während der Jeep unaufhaltsam den steilen Hang hinunterpolterte. Zweige peitschten gegen die Seitenfenster, und die durchdrehenden Reifen wirbelten Steine und Schotter durch die Luft. Für einen Augenblick herrschte tödliche Stille, als der Wagen über einen vermoderten Baumstamm schoß und einen Atemzug lang wie ein übergroßes Fluginsekt hilflos brummend in der Luft hing – dann ein Krachen, und der Wagen hatte wieder festen Boden unter den Rädern.

Mulder trat mit aller Kraft auf die Bremse. Der Jeep schleuderte nach links und kam mit quietschenden Reifen zum Stehen. Mit weit aufgerissenen Augen blickte sich Mulder um, die Hände noch immer um das Lenkrad verkrampft. Sie standen am Rand einer gepflasterten Straße, und vor ihnen erstreckte sich ein langes, flaches Tal, das an drei Seiten von bewaldeten Hängen begrenzt wurde. Linkerhand, nicht einmal dreihundert Meter entfernt, lag der Golf von Thailand, der von der Straße nur durch mächtige Granitblöcke und knorrige Bäume getrennt wurde. Für den Moment war Mulder wie verzaubert: Das klare blaue Wasser unter dem bewölkten Himmel reichte in die Unendlichkeit, flach und glitzernd wie eine Scheibe aus getöntem Glas. Fünfzig Meter weiter bemerkte er einen langen hölzernen Pier, an dem farbenprächtige chinesische Dschunken und kleinere, motorisierte Fischerboote angelegt hatten. Der Regen schien die Fischer nicht zu stören – winzige Gestalten wimmelten über die Decks der Boote und den Pier, in dunkelgrüne Kittel mit Kapuzen gehüllt. Einige Sekunden lang beobachtete Mulder vier Fischer, die mit einem verhedderten Netz kämpften, das vom Heck einer Dschunke hing. Schließlich richtete er seine Aufmerksamkeit wieder auf die Straße und ließ vorsichtig den Motor an.

»Schätze, wir haben Alkut gefunden«, murmelte Scully und atmete tief durch, während sie die Hände vom Armaturenbrett löste und sich die Haare aus den Augen schob.

Parallel zum Golf von Thailand führte die gepflasterte Straße direkt ins Zentrum des kleinen Fischerdorfs, wo niedrige Holzhäuser mit geschlossenen Fensterläden und bunten, von großen Thai-Buchstaben bedeckten Vinylmarkisen beide Seiten der Straße säumten. Es schien sich hauptsächlich um Geschäfte zu handeln, doch Mulder entdeckte auch ein paar traditionelle Thai-Häuser mit Strohdächern und farbigen Fassaden. Die meisten Gebäude ruhten auf kurzen Holzpfählen, die darauf schließen ließen, daß das Städtchen in der Regenzeit zentimeterhoch unter Wasser stand.

Weiter die Straße hinunter schienen sich die Geschäftshäuser und traditionellen Bauten noch dichter zu drängen, und manche waren sogar zwei oder drei Stockwerke hoch. Menschen verschiedenen Alters schoben sich zwischen den Gebäuden hindurch, und Mulder zählte in der näheren Umgebung mindestens ein Dutzend anderer Autos – die meisten waren sogar noch älter und klapperiger als der schmutzverkrustete Mietjeep. Die Autos teilten sich die Straße mit buntbemalten Holzrikschas, die von kleinen zähen Männern auf rostigen Fahrrädern gezogen wurden. Wie die Fischer draußen am Pier schien sich auch hier niemand um den Regen zu kümmern. Während die Rikschas tollkühn zwischen den Autos herumkurvten, schrien sich die Fahrer singsangähnliche Thaisilben zu. Drei Meter weiter spielten ein paar Kinder am Straßenrand Fangen, und zu ihrer Rechten feilschten zwei alte Frauen laut um eine Reihe getrockneter Fische, die auf einer Decke unter einer der Vinylmarkisen ausgebreitet waren.

»Sehr idyllisch«, meinte Scully, als der Jeep immer tiefer ins Stadtzentrum rollte. »Und ganz anders als Bangkok. Kaum zu glauben, daß beide zum selben Land gehören.«

Mulder nickte. »Es ist eine Nation im Übergang. Bangkok ist wie ein Spiegelbild des Ganzen – eine supermoderne, kommerzialisierte Stadt mit einer vorindustriellen Atmosphäre. Alkut hingegen dürfte noch viel tiefer in der Vergangenheit verwurzelt sein. Weniger als fünftausend Einwohner, keine nennenswerte Tourismusindustrie. Nur Fischer und ihre Familien. Und vielleicht eine Handvoll Westler, die nach dem Krieg hier hängengeblieben sind.«

Während er sprach, registrierte er einen älteren Mann am Straßenrand, der drei Ketten mit je einem winzigen Jadesplitter auf der schmalen nackten Brust trug. *Amulette – wie jenes, das der Bauer im Zug getragen hat.* In diesem Land, erinnerte sich Mulder, gab es pro Kopf mehr Geister als irgendwo sonst auf der Welt. Die Menschen trugen bis zu einem Dutzend Amulette, um sich vor allen möglichen Übeln zu schützen, angefangen von Krankheiten bis hin zu Unfällen beim Fischen. Trotzdem ... irgend etwas an dem alten Mann störte Mulder. Es war nicht nur die relative Gleichgültigkeit, mit der der Greis die beiden *farangs* in ihrem Jeep betrachtete, sondern etwas Tieferes, Nicht-Faßbares in seinem breiten, zahnlosen Lächeln und seinen dunklen Augen. Mulder wurde das Gefühl nicht los, daß der Alte die beiden Agenten erwartet hatte.

Mit einem tadelnden Zungenschnalzen schüttelte Mulder den Kopf und sagte sich, daß es nur der Regen war, der undurchdringliche graue Schleier, der seine Sicht verzerrte. *Der alte Mann ist einfach nur freundlich, wie die meisten Thais.* Die nächsten Dörfler, die sie passierten, schenkten ihnen dasselbe ehrliche Lächeln, und Mulders Argwohn verflog. Als der Jeep das Zentrum schon fast passiert hatte, warf er einen Blick auf die Karte in Scullys Händen. »Sehen Sie irgendwo ein Hotel?«

»Ich bin sicher, daß wir irgend etwas finden werden.« Scully hob die müden Schultern. »Nichts Luxuriöses – aber wir brauchen ja auch nur ein Zimmer, wo wir unsere Sachen abstellen können. Danach machen wir uns auf die Suche nach Andrew Paladin.«

Mulder blickte kurz zu dem Wald hinüber, der sich über der Stadt erhob und zu den Ausläufern des See-Dum-Gebirges führte. Er dachte an die vierhundert Quadratkilometer rund um Alkut, die auf keiner Karte verzeichnet waren, und fragte sich, was einfacher war: einen Einsiedler in dieser riesigen Wildnis aufzuspüren – oder einen Mann zu finden, der angeblich vor fünfzehn Jahren verunglückt war. Nach wie vor hatte er das sichere Gefühl, daß beide Wege zum selben Ziel führen würden ... und zur Wahrheit über das Schicksal von Perry Stanton.

»Ich denke, hier sind wir richtig«, befand Scully, die neben Mulder unter einer vor sich hin kümmernden Palme stand. »Nach den Army-Unterlagen wurde diese Klinik auf dem ehemaligen Gelände von Emile Paladins MASH-Einheit errichtet.«

Mulder schüttelte Wasser aus seinem rechten Schuh und schob ein großes Palmblatt zur Seite, um einen besseren Blick auf das Gebäude vor ihnen zu bekommen. Die Klinik war ein niedriger, rund zwanzig Meter langer Kasten am Rand der schlammigen Straße. Die Mauern bestanden aus verwitterten Ziegelsteinen, und das Dach war schräg und von einem Flickwerk aus eisernen Regenrinnen umgeben, deren Abflüsse an den Ecken in überqellende Holzfässer mündeten. Ein halbes Dutzend primitiver Fensteröffnungen, notdürftig verkleidet mit durchsichtigen dicken Plastikplanen, durchbrachen die Klinkerfassade. Über dem Eingang und unter zwei Reihen Thai-Buchstaben war eine lächelnde Buddha-Skulptur angebracht. Der vergoldete Buddha saß mit gekreuzten Beinen und nach oben gedrehten Handflächen da; eine meditative Pose, die, wie Mulder wußte, im Süden weit verbreitet war. Laut dem weißhaarigen alten Mann, dem das kleine Hotel gehörte, in dem Mulder und Scully ihr Gepäck zurückgelassen hatten, wurde die Klinik seit fast zehn Jahren von buddhistischen Mönchen geführt.

»Mulder, sehen Sie sich mal das Gebäude auf der anderen Straßenseite an. Ist das nicht eine Kirche?«

Mulder wandte den Kopf und betrachtete das kleine zweistöckige Haus gegenüber der Klinik. Es war weißgestrichen und hatte einen kegelförmigen Kirchturm, der das Schrägdach um fast sechs Meter überragte. In der Spitze des Turms mußte sich früher eine Glocke befunden haben, die offensichtlich schon lange nicht mehr an ihrem Platz hing. Wo der Turm in das Schrägdach überging, war außerdem ein großer Teil des Verputzes abgebröckelt. Das ganze Gebäude vermittelte den Eindruck, als stünde es schon seit langem leer – seine Vordertür war mit den gleichen trostlosen Plastikplanen abgedichtet wie die Fenster der Klinik. »Sieht nicht gerade nach viel Betrieb aus.«

»Naja . . . ein Grund könnte sein, daß Thailand als einziges Land in Südostasien nie eine europäische Kolonie gewesen ist. Das Christentum hat hier nie Fuß fassen können.«

Mulder konzentrierte sein Interesse wieder auf die Klinik und deutete auf ein winziges Gebäude direkt vor ihrem Eingang. Es war ein kleines hölzernes Puppenhaus auf einem runden Pfahl. Das Miniaturhaus war einen knappen Meter lang und offensichtlich mit größter Sorgfalt gebaut worden: Die Wände waren mit heller Farben gestrichen, während das Dach aus purem Gold zu bestehen schien; die winzigen Fenster hatten sauber geputzte Glasscheiben, und selbst die Türklinke war aus Messing. Irgend jemand hatte vor kurzem frische Knoblauchzehen vor das Haus gelegt, und hinter den winzigen Glasfenstern glommen sanft duftende Weihrauchstäbchen. »Stimmt. Das Christentum hatte hier nie eine Chance. Die einheimische Religion ist zu mächtig.«

Während Mulder zu dem kleinen Haus und dem Eingang der Klinik hinüberblickte, prasselte eine besonders heftige Böe warmen Regens auf ihn nieder. Unwillkürlich zog er die Schultern hoch. »Das ist ein Geisterhaus, Scully. Es gibt eine Menge davon in jeder thailändischen Stadt – selbst in Bangkok, der modernsten Stadt des Landes. In ihnen wohnen die *phis* – die Geister – des jeweiligen Gebäudes, vor dem sie stehen.«

Nachdem sie sich dem Geisterhaus genähert hatten, beugte sich Scully über die prächtigen getrockneten Blumen vor den winzigen Fenstern. Sie war hin- und hergerissen zwischen Skepsis und spontaner Bewunderung für so viel filigrane Kunst. »Sie scheinen eine Menge über die Thai-Religion zu wissen, Mulder.«

»Ich habe schon immer großen Respekt vor den Thais gehabt. Ihre Spiritualität ist extrem individualistisch. Das Wort Thai bedeutet sogar ›frei‹, und ihr Glaube basiert nicht auf Doktrinen, sondern auf praktischer Lebenserfahrung. Wenn sie einen bestimmten Geist besänftigen wollen«, Mulder machte ein paar Schritte auf den Klinikeingang zu, »dann nur deshalb, weil sie die Auswirkungen seines Zorns gespürt haben. Und nicht, weil ihnen irgend jemand gesagt hat, daß es sich so gehört.«

Scully musterte ihren Partner mit einem leisen Stirnrunzeln. Er wußte, daß sie sich fragte, ob er es ernst meinte oder nicht. Als er nach der Türklinke griff, war sein Gesicht ausdruckslos. »Eine Kultur, die über achthundert Jahre und ohne einen einzigen Bürgerkrieg unabhängig geblieben ist, hat schon einiges für sich.«

Die Tür schwang auf, und Mulder spürte einen kühlen Luftzug an seinen feuchten Wangen. Er schob Scully hinein und schloß die Tür hinter sich. Sie standen in einer breiten, rechteckigen Halle mit verputzten Wänden und einem glatten Betonboden. Zwei Neonröhren an der hohen, gekachelten Decke verbreiteten helles Licht, und in der Luft hing der strenge Geruch von Desinfektionsmitteln. An den beiden Seitenwänden standen über ein Dutzend moderner Rollbetten komplett mit Infusionsständern, Krankenblättern und hier und da einem EKG-Gerät. Mindestens die Hälfte der Betten war belegt.

Buddhistische Mönche in orangenen Roben bewegten sich lautlos zwischen den Patienten hin und her, gefolgt von ebenso verhaltenen Schwestern in weißen Rotkreuz-Uniformen. Mulder bemerkte, daß die Mönche Latexhandschuhe trugen und zum Teil ein Stethoskop um den Hals hängen hatten. Alles in allem wirkte das Krankenhaus spartanischer als eine westliche Klinik, machte aber einen modernen und effizienten Eindruck. Im Vergleich zum Rest des verschlafenen Fischerdorfes war die Klinik geradezu eine Oase des technischen und medizinischen Fortschritts.

Scully berührte Mulders Schulter und wies auf eins der Rollbetten. Zwei Mönche beugten sich über das Chromgeländer und verfolgten, wie eine hochgewachsene blonde Frau die Brust des Patienten versorgte. Mulder bemerkte, daß sich ihre Jacke von denen der Rotkreuz-Schwestern unterschied. Unter der Jacke trug die Frau einen hellblauen Arztkittel.

»Offenbar ist sie die Chefin hier«, stellte Scully fest. »Das ist eine Ärztejacke. Und wie sie ihr Stethoskop trägt – sie wurde in den Staaten ausgebildet ... Zumindest hat sie dort ihr Praktikum gemacht.«

Als sich Mulder und Scully dem Bett näherten, trat die Frau zurück und ließ die beiden Mönche einen genaueren Blick auf ihr Werk werfen. Mulder musterte den Patienten. Der Mann war etwa Mitte Vierzig; er war wach und schaute gleichmütig in die Runde. Eine dünne Linie frischer Nähte führte von seinem oberen Abdomen zu einem Punkt direkt unter seinem Schlüsselbein. Aus der stummen Anerkennung in Scullys Augen konnte Mulder schließen, daß die Frau ganze Arbeit geleistet hatte.

»Wir setzen ihn für drei Wochen auf Antibiotika«, sagte die Ärztin zu den Mönchen. »Danach dürfte er so gut wie neu sein. Vorausgesetzt, er hält sich in Zukunft von Schwertfischhaken fern.«

Die Mönche nickten lächelnd, und die Frau wandte sich vom Bett ab. Erst jetzt bemerkte sie die beiden Agenten. »Sie beide sehen aus, als kämen Sie von außerhalb. Ich bin Doktor Lianna Fielding. Kann ich Ihnen irgendwie helfen?«

Mulder zog seinen Dienstausweis aus der Hosentasche und beobachtete Fieldings Gesicht, während sie das FBI-Emblem studierte. Sie war fast so groß wie Mulder und hatte scharfgeschnittene Züge und schmale blaue Augen. »Ich bin Fox Mulder, und dies ist meine Partnerin Dana Scully. Wir sind US-Bundesagenten, und wir hoffen, daß Sie einen Moment Zeit für uns erübrigen können ... Wohnen Sie schon länger in Alkut, Doktor Fielding?«

Mit geübten Bewegungen zog Fielding ihre Latexhandschuhe aus und warf sie in einen Abfalleimer aus Plastik. »Eigentlich arbeite ich für das hiesige Rote Kreuz. Ich besuche alle Städte und Dörfer in der Provinz und helfe, wo ich kann. US-Bundesagenten? Da sind Sie ja ziemlich weit weg von zu Hause, nicht wahr?«

Scully war an das Rollbett getreten und begutachtete die Nähte, während sich die beiden Mönche neben ihr leise auf Thai unterhielten. Erfreut bemerkte Mulder, daß Scully respektvoll Abstand zu den Mönchen hielt, wie es die buddhistische Etikette verlangte. »Nach Ihrem Kreuzstich zu urteilen, Doktor Fielding, haben Sie in den Staaten studiert. Ist das richtig?«

»Chicago. Sind Sie Ärztin?«

Scully nickte. »Forensische Pathologie. Aber ich bin nicht in dieser Eigenschaft hier.«

»Wir untersuchen einen fünfzehn Jahre zurückliegenden Fall«, warf Mulder ein. »Wir suchen zwei Männer, die zu der MASH-Einheit gehörten, die früher hier stationiert war. Emile und Andrew Paladin . . .«

Fielding hustete und sah dann die beiden Mönche an, die bei der Erwähnung der Namen aufgeblickt hatten. »Wenn Sie Bundesagenten sind, müßten Sie auch wissen, daß Emile Paladin schon lange tot ist.«

Mulders Instinkt sagte ihm, daß er auf der richtigen Spur war, als er verfolgte, wie die beiden Mönche aufgeregt miteinander flüsterten. Emile Paladins Name hatte sie in Unruhe versetzt – fünfzehn Jahre nach seinem Tod. Lianna Fielding bemerkte den veränderten Ausdruck in Mulders Augen. »Emile Paladin ist ein Teil der Geschichte dieses Dorfes, Agent Mulder«, beeilte sie sich zu erklären. »Seine MASH-Einheit war für viele Dörfler der erste echte Kontakt mit der Außenwelt. Und wie Sie wahrscheinlich wissen, haben die Thai eine extrem . . . kreative Denkweise. Dinge, die ihnen fremd sind, inspirieren sie zu Geschichten, Legenden – und machen ihnen angst. Und nach allem, was ich weiß, war Emile Paladin in der Tat sehr einschüchternd.«

Mulder spürte, wie sich seine Muskeln anspannten. »Wie meinen Sie das?«

Doch ehe Fielding antworten konnte, wurde es am Eingang der Klinik laut. Mulder fuhr herum und sah einen alten Mann, der von zwei Burschen in Fischerkleidung zu einem der Rollbetten getragen wurde. Der alte Mann stöhnte und hielt sein Bein mit beiden Händen umklammert. Offenbar hatte er starke Schmerzen. Ohne ein weiteres Wort griff Fielding ein frisches Paar Handschuhe von einem nahestehenden Karren und eilte in Richtung Tür. Sie rief einem der jungen Männer eine Bemerkung auf Thai zu und bekam eine schrille Antwort.

Fielding erreichte das Bett ein paar Schritte vor Scully. Mulder bemerkte, daß das Hosenbein des alten Mannes unter dem Knie abgerissen worden war. Sein rechtes Bein hatte eine seltsame purpurrote Färbung angenommen und war von schwelenden Blasen bedeckt. Fielding sprach leise auf den Mann ein und versuchte ihn zu beruhigen, während ihr ein Mönch eine Phiole mit einer klaren Flüssigkeit reichte, die sie sofort über die purpurne Stelle goß. Der durchdringende Geruch von Essig machte sich im Raum breit.

»Eine Qualle«, erläuterte Scully, während sie Fielding bei der Arbeit zusah. »Vielleicht sogar eine Röhrenqualle. Der Kontakt mit ihnen ist unglaublich schmerzhaft, manchmal sogar tödlich. Der Essig fixiert die Nematozysten – Brennzellen – auf der Haut und verhindert so ihre weitere Verbreitung.«

Anschließend behandelte Fielding die Wunde mit einem trockenen Puder. »Wir nennen ihn ›Fleischzartmacher‹«, erklärte Scully. »Er läßt die Nematozysten verkleben und neutralisiert das ätzende Gift.«

Fielding nahm ein Skalpell von dem kleinen Tablett, das ihr einer der Mönche hinhielt. Vorsichtig schabte sie die oberste Hautschicht vom Bein des Alten, dessen Schmerzen nachzulassen schienen, auch wenn er immer noch benommen, ja fast katatonisch wirkte. Während er Fielding bei der Arbeit zuschaute, wanderten Mulders Gedanken zu Perry Stanton zurück. Nur zu gut erinnerte er sich an den irren Ausdruck in Stantons Augen, als ihn der Mann im U-Bahn-Schacht attackiert hatte. Der schmächtige Professor hatte jegliche Selbstkontrolle verloren – von Schmerzen gequält, die sich nicht allzusehr von denen des alten Fischers unterschieden. *Beide waren das Opfer ihrer eigenen gepeinigten Haut.*

Schließlich legte Fielding das Skalpell auf das Tablett zurück und reinigte die Wunde. Als der Patient mit einem Laut der Dankbarkeit in die Kissen zurückgesunken war, wandte sie sich zu Mulder um. »Ich wollte gerade sagen, daß ich nicht die richtige Gesprächspartnerin für Sie bin. Ich komme nicht aus diesem Dorf – und ich habe die beiden Paladins nie persönlich kennengelernt. Aber es gibt hier jemanden, der Ihnen vielleicht helfen könnte. Allan Trowbridge, einer der Gründer der Klinik.«

Scully zog ihr Notizbuch aus der Tasche und schüttelte das Regenwasser vom Einband. »Hat Trowbridge Emile Paladin gekannt?«

»Allan diente während des Kriegs als Sanitäter in der MASH-Einheit. Als der Krieg zu Ende war, ließ er sich in Alkut nieder. Er half beim Aufbau dieser Klinik und sorgte dafür, daß das Rote Kreuz einen Großteil der Ausstattung zur Verfügung stellte. Er ist hier ein sehr angesehener Mann.«

»Ist er in der Klinik?« fragte Mulder mit wachsendem Interesse.

»Heute ist sein freier Tag. Sie werden ihn wahrscheinlich zu Hause finden ... Ich kann Ihnen den Weg beschreiben. Doch vorher noch eine gutgemeinte Warnung: Nach allem, was ich über Emile Paladin und seine

MASH-Einheit gehört habe, werden Sie sich hier nicht viele Freunde machen, wenn Sie in der Vergangenheit herumwühlen. An manche Dinge sollte man lieber nicht rühren.«

Mulder zog die Brauen hoch. Diese kryptische Erklärung war genau die Art von Bemerkung, die ihn zu weiteren Nachforschungen ermunterte.

Kapitel 16

Mulders Gesicht fing Feuer, dann folgte ein schrilles Klingeln tief in seinen Ohren. Hastig langte er nach seinem Drink, doch die Tränen, die ihm in die Augen geschossen waren, raubten ihm die Sicht, und als er den Mund aufriß, um um Hilfe zu flehen, kam nur ein erstickter rasselnder Laut aus seiner Kehle, der entfernt an eine verrostete Kettensäge erinnerte.

Seine Kommunikationsversuche lösten auf der anderen Seite des niedrigen Holztisches lautes Gelächter aus. Allan Trowbridge klatschte vergnügt in die fleischigen Hände. »Wie ich schon sagte, an den Geschmack von *som-dtam* muß man sich erst gewöhnen. Selbst die anderen Thais haben großen Respekt vor der nördlichen Küche.«

Endlich fand Mulder sein Glas *bia* - Thaibier – und löschte den Brand mit der herben, prickelnden Flüssigkeit. Er wischte sich die Tränen aus den Augen und sah Scully an, die neben ihm im Schneidersitz auf dem Holzboden saß und ihre Eßstäbchen unschlüssig über der wohlgefüllten Platte verharren ließ. »Greifen Sie nur zu, Scully. Lassen Sie mich nicht allein leiden.«

Scully zögerte noch einen Moment, zuckte dann die Schultern und führte einen der nudelähnlichen Streifen zu ihren Lippen. Kaum hatte sie den Mund geschlossen, quollen ihre Augen hervor, und auf ihren Wangen erschienen hektische rote Flecken. Sie keuchte und entriß ihrem Partner sein Glas. Mulder wandte sich wieder an Trowbridge, der das Spektakel sichtlich genoß.

»Wissen Sie«, griente Mulder, »ein Anschlag auf FBI-Agenten ist ein Bundesverbrechen. Was, sagten Sie noch gleich, war in diesem Gericht?«

Bevor Trowbridge antworten konnte, glitt seine Frau an seine Seite und verbeugte sich leicht, um sich dann ebenfalls an den niedrigen Kiefertisch zu setzen. Äußerlich war sie das völlige Gegenteil von ihrem Mann: Trowbridge war fast zwei Meter groß und wog mindestens zweihundertzwanzig Pfund; seine mächtige Brust drückte bei jedem Atemzug gegen den Tisch, und auf seinem kantigen Kinn wucherte ein hellroter Bart wie surreales Moos auf einem verwitterten Felsen. Rina Trowbridge hingegen war eine kleine Frau – knapp einsfünfzig groß, schlank und feingliedrig. Ihr pechschwarzes Haar war am Hinterkopf zu einem komplizierten Knotensystem gebunden, und sie trug einen eleganten, jadegrünen Seidenkittel, der bis zum Hals zugeknöpft war.

»Zuerst«, verkündete Rina mit ihrem samtweichen Thai-Akzent, »nehmen wir rohe Papaya. Dann geben wir Limonensaft, eine Handvoll Chili, getrocknete Shrimps und kleine gesalzene Landkrebse hinzu. Das fertige Produkt wird mit einem Stößel zerstampft und dann serviert. Ich entschuldige mich für die fehlende Warnung – mein Mann ist ein Sadist.«

Mulder lachte. In Wirklichkeit schien Allan Trowbridge ein überaus liebenswürdiger Mann zu sein. Trotz

Dr. Fieldings Warnungen war Trowbridge nicht empört gewesen, als Mulder und Scully bei ihm auftauchten, und hatte auch nicht feindselig reagiert, als sie ihm ihre Fragen über Emile Paladin und die MASH-Einheit stellten. Statt zornig zu werden, hatte er die beiden Agenten sofort zum Essen eingeladen, und seine Frau hatte mit einem freudigen Ausruf zwei weitere Eßschalen auf den Tisch gestellt.

Mulders Blick wanderte durch den kleinen Wohnraum, während er unbeholfen eine kleine Kugel aus *khao niew* – klebrigem Reis – in seine Eßschale schaufelte. Das schmale Zimmer mit den Holzwänden hatte eine warme, freundliche Atmosphäre, angefangen von den weitmaschigen Vorhängen bis hin zu dem dicken, abgewetzten Orientteppich, der den Großteil des Bodens bedeckte. Neben der Tür stand ein großes Rattanbücherregal voller medizinischer Nachschlagewerke und Thai-Englisch-Wörterbüchern. In der gegenüberliegenden Ecke befand sich ein kleiner buddhistischer Schrein mit einem goldenen Buddha auf einem Marmorsockel, der die Beine überkreuzt und die Handflächen nach oben gerichtet hielt. Der Buddha war von Weihrauchstäbchen und getrocknetem Knoblauch umgeben, und unter dem Sockel standen zwei Paar Stoffslipper. Zweifellos hatte Trowbridge einiges von der Kultur seiner Frau übernommen – und vielleicht erklärte dies auch sein liebenswürdiges Verhalten. Die Thai waren nicht nur für ihre Spiritualität und ihren Aberglauben, sondern vor allem auch für ihre entspannte Lebensart bekannt.

»Sie haben einen weiten Weg zurückgelegt, um Fragen über alte Geschichten zu stellen«, stellte Trowbridge fest, nachdem er die letzten Bissen seiner Mahlzeit verzehrt hatte. »Emile und Andrew Paladin sind ein Teil der Vergangenheit dieses Dorfes ... aber bestimmt nicht ein

Teil seiner Gegenwart. Ich habe diese beiden Namen schon seit langer, langer Zeit nicht mehr ausgesprochen. Und ich weiß nichts über Andrew Paladins Aufenthaltsort. Ich habe Gerüchte gehört, daß er in den Bergen lebt, doch ich selbst habe ihn seit dem Krieg nicht mehr gesehen. Deshalb glaube ich nicht, daß ich Ihnen helfen kann.«

»Aber Sie haben doch unter Emile Paladin in der MASH-Einheit gedient?« hakte Scully nach, während sie noch immer an Mulders Bier nippte. »Dr. Fielding erweckte bei uns den Eindruck, daß Paladin und seine Einheit nicht zu den Dingen gehören, an die man in Alkut gern erinnert wird.«

Trowbridge nickte, und sein Lächeln verblaßte ein wenig. »Nun ja, es war Krieg, und Emile Paladin war ein einschüchternder, besessener Mensch. Er führte die MASH-Einheit wie eine Art Privatarmee. Und ich glaube, für die Dörfler, die nicht an die Auswirkungen der modernen Kriegsführung gewöhnt waren, wirkte die Einheit manchmal wie die Hölle auf Erden. Wahrscheinlich machte das Emile Paladin in ihren Augen zu einer Art . . . Teufel.«

Als er sah, wie Trowbridge unwillkürlich schauderte, zögerte Mulder. Es war der erste Riß in der liebenswürdigen Fassade des Mannes, und Mulder fragte sich, ob er etwas hinter seinem Lächeln verbarg. »Wie meinen Sie das?«

Trowbridge legte seine Hände auf den Tisch und senkte für einen kurzen Moment den Blick. »Unsere MASH-Einheit war auf Napalmverbrennungen spezialisiert, Agent Mulder. Man schickte uns nur die allerschlimmsten Fälle – Männer, deren Haut zu über fünfzig Prozent verbrannt war. Ein ständiger Strom von schrecklich zugerichteten Soldaten wurde nach Alkut geschwemmt, die meisten ohne Gesichter, ohne Haare, ohne Haut. Männer, die auf dem Schlachtfeld hätten sterben sollen, aber irgendwie überlebt hatten – und so verbrannt waren, daß sie kaum noch als Menschen bezeichnet werden konnten.«

Trowbridges Stimme bebte, und Mulder verfolgte, wie sich seine Frau vom Tisch erhob und zum goldenen Buddha in der gegenüberliegenden Ecke ging. Sie bückte sich und zog ein Streichholz unter den Knoblauchknollen hervor. Sorgfältig zündete sie eines der Weihrauchstäbchen an.

»Emile Paladin war ihr Arzt«, fuhr Trowbridge nach einer kleinen Pause fort, und auch wenn sein Lächeln inzwischen verschwunden war, so war sein Gesichtsausdruck doch immer noch heiter. »Er war ihr Arzt – und sie waren seine Obsession. Er verbrachte seine Tage und Nächte mit diesen gequälten Seelen. Mit uns anderen sprach er kaum ein Wort.«

Scully beugte sich nach vorn. »Wußten Sie, woran er arbeitete?«

Fast hilfesuchend blickte Trowbridge zu seiner Frau hinüber, die ein zweites Räucherstäbchen entzündete. Der riesige Mann war blaß geworden. »Haut. Er suchte nach der perfekten synthetischen Haut. Etwas, das die Abwehr des Körpers überlisten konnte, das vom Immunsystem akzeptiert wurde ... das die Napalmschäden heilte. Er war von dem Gedanken wie besessen. Er schloß sich wochenlang in seinem Forschungslabor ein und arbeitete an dieser Haut. Am Ende durfte ihn nur noch sein Sohn dort besuchen.«

Mulder fuhr auf. Für einen Moment glaubte er, nicht richtig gehört zu haben. *Emile Paladin hatte einen Sohn?* Julian Kyle hatte nichts davon erwähnt, und auch in den FBI- und Militärakten gab es keine Hinweise darauf, daß

Emile Paladin Nachwuchs gehabt hätte. Mulder warf Scully einen kurzen Seitenblick zu und registrierte, daß sie Trowbridge mit derselben Neugierde anstarrte.

»Paladin hatte ein Kind?«

Erneut schaute Trowbridge zu seiner Frau hinüber, die ihre Augen in die seinen senkte. Ihr Gesicht verriet Furcht. Sie wollte nicht, daß ihr Mann noch mehr zu diesem Thema sagte, doch Trowbridge schüttelte den Kopf und wandte sich wieder den Agenten zu. Er schien die Geschichte unbedingt erzählen zu wollen – offenbar hatte er schon zu lange auf eine solche Gelegenheit gewartet. »Der Junge hieß Quo Tien. Die Mutter war eine Prostituierte, die in der Nähe der MASH-Einheit wohnte. Sie starb bei der Geburt, Paladin nahm das Kind bei sich auf und zog den Jungen zwischen seinen verbrannten, gequälten Patienten groß. Wie Sie sich vorstellen können, bekam das dem Jungen nicht sonderlich.«

Mulder war sich nicht sicher, was das heißen sollte. Er wartete darauf, daß Trowbridge weitersprach, doch der große Mann lehnte sich schweigend und mit plötzlich düsterem Gesicht zurück. Er schüttelte den Kopf, als wollte er unerwünschte Erinnerungen vertreiben. »Wie ich schon sagte, das sind alles alte Geschichten. Der Krieg endete, die MASH-Einheit wurde abgezogen. Emile Paladin war gezwungen, seine Forschungen woanders fortzusetzen. Er und sein Sohn verließen Alkut. Und ein paar Jahre später starb er... wie Sie ja wissen.«

Und das ist das Ende der Geschichte, schien Trowbridge hinzufügen zu wollen. Doch etwas in seinen Augen verriet Mulder, daß die Geschichte noch ganz und gar nicht zu Ende war. Er zielte mit seinen Eßstäbchen auf ein weiteres Bällchen aus klebrigem Reiß. »Ein Unfall beim Wandern. Das hat man uns zumindest gesagt.«

»Und das steht auch auf dem Totenschein«, bestätigte

Trowbridge leise. »Er stürzte beim Bergwandern in eine tiefe Schlucht. Während des Krieges hatte er oft Ausflüge zum *See Dum Kao* unternommen. Er war sehr an der Thai-Mythologie interessiert, und in diesen Bergen gibt es viele alte Ruinen. Aber das Gelände kann ziemlich tückisch sein, und nach allem, was ich gehört habe, brach sich Paladin bei einem Sturz das Genick. Als man ihn fand, war sein Körper völlig zerschmettert . . . und von wilden Tieren angefressen.«

Immer noch kniete Rina Trowbridge vor dem buddhistischen Schrein. Plötzlich räusperte sie sich, um die Aufmerksamkeit auf sich zu lenken, und als sie sich vom Buddha abwandte, zeigte ihr Gesicht keinerlei Regung. In ihren Augen tanzte ein seltsames Licht. »Mein Mann hat Ihnen nicht die ganze Geschichte erzählt. Mein Mann hat Angst. Wir haben beide Angst.«

Das unvermutete Geständnis ließ Mulder die Luft anhalten. Die Spannung hing schwer wie der süße Weihrauch in der Luft, und Trowbridge flüsterte seiner Frau einige beschwörende Worte auf Thai zu. Mulder spürte Scullys mahnende Hand auf dem Arm – doch er konnte die Sache nicht auf sich beruhen lassen. Sein Instinkt sagte ihm, daß sie kurz vor einer wichtigen Entdeckung standen. »Mr. Trowbridge, wenn Sie in Gefahr sind . . .«

»Es ist nichts«, unterbrach Trowbridge entschieden, mied jedoch Mulders Blick. »Altweibergeschichten, alberne Märchen, bäuerlicher Aberglaube. Gerüchte . . .«

»Das sind keine Gerüchte«, erklärte Rina Trowbridge mit fester Stimme und trat an den Tisch. »*Gin-Korng-Pew* ist kein Gerücht.«

Krampfhaft kramte Mulder in seinem Gedächtnis nach der Bedeutung der Worte, aber er hatte sie noch nie zuvor gehört. Er bemerkte, wie Scully an seiner Seite unbehaglich hin- und herrutschte: Sie ahnte, daß sie sich Mulders Lieblingsthema näherten, und sie war nicht glücklich darüber. Ihr Auftrag war es, Andrew Paladin zu finden, und nicht, irgendwelchen *Altweibergeschichten* hinterherzulaufen. Doch der Ausdruck auf den Gesichtern ihrer Gastgeber verriet Mulder, daß das vermeintliche Gerücht zu wichtig war, um es einfach zu übergehen.

»Es ist eine hiesige Legende«, begann Trowbridge schließlich zögernd, obwohl Mulder erkennen konnte, daß er nicht so skeptisch war, wie seine Worte vermuten ließen. »Sie ist viele Jahrhunderte alt. *Gin-Korng-Pew* bedeutet wörtlich übersetzt: ›Skin Eater‹. Es ist der Name einer mythologischen Kreatur, die in einer Höhle am Fuß des See-Dum-Gebirges hausen soll.«

»Der Skin Eater?« wiederholte Scully ungläubig.

»Ich weiß, daß es lächerlich klingt«, meinte Trowbridge und sah sie an. »Aber nach der Legende tauchten vor rund dreihundert Jahren außerhalb der Stadt Leichen auf – ohne Haut. Meistens waren es Landstreicher, manchmal Haustiere, manchmal verschwundene Kinder . . . und alle Leichen waren gehäutet. Ein Kult bildete sich um die mysteriösen Todesfälle – und am Rand der Stadt wurde sogar ein kleiner Tempel errichtet. Die Dörfler brachten Opfer dar, und vor etwa einem Jahrhundert hörte die Sache mit den Leichen auf. Dem Märchen zufolge war *Gin-Korng-Pew* gesättigt und in seiner Höhle in einen ewigen Winterschlaf gefallen.«

Rina setzte sich zu ihrem Mann. »Aber sein Winterschlaf wurde gestört. Vor fünfundzwanzig Jahren – als die MASH-Einheit hier stationiert war – tauchten die gehäuteten Leichen wieder auf. Zuerst waren es Haustiere, dann zwei Brüder, die bei einem Jagdausflug verschwunden waren. Schließlich wurden mehr und mehr Dorfbewohner die Opfer, arme Seelen, die sich zu weit von ihrem Zuhause entfernt hatten. Jede Woche fand man in der Umgebung der Stadt eine weitere gehäutete Leiche. Und natürlich wußten alle, daß es mit der MASH-Einheit zu tun hatte.«

Mulder mußte nicht erst Scullys Gesichtsausdruck sehen, um zu wissen, was sie dachte, er selbst allerdings war nicht bereit, die Geschichte der Frau sofort zu verwerfen. Seiner Erfahrung nach hatten die meisten Mythen und Legenden einen wahren Kern ... man mußte ihn nur gründlich genug suchen. »Und warum meinen Sie das, Mrs. Trowbridge?«

»Emile Paladin hatte den Skin Eater geweckt. Entweder durch seine Bergwanderungen oder weil er Tausende von schrecklich verstümmelten Soldaten nach Alkut geholt hatte. Nach all den Jahren war es seine Schuld, daß *Gin-Korng-Pew* erwachte. Und natürlich war das Ungeheuer hungrig.«

»Und heute?« fragte Scully und bemühte sich, ihre Zweifel zu verbergen. »Tauchen noch immer gehäutete Leichen rund um Alkut auf?«

Rina Trowbridge schüttelte den Kopf. »Emile Paladin war das letzte Opfer. Nach seinem Tod fiel das Ungeheuer wieder in den Winterschlaf.«

Mit einem zerstreuten Nicken erhob sich Scully und klopfte ihrem Partner leicht auf die Schulter. *Offenbar,* dachte Mulder, *hat sie genug gehört.* »Vielen Dank, daß Sie uns Ihre Zeit geopfert haben, und für das Essen. Es tut mir leid, daß wir nicht länger bleiben können, aber wir müssen unsere Suche nach Andrew Paladin fortsetzen.«

Trowbridge nickte. »Tut mir leid, daß ich Ihnen in diesem Punkt nicht weiterhelfen kann. Sie sollten mit David Kuo sprechen – er ist der einzige Anwalt im Ort, und er hatte wahrscheinlich zum Zeitpunkt von Emiles Tod mit den Paladins zu tun. Sein Büro befindet sich direkt neben dem Rathaus. Das kleine runde Gebäude einen Block hinter der Klinik.«

Mulder schüttelte Trowbridges Hand, verbeugte sich vor seiner Frau und dankte für das Essen. Er wartete, bis er und Scully die Tür erreicht hatten, bevor er die Frage, die ihm auf der Zunge lag, laut aussprach. »Sie erwähnten einen Tempel, der zur Besänftigung *Gin-Korng-Pews* errichtet wurde. Existiert er noch?«

Mulders Interesse schien Trowbridge zu überraschen, und er zögerte einen Moment. Allem Anschein nach hatte er erwartet, daß ein FBI-Agent für Mythen und Märchen nichts als ein spöttisches Lächeln übrig haben würde.

»Draußen am Stadtrand«, erwiderte der große Mann schließlich. »Ein Steingebäude mit einem Kuppeldach. Er wird von Mönchen in dunkelroten Roben geführt ... Sie pflegen den Kult von *Gin-Korng-Pew*. Ich meine, sie halten den Tempel in Schuß für den Fall, daß, nun ...«

»Für den Fall, daß er wieder erwacht«, schloß Rina Trowbridge mit ernstem Gesicht, und Mulder spürte ein Frösteln, das nichts mit dem Regen zu tun hatte, der immer noch ohne Unterlaß niederprasselte. Ganz gleich, was Scully denken mochte, er konnte die Geschichte, die er gerade gehört hatte, nicht als bloßes Ammenmärchen abtun.

Gehäutete Leichen. Ein Wissenschaftler, der sein Leben der Suche nach der perfekten synthetischen Haut gewidmet hatte. Und ein paar tausend Kilometer entfernt hatte ein Mann wider seinen Willen gemordet, weil er eine fremde ... eine falsche Haut erhalten hatte.

Nein, Mulder konnte nicht so tun, als ob er die Geschichte vom Skin Eater nie gehört hätte.

Kapitel 17

Von der anderen Straßenseite aus verfolgte Quo Tien aus verengten Augenschlitzen, wie die beiden Agenten um die Ecke bogen und Richtung Stadtmitte verschwanden. Dann näherte er sich lautlos dem traditionellen Holzhaus. Sein schmaler Körper war in einen schwarzen Kittel gehüllt, und sein zurückgekämmtes Haar glitzerte vor Nässe. Am Gürtel an seiner Hüfte trug er ein schweres, sackleinenes Bündel, und über die linke Schulter hatte er einen dunklen Rucksack geschwungen.

Als er die zur Haustür führende Treppe erreichte, griff er in die Innentasche seines Kittels und zog ein funkelndes Rasiermesser hervor. Die Klinge war fast zehn Zentimeter lang und der Griff so geformt, daß er sich perfekt in seine Finger schmiegte. Mörderischer Hunger erfaßte ihn, während er die niedrigen Stufen hinaufhuschte, die freie Hand zur Faust ballte und zweimal gegen die bunte Holztür klopfte.

Es dauerte nicht lange, bis sich schwere Schritte näherten. Dann schwang die Tür auf, und im Rahmen erschien die riesenhafte Gestalt von Allan Trowbridge. Für einen Moment blickte der Hüne verwirrt drein, doch dann erkannte er Tien – und seine Verwirrung verwandelte sich in nackte Angst.

»Hallo«, wisperte Tien lächelnd.

Mit einer fließenden Bewegung zog er das Rasiermesser aus seinem Ärmel und zielte nach Trowbridges Hals. Der große Mann hob abwehrend die Hand, doch er war nicht schnell genug: Mühelos glitt die scharfe Klinge durch Haut und Fleisch und verwandelte seine Kehle in eine klaffende Wunde.

Leise röchelnd brach Trowbridge zusammen. Tien fing ihn auf und ließ ihn sanft zu Boden gleiten. Er kniete so dicht bei ihm, daß er hören konnte, wie das Blut aus der Kehle des Mannes gurgelte ... und während er Trowbridge sterben sah, schoß eine unglaubliche Hitze durch seine Lenden. Er stöhnte leise und verdrehte ekstatisch die Augen.

Als eine leise Stimme aus dem Hinterzimmer des Hauses drang, wurde Quo Tien von einer weiteren Welle des Entzückens durchflutet. »Allan ... Allan? Ist alles in Ordnung?«

Er lehnte sich zurück und wischte sich mit dem Handrücken über die Lippen. Hastig löste er seinen Rucksack von der Schulter und legte ihn neben der Leiche auf den Boden. Dann schob er das Rasiermesser wieder in den Ärmel.

»Alles ist in bester Ordnung«, flüsterte er. »Nur ein alter Freund, der vorbeischaut, um Hallo zu sagen.«

Er richtete sich auf, schlüpfte lautlos über die Türschwelle und stellte sich neben den Durchgang zum Nebenzimmer. Er konnte die Schritte der kleinen Frau bereits hören; mit dem Rücken an die Wand gedrückt mußte er nur noch warten, bis das Tapsen ihrer Füße immer näher kam. Als sie nur noch einen Meter von ihm entfernt war, schnellte er wie eine zustoßende Schlange vor.

Rina Trowbridge fuhr entsetzt zurück. Ihr hübsches Gesicht verzerrte sich, als sie das Rasiermesser aus seinem Ärmel gleiten sah. Sie wollte fliehen – doch seine freie Hand schoß vor, packte sie an den Haaren und riß ihren Kopf zurück. Das Rasiermesser zuckte zu ihrer Kehle. Dann spritzte helles Blut durch das Zimmer, und ihr zierlicher Körper sank gegen seine Brust. Er beugte sich näher, bis sein zuckendes Gesicht nur wenige Zentimeter von ihrem Ohr entfernt war.

»Hallo, meine Blume«, hauchte er, während er ihr das Rasiermesser aus der Kehle zog.

Kapitel 18

»Entschuldigung . . . ist jemand zu Hause?«

Mulder stand im bogenförmigen Eingang des Steintempels und starrte in einen dunklen Gang mit glatten, abgerundeten Wänden und einem festgestampften Lehmboden. Obwohl es noch immer Nachmittag war, tanzten schon Schatten über seine Schultern, seine nasse Hose und durchweichten Schuhe. Unschlüssig blickte Mulder hinauf zum Gewirr der Äste, die das Kuppeldach des Bauwerks wie lebende Tentakeln überwölbten.

Schließlich trat er einen kleinen Schritt vor und lauschte, während die Dunkelheit des Korridors das Echo seiner Stimme zurückwarf. Zu seiner Überraschung hatte die schwere Holztür des Tempels halb offen gestanden, und er hatte eine volle Minute gewartet, bevor seine Neugier gesiegt und ihn hineingetrieben hatte. Er wußte, daß es blasphemisch war, einfach in eine religiöse Stätte einzudringen, doch er konnte es sich nicht leisten, noch länger zu warten. In einer halben Stunde sollte er Scully vor dem Rathaus treffen, um sich von ihr über ihr Gespräch mit dem Anwalt informieren zu lassen – Mulder blieben also genau dreißig Minuten, um drei Jahrhunderte thailändischer Mythologie zu entschlüsseln.

Er gab sich einen Ruck und ging weiter durch den dunklen Korridor. Die Luft war klar und kühl, ein schroffer Gegensatz zu der draußen herrschenden Schwüle. Die Wände zu beiden Seiten bestanden aus glattem Stein, der so oft poliert worden war, daß man sich darin spiegeln konnte. In Abständen von je einem Meter waren Holzfackeln an den Wänden befestigt; sie rochen leicht nach Kerosin, brannten aber nicht, und Mulder beobachtete, wie sein Spiegelbild mit jedem Schritt, der ihn vom grauen Licht der Außenwelt entfernte, immer undeutlicher wurde.

Ein paar Meter vor der absoluten Dunkelheit erreichte er eine zweite, mit einem fransigen Tuch verhängte Tür. Suchend tastete Mulder über den Stoff, konnte jedoch keinen Griff finden. Der Stoff fühlte sich seltsam warm an, so daß Mulder ein offenes Feuer auf der anderen Seite der Tür vermutete. Er legte beide Hände gegen das dünne Tuch und drückte.

Die Tür schwang auf, und plötzliche Hitze schlug ihm entgegen. Der stechende Geruch von brennendem Öl stieg ihm in die Nase und trieb ihm die Tränen in die Augen. Hustend und blinzelnd tat er einige Schritte vorwärts. Als sich seine Pupillen an den flackernden Feuerschein gewöhnt hatten, erkannte Mulder, daß er sich in einer runden inneren Kammer mit einem polierten Steinboden und hohen, nackten Steinwänden befand. In der Mitte der Kammer, etwa zehn Meter von ihm entfernt, stand ein uralter Lehmaltar mit einem breiten, rechteckigen Sockel. Aus einer rotglühenden Stahlschüssel, die mit einer brennbaren, pechschwarzen Flüssigkeit gefüllt war, züngelten helle Flammen empor und tauchten die riesige Statue aus schwarzem Stein, die direkt hinter dem Feuer stand, in ein waberndes, tanzendes, lebendiges Leuchten. Die Statue stellte ein Wesen dar, wie es Mulder noch nie zuvor gesehen hatte.

»*Gin-Korng-Pew*«, flüsterte er, während sein Blick hinauf zum Gesicht des Steinungeheuers wanderte. Die schwarze Statue hatte die lange, gefurchte Schnauze eines hungrigen Wolfes; die Lefzen waren zurückgezogen und legten mehrere Reihen rasiermesserscharfer Zähne frei. Zwei anderthalb Meter lange gebogene Stoßzähne wuchsen aus dem Unterkiefer der Kreatur und kreuzten sich dicht unter ihren geblähten Nüstern. Ihre Augen waren riesig und hatten hellrote Spiralen, wo Mulder schwarze Pupillen erwartet hatte. Hunderte von spaghettidünnen Tentakeln wuchsen aus ihrem Kopf, von denen jede in einer einzelnen gebogenen Kralle endete. Das Wesen war ein zu Stein gewordener Alptraum – und es löste eine urtümliche Angst in Mulder aus, die er sich nicht erklären konnte. Obwohl er wußte, daß der Skin Eater nur eine Statue war, verspürte er den kindlichen Drang, sich umzudrehen und davonzurennen. Gleichzeitig schienen seine Muskeln wie gelähmt zu sein, so daß er sich noch nicht einmal abwenden konnte.

»Jede Kultur hat ihre eigenen Ungeheuer«, drang plötzlich eine Stimme an seine Ohren. »Aber sie entstammen alle derselben Seele.«

Mulder fuhr herum und bemerkte, daß die gegenüberliegende Wand der Kammer von dunklen, direkt in den nackten Stein gehauenen Nischen gesäumt war. Jede Einbuchtung war mindestens anderthalb Meter hoch, und es war unmöglich festzustellen, wie tief sie in die Mauer reichte. Während Mulder sich umschaute, trat eine gebeugte Gestalt aus der mittleren Nische. Der Mann trug eine hellrote Mönchsrobe, die um seine Schulter verknotet war, und sein kahler Kopf glänzte im Feuerschein. Er sah Mulder an – und Mulder wurde klar, daß er das Gesicht des Mönches kannte.

Es war der alte Mann, der sie bei ihrer Ankunft beobachtet hatte. Der Greis mit den vielen Amuletten, der am Straßenrand gestanden und gelächelt hatte, als würde er sie erwarten.

Mehrere Herzschläge lang starrte Mulder den Mann wie betäubt an. Der alte Mönch bemerkte seinen Gesichtsausdruck und lachte. »Vor wem haben Sie mehr Angst? Vor der Statue oder vor mir?«

Mulder schluckte und rang um seine Fassung. Scully würde es natürlich für einen Zufall halten. Der alte Mann war *zufällig* ein Mitglied des Skin Eater-Kults, er hatte *zufällig* bei ihrer Ankunft in Alkut am Straßenrand gestanden, und das war weder mysteriös, noch hatte es irgend etwas mit Magie zu tun.

Doch wenn es etwas gab, dem Mulder zu mißtrauen gründlich gelernt hatte, dann waren es Zufälle. Er räusperte sich. »Sie sprechen Englisch.«

»Ich habe drei Jahre an der Universität von Bangkok gelehrt. Wie Sie sich vielleicht denken können, war ich Dozent für Theologie. Mein Name ist Ganon.«

»Und das ist der Skin Eater?« Mulder deutete auf die Statue hinter dem flammenumzüngelten Altar.

Ganon schwieg, während er Mulder durchdringend musterte. »Kein lebender Mensch hat *Gin-Korng-Pew* je gesehen. Diese Statue basiert auf einer alten Zeichnung, die in einer Höhle unweit von diesem Tempel gefunden wurde. Vielleicht ist es das Ungeheuer . . . vielleicht ist es nur ein zu poliertem Stein geronnenes Märchen.«

Als Ganon eine knappe Handbewegung machte, trat ein älterer Junge in einer ähnlichen roten Robe aus einer der anderen Nischen. Mulder fragte sich, ob es hinter der Wand einen Raum voller Mönche geben mochte, die nur auf Ganons Anweisungen warteten. Sein Blick kehrte wieder zu dem alten Mann zurück. »Aber Sie glauben nicht, daß es ein Märchen ist. Sie glauben, daß das Ungeheuer wirklich existiert.«

Mit einem listigen Lächeln hob Ganon die Schultern. Statt einer Antwort schnippte er mit den Fingern, und der junge Mönch durchquerte mit schnellen Schritten den Raum, bis er dicht vor Mulder stand. Der Junge war sehr dünn, fast abgemagert, mit einem länglichen, rasierten Schädel und eingefallenen Augen. Wortlos zog er eine kleine Glasphiole aus seiner Robe. Die Phiole war mit einer klaren Flüssigkeit gefüllt, in der winzige Blätter schwammen.

»Es ist unwichtig, was ich glaube«, erwiderte Ganon in einem leichten Singsang. »Ich bin ein bescheidener Diener dieses Tempels. Meine Aufgabe ist es, das Feuer dieses Altars am Leben zu halten. Und meinen Schutz jenen anzubieten, die darum bitten.«

Auf sein Nicken hin öffnete der abgemagerte Junge die Phiole und ließ ein paar Tropfen der klaren Flüssigkeit in seine Rechte rinnen. Dann beugte er sich vor und hob die Hand zu Mulders Wange empor. Unwillkürlich wich Mulder zurück.

»Malku wird Ihnen nichts tun. Der Balsam ist ein Mittel gegen Geister. Er schützt die Haut. Jeder, der in die Berge um Alkut wandert, muß den Balsam auftragen – oder er riskiert sein Leben.«

Mulder zog die Brauen hoch, während er zuließ, daß der junge Mönch die Flüssigkeit auf seinen Wangen verrieb. Sie roch intensiv und bitter wie Mandeln mit einem Hauch von Schwefel. »Und Sie glauben, daß ich einen Ausflug in die Berge machen werde?«

Erneut hob der Greis die schmalen Schultern. »Wie ich schon sagte, es ist unwichtig, was ich glaube.«

Mit verengten Augen versuchte Mulder, den Gesichtsausdruck des alten Mannes zu deuten, während der Junge zurücktrat und Mulder die Phiole in die Hand drückte. »Nehmen. Macht Haut schlecht schmecken. Nehmen.«

Bevor Mulder irgendwelche Einwände erheben konnte, wandte sich der Mönch ab und huschte zu seiner Nische zurück. »Ist es das, was die Kreatur macht – ißt sie die Haut? Wie ihr Name schon sagt?«

»So lautet die Legende.« Ganon schritt würdevoll zum

Altar hinüber. »Haut ist die Quelle seiner Unsterblichkeit. *Gin-Korng-Pew* nährt sich von der Haut der Unglücklichen – um seine Kräfte zu stärken. Wenn er schläft, braucht er keine Nahrung. Nur wenn er gestört wird, bekommt er Hunger.«

Mulder beobachtete, wie Ganon den Altar erreichte. Er wußte nicht genau, wie diese Information in den Fall paßte – doch er wußte, daß sie von Bedeutung war. *Haut ist die Quelle seiner Unsterblichkeit.* Ganons Worte hallten in Mulders Kopf wider. Es mußte irgendeine Verbindung zwischen dem Skin Eater und Emile Paladin geben . . . und damit auch zu Perry Stanton.

»Die MASH-Einheit hat also die Kreatur geweckt, und sie machte sich hungrig auf die Jagd«, folgerte Mulder. »Emile Paladin muß das Ungeheuer auf irgendeine Weise gestört haben, und seinetwegen mußte ganz Alkut leiden. Jetzt liegt die Kreatur wieder im Winterschlaf. Irgendwo in den Bergen.«

Ganon antwortete nicht, sondern griff unter den Altar und brachte einen langen Metallstab mit einer kleinen Kelle am Ende zum Vorschein. Vorsichtig tauchte er das Stabende in die brennende Flüssigkeit und rührte sie langsam um: Hoch züngelten die Flammen, glühenden Dolchen gleich, die sich wie lebende Seile um die Stoßzähne der monströsen Kreatur wanden.

»Irgendwo in *See Dum Kao*«, fügte der Mönch leise hinzu und starrte in die Flammen. »In einer riesigen Höhle namens *Thum Phi* – der Geisterhöhle.«

Auf einmal hatte Mulder das unbestimmte Gefühl, daß Ganon ihm zu verstehen geben wollte, daß er die Lage von *Thum Phi* kannte, daß er wußte, wo das mythische Ungeheuer hauste.

Mulder musterte die Glasphiole in seiner Hand. Dann wanderte sein Blick zur Statue des Skin Eaters hinüber.

Vielleicht sagte ihm der Alte aber auch nur, was er bereits vermutet hatte – daß die Antworten, die er suchte, in der grünen Hölle der Berge zu finden waren.

Irgendwo dort draußen.

Dreißig Minuten später fand Mulder Scully auf der Treppe des Rathauses, wo sie sich niedergelassen hatte und in einem alten Papphefter blätterte. Die Treppe wurde von einem kleinen Meer farbenprächtiger Blüten geteilt, die aus hohem, hellgrünen Gras hervorschauten. Die Luft war von Blütenstaub gesättigt, und Mulders Kehle brannte, als er sich neben seine Partnerin setzte. Erschöpft fuhr er sich mit beiden Händen durch das nasse Haar und warf dann einen beiläufigen Blick über die Schulter zum Eingang des Rathauses. Über der hohen Doppeltür sah er zwei Fensterreihen mit geschlossenen Läden und unter dem Strohdach eine eiserne Regenrinne wie jene, die das Dach der Klinik umgab.

Auf dem Rückweg vom Tempel hatte Mulder den allgegenwärtigen Regen einfach vergessen. Seine Gedanken waren noch immer mit Ganon und dem Skin Eater beschäftigt: Wenn er die Augen schloß, konnte er das Gesicht der Kreatur deutlich vor sich sehen, die wolfsähnliche Schnauze, die gekreuzten Stoßzähne, die klauenbewehrten Tentakeln.

Schließlich blickte Scully von ihrem Ordner auf und bemerkte seinen Gesichtsausdruck. »Sie sehen aus, als wären Sie einem Gespenst begegnet.«

Mulder lächelte. »Vielleicht bin ich das auch. Wie verlief Ihr Besuch bei David Kuo? Irgend etwas Interessantes?«

»Er weiß nicht, wo sich Andrew aufhält«, seufzte Scully. »Er war Emile Paladins Anwalt – aber nur formell. Er hatte nach dem Krieg nur wenig Kontakt mit dem

Mann und so gut wie keinen Kontakt mit seinem Bruder.«

»Und was befindet sich in dem Ordner?«

Scully trommelte einen kleinen Wirbel auf die verschlissene Pappe. »Kuo hat ihn für mich aus dem Rathausarchiv geholt. Es ist die gerichtsmedizinische Akte von Emile Paladins Autopsie. Und bevor Sie mir von Ihrem Gespenst erzählen – Emile Paladin starb an einem gebrochenen Genick. Der Pathologe schätzte, daß er mindestens zwanzig Meter in die Tiefe gestürzt sein muß.«

Mulders Miene zeigte keine Reaktion. Er beugte sich über den Treppenrand, pflückte eine gelbe Blume aus dem Beet und ließ sie sacht durch seine Hand gleiten. Die Blütenblätter waren fast so lang wie seine Finger. »Und was ist mit seiner Haut? Oder mit seiner fehlenden Haut?«

»Auch das ist kein großes Mysterium. Seine Leiche wurde von drei verschiedenen Raubtieren verstümmelt, die durch ihre Zahnabdrücke mühelos identifiziert werden konnten. Zwei Arten Wölfe und ein Berglöwe.«

Mulder nickte gedankenverloren, während er eins der Blütenblätter abriß. Er hatte gar nicht erwartet, daß der Autopsiebericht Stoßzähne und klauenbewehrte Tentakeln erwähnen würde. *So einfach ist es nie.* «Klingt so, als hätte Paladin ein nettes Picknick abgegeben.«

»Die Leiche war derart verstümmelt, daß sie nur durch ihre Zähne identifiziert werden konnte. An zwei Zähnen, um genau zu sein – ein linker vorderer Schneidezahn und ein rechter Eckzahn. Doch es gab keine Zweifel . . . es war Paladin. Dem Bericht zufolge hat Andrew die Leiche ein paar Tage nach der Autopsie einäschern lassen.«

Einäschern. Mulder lehnte sich gegen die Stufen und bewegte den Kopf, um seine Nackenmuskulatur zu lokkern. Ostenativ verdrehte Scully die Augen. »Mulder, die Leiche wurde *nach* der Autopsie eingeäschert, nicht vorher. Daran ist ganz und gar nicht Mysteriöses. Emile Paladin starb beim Wandern in den Bergen.«

Als Mulder nichts erwiderte, stieß Scully frustriert die Luft aus. »Es ist ein Mythos, Mulder. Ein Märchen. Und es hat nichts mit unserem Fall zu tun. Perry Stantons Haut wurde von keinem Ungeheuer gefressen. Und das Gleiche gilt für Emile Paladin.«

Mulder nickte und ließ die gelbe Blume fallen. Trotz dieser berechtigten Einwände hielt er noch immer an dem Gedanken fest, daß der Skin Eater irgend etwas mit der Sache zu tun hatte. Er dachte an die Worte Ganons, daß Haut die Kraftquelle des Skin Eaters sei – sie paßten nur zu gut zu seiner eigenen Theorie über Stantons Unverwundbarkeit und seine unglaublichen körperlichen Leistungen. Und dann die verblüffende zeitliche Übereinstimmung: Der Skin Eater war hungrig erwacht, als die MASH-Einheit und Emile Paladin in Alkut stationiert wurden. Eine solche Koinzidenz ließ sich unmöglich ignorieren.

Mulder hüstelte. »Ich meine nur, daß wir alle Möglichkeiten in Betracht ziehen sollten.«

»Mulder«, begann Scully, doch ängstliche Rufe ließen sie verstummen. Sie wandte den Kopf und sah zwei Mönche in orangenen Roben auf sie zulaufen. Ihre Gesichter verrieten blankes Entsetzen, und Mulder bemerkte, daß beide Männer Latexhandschuhe trugen. Dann erinnerte er sich an sie: Es waren die beiden Mönche aus der Klinik.

»Schnell!« schrie der größere von ihnen. »Bitte! Schreckliche Sache! Schreckliche Sache!«

Während er wild mit den Armen ruderte und die Straße hinunterwies, plapperte der zweite Mönch auf

Thai vor sich hin. Mulder sah die Tränen in seinen Augenwinkeln. Er sprang auf und folgte Scully die Treppe hinunter. Die Mönche nickten heftig, machten dann kehrt und hasteten so schnell die Straße hinunter, daß Mulder und Scully laufen mußten, um mit ihnen mitzuhalten. Das Kopfsteinpflaster war schlüpfrig, doch es gab keine Bürgersteige, und der zähe Schlamm zu beiden Seiten der Straße wäre noch schlimmer gewesen. Während er und Scully versuchten, die beiden Mönche einzuholen, hielt Mulder den Kopf gesenkt und konzentrierte sich ganz auf seine Füße.

»Klingt verdammt ernst«, keuchte Scully, als sie über eine Pfütze mit schlammigem Regenwasser hinwegsetzte. »Woher wußten sie, wo wir sind?«

Mulder zuckte die Schultern und wich in letzter Sekunde einem rostigen Fahrrad aus, das ein paar Schritte vor ihm an der Straßenseite lag. Er dachte an Ganon, an die wissenden Augen des Mannes ... doch dann entschied er, daß hier kein Mysterium am Werk war, sondern daß ein Ort wie Alkut einfach viele Ohren und Münder hatte. »Es ist ein kleiner Ort. Und wir sind schwer zu übersehen.«

Unvermutet bogen die Mönche um eine Ecke und folgten einer Gasse, die sich aus dem Zentrum des Städtchens wand. Rechts und links standen Pfahlhäuser mit dreieckigen Strohdächern, von denen der Regen in lärmenden Wasserfällen auf die Straße sprudelte. Plötzlich erkannte Mulder, in welche Richtung sie rannten. »Scully, wohnen die Trowbridges nicht in der nächsten Straße?«

Wie auf ein lautloses Kommando beschleunigten beide Agenten ihre Schritte und holten die Mönche ein. Als sie sich dem Haus der Trowbridges näherten, sahen sie schon von weitem die kleine Menschenmenge im Vorgarten,

Frauen und kleine Kinder in weiten Kitteln und selbstgefertigten Sandalen. Die Frauen tuschelten ängstlich miteinander, und als er nahe genug war, hörte Mulder deutlich, daß einige weinten. Er schluckte und hatte auf einmal ein mulmiges Gefühl in der Magengegend. Dann bemerkte er Ganon am Rand der Menge, und ihre Blicke trafen sich. Ganon nickte matt, während seine Lippen drei Silben formten, die vom rauschenden Regen verschluckt wurden. Doch Mulder wußte auch so, was er sagte.

»*Gin-Korng-Pew.*«

Kapitel 19

Scully straffte ihre Schultern, als sie sich zusammen mit Mulder einen Weg durch die Menge bahnte. Ihr Gesichtsausdruck und ihre Körperhaltung waren die eines Profis, und ihre linke Hand glitt beiläufig zum Schulterholster, um zu überprüfen, ob der Druckknopf geöffnet war. Die grimmigen Gesichter der Leute verrieten ihr, daß etwas Unfaßbares geschehen sein mußte. Sie betete, daß ihre Befürchtungen nicht zutrafen, doch dann erhaschte sie einen Blick auf die offene Tür, die mit hellrotem Blut besudelt war – und das Herz wurde ihr schwer.

Die beiden Mönche verschwanden in den hinteren Räumen des Pfahlbaus, während Scully neben Mulder in der Tür stehenblieb. Sie studierte das Muster der Blutflecken an der Innenseite der Holztür und verfolgte die karmesinrote Spur, die ins Innere des Hauses führte.

»Halsschlagader«, murmelte sie vor sich hin. Das Blut an der Tür befand sich ungefähr in Augenhöhe, was bedeutete, daß das Opfer gestanden hatte. Der Winkel, in dem es hervorgesprudelt war, verriet Scully, daß die Waffe scharf und schmal gewesen sein mußte – wie ein Messer oder eine Rasierklinge.

»Das Opfer wurde hier getötet«, fuhr sie scheinbar unbewegt fort und ging langsam weiter. Sie folgte der Blutspur und bewegte sich dabei so vorsichtig wie möglich. Das Blut hatte den abgewetzten Orientteppich durchweicht und den Stoff wie verschütteter Rotwein verfärbt. Krampfhaft versuchte sie zu vergessen, daß sie und Mulder nur ein paar Stunden zuvor hier gesessen und gegessen hatten. Sie mußte objektiv sein, kühl und distanziert ...

In diesem Augenblick packte Mulder ihre Schultern und hielt sie fest. Seine Augen waren schreckgeweitet, und er wies auf Dr. Fielding, die am Ende der Blutspur auf dem Teppich kauerte, das Gesicht in ihren Händen verborgen. Vor ihr auf dem Boden lagen zwei Leichen.

»Mein Gott«, flüsterte Scully. Ihr Puls hämmerte hart in ihren Ohren, während sie weiter vortrat und dankbar fühlte, daß Mulders Hand noch immer auf ihrer Schulter ruhte. Sie hatten in ihrer FBI-Laufbahn schon Entsetzliches gesehen, Dutzende brutaler Verbrechen, tote Leiber, die auf unbeschreibliche Weise zugerichtet waren. Doch der Anblick dieser beiden Leichen war unerträglich. Trotz allen Trainings, trotz aller Erfahrung – Scully wollte sich am liebsten abwenden und davonlaufen.

»Gehäutet.« Fieldings Stimme klang wie Sandpapier, während sie langsam den Kopf hob. »Jeder Zentimeter Haut wurde entfernt, zusammen mit einer großen Menge Muskeln und Gewebe. Ich habe sofort nach Ihnen suchen lassen, als ich hier eintraf. Die Polizei aus Rayong ist unterwegs ... aber ich dachte mir, es ist das Beste, Sie um Hilfe zu bitten.«

»Jesus«, preßte Mulder hervor und blieb wie betäubt vor den Leichen stehen. Das gesamte Wohnzimmer schien in Blut zu schwimmen: Der Teppich unter den Toten hatte sich förmlich vollgesogen, und an den Beinen des niedrigen Kiefertisches, an dem Mulder und Scully gegessen hatten, klebten Muskel- und Organfetzen. »Sie sind es, nicht wahr? Allan und Rina Trowbridge?«

Widerstrebend kniete Scully neben der größeren Leiche nieder. Der geschundene Körper erinnerte sie an ein Tier auf der Schlachtbank – doch das Tier war ein Mensch, und er war auf brutale und primitive Weise geschlachtet worden. Sie versuchte, den Tathergang zu rekonstruieren. Wahrscheinlich war der erste Einschnitt direkt unter dem Kinn erfolgt. Der Täter hatte die Gesichtshaut abgezogen, die Ohren abgetrennt und die gesamte Kopfhaut in einem Stück entfernt. Danach hatte er sich dem Rumpf zugewandt. Offenbar hatte er ihn in der Mitte aufgeschnitten und die Haut abgeschält, bis der Brustkorb und die inneren Organe freilagen. Weitere Schnitte waren erforderlich gewesen, um das Becken und die Beine bis hinunter zu den Füßen zu häuten.

Scullys Blick wanderte zur zweiten Leiche. Bei Rina Trowbridge war der Täter hastiger und weniger professionell vorgegangen. Scully registrierte ein paar seidige schwarze Haarsträhnen in der blutigen Masse, die einst Rinas Gesicht gewesen war. Dann bemerkte sie, daß einer von Rinas Augäpfeln noch an seinem Sehnerv baumelte, und sie biß die Zähne zusammen, um ihrem rebellierenden Magen nicht doch noch nachzugeben. Sie mußte sich konzentrieren. Dies war ein Tatort. *Dies war ein Verbrechen.*

Schnell wandte sie ihre Aufmerksamkeit dem Becken und dem Unterleib der größeren Leiche zu. »Dr. Fielding, haben Sie ein Paar Handschuhe für mich?«

Fielding nickte und suchte in den Taschen ihres Kittels. Nachdem Scully die Handschuhe übergestreift hatte, streckte sie die Hand aus und fuhr sacht mit dem Zeigefinger über ein freiliegendes Stück Schienbein. Direkt über dem Knie befand sich eine Kerbe, und weiter oben, in Höhe des Beckenknochens, entdeckte sie ähnliche Male. Am Hüftgelenk stieß sie auf eine Reihe flacherer Einschnitte, kaum mehr als Kratzer. Sie verharrte und dachte nach.

»Die Wohnung wurde völlig verwüstet«, bemerkte Mulder hinter ihr. Langsam wanderte er durch das kleine Haus und suchte nach Hinweisen. In Kürze würde die thailändische Polizei eintreffen und wahrscheinlich von Untersuchungsbeamten der Regierung aus Bangkok begleitet werden. Scully wußte, daß das FBI bei dieser Untersuchung nicht willkommen sein würde, nicht bei einem derart grausigen Verbrechen – und nicht in einem Dorf mit Alkuts Vergangenheit. Obwohl das Fischernest in einer abgeschiedenen Gegend lag, mußte Thailand auch hier seinen guten Ruf als Touristenparadies wahren. Ein brutaler Doppelmord, selbst wenn er in der Provinz verübt worden war, war in der Tat keine gute Werbung.

Deshalb nutzte Mulder die Zeit, die ihnen blieb, für eine kurze Untersuchung des Tatorts, während Scully ihren Teil der Arbeit tat. Sie rechnete nicht damit, daß sie den Autopsiebericht je zu sehen bekommen würde. Sie mußte die Antworten hier und jetzt finden. »Dr. Fielding, sehen Sie diese Kerben und diese Kratzer?«

Konzentriert beugte sich Fielding näher. Der Anblick der Leichen hatte sie vorübergehend überwältigt; sie hatte die Trowbridges gekannt und eine sehr hohe Meinung von Allan gehabt. Doch in erster Linie war sie Ärztin. »Die Kerben sehen wie das Werk einer längeren

Klinge aus. Aber solche Kratzer . . . habe ich noch nie zuvor gesehen.«

Scully machte eine vage Geste der Zustimmung. Die Kerben waren in der Tat leicht zu deuten. Jeder forensische Pathologe konnte diese Klinge identifizieren. »Die Kerben stammen von einem Rasiermesser. Es wurde sehr kontrolliert und fachmännisch geführt.«

»Und die Kratzer?«

Einen Moment lang zögerte Scully. »Ich bin mir nicht sicher. Aber ich glaube, daß der Mörder ein Dermatom benutzt hat, um die Leichen zu häuten.«

»Ein Dermatom?« wiederholte Mulder. Er war vor dem buddhistischen Schrein in der gegenüberliegenden Ecke stehengeblieben – der Altar schien als einziger Einrichtungsgegenstand im Raum von der Verwüstung verschont geblieben zu sein. Verschwommen spiegelte sich Mulders bleiches Gesicht in der gewölbten Oberfläche des goldenen Buddhas. »Ist das nicht ein chirurgisches Instrument zur Ablösung von Hautlappen zu Transplantationszwecken?«

Scully nickte. Das Dermatom war mit unglaublicher Brutalität benutzt worden und hatte sich stellenweise durch das Fettgewebe der Unterhaut bis auf die Knochen gegraben. »Jedenfalls war hier ein Fachmann am Werk. Er muß eine medizinische Ausbildung genossen haben . . . Und er hat es schon häufiger gemacht.«

»Er?« echote Mulder.

»Es könnte auch eine Sie gewesen sein. Aber es war ganz bestimmt kein Es, trotz allem, was die Leute draußen glauben. Diese Schnitte sind fachmännisch ausgeführt worden. Verstehen Sie? Es ist nicht einfach, eine Leiche zu häuten: Man braucht Übung und einige Kraft dafür, außerdem sind gewisse Vorbereitungen erforderlich. Die Haut muß weggeschafft und irgendwo deponiert werden.«

»Aber warum?« fragte Fielding mit bebender Stimme. »Warum die Trowbridges – und warum auf diese Weise?«

Scully überging den ersten Teil der Frage. Sie hatte das dumpfe Gefühl, daß die Trowbridges ermordet worden waren, weil sie ihr und Mulder bei ihren Nachforschungen geholfen hatten. Der zweite Teil von Fieldings Frage war noch einfacher zu beantworten, und Mulder kam seiner Partnerin zuvor.

»Wegen der Legende.« Vorsichtig beugte er sich über den buddhistischen Schrein und legte beide Hände leicht auf den Bauch der goldenen Statue. Irgend etwas an dem Standbild schien ihn zu irritieren. »Sie bietet sich geradezu an, um einen Doppelmord zu kaschieren – und es bringt ganz Alkut gegen unsere Untersuchung auf. Zwei Fremde, die Ärger machen und das Ungeheuer wecken, das seine mörderischen Beutezüge wieder aufnimmt ... Von jetzt an sind wir auf uns allein gestellt.«

Kopfschüttelnd richtete sich Fielding auf. »Ich werde mit den Nachbarn sprechen. Vielleicht hat ja irgend jemand was gesehen ... Aber ich fürchte, mehr kann ich nicht für Sie tun. Es ist ...«, sie schluckte schwer ,«es ist eine schreckliche Tragödie. Ich muß dauernd an ihre Hochzeit denken und wie die beiden sich in die Augen gesehen haben. Wissen Sie, beide waren fremd hier – sie kam aus dem Norden, er aus Amerika –, aber sie hatten einander gefunden. Und das allein zählte.«

Fielding seufzte und rieb sich mit den Handrücken über die geröteten Augen. Dann ging sie leise und mit hängenden Schultern hinaus und ließ die FBI-Agenten am Tatort allein.

Scully zwang sich, Fieldings sentimentale Worte aus ihren Gedanken zu verdrängen. Es brachte sie nicht weiter, in diesen Leichen Menschen zu sehen. Mit professioneller Nüchternheit fuhr sie mit den Fingern durch die Blutpfütze, die den Großteil des Bodens bedeckte, und versuchte anhand der Konsistenz der Flüssigkeit den genauen Todeszeitpunkt zu bestimmen. Ohne Haut oder forensische Instrumente war dies ihr einziger Anhaltspunkt.

»Wir haben vor rund drei Stunden das Haus verlassen«, überlegte sie laut. »Der Täter muß draußen gewartet haben. Wahrscheinlich hat er uns gesehen, als wir fortgingen.«

»Und vielleicht ist er noch immer dort draußen«, fügte Mulder hinzu. »Er beobachtet uns, um herauszufinden, was wir als nächstes tun werden. Oder er glaubt, daß seine Arbeit getan ist – daß er uns von unserer Informationsquelle abgeschnitten hat.«

Scully erhob sich mit steif gewordenen Knien. Sie trat zu Mulder und verfolgte neugierig, wie er den goldenen Buddha rieb. Die Statue war einen knappen Meter hoch und schien um die fünfzig Pfund zu wiegen. Das Gold war sorgfältig poliert, obwohl es an einigen Stellen, wo der Weihrauch das weiche Metall im Lauf der Jahre befleckt hatte, dunkle Schlieren aufwies. Das breite Gesicht des Buddhas war heiter und mutete seltsam zufrieden an – trotz der frischen Blutspritzer auf seinen rundlichen Wangen. »Mulder, ich bin ein wenig irritiert. Ich hatte erwartet, daß Sie meine Schlußfolgerungen anzweifeln würden.«

»Ungeheuer durchsuchen die Häuser ihrer Opfer nicht«, erklärte Mulder und drückte plötzlich gegen die Statue. »Und sie sind nicht so abergläubisch, daß sie einen buddhistischen Schrein unberührt lassen.«

Ein lautes metallisches Klicken ertönte, und die Vorderseite der Statue löste sich vom Sockel. Verdutzt erkannte Scully, daß der Buddha mit zwei übergroßen Metallscharnieren an der Rückseite des Sockels befestigt war. Sie starrte Mulder an, während er die Statue nach hinten schob und ein tiefes, rechteckiges Versteck freilegte.

»Mulder – woher wußten Sie . . .?«

»Ehrlich gesagt«, erwiderte Mulder, als er in die Öffnung griff, »hat mich das Menü auf den Gedanken gebracht. Fieldings Bemerkungen vorhin haben meine Vermutung nur bestätigt. *Som-dtam* und *khao niew* sind nördliche Spezialitäten. Daraus folgerte ich, daß Rina Trowbridge aus den nördlichen Provinzen des Landes stammte, was ja tatsächlich der Fall ist. Aber dieser Buddha hier hat seine Arme in Hüfthöhe gekreuzt und hält die Handflächen nach oben, und das ist eine typisch *südliche* Darstellung des Meisters. Das ergab für mich keinen Sinn – bis ich sah, daß unser Mörder den Schrein nicht angerührt hat.«

Er zog einen dicken Umschlag aus dem Sockel. »Ein Thai aus dem Süden würde einen derartigen Schrein niemals entweihen. Das machte ihn zu einem perfekten Versteck.«

Scully war beeindruckt. Mulders scharfer Blick war wieder einmal erstaunlich. Gespannt verfolgte sie, wie er den Umschlag öffnete und hineinspähte.

»Fotos«, sagte er ruhig. »Ungefähr ein Dutzend, geteilt in zwei Serien. Und ein paar Schreibmaschinenseiten.«

Behutsam griff er hinein und zog zwei kleine Päckchen Fotos heraus, die beide mit Gummiband umwickelt waren. Mulder trat an den niedrigen Eßtisch und verteilte die Bilder auf der Holzplatte.

Die Aufnahmen der ersten Serie waren beinah ebenso unerträglich wie der Anblick der beiden Leichen auf dem Boden. Sie zeigten verbrannte Patienten, die nackt auf Lazarettpritschen lagen. Jedes Bild war mit einem

Datum markiert – und den Eintragungen zufolge mußten alle Aufnahmen in den Jahren zwischen 1970 und 1973 gemacht worden sein. »Flächendeckende Napalmverbrennungen«, kommentierte Scully. »Mindestens siebzig Prozent der Haut ist zerstört. Diese Patienten lagen alle im Sterben – oder waren bereits tot.«

Ihre Augen wanderten zur zweiten Fotoserie, deren Bilder ebenfalls nackte Männer auf Lazarettpritschen zeigten. Doch keiner dieser Männer wies Verbrennungen auf, sie machten im Gegenteil einen gesunden und äußerst munteren Eindruck. Auch diese Fotos waren mit einem Datum markiert: Auf allen Bildern war das Datum des 7. Juni 1975 festgehalten.

Nachdenklich musterte Scully die Aufnahmen genauer. »Die Pritschen sehen aus wie die MASH-Standardausstattung zur Zeit des Vietnam-Kriegs und ...«

Sie verstummte, als sie bemerkte, daß Mulder wie erstarrt zwei der Fotos studierte. Das eine zeigte einen Patienten mit Verbrennungen, das andere einen unversehrten Mann. Er hatte die beiden Bilder nebeneinander auf den Tisch gelegt.

»Mulder?«

»Scully, sehen Sie sich das an.«

Scully beugte sich näher und stellte fest, daß das Gesicht des Verbrennungsopfers teilweise erkennbar war. Als ihr Blick zu dem unversehrten Mann hinüberglitt, wurde ihr plötzlich klar, daß die Fotos ein- und denselben Mann zeigten. Sie überprüfte das Datum und schüttelte dann den Kopf. »Diese Daten müssen falsch sein. Derartige Verbrennungen heilen nicht. Selbst wenn er wie durch ein Wunder genesen ist – er müßte von Transplantationsnarben übersät sein.«

Doch Mulder schien nicht zuzuhören. Konzentriert ordnete er die beiden Fotoserien neu an und legte die

Verbrennungsopfer neben ihre jeweiligen gesunden Gegenstücke. Ein Auge hier, ein Ohr da – er nutzte jede Übereinstimmung, um das entsprechende Pendant zu finden. Einige der Paare schienen eindeutig zusammenzugehören, andere hingegen wirkten weniger überzeugend. Doch in jedem Fall war der Effekt derselbe: ein hoffnunglos verbrannter Leib aus der Zeit zwischen 1970 und 1973 neben einem gesunden Körper aus dem Jahr 1975.

Als Mulder fertig war, sah er Scully direkt in die Augen, doch sie schüttelte bedauernd den Kopf. »Ich weiß, was Sie denken, Mulder . . . Aber es ist unmöglich. Synthetische Haut läßt sich vielleicht für begrenzte Transplantationen einsetzen, doch auf keinen Fall auf diese Weise. Medizin ist keine Zauberei, und das hier ist keine Medizin – es ist die Wiederauferstehung der Toten. Diese Datumsangaben sind falsch. Sie müssen falsch sein.«

Ungeduldig trommelte Mulder mit den Fingern auf den Tisch. Er hatte keinen einzigen Beweis, um Scullys Worte widerlegen zu können. Statt zu antworten, griff er deshalb nach dem Umschlag und zog den Rest des Inhalts heraus: zwei eng beschriebene Schreibmaschinenseiten.

Die erste Seite bestand aus einer Art Liste, eine Reihe von Namen, Zahlen und medizinischen Diagnosen, alle akkurat in Spalten angeordnet. Sofort erkannte Scully, daß es sich bei der Liste um das Patientenverzeichnis eines Lazaretts handeln mußte. Die Zahlen waren Army-Kennziffern, und die Diagnosen stimmten alle auf erschreckende Weise überein: Verbrennungen verschiedenen Grades, hervorgerufen durch Napalm oder andere Chemiewaffen. Keiner der Patienten hatte Verbrennungen, die weniger als fünfzig Prozent des Körpers betrafen. Die meisten von ihnen waren zu über siebzig Prozent verkohlt – und damit zum Tode verurteilt.

»Einhundertdreißig«, sagte Mulder nach ein paar Momenten, »alle schrecklich verbrannt, wie die Männer auf diesen Fotos ...«

Dann hielt er inne und runzelte die Stirn. Er deutete auf einen der Namen, und Scully las ihn laut. »Andrew Paladin. Napalmverbrennungen am ganzen Torso und an achtundsechzig Prozent seines Gesichts und seiner Beine.«

»Ein weiterer Fehler?« wollte Mulder wissen. »Wie die Datumsangaben auf diesen Fotos?«

»Es muß so sein«, erwiderte Scully hilflos. »Oder jemand hat die Daten bewußt manipuliert. Andrew Paladin hätte mit derartigen Verbrennungen seinen Bruder nicht überleben können. Und wenn er es doch irgendwie geschafft hätte – dann müßte er den Rest seines Lebens in der Intensivstation einer Spezialklinik verbringen ... und nicht als Einsiedler irgendwo in den Bergen.«

»Oder diese Fotos sind echt«, rief Mulder, während er das zweite Blatt aus dem Umschlag zog. »Und Paladins Suche nach der perfekten synthetischen Haut war von Erfolg gekrönt.«

»Mulder ...«

»Sehen Sie sich das an«, fuhr Mulder heftig fort, nicht bereit, sich in seinen Schlußfolgerungen stören zu lassen. »Das ist eine Karte. Sie ähnelt der Karte des Lagers der MASH-Einheit, die wir von Van Epps bekommen haben. Aber die hier hat ein Kellergeschoß!«

Scully nahm ihm das Blatt aus der Hand, das tatsächlich die Karte des MASH-Lagers zeigte. Doch zusätzlich zu den Umrissen des Komplexes war noch eine zweite Ebene mit einer Reihe von Tunneln und unterirdischen Kammern eingezeichnet, die mit Zahlen und Buchstaben markiert waren. Und auch wenn es keine Legende gab, keine Erklärung, was die Zeichen zu bedeuten hatten, mußte Scully zugeben, daß dieses Blatt eine bedeutsame Entdeckung war: Es war der Beweis, daß die offizielle Karte des MASH-Lagers die Existenz unterirdischer Anlagen unterschlagen hatte.

»Sie könnten noch immer existieren«, verkündete Mulder mit funkelnden Augen. »Die Tunnel unter der Klinik könnten noch immer existieren. Und vielleicht gibt es dort weitere Hinweise auf Paladins Forschungsarbeiten.«

Mit einem leichten Stirnrunzeln beobachtete Scully, wie Mulder die Fotos und die Liste der verwundeten Soldaten einsammelte und zurück in den Umschlag steckte. Sie wußte genau, was er vorhatte. Er würde zur Klinik zurückkehren und einen Zugang zu dem mysteriösen Kellersystem suchen.

»Es ist zwanzig Jahre her«, erinnerte ihn Scully. »Selbst wenn die Tunnel noch existieren sollten, werden Sie dort unten nichts finden.«

»Wir sollten uns trotzdem mal umschauen.« Mulder schwieg und wies auf die beiden verstümmelten Leichen auf dem Boden. »Sie wurden nicht ohne Grund umgebracht, Scully. Sie haben ein Geheimnis gehütet – und ich glaube, wir haben es gefunden.«

Irritiert schüttelte Scully den Kopf. »*Was* haben wir gefunden, Mulder?«

»Den Beweis für Paladins Erfolg, vielleicht sogar für seinen andauernden Erfolg. Wenn die Männer auf dieser Liste mit einer siebzig- oder achtzigprozentigen Napalmverbrennung nach Alkut kamen – und die MASH-Einheit so gesund wie die Männer auf diesen Fotos hier wieder verließen, dann hat Paladin wirklich ein Wunder vollbracht. Aber dieses Wunder hatte vielleicht seinen Preis, und Perry Stanton hat diesen Preis gezahlt . . . zusammen mit allen, die seinen Weg kreuzten. Vielleicht haben auch Allan und Rina Trowbridge diesen Preis bezahlen müssen, wenn auch nur indirekt.«

Es gab so viele Löcher in Mulders Theorie, daß man sie kaum mehr zählen konnte. *Immerhin hat er das hautessende Ungeheuer aus dem Spiel gelassen,* tröstete sich Scully. »Warum sollte jemand eine derartige Entdeckung geheimhalten? Warum sollte jemand unschuldige Menschen ermorden, um ein Wunder zu verbergen?«

»Ich weiß es nicht, Scully. Aber ... wenn wir hier nur rumstehen, werden wir es nie erfahren.«

Scully nagte an ihrer Unterlippe. Mulder hatte recht. Es gab Spuren, die sie verfolgen mußten – selbst wenn diese Spuren auf den ersten Blick absurd erschienen. Sie gab sich einen Ruck und nahm ihm den Umschlag, das Geheimnis der Trowbridges, aus der Hand. »In Ordnung. Wenn wir schon einmal hier sind, können wir auch diese Spur verfolgen. Sie suchen nach dem Lazarettkeller, und ich werde mich um die Namen auf dieser Liste kümmern. Wenn diese Männer im Vietnam-Krieg verwundet wurden, müßte es entsprechende Unterlagen geben. Wenn sie in Alkut gestorben sind, dann ist die Chance groß, daß auch Andrew Paladin nicht überlebt hat – was bedeuten würde, daß wir viel Zeit und Geld in die Suche nach zwei toten Brüdern investiert haben.«

Mulder war bereits auf dem Weg zur Tür, doch Scully zögerte noch ein paar Sekunden, bevor sie ihm folgte. Versunken betrachtete sie noch einmal die beiden verstümmelten Leichen, dann bekreuzigte sie sich und legte die Hand fest um das kleine silberne Kreuz, das sie um den Hals trug.

In Wahrheit, schoß es ihr durch den Kopf, *jagen wir tatsächlich ein Ungeheuer, ein Ungeheuer in Menschengestalt.* Perry Stantons Gewaltausbruch – der Fall, der sie überhaupt erst nach Thailand geführt hatte – schien angesichts des bestialischen Mords an Allan und Rina Trowbridge zu einer harmlosen Tat zu verblassen. Und während Scully die beiden gehäuteten Leichen anstarrte, kam ihr ein bedrückender Gedanke.

Wenn sie der Wahrheit zu nahe kamen – dann würde der Killer *sie* jagen.

Kapitel 20

Mulders Schultern schmerzten, während er sich gegen das schwere Stahlregal stemmte und es vorsichtig zurück an die Klinkerwand schob. Der winzige Lagerraum war vollgestopft bis unter die Decke, ein einziges Durcheinander aus überschüssigen Rotkreuz-Beständen, ausrangierten radiologischen Maschinen, Bettwäsche und gestapelten Militärpritschen. Die Wände waren schmutzigweiß verputzt, die Decke in derselben Farbe gekachelt. Eine kleine Neonröhre in einem Winkel des Raumes verbreitete trübgelbes, hepatitisch wirkendes Licht.

Das Lager war der fünfte und letzte Innenraum, den Mulder in der Klinik gefunden hatte, und er wußte nicht, wo er noch weitersuchen sollte. Er hatte jede Wand abgeklopft, auf jeden Quadratzentimeter Boden gestampft – und nichts gefunden, was auch nur entfernt an einen Eingang zu einem Kellergeschoß erinnerte.

Schweratmend trat er vom Regal zurück. Mit jeder Sekunde wuchs seine Frustration; er wußte, daß die Untersuchung an einem kritischen Punkt angelangt war, daß der Doppelmord den Druck auf ihn und Scully noch deutlich erhöht hatte. Inzwischen war die Thai-Polizei aus Rayong eingetroffen und hatte beide Leichen für ihre eigene Untersuchung konfisziert – kurz nachdem Mulder und Scully den Buddha wieder an seinen alten Platz gerückt hatten. Mulder hatte das dumpfe Gefühl, daß ihnen nicht mehr viel Zeit blieb, bis die Thai-Behörden auch ihren Fall an sich rissen. Denn wie Scully kurz vor ihrem Abschied treffend bemerkt hatte: Die FBI-Untersuchung eines brutalen Doppelmords war keine gute Werbung für die thailändische Tourismusindustrie.

Mulder griff in seine Tasche und zog die zusammengefaltete Karte heraus. Wohl zum hundertsten Mal versuchte er, einen Sinn darin zu erkennen. Da sie keine Maßstabs- und Richtungsangaben enthielt, war es unmöglich, die Lage der Tunnel anhand der Geographie der Klinik zu bestimmen. Die MASH-Einheit hatte aus über einem Dutzend freistehender Gebäude bestanden: Der Behandlungsraum und die Krankenstation waren die größten Gebäude gewesen, gefolgt vom Büro des Kommandanten und den Kasernen. Die Tunnel schienen unter dem Kommandantenbüro zu beginnen; außerdem gab es einen zweiten Eingang am Rand des Camps.

Mulder lehnte sich an die Tür des kleinen Lagerraums und starrte den nackten Betonboden an. Er wußte, daß die Tunnel dort unten waren – aber er wußte auch, daß er schweres Gerät benötigte, um sich durch diesen Boden zu graben, und er verwarf diese Möglichkeit sofort wieder.

Seufzend schob er die Karte zurück und verließ den Lagerraum. Auf der anderen Seite der Lazaretthalle standen drei Mönche bei Fielding und redeten leise auf sie ein. Als er an ihnen vorbeiging, blickten die Mönche auf, und Fielding schenkte ihm ein mattes Lächeln. Das gesamte Dorf war von den Morden geschockt – und

Gerüchte über das Wiedererwachen des Skin Eaters verbreiteten sich in Windeseile von Haus zu Haus. Mulder konnte die zunehmende Spannung in der Luft förmlich spüren, das Gefühl, daß etwas Altes und Grauenvolles zurückgekehrt war.

Fröstelnd sah sich Mulder ein letztes Mal um und verließ dann die Klinik. Der Regen hatte endlich nachgelassen, und die Wolken über dem hohen Holzturm der verlassenen Kirche rissen allmählich auf. Als die Kliniktür hinter ihm zugefallen war, blieb Mulder stehen und musterte das kleine Geisterhaus, das nur ein paar Schritte entfernt war. Es war mit frischen Blumen geschmückt worden, und im Holz unter den winzigen Fenstern steckten über ein Dutzend Weihrauchstäbchen. Selbst der Pfahl war mit Knoblauchgirlanden, bunten Seidenbändern und Perlenschnüren dekoriert worden.

Deprimiert dachte Mulder an Trowbridge und seine Frau. Fielding hatte sie darüber informiert, daß die Polizei die Leichen abtransportiert hatte, und für einen Moment hatte er mit dem Gedanken gespielt, den Thai-Behörden seine Hilfe anzubieten. Doch er wußte, daß es sinnlos war. Wie konnte er ihnen auch die Verbindung zu Perry Stanton erklären? Und jeder Hinweis auf den Skin Eater oder auf Paladins wundersame Forschungen würde als Beleidigung aufgefaßt werden. Der Skin Eater war ein Dorfmythos, eine Frage des Glaubens, und nicht der Kriminaltechnik. Und was Paladins Forschungen betraf . . . Mulder hatte nichts in der Hand als eine Reihe alter Fotos.

Dennoch fühlte er sich am Tod der Trowbridges mitschuldig. Sie waren wegen ihrer Verbindung zu den FBI-Agenten ermordet worden – in gewisser Weise war *Gin-Korng-Pew* also tatsächlich durch die Ankunft von Mulder und Scully geweckt worden.

Mulder setzte sich in Bewegung, um ins Hotel zurückzukehren, wo Scully mit Hilfe ihres Laptops die Liste mit den verwundeten Soldaten überprüfte. Doch als er das Geisterhaus passiert hatte, verharrte er.

Vor der Tür der verfallenen Kirche stand ein junger Mann. Er war groß und dünn, mit ölig glänzenden, streng nach hinten gekämmten Haaren und einer karamelfarbenen Haut. Er trug einen langen schwarzen Kittel mit weiten Ärmeln und lehnte lässig an der halboffenen Kirchentür, ein heiteres Lächeln auf den geschwungenen Lippen. Als Mulder ihn anstarrte, drehte sich der junge Mann um und verschwand in der Kirche. Die Tür fiel knarrend hinter ihm zu.

Mulders Magen zog sich zusammen. Irgend etwas an dem Burschen störte ihn. Er war sich nicht sicher, doch er glaubte, dieses Karamelgesicht schon einmal gesehen zu haben, am Flughafen von Bangkok, in der Schlange vor der Zollabfertigung. Bislang war es nur eine Vermutung, aber es war durchaus möglich, daß der junge Mann mit ihnen im Flugzeug aus New York gesessen hatte.

Mulder erkannte sofort, was das bedeutete. Dann traf ihn ein weiterer Gedankenblitz, und mit fliegenden Fingern zog er die zusammengefaltete Karte aus der Tasche. Noch einmal studierte er die Gebäudeumrisse und konzentrierte sich diesmal auf die Entfernung zwischen den Hauptgebäuden. Er blickte zur Kirche hinüber, die direkt an der Straße stand, die sie von der Klinik trennte, und plötzlich begriff er.

Das Grundstück, auf dem die Kirche gebaut worden war, mußte zum Lager der MASH-Einheit gehört haben.

Er stopfte die Karte in die Tasche zurück und rannte über die Straße. Sein Herz hämmerte wild, und seine Hand glitt automatisch zu seiner Waffe. Er öffnete das

Holster und legte die Finger locker an den geriffelten Knauf der Smith & Wesson. Wenn es stimmte, daß der junge Mann zusammen mit ihnen in Thailand eingetroffen war – dann lag es im Bereich des Möglichen, daß er ihn in eine Falle locken wollte. Doch Mulder konnte es nicht riskieren, den potentiellen Mörder der beiden Trowbridges laufenzulassen, einen Mann, der darüber hinaus vermutlich eine Menge über Emile Paladins Forschungen wußte.

Er erreichte die Kirchentür und preßte sich gegen die Wand. Ein paar Meter weiter lag die durchsichtige Plastikfolie, mit der die Tür bei ihrer Ankunft abgedichtet gewesen war. Er war davon ausgegangen, daß die Kirche nicht mehr benutzt wurde, doch jetzt mußte er sein Urteil revidieren: Sie war die perfekte Tarnung für ein Forschungslabor, vor allem an einem Ort wie Alkut. Die Dorfbewohner mit ihren Geisterhäusern und buddhistischen Schreinen hatten keinerlei Interesse an einer katholischen Kirche.

Tief Luft holend, wartete Mulder, bis sich sein rasender Herzschlag wieder beruhigte. Er wünschte, Scully informieren zu können, aber er wußte, daß sein Handy nutzlos war, da sich Alkut außerhalb des Satellitenbereichs befand.

Er legte seine freie Hand auf die Tür und gab ihr einen Stoß, so daß die Tür aufschwang und gegen die Innenwand schlug. Das Dröhnen hallte laut wider, was auf einen großen, leeren Raum schließen ließ. Instinktiv zog Mulder seine Automatik und entsicherte sie.

Dann duckte er sich und sprang durch die Türöffnung. Die Luft war moderig und roch nach verrottendem Holz. Mulder stand in einer langgestreckten Halle mit einer sechs Meter hohen Kuppeldecke und holzgetäfelten Wänden, die grünstichige Darstellungen des letzten

Abendmahls zeigten, doch viele der Paneele fehlten, und anstelle der Jünger Jesu klafften häßliche Löcher auf dem grauen Verputz.

Langsam glitt Mulder an der Rückwand des Kirchenraums entlang und wartete, bis sich seine Augen an das gedämpfte Licht gewöhnt hatten. Große Buntglasfenster auf beiden Seiten warfen Regenbögen auf die hölzernen Bänke, die zum Teil aus ihren Verankerungen gerissen waren. Hier und dort gähnten dunkle Lücken in den Bankreihen. An der Stirnseite des Kirchenschiffs entdeckte Mulder ein Gewirr aus Holz, wahrscheinlich die Stützbalken einer eingestürzten Empore. Aus der Mitte der Balken ragte ein bizarres Arrangement rostiger Orgelpfeifen heraus, von der Zeit und der schwülen Witterung verbogen und verdreht.

Die Kirche schien menschenleer zu sein. Mulder bewegte sich vorsichtig weiter und suchte dabei den Boden ab, der wie sein Gegenstück in der Klinik drüben vorwiegend aus Beton bestand, obwohl Mulder im Gang zwischen den Kirchenbänken auch die schimmelgrünen Überreste eines Teppichbelags entdecken konnte.

Kurz bevor Mulder die eingestürzte Empore erreichte, fiel sein Blick auf zwei dicke Vorhänge an der Stirnwand der Kirche. Zwischen den Vorhängen befand sich eine Tür, die schief an einer einzigen verbogenen Angel hing. Der Spalt zwischen Tür und Rahmen war breit genug, um hindurchschlüpfen zu können.

Mulder beschleunigte seine Schritte und richtete seine Waffe auf die dunkle Öffnung. Das Blut rauschte in seinen Ohren, und seine Knie schmerzten vom anhaltenden gebückten Gang. Er erreichte die Vorhänge und ging neben der beschädigten Tür in Deckung: Der Raum auf der anderen Seite war klein und wurde durch ein einziges trübes Buntglasfenster spärlich erhellt. Die Kammer schien ebenfalls verlassen zu sein, und Mulder schob sich mit der Schulter zuerst hinein.

Allem Anschein nach war der Raum einmal das Arbeitszimmer des Priesters gewesen. In der Mitte stand ein niedriger Tisch, und an der Wand dahinter lag ein umgekippter Stuhl. Über dem Stuhl, in Augenhöhe, hingen zwei Kruzifixe an der Wand, und unter den Kreuzen stand ein kleines Regal mit ein paar billig wirkenden Kelchen, zwei Kerzen und einer leeren Weinflasche. Neben dem Regal prangte ein riesiger, verblichener Gobelin, der fast die Hälfte der Rückwand einnahm. Schemenhaft konnte Mulder die Umrisse verschiedener Wunderdarstellungen erkennen, doch die Einzelheiten des Wandteppichs waren schon lange verblaßt.

Mulder näherte sich dem Gobelin und trat dabei so leise wie möglich auf. Er beugte sich näher... und tatsächlich: Der untere Rand des Wandteppichs bewegte sich in einem leichten Luftzug. Mulder griff nach dem dicken Material und hob ihn an.

Vor ihm lag eine dunkle Treppe, die in die Tiefe führte. Die Stufen wirkten ausgetreten und abgewetzt, und Mulder konnte erkennen, daß sie einst mit dem gleichen grünen Teppich belegt gewesen waren wie der Kirchenboden. Er lächelte triumphierend und kniff dann die Augen zusammen. Die Vorsicht verlangte, daß er zum Hotel zurückkehrte und Scully zur Verstärkung holte – oder sich am besten sogar mit Van Epps in Verbindung setzte und militärische Unterstützung anforderte.

Doch je länger er wartete, desto geringer wurde seine Chance, Antworten, wirkliche Antworten zu bekommen, und der junge Thai konnte in der Zwischenzeit problemlos verschwunden sein. Mulder schüttelte seine Bedenken ab, bückte sich und schlüpfte durch die Öffnung hinter dem Gobelin. Langsam tastete er sich die Treppe hinunter und stützte sich dabei mit einer Hand an der kalten Steinwand ab.

Die Treppe endete etwa acht Meter unter der Kirche am Eingang zu einem langen Tunnel. Der Tunnel hatte hellgrün gekachelte Wände, und in regelmäßigen Abständen ragten stählerne Stützpfeiler aus dem Betonboden. Er sah in etwa so aus, wie ihn Mulder sich vorgestellt hatte: moderner und sauberer als der U-Bahn-Tunnel, in dem sie Perry Stanton gefunden hatten, doch kaum vergleichbar mit irgendeiner Einkaufspassage in den Vereinigten Staaten.

Zu Mulders Überraschung wurde der Gang von Lampen erhellt, die in Abständen von zwei oder drei Metern in die gewölbte Decke eingelassen waren. Die Beleuchtung ließ zwei Schlußfolgerungen zu: Es mußte unter der Kirche irgendeine Stromquelle geben, und – und diese Erkenntnis ließ Mulders Herz noch schneller schlagen – die unterirdischen Tunnel waren nicht vor zwanzig Jahren mit dem Abzug der MASH-Einheit aufgegeben worden.

So lautlos wie möglich eilte Mulder weiter. Die Luft war kühl und frisch, und Mulder fragte sich, ob es ein Belüftungssystem geben mochte. Er glaubte, in der Ferne ein leises Summen zu hören, war sich dessen aber nicht ganz sicher.

Zehn Meter hinter der Treppe verzweigte sich der Tunnel. Mulder blieb an der Gabelung stehen und lehnte sich an eine der Stahlstreben, die an der Wand in die Höhe ragte. Der linke Gang schien endlos lang zu sein und sich wie eine Schlange unter Alkut zu winden. Der rechte mündete in eine Art Kammer.

Mulder wechselte die Waffe in die andere Hand und zog erneut die Karte aus der Tasche. Er hoffte, daß er in der Nähe einer der Hauptkammern gelandet war, doch er wußte nicht genau, wo er die unterirdische Anlage betreten hatte. Vermutlich befand er sich unmittelbar vor einem großen, ovalen Raum mit der Bezeichnung C23. Nach der Strecke zu urteilen, die er bis jetzt zurückgelegt hatte, mußte C23 einen Durchmesser von etwa dreißig Metern haben.

Mulder entschied, die Erkundung in dieser Richtung fortzusetzen, steckte die Karte ein und nahm die Automatik in beide Hände, den Zeigefinger um den Abzug gespannt. Dann glitt er um die Ecke und war mit einem Satz in der Kammer.

Er hatte die Größe des Raumes richtig eingeschätzt. Die Decke war höher als in den Tunneln und wie die Innenseite eines Tennisballs gewölbt. Wie in den Gängen waren auch hier die Wände mit Keramikkacheln verkleidet, doch die Kacheln waren nicht hellgrün, sondern von einem dunklen, ozeanischen Blau. Der Boden bestand aus Beton, und in der Mitte der Kammer stützten zwei Stahlträger die hohe Decke. An der Rückseite befand sich der Durchgang zu einem weiteren Tunnel.

Mulders Augen weiteten sich, als er die vielen Lazarettpritschen sah, die den Großteil des Raumes einnahmen. Jede Trage war halb hinter einem hellblauen Plastikvorhang verborgen, und neben den Pritschen befanden sich Infusionsgestelle aus Chrom, an denen lange, gelbe Schläuche aus Gummi hingen.

Die Seitenwände der Kammer waren von medizinischer High-Tech-Ausrüstung gesäumt – viel moderner und sicherlich wesentlich teurer als alles, was Mulder in Fieldings Klinik gesehen hatte. Er entdeckte ein Ultraschallgerät, zwei EEGs und mindestens ein Dutzend Notfallkarren mit Defibrillatoren. Neben den Gerätewagen stand ein Elektronenmikroskop, daneben eine Computeranlage mit einer Reihe von medizinischen Überwachungsmonitoren. Alle Bildschirme zeigten leuchtendes Blau.

Den Monitoren gegenüber war ein hohes Glasregal voller Chemikalienfläschchen und Reagenzröhrchen angebracht. Neben dem Regal sah er eine freistehende Maschine, bei der es sich nur um einen Autoklaven handeln konnte, einen Dampfsterilisierungsapparat mit einer durchsichtigen Glasfront und einem digitalen Kontrollpult. Der Autoklav hatte ungefähr die Größe eines kleinen Schrankes, und das Kontrollpult war erleuchtet, was bedeutete, daß die Maschine in Betrieb war. Der Sterilisierer, die Computer und die anderen Maschinen in der Kammer mußten – so überlegte Mulder – eine Menge Strom verbrauchen.

Mulder schob sich weiter vorwärts und zählte die Pritschen hinter den teilweise geschlossenen Vorhängen. Überrascht spitzte er die Lippen, als er auf einhundertdreißig Stück kam, die in Zehner- und Zwanzigergruppen zusammenstanden. *Genauso viele Pritschen wie Patienten auf Trowbridges Liste.* Während Mulder langsam die Mitte der Kammer erreichte, schossen ihm tausend Gedanken durch den Kopf. War es möglich, daß eine Gruppe tödlich verbrannter Soldaten über zwanzig Jahre hier eingesperrt und am Leben erhalten worden war? War es möglich, daß Emile Paladin tatsächlich ein Wundermittel . . .

Als plötzlich Schritte durch den Raum hallten, erstarrte Mulder. Er wirbelte um die eigene Achse – und sah den dünnen jungen Mann am Eingang der Kammer stehen. Erst jetzt fiel ihm auf, daß der Junge ein Mischling war. Er hatte ein scharfgeschnittenes Gesicht, schmale, dunkle Augen und war gut fünf Zentimeter größer als Mulder. Seine geschmeidigen Muskeln bewegten sich wie verschlungene Seile unter der Haut.

Die Hände des jungen Mannes waren in den weiten Ärmeln seines Kittels verborgen. Mulder richtete seine Waffe auf ihn. »Ich bin Agent Mulder vom amerikanischen FBI. Ich werde jetzt langsam zu Ihnen kommen. Machen Sie keine plötzliche Bewegung.«

Der junge Mann lächelte. Irgendwo hinter Mulders rechter Schulter erklang ein lautes Schlurfen, und als Mulder halb herumfuhr, erkannte er, daß drei Männer aus der gegenüberliegenden Tunnelöffnung auf ihn zukamen. Alle drei waren groß und schienen Anfang Zwanzig zu sein. Sie hatten kurzgeschorene Haare und waren in hervorragender körperlicher Verfassung. Mit der Unbeirrbarkeit eines Bulldozers kamen sie näher und bildeten dabei einen Halbkreis. Der größte der drei marschierte direkt auf Mulder zu, und Mulder bemerkte, daß er etwas in der rechten Hand hielt – eine Spritze, die mit einer klaren Flüssigkeit gefüllt war.

Mulder richtete seine Waffe auf die Brust des Mannes. »Bleiben Sie, wo Sie sind!«

Unbeeindruckt ging der Mann weiter – jetzt erst fiel Mulder sein merkwürdiger, tranceartiger Gesichtsausdruck auf. Die Pupillen des Mannes waren extrem erweitert. Er sah Mulder direkt an, doch er schien ihn gar nicht wahrzunehmen.

Während die beiden Männer an den Flanken noch fünf Meter entfernt waren, trennten den Mann mit der Spritze nur noch drei Meter von Mulder, der immer noch auf die Brust seines Angreifers zielte. Plötzlich blieb der Mann stehen – doch, wie Mulder im nächsten Augenblick erkennen mußte, nicht aus Angst vor der Pistole. Gleichmütig betrachtete der Hüne die Spritze in seiner Hand, klopfte eine Luftblase nach oben und drückte sie aus der Nadel.

Wie auf ein Kommando stürzten sich alle drei Männer

auf ihn. Als Mulder zweimal feuerte, taumelte der Mann an der Spitze zurück, fing sich aber gleich wieder und griff Mulder erneut an. Und bevor Mulder zum dritten Mal schießen konnte, wurden seine Handgelenke gepackt und ihm mit unwiderstehlicher Gewalt auf den Rücken gedreht. Die Smith & Wesson landete klappernd auf dem Boden.

Verzweifelt trat er um sich und versuchte, sich aus der bärengleichen Umklammerung zu befreien. Als der Mann mit der Spritze sich über ihn beugte, erhaschte Mulder einen Blick auf dessen hinteren Haaransatz, ein Anblick, der ihn mit blankem Entsetzen erfüllte: Der Hüne hatte einen runden roten Ausschlag im Nacken.

Im nächsten Augenblick verspürte Mulder dicht über dem Schlüsselbein einen scharfen Stich . . . und plözlich ließen ihn die drei Männer los und traten einen Schritt zurück. Mulders Beine gaben nach. Er fiel, versuchte, sich am Vorhang der nächsten Pritsche festzuhalten, doch der Plastikstoff riß, und er landete hart auf dem Boden. Als er hinter sich Gelächter vernahm, mußte er all seine Kraft zusammennehmen, um den Kopf zu drehen. Der Bursche mit dem Karamelgesicht betrachtete ihn mit einem breiten Grinsen. Das Lächeln schien sich in den Mundwinkeln zu verbreitern, sich zu winden und zu drehen wie eine Schlange aus Blut.

Mulder wollte davonkriechen, doch seine Muskeln reagierten nicht mehr. Sein Körper hatte sich in Flüssigkeit verwandelt. Grüne Wolken tauchten vor seinen Augen auf, und an seiner Wange spürte er den kalten Boden. Eine Sekunde später wurde ihm schwarz vor Augen.

Quo Tien brüllte einen barschen Befehl, der die drei Drohnen auf die andere Seite des Raumes zurückweichen ließ. Fasziniert beobachtete Tien ihre fließenden

Bewegungen, ihre perfekte Muskelkontrolle, ihren geschmeidigen Gang. Nur zu gut konnte er sich noch an die Anfänge erinnern: die mühsamen, langsamen Gesten, die steifen Glieder, die mangelnde Körperbeherrschung. Der Fortschritt war wirklich beeindruckend ... doch der Prozeß war noch lange nicht abgeschlossen. Die Drohnen repräsentierten nur die erste Station in einem Experiment, das in ein paar Stunden in sein letztes und entscheidendes Stadium treten würde. Zwanzig Jahre Forschung steckten in diesem Projekt – ein Projekt, das Tien unvorstellbar reich machen würde. Und jetzt stand ihnen niemand mehr im Wege.

Erneut richtete Tien seine Aufmerksamkeit auf den FBI-Agenten am Boden, und als er das Rasiermesser aus seinem Ärmel zog, druchlief ihn ein wohliger Schauder. Er konnte förmlich sehen, wie das Blut des Mannes dicht unter seiner Haut pulsierte. Er wollte dieses Blut schmecken, wollte spüren, wie es über seine Hände und Lippen floß.

Er glitt zu ihm. Der FBI-Agent lag mit angezogenen Beinen auf der Seite. Sein dunkles Haar war schweißnaß und sein Gesicht grau, während sich seine Pupillen schnell unter seinen Lidern hin- und herbewegten. Tien kniete neben ihm nieder. Er fuhr mit einem Finger über den nackten Arm des Mannes, spürte den schlüpfrigen Schweißfilm und die verspannten Muskeln unter der Haut. Langsam hob er das Rasiermesser ...

»Tien. Weg mit dem Messer.«

Tien blickte auf, und Ärger huschte über sein Gesicht. Er verfolgte, wie Julian Kyle die Kammer betrat. Julian trug einen weißen Laborkittel über der Chirurgenkleidung. Seine Hände steckten in Latexhandschuhen, und er hatte eine große Kühlbox unter den rechten Arm geklemmt.

»Onkel Julian«, fauchte Tien. »Du verdirbst alles.«

»Er ist ein Agent vom FBI«, sagte Kyle streng. »So einfach ist das nicht.«

»Ist es doch!« Liebevoll betrachtete Tien die Klinge des Rasiermessers. »Wir sind hier in Thailand – nicht in den USA.«

»Das spielt keine Rolle. Sie werden Agenten schicken, das Militär wird sich einschalten . . . Und wir können uns keine Störungen leisten – nicht so kurz vor unserem Experiment. Und es gibt einen besseren Weg.«

Demonstrativ hob Kyle die Plastikkühlbox. Tien seufzte und ließ vom reglosen Körper des FBI-Agenten ab. Ein spöttisches Lächeln zuckte um seine Lippen. Er kannte den wahren Grund für Kyles Zaudern. Julian Kyle war schwach – doch seine Worte klangen logisch. »Ich denke, die Entscheidung liegt bei keinem von uns.«

Tien erhob sich und schob das Rasiermesser wieder in seinen Ärmel. Die Wahrheit war, daß die FBI-Agenten ihr Schicksal selbst besiegelt hatten, in dem Augenblick, als sie in Alkut eingetroffen waren.

»Und die Frau?« fragte Kyle und stellte die Kühlbox auf eine der Pritschen. »Hast du dich auch um sie gekümmert?«

»Yep, ich habe einen Drohnen losgeschickt. Er müßte jeden Moment ihr Zimmer erreichen.«

»Und ein Drohn wird genügen?«

Mit einem amüsierten Grinsen verschränkte Tien die Arme vor der Brust. Die Drohnen waren primitive Kampfmaschinen im Vergleich zu dem, was ihnen folgen würde – doch selbst ein Drohn des ersten Stadiums würde problemlos mit der Agentin fertig werden. Kyle brummte zustimmend; er wußte, daß Tien recht hatte: Es war nur noch eine Frage der Zeit, bis Dana Scully neben ihrem Partner lag.

Kapitel 21

Scully beobachtete, wie die kleine grüne Eidechse über den perforierten Metallschirm kroch. Die Eidechse hatte hervorstehende schwarze Augen, dunkelrote Flecken und einen gebogenen, spitz zulaufenden Schwanz. *Wahrscheinlich eine Art asiatischer Gecko*, überlegte sie, der ferne Nachfahre irgendeiner Dinosaurierspezies, die zu primitiv war, um zu begreifen, daß sie eigentlich hätte ausgestorben sein sollen. Im Moment tat der Gecko sein Bestes, um den Fehler der Evolution zu korrigieren. Zentimeter unter dem Metallschirm surrten die propellerförmigen Blätter eines Ventilators vorbei und schaufelten schwüle Luft durch das vollgestopfte Hotelzimmer. Während der Gecko über den Schirm kroch, geriet sein Schwanz in gefährliche Nähe der Rotorblätter – jede Sekunde konnte der Ventilator das kleine Geschöpf erfassen, in Stücke hacken und über den ganzen Raum verteilen.

Jackson Pollock in Reptilienformat. Scullys Meinung nach konnte ein solcher Vorfall der spartanischen Hoteleinrichtung auch nicht weiter schaden. Der wuchtige, antiquierte Ventilator ruhte auf einem Teaknachttisch neben einer wasserfleckigen Doppelmatratze. Auf dem Boden lag ein grobgeknüpfter Teppich, und neben dem Wandschrank stand eine ramponierte Holzkommode. Vor dem Schreibtisch, an dem Scully saß und zu arbeiten versuchte, flackerte eine brusthohe, rostige Metallampe mit einem Schirm aus Ziegenhaut. Aus ihrem Fuß quollen nackte Drähte, die hörbar im schwankenden Stromfluß aus der Wandsteckdose summten.

Der Schreibtisch selbst war kaum größer als der Nachttisch und der Stuhl den zierlichen Maßen der Thais angepaßt. Scully, die ebenfalls klein war, bereitete das keine Probleme, doch Mulder wäre es ziemlich schwergefallen, seine langen Beine unter der Schreibtischplatte zu verstauen.

Immerhin war im Wandschrank genug Platz für ihre Reisetaschen, es gab einen Telefonanschluß und eine passende Steckdose für Scullys Laptop. Und mehr brauchte sie nicht, um sich in die Datenbank des FBI-Computers in Washington einzuklinken.

Scully lehnte sich zurück, wandte ihre Aufmerksamkeit von dem lebensmüden Reptil ab und konzentrierte sich wieder ganz auf ihren aufgeklappten Laptop. Der Cursor blinkte ungeduldig, während sich der Prozessor abmühte, ihre Anfrage an die fünfzehntausend Kilometer entfernte Datenbank weiterzuleiten. Die letzte Stunde hatte sie damit verbracht, die Namensliste einzugeben – bis auf Andrew Paladin. Bald würde ihr der Computer verraten, ob die Männer tatsächlich im Vietnam-Krieg gekämpft hatten; außerdem hatte sie ihre Army-Rekrutierungsfotos, ihre derzeitigen Adressen und die medizinischen Unterlagen angefordert, denn sie wußte, wie Mulders Verstand arbeitete, und sie mußte und wollte gründlich sein, wenn sie seine abstruse Vermutung widerlegen wollte, daß diese Männer ihre schrecklichen Napalmverbrennungen auf irgendeine Weise überlebt hatten.

Nach wie vor konnte Scully einfach nicht glauben, daß Emile Paladin eine synthetische Wunderhaut entwickelt haben sollte – und zum Mörder wurde, um ihre Existenz geheimzuhalten. Wenn Perry Stanton das unfreiwillige Opfer eines fehlgeschlagenen Experiments geworden war, dann mußte es sich um ein Experiment handeln, das erst vor kurzem stattgefunden hatte, und vielleicht war ihm ja tatsächlich dasselbe zugestoßen wie den Gefangenen von Riker's Island. Doch nichts berechtigte zu der Annahme, daß Stantons Tod in irgendeinem Zusammenhang mit einer zwanzig Jahre alten geheimen Wunderkur stand.

Der Laptop piepte laut, und Scully schreckte aus ihren Gedanken auf. Die Namensliste flackerte über den Bildschirm, gefolgt von präzisen FBI-Daten. Auf den ersten Blick bestätigten die Zahlen und Fakten ihren Verdacht. Die aufgelisteten Männer waren alle als Opfer des Vietnam-Kriegs registriert. Doch dann bemerkte Scully eine seltsame Diskrepanz: Die Männer waren alle zwischen 1970 und 1973 im Kampf gefallen, keiner war in irgendeine MASH-Einheit der Army eingeliefert worden, und in die Alkut-Einheit schon gar nicht.

Nachdenklich rieb sich Scully den Nacken. Es ergab keinen Sinn. Sie und Mulder hatten eine Liste mit toten Männern gefunden, die angeblich in Alkut behandelt worden waren. Entweder war diese Liste frei erfunden, oder irgend jemand hatte die Totenscheine gefälscht und die Männer heimlich behandelt. Natürlich war die erste Vermutung am wahrscheinlichsten, war doch die Liste nicht mehr als ein geduldiges Stück Papier – selbst wenn sie sie im Haus eines brutal ermordeten Paares entdeckt hatten.

Während der Bildschirm die Farbe wechselte, zupfte Scully an ihrer Unterlippe. Daumennagelgroße Fotos rollten über den Monitor, und sie mußte feststellen, daß die Dinge nicht so einfach lagen, wie sie dachte. Die Fotos stammten direkt aus den Personalakten der Army, und sie erkannte mindestens drei der Aufnahmen deutlich wieder: Es waren die gleichen Bilder, die sie und Mulder in Trowbridges Umschlag gefunden hatten.

Zwar waren die Fotos noch immer kein stichfester Beweis dafür, daß die Männer auch wirklich in die MASH-

Einheit eingeliefert worden waren, doch sie deuteten zweifellos darauf hin, daß es eine Verbindung zu Alkut gab. Scully beugte sich über den Laptop, studierte konzentriert die über den Bildschirm flimmernden Fotos und suchte nach weiteren Übereinstimmungen.

Ein plötzliches Geräusch erregte ihre Aufmerksamkeit, und sie blickte vom Monitor auf. Das Geräusch war von der anderen Seite der Schlafzimmertür gekommen, ein leises metallisches Klicken, als hätte jemand den Türknauf gedreht, um festzustellen, ob die Tür verschlossen war.

»Hallo?« rief Scully, doch sie bekam keine Antwort. »Mulder, sind Sie das?«

Stille. Mit klopfendem Herzen schob sich Scully vom Stuhl. Ihre Waffe steckte im Holster, das auf dem Nachttisch neben dem Ventilator lag. Sie räusperte sich. »Wenn da draußen jemand ist, melden Sie sich bitte!«

In diesem Moment explodierte der Türknauf in einem Schauer aus Holzsplittern. Erschrocken wich Scully zurück und stieß mit der Hüfte gegen die Schreibtischkante. Ein Mann stand in der offenen Tür. Groß, kräftig gebaut, mit kurzgeschorenen Haaren und feingeschnittenen Gesichtszügen. Er trug ein weites weißes Hemd und eine grüne Militärhose; seine Augen hatten einen seltsamen Ausdruck, und seine Pupillen waren so extrem geweitet, daß Scully annahm, daß er unter Drogen stand – oder Tranquilizer oder Neuroleptika zu sich genommen hatte.

Mit traumwandlerischer Sicherheit trat der Mann ins Zimmer. Scully verfolgte, wie er etwas aus der rechten Hosentasche zog: eine Spritze mit einer sieben Zentimeter langen Nadel. Das Blut rauschte in ihren Ohren, während sie ihren Rücken sprungbereit gegen den Schreibtisch drückte.

»Bleiben Sie, wo Sie sind«, sagte sie so energisch wie möglich. »Ich bin US-Bundesagentin.«

Doch der Fremde schien sie nicht zu hören. Er machte einen weiteren festen Schritt, die trüben Augen auf ihr Gesicht gerichtet. Trotz seines leeren Gesichtsausdrucks waren seine Bewegungen geschmeidig. Scully dachte an ihre ein paar Meter entfernt liegende Waffe – und erkannte, daß er sie früher erreichen würde als sie die Pistole. Auf der Suche nach einem möglichen Ersatz irrte ihr Blick durch das Zimmer und verharrte schließlich bei der brusthohen Lampe, die neben dem Schreibtisch stand. Sie sah schwer genug aus, um einigen Schaden anzurichten, und sie befand sich in direkter Griffweite.

Der Mann trat noch einen Schritt näher. Mechanisch hob er die Spritze und schüttelte sie, bis ein Tropfen aus der Nadel quoll. Während sich Scully näher an die Lampe heranschob, hielt sie die Augen starr auf die Nadel gerichtet. Sie konnte das Herz in ihrer Brust hämmern hören und atmete einmal tief durch, um die aufkommende Panik zu vertreiben.

Als der Mann einen weiteren Schritt machte, warf sie sich abrupt zur Seite und packte den Lampenständer oberhalb des Metallfußes. Ohne zu zögern, holte sie mit der improvisierten Waffe aus und zielte nach der erhobenen Hand des Fremden. Der Ziegenhautschirm flog zur Seite und enthüllte eine nackte Glühbirne und einige freiliegende Drähte. Ein Lichtblitz flammte auf, als die Birne mit voller Wucht auf die Spritze traf. Dann flogen Funken durch die Luft, während die Stahlspritze einen kurzen Kontakt mit der Lampenfassung hatte.

Scully ließ die Lampe fallen, stürzte zum Nachttisch und hatte ihn schon fast erreicht, als ihr bewußt wurde, daß der Mann ihr nicht nachsetzte. Sie fuhr herum und sah, wie er sich verkrampfte und taumelte, während die noch immer funkenschlagende Lampe vor ihm auf dem Boden lag und ein dünner Rauchkringel von der Spritze in seiner Hand aufstieg wie die groteske Parodie einer Zigarettenspitze. Dann gaben seine Beine nach, und er brach mit einem dumpfen Röcheln in die Knie.

Verblüfft starrte Scully auf das Schauspiel. Die Nadel hatte die Glühbirnenfassung nur den Bruchteil einer Sekunde berührt, und der Stromschlag mochte stark genug gewesen sein, um ihn vorübergehend zu betäuben – aber nicht, um ihm ernsthaften Schaden zuzufügen. Scully nahm ihre Waffe vom Nachttisch und trat vorsichtig auf den Fremden zu, wobei sie den Lauf auf seinen Kopf gerichtet hielt. Seine Arme waren auf unnatürliche Weise hinter seinem Rücken verdreht, seine Augen weit aufgerissen. Sein Kopf lag auf der Seite, und Scully bemerkte einen roten Ausschlag in seinem Nacken. Blut schoß ihr in die Wangen, als ihr einfiel, daß Perry Stanton und John Doe ein ähnliches Mal gehabt hatten.

Einen Schritt vor dem reglosen Mann blieb sie stehen und kniete nieder. Während sie die Waffe weiter auf ihn gerichtet hielt, streckte sie eine Hand aus und fühlte seinen Puls.

Nichts. Scully packte die Schulter des Mannes und rollte ihn auf den Rücken. Seine Brust bewegte sich nicht, seine Augen zeigten nur ekstatisches Weiß. Nach einem Moment des Zögerns steckte Scully ihre Waffe in den Hosenbund, preßte beide Hände auf die muskulöse Brust des Mannes und begann eine kräftige Herzmassage.

Ein paar Minuten später erkannte sie, daß es keinen Zweck hatte. Der Mann war tot – wie Perry Stanton war er das Opfer eines relativ schwachen Stromschlags geworden. Leicht fassungslos schüttelte Scully den Kopf. Obwohl es möglich war, daß die elektrische Entladung einer Lampe einen Herzstillstand auslöste, war es doch eine eher unwahrscheinliche Reaktion, die erst recht nicht bei einem durchtrainierten jungen Mann zu erwarten war.

Erneut wanderte Scullys Blick zu dem unauffälligen Ausschlag im Nacken des Toten. Sie sah, daß das Mal aus Tausenden von winzigen roten Flecken bestand, die ein kreisförmiges Muster bildeten. Wie bei Perry Stanton und dem verschollenen John Doe. Und alle drei Männer waren an einem elektrischen Schlag gestorben.

Scully fragte sich, was die Autopsie dieses Mannes ergeben würde. Sie mußte die Leiche in einen OP schaffen. Vielleicht würde ihr Fielding die Klinik . . .

Sie erstarrte. Ihr Blick wanderte zu der Spritze, die der Mann noch immer in der verkrampften Rechten hielt. *Die Klinik.* Mulder war dort und suchte nach den unterirdischen Tunneln. Und wenn sie hinter Scully her waren – dann hatten sie es auch auf Mulder abgesehen.

Eine Sekunde später war Scully auf den Beinen und zur Tür hinaus.

Kapitel 22

Mulder wollte schreien, doch das Ungeheuer war zu schnell. Sein riesiger schwarzer Körper flog durch die milchiggraue Luft auf ihn zu. Das Monster landete schwer auf seiner Brust und schmetterte ihn zurück auf die Pritsche. Die wolfsähnliche Schnauze war nur Zentimeter von seinem Gesicht entfernt, und er starrte voller Abscheu in die feuerroten Spiralaugen der Kreatur. Die gebogenen Stoßzähne kreuzten sich wie küssende Säbel, während von den Lefzen eitergelber Geifer auf Mulders Wangen tropfte.

Plötzlich zuckten die klauenbewehrten Kopftentakel der Bestie wie Peitschenschnüre durch die Luft. Mulder spürte, wie seine Haut in brennenden weißen Streifen abgerissen wurde. Wieder und wieder schlugen die Tentakeln auf ihn ein, zerfetzten sein Gesicht, seinen Hals, seine Brust. Er warf sich hin und her, um den Klauen zu entgehen, doch das Ungeheuer kannte keine Gnade. Die Bestie war aus ihrem Schlaf geweckt worden – und sie war hungrig. Sie würde weiter auf Mulder einschlagen, weiter und weiter, bis sie jeden Quadratzentimeter von seiner Haut geschält hatte. Mit letzter Kraft bäumte sich Mulder auf, entschlossen, sich zu wehren, sich nicht kampflos zu ergeben. Er war noch nicht zum Sterben bereit . . .

Mulder riß die Augen auf. Sein Blickfeld verschwamm, Übelkeit stieg in ihm hoch. Er würgte und versuchte, sich aufzusetzen – doch seine Arme waren an den Seiten gefesselt. Er blinzelte und wartete, bis das gelbliche Licht den Nebel vertrieb, dann erkannte er, daß er eine gewölbte Steindecke anstarrte, in die fluoreszierende Leuchtstreifen eingelassen waren. Er drehte den Kopf zur Seite und sah, daß er von einem blauen Plastikvorhang umgeben war. Plötzlich dämmerte ihm, wo er sich befand. *Die unterirdische Kammer.*

Sein Kopf fiel auf die Pritsche zurück. Wieder blinzelte er und kämpfte gegen aufsteigende Übelkeit. Er wußte nicht, wie lange er bewußtlos gewesen war, doch da seine Muskeln nicht schmerzten, konnte es nicht länger als ein paar Stunden gewesen sein. Um seine Brust und Arme lag ein schwarzer Gurt und fesselte ihn an die Trage; ein weiterer Gurt sicherte seine Beine. Er konnte seine Hände ein paar Zentimeter bewegen und mit den Zehen wackeln – doch ansonsten war er völlig hilflos.

Seine Gedanken kehrten zu dem brutalen Angriff zurück, den die drei Männer ohne große Mühe für sich entschieden hatten, obwohl er aus nächster Nähe zwei Schüsse abgegeben hatte. Sollte er wirklich nicht getroffen haben? *Unwahrscheinlich, aber nicht unmöglich.* Und der runde rote Ausschlag, den er im Nacken des Angreifers bemerkt hatte? War es der gleiche Ausschlag wie bei Perry Stanton und John Doe? Und was hatten die extrem erweiterten Pupillen und der abwesende Gesichtsausdruck der Männer zu bedeuten?

Mulder holte tief Luft und zwang sich zur Ruhe. Er wollte seine Energien nicht mit dem Aufstellen irgendwelcher Theorien verschwenden. Er dachte an den lächelnden eurasischen Jungen. Hinter diesem Lächeln verbarg sich Gewalttätigkeit – eine Art Gewalttätigkeit, die Mulder nur zu gut kannte. Im Laufe seiner Karriere hatte er diesen Ausdruck bei Dutzenden von Serienmördern gesehen. *Kontrollierte Psychose.* Der Bursche mit der Karamelhaut war ein Killer. Vielleicht war er der Junge, von dem Trowbridge gesprochen hatte, Emile Paladins Sohn. Vielleicht war er für den brutalen Doppelmord verantwortlich. Und vielleicht war er jetzt, in diesem Augenblick, hinter Scully her . . .

Mulder biß die Zähne zusammen und stemmte sich mit aller Kraft gegen den Gurt – doch ohne Erfolg. Er war hilflos. Machtlos. Ausgeliefert. Er konnte Scully nicht beschützen . . . er konnte noch nicht einmal sich selber schützen.

Oder doch? Plötzlich schoß ihm ein Gedanke durch den Kopf. Er drehte und wand sich unter dem Gurt und spürte einen kleinen harten Gegenstand in seiner rechten Tasche. Langsam und vorsichtig schlossen sich seine Finger darum.

Es kostete ihn einige Mühe, die Phiole aus der Hosentasche zu ziehen. Mit Zeigefinger und Daumen hantierte er an dem Verschluß, und als es ihm endlich gelang, die Kappe zu entfernen, stieg ihm ein bitterer Geruch in die Nase. Er dachte an die Worte des abgemagerten jungen Mönchs, der ihm das Glas überlassen hatte: »Macht Haut schlecht schmecken.« Er dachte an das Ungeheuer aus seinem Traum, an die gekreuzten Stoßzähne. Er schauderte und legte die Hand noch fester um die Phiole. Dann riß er ruckartig das Handgelenk hoch.

Er spürte, wie die durchsichtige Flüssigkeit auf seine Brust spritzte. Ein paar Tropfen berührten sein Kinn und seinen Hals, ein paar weitere landeten auf seinen Schultern und Wangen. Der bittere, schwefelähnliche Geruch brannte in seiner Nase, und er wußte, daß ihn Scully für verrückt erklären würde. Er befand sich in einem unterirdischen Forschungslabor – nicht in der Höhle eines Ungeheuers. Doch er konnte sich des Gefühls nicht erwehren, daß *Gin-Korng-Pew* irgend etwas mit der Sache zu tun hatte . . .

Er erstarrte, als er Schritte hörte und jemand von der anderen Seite an den Vorhang trat. Hastig schob Mulder die Phiole unter sein Bein, um sie vor neugierigen Blikken zu schützen.

Der Vorhang wurde zurückgerissen, und Mulder starrte die Gestalt mit zusammengekniffenen Augen an. Fast zwei Meter groß, langgliedrig, mit schmalen Schultern trug der Mann einen hellblauen Kittel, Latexhandschuhe und einen weißen Mundschutz. Sein Haar war unter einer Plastikkappe verborgen. Nur die Augen des Mannes waren sichtbar, und sie waren von einem fast durchscheinenden Blau – dem kalten Blau einer Flamme. Mulder schluckte und versuchte, gelassen zu wirken, doch diese Augen waren fast so beunruhigend wie die Spiralaugen des *Gin-Korng-Pew*. Unwillkürlich fragte sich Mulder, ob es sich bei seinem Besucher um Emile Paladin handelte.

Der Mann drehte sich und gab mit leiser Stimme einige Anweisungen. Außerhalb von Mulders Sichtweite schienen noch andere Personen im Raum zu sein, denn dienstbeflissene behandschuhte Hände hielten dem Fremden ein dünnes Plastiktablett hin. Der blauäugige Mann nahm zwei Gegenstände vom Tablett und wandte sich wieder Mulder zu.

Mulders Blicke wanderten zu den Händen des Mannes. In der Rechten hielt er ein Stahlinstrument, das wie eine überdimensionale Heftmaschine geformt war. Mulder erinnerte sich an das Gespräch, das er und Scully vor Tagen mit Perry Stantons plastischem Chirurgen geführt hatten. Er hatte etwas von einem Hefter erwähnt, der bei Hauttransplantationen benutzt wurde. *Nein, bitte nicht.* Mulders Blick glitt zur anderen Hand des Mannes und erhaschte eine große Stahlpinzette, in der ein etwa zehn Quadratzentimeter großer Streifen aus einem dünnen, gelben Material baumelte. Das Material sah organisch und feucht aus, als wäre es soeben aus einer Konservierungslösung genommen worden. *Gewaschen und bereit für die Transplantation.*

»Warten Sie«, flüsterte Mulder heiser. »Sie machen einen großen Fehler. Man wird nach mir suchen.«

Der blauäugige Mann schüttelte die Pinzette, und winzige Tropfen der Konservierungsflüssigkeit fielen zu Boden. »Setzen Sie ihm die Maske auf. Sofort.«

Plötzlich drückten kräftige Hände eine Gummimaske auf Mulders Mund und Nase. Mit aufgerissenen Augen starrte er in das breite Gesicht, das sich an der Kopfseite der Liege über ihn beugte. Und auch wenn der zweite Mann ebenfalls einen Mundschutz trug, erkannte Mulder die eckige Form seines Schädels wieder. *Julian Kyle.*

Er ist hier in Thailand. Mulder hielt den Atem an und wand sich verzweifelt im Griff des Wissenschaftlers. Doch der Ex-Militär war zu stark.

»Atmen Sie tief durch«, flüsterte Kyle in sein Ohr. »Sie werden keine Schmerzen spüren.«

Erneut bäumte sich Mulder auf, stemmte sich gegen den Gurt. Seine Lunge krampfte sich schmerzhaft zusammen, doch er hielt weiter die Luft an. Kyle drückte die Maske fester auf sein Gesicht. »Es muß sein.«

Vor Mulders Augen tanzten rote Punkte, und plötzlich zerbrach der Widerstand in seinem Inneren: Er keuchte und atmete ein. Ein süßer Geschmack legte sich auf seine Zunge, während sich seine Lider flatternd schlossen. Er hörte, wie sein Hosenbein zerrissen wurde, spürte, wie etwas gegen seine linke Wade drückte. Etwas Kaltes und Nasses.

Mein Gott, mein Gott, mein Gott! Doch er war hilflos und drohte jeden Moment das Bewußtsein zu verlieren. Als es langsam schwarz um ihn wurde, hörte er wie aus weiter Ferne eine Stimme.

»Er wird uns keine Schwierigkeiten mehr machen.«

»Und seine Partnerin?« fragte eine zweite Stimme. Eine kurze Pause trat ein. Als die erste Stimme antwortete, klang sie blechern, fast wie ein Musikinstrument.

»Irgend etwas ist schiefgegangen. Es war ein Fehler, einen Drohnen im ersten Stadium allein loszuschicken. Wir müssen Tien . . .«

»Julian, wir haben keine Zeit.

»Aber seine Partnerin . . .«

»Vergessen Sie sie«, fauchte die erste Stimme. »Wir müssen sofort zurück ins Hauptlabor und das Endstadium einleiten. Die Satellitenverbindung für unsere Demonstration besteht nur für kurze Zeit.«

Die Stimmen verklangen, als Mulders tauber Körper zurück auf die Pritsche sank. Die Wirklichkeit verwandelte sich in das rhythmische *Klick, Klick, Klick* einer überdimensionalen Stahlpinzette.

Kapitel 23

Scully saß auf der nassen Treppe der Klinik und starrte frustriert in den Plan auf ihrem Schoß. Seit sie das Hotel verlassen hatte, waren über zwei Stunden vergangen, und sie hatte noch immer keine Spur von Mulder gefunden. Sie hatte jeden Quadratzentimeter der Klinik abgesucht, Fielding und ihren Stab befragt: Mulder hatte die Klinik auf demselben Weg verlassen, wie er sie betreten hatte – durch die Vordertür. Er hatte keine unterirdischen Tunnel gefunden, keinen Hinweis auf das Kellergeschoß.

Doch Scully kannte Mulder gut genug, um zu wissen, daß er eine erstaunliche Fähigkeit besaß, Dinge aufzuspüren, die eben gerade nicht zu existieren schienen. Nachdem sie die Klinik durchsucht hatte, war sie direkt ins Archiv des Rathauses gegangen. Hier hatte sie kurz darüber nachgedacht, ob sie die Leiche in ihrem Hotelzimmer melden sollte, sich dann aber gesagt, daß die Zeit zu knapp sei. Erst mußte sie Mulder finden. Sie mußte sich vergewissern, daß ihm nichts zugestoßen war.

Mit dem Zeigefinger fuhr sie über den Plan und zog eine schraffierte Linie nach, von der sie annahm, daß sie Alkuts Hauptstraße darstellte. Sie hatte den Plan in einer Broschüre der nationalen thailändischen Elektrizitätsgesellschaft gefunden, die stolz vom technischen Fortschritt auch in der hintersten Provinz kündete: Man hatte unter den Straßen von Alkut Stromleitungen verlegt, was bedeutete, daß es eine bessere Karte der Stadt – und möglicherweise ihres Untergrundes – gab als jene, die sie vom US-Militär bekommen hatten.

Doch nachdem sie zwanzig Minuten lang vergeblich versuchte hatte, die fremdartigen Thai-Anmerkungen und geographischen Hinweise zu entziffern, glaubte Scully nicht mehr, daß ihr die Karte der Elektrizitätsgesellschaft von großem Nutzen sein würde. Die Häuser der Stadt waren nur als numerierte Punkte dargestellt und durch schwarze Linien verbunden, bei denen es sich um alles mögliche handeln konnte, angefangen von Trampelpfaden bis hin zu gepflasterten Hauptverkehrsstraßen. Nur die verlegten Stromkabel waren auf dem Plan deutlich als solche eingezeichnet; die ganze Karte war von einem Spinnennetz aus roten Linien und dickeren blauen Strichen überzogen. Die blauen Striche schienen sich auf die größeren Gebäude der Stadt wie die Klinik und das Rathaus zu konzentrieren, und Scully vermutete, daß es sich um Speiseleitungen handelte, die direkt mit dem Wasserkraftwerk im Norden der Stadt verbunden waren.

Scully schnippte einen großen Moskito von der Karte, als ihre Finger die Stelle erreichten, wo die zur Klinik führende Straße von der Hauptstraße abzweigte. Der Moskito summte zornig davon und ließ eins seiner Vorderbeine auf der Stelle der Karte zurück, wo eine der dicken blauen Linien zur Klinik führte. Scully folgte der Markierung mit den Augen, während ihre Gedanken immer häufiger bei Mulder weilten. *Wo zum Teufel stecken Sie?* In ein paar Minuten würde sie sich mit Washington und Van Epps in Verbindung setzen müssen; danach würde das Militär bei der Suche nach dem verschwundenen FBI-Agenten vermutlich die ganze Stadt auf den Kopf stellen – und dabei alle Chancen zunichte machen, die Rätsel des Stanton-Falls zu lösen.

Scully hörte ein Sirren an ihrem rechten Ohr und spürte, wie der hartnäckige Moskito auf ihrem Nacken landete. Schon hatte sie die Hand erhoben, um den lästigen Blutsauger zu vertreiben – als ihr plötzlich ein bisher unbemerktes Detail des Plans ins Auge sprang. Sie sah, daß drei der dicken blauen Linien in unmittelbarer Nähe der Klinik zusammenliefen. Mit neuer Hoffnung beugte sie sich über die Karte. Sie versuchte, die genaue Lage der Linien festzustellen, und ignorierte den feinen Stich, als der Moskito die Gunst des Augenblicks nutzte. Scullys Gedanken arbeiteten fieberhaft, während sie das freie Stück Karte zwischen der Klinik und den drei dikken blauen Linien mit der Fingerkuppe nachzeichnete. Plötzlich blickte sie auf.

Sie spähte zu dem heruntergekommenen Gebäude auf der anderen Straßenseite hinüber. Dann wanderten ihre Augen zu der Plastikfolie, die in einem zerknautschten Haufen neben dem Eingang lag. Sie konnte sich noch genau erinnern, daß die Tür bei ihrer Ankunft in Alkut mit der Folie abgedichtet gewesen war, denn vor allem deshalb hatte sie angenommen, daß die Kirche nicht mehr benutzt würde.

Wieder betrachtete sie den Plan, ohne den gesättigten Moskito zu beachten, der von ihrem Nacken aufstieg und an ihrem Gesicht vorbeisummte. Der Plan ergab keinen Sinn – oder sie und Mulder hatten an der falschen Stelle gesucht oder . . . Die Erkennntis traf Scully wie ein Blitz. Sie sprang auf.

Wenn sie den Plan richtig gelesen hatte, dann führten drei Hauptstromleitungen in die leerstehende Kirche auf der anderen Straßenseite.

Kapitel 24

Mulders Kehle war wie zugeschnürt. Nach Luft schnappend, ruckte er hoch. Ein Pulsieren marterte seinen Schädel, und er schüttelte verzweifelt den Kopf, um das nervzerrende Klingeln in seinen Ohren loszuwerden. Dann öffneten sich seine Augen – und die Erinnerung packte ihn gleichzeitig mit dem grellen Schein der Neonröhren.

Noch immer lag er auf der gleichen Trage in demselben unterirdischen Raum, doch er war nicht mehr festgeschnallt. Der Vorhang war zurückgezogen worden, und von dem blauäugigen Mann und Julian Kyle war nichts mehr zu sehen. Soweit Mulder erkennen konnte, war er allein im Zimmer. Überrascht stellte er fest, daß man ihn ausgezogen hatte – er trug nur noch einen weißen Krankenhauskittel, und aus seinem rechten Arm ragte ein dünner Kunststoffschlauch heraus. Mit geweiteten Augen verfolgte er den Schlauch zu der Flasche mit der gelblichen Flüssigkeit, die an einem Infusionsflaschenständer direkt hinter seinem Kopf hing.

Ohne nachzudenken packte er die Kanüle und riß sie aus seinem Arm. Winzige Blutstropfen spritzten auf sein Handgelenk, und er beeilte sich, die Wunde abzupressen, wobei er den heftigen Schmerz mit einem Fluch zur Kenntnis nahm. Während er die gelbliche Flüssigkeit anstarrte, die nun auf den Boden rann, begann er am ganzen Körper zu zittern. Ein sonderbares, schleichendes Gefühl bewegte sich über sein linkes Bein. *Würmer*, schoß es Mulder durch den Kopf, *ich habe Würmer im Bein.*

Er biß die Zähne zusammen und schob den Kittel zur Seite. Aus seiner Wade ragte ein ganzes Dutzend übergroßer Heftklammern hervor, die sich bis zu seiner Achillessehne hinabzogen. Zu seiner Überraschung war der gelbe Streifen unter den Klammern zu einer harten Masse eingetrocknet, die seine Haut kaum berührte. Rasch ergriff Mulder den zusammengeschrumpften Lappen und zerrte daran – das Hautstück löste sich und riß die Hälfte der Klammern mit sich. Blut lief ungehindert über sein Bein, doch er bemerkte es kaum. Statt dessen betrachtete er das zerstörte Transplantat, und eine Woge der Erleichterung erfaßte ihn. Als er die Finger zu einer leichten Faust ballte, zerfiel der Hautlappen zu einem feinen Pulver. Mulder atmete tief durch, während er mit einem leisen Triumph zusah, wie der Staub aus seiner Hand auf den Boden herabrieselte.

»Ich habe ja schon gehört, daß ein Patient das Transplantat nicht verträgt«, murmelte er gedankenverloren. »Aber noch nie, daß das Transplantat den Patienten abstößt.«

Behende riß er einen Stoffstreifen vom unteren Saum seines Kittels und wickelte ihn fest um seine Wade. Die Blutung wurde schwächer, und wenn er auch die übrigen Klammern noch spüren konnte, hatte er doch kaum Schmerzen. Er dachte an den Balsam, mit dem er sich eingerieben hatte, und daran, wie das Hauttransplantat reagiert hatte. Er runzelte die Stirn. Allmählich formten sich die verschiedenen Puzzleteilchen zu einem erkennbaren Bild, doch er brauchte noch mehr Informationen, wollte er sich seiner Theorie ganz sicher sein.

Mulder schob die Beine von der Trage, ohne auf das dumpfe Pochen in seinem Schädel zu achten. *Es ist nicht schlimmer als ein übler Kater*, redete er sich ein. *Eine Tasse Kaffee, und du bist so gut wie neu*. Als seine Füße den kalten Betonboden berührten, kroch ein erneuter Schauder über seinen Rücken bis hinauf zu den Schulterblättern. In dem dünnen Krankenhauskittel fühlte er sich nackt und ausgeliefert. Beinah erwartete er, daß der blauäugige Mann jeden Augenblick mit einem neuen Transplantat zurückkehren würde. Dieses Mal hätte Mulder keinen schützenden Balsam. Das Transplantat würde haften, es würde mit seiner Haut verwachsen ... und dann? Was würde dann geschehen? Mulder schüttelte den Kopf, um die böse Erinnerung an den gequälten Blick Perry Stantons zu vertreiben.

Langsam stand er auf und tastete sich durch den offenen Vorhang, der die Trage umgab. Die anderen Pritschen im Raum waren noch immer leer. Erneut fielen ihm die Infusionsflaschenständer neben jeder der Tragen auf, an denen Beutel mit der wohlbekannten gelblichen Flüssigkeit hingen. Während er an den Tragen vorbeiging, rieb er die winzige Wunde an seinem Unterarm und fragte sich, wie lange er bewußtlos gewesen sein mochte und wieviel von dieser unbekannten Substanz inzwischen durch seine Adern strömte.

An der gegenüberliegenden Wand des Saals blieb er stehen und betrachtete die medizinischen Gerätschaften. Kaum einige Schritte von ihm entfernt befand sich das Elektronenmikroskop. Dann wanderte sein Blick weiter zu den Computermonitoren, die ein fahlblaues Licht abstrahlten. Mulder registrierte, daß die Prozessoren unterhalb der Monitore durch einige Kabelleitungen mit dem Elektronenmikroskop verbunden waren. Dieser Verlockung konnte er nicht widerstehen.

Mit den Fingern strich er über das kastenförmige Gehäuse des Mikroskops, bis er zwei Schalter entdeckte. Er schaltete sie ein und sah zu, wie die Computerbildschirme die Farbe wechselten. Eine Sekunde später tanzten kleine, plättchenförmige Objekte über einen bewegten, roten Hintergrund. Mulder erkannte sie wieder.

Ein Modell dieser Objekte hatte er bereits in Julian Kyles Büro gesehen: Es waren epidermale Zellen, doch schien die Art ihrer Bewegung nicht normal zu sein . . . viel eher schien es, daß sie von einem ungestümen Rhythmus auf ein unbekanntes Ziel hingetrieben wurden. Die Hautzellen wirkten – und dieser Begriff fiel Mulder sofort ein – *hungrig*.

Mulder rügte sich im stillen. Sein Körper und sein Geist hatten in den vergangenen Stunden eine Tortur durchgemacht, und vermutlich war auch sein Blick getrübt worden. Mit skeptischer Miene wandte er sich ab, ging an den Monitoren vorbei und entdeckte hinter dem letzten Bildschirm einen kleinen Aktenschrank. Der Schrank war kaum hüfthoch und so gewöhnlich, daß er ihm zunächst gar nicht aufgefallen war. Als er nun aber nähertrat, spürte er, wie sein Puls in die Höhe schnellte. *Aktenschränke sind für FBI-Agenten so aufregend wie Pornographie.*

Mulder wühlte sich durch die Schubladen. Innerhalb weniger Sekunden hatte er das Pochen in seinem Schädel ebenso vergessen wie das Blut, das unter dem Verband noch immer an seinem Bein hinunterrann. All seine Sinne konzentrierten sich nur noch auf die Papiere, die er mit Feuereifer durchblätterte.

Als er den hinteren Teil der zweiten Schublade bearbeitete, hielt er plötzlich inne und zog einen Bogen Papier hervor, der ihm bekannt vorkam. Es war ein Duplikat der Liste mit den einhundertdreißig Namen, die er unter dem goldenen Buddha entdeckt hatte, doch in einem Punkt wich dieses Schriftstück von dem anderen ab. Einer der Namen war durchgestrichen worden, und gleich daneben befand sich eine winzige, handschriftliche Notiz: »Hemmung der Dopaminausschüttung mangelhaft nach Fehlfunktion des Infusionsspenders.

Krämpfe und Herzrhythmusstörungen kurz nach zwei Uhr morgens beim Transport zur hausinternen Demonstration. Der Drohn entkam kurz darauf seinem Gewahrsam.«

Mulder rappelte sich hoch und las die Notiz erneut. Er dachte an die drei Männer, die ihn angegriffen hatten, erinnerte sich an ihre übermäßig geweiteten Pupillen, an diesen Blick, der in weite Ferne zu starren schien. *Drohn* schien durchaus der passende Begriff für diese Wesen zu sein. Ihm fielen die Worte des Wissenschaftlers ein, die er gehört hatte, kurz bevor ihm die Sinne schwanden. Kyle hatte davon gesprochen, einen Drohnen zu Scully geschickt zu haben, was bedeutete ... Wie scharfe Scherben bohrte sich Furcht in Mulders Rückgrat, bis er sich an das Ende des Gesprächs erinnern konnte. Kyle hatte berichtet, daß der Drohn nicht in der Lage gewesen wäre, seine Mission erfolgreich abzuschließen. Dann hatte der andere Mann etwas über das letzte Stadium gesagt – und über eine Demonstration. Eine Demonstration, die im Hauptlabor stattfinden sollte ...

Mulder wandte sich wieder dem Aktenschrank zu. Ganz hinten in der Schublade ertasteten seine Finger einen dicken Papierstapel, und noch während er ihn herauszog, sah er, daß die Vorderseite wiederum eine Kopie der vertrauten Liste war. Doch als er die Seiten umblätterte, glaubte er seinen Augen nicht zu trauen. Diese Liste endete nicht nach hundertdreißig Namen: Sie war sechzehn Seiten lang. Hastig überschlug Mulder die Zahlen im Kopf und kam auf über zweitausend Soldaten, alle als Napalmopfer gekennzeichnet und zwischen 1970 und 1973 nach Alkut verbracht. Das war einfach unfaßbar. Zweitausend Männer, die vor über fünfundzwanzig Jahren hätten sterben sollen. Seine Gedanken überschlugen sich, während er die letzte Schublade des Aktenschranks öffnete und Fotokopien von Ultraschallaufnahmen entdeckte. Mit fliegenden Fingern blätterte er sie durch: Es waren Querschnittsaufnahmen menschlicher Gehirne, die denen glichen, die Scully von Perry Stanton angefertigt hatte. Mulder war kein Experte, doch er erinnerte sich an die Deformierungen, die Scully ihm erklärt hatte, und hier zeigten sich die gleichen Auffälligkeiten. Wie bei Stanton und den beiden Gefangenen wiesen auch diese Gehirne einen vergrößerten Hypothalamus auf. Aber soweit Mulder beurteilen konnte, fanden sich rund um die aufgedunsene Drüse keine Polypen . . .

»Mulder!«

Beinah hätte er die Aufnahmen fallenlassen, als er um die eigene Achse wirbelte und sah, wie Scully mit sichernden Bewegungen in den Raum stürzte. Sie hielt ihre Waffe schußbereit, und ihre Augen durchsuchten den Saal. Mulder bemühte sich vergebens, auf den Beinen zu bleiben, als ihn eine Woge der Benommenheit in die Knie zwang. In der Aufregung der letzten Minuten hatte er vergessen, welchem Mißbrauch sein Körper ausgesetzt gewesen war. Ermattet lehnte er sich an den Schrank, während sich Scully neben ihn hockte und seine merkwürdige Bekleidung musterte. Erst dann entdeckte sie den blutgetränkten Verband an seiner Wade.

Mit einem Laut der Verblüffung schob sie ihre Waffe in das Halfter zurück und legte den Handrücken an seinen Hals, um seinen Puls zu prüfen. Ihre Hand fühlte sich warm und beruhigend an, und Mulder versuchte zu lächeln. Das Pochen in seinem Kopf war noch schlimmer geworden, doch er würde sich von dem Schmerz nicht überwältigen lassen. *Nicht jetzt.* Sie waren der Lösung dieses Falls schon zu nah. »Mir geht es gut. Nur eine kleine . . . vollkommen freiwillige Operation, das ist alles.«

»Freiwillig?« echote Scully, während ihre Finger die Haut am Rand des provisorischen Verbands untersuchten.

»Wie Sie sich vorstellen können, war meine Stimme dabei nicht von Interesse.«

Als sie sich davon überzeugen konnte, daß die Wunde nur oberflächlich war, ließ Scullys Besorgnis ein wenig nach. Nun richtete sie ihre Aufmerksamkeit auf die punktierte Stelle an Mulders Arm, an der er den Infusionsschlauch gewaltsam entfernt hatte. Erneut trat ein sorgenvoller Ausdruck in ihr Gesicht. »Wissen Sie, was man Ihnen verabreicht hat?«

»Da drüben, neben der Trage. Die gelbliche Flüssigkeit. Ich glaube, es ist eine Art Dopaminhemmstoff.«

Scully zog die Brauen hoch. »Das würde Ihre Benommenheit erklären ... Aber wie kommen Sie darauf?«

Mulder zeigte ihr die Liste mit der handschriftlichen Notiz. »Nach dieser Aufzeichnung ist einer der Patienten gestorben, weil ihm ein Dopaminhemmer fehlte. Ich glaube, daß alle Empfänger der Transplantate regelmäßige Infusionen mit diesem Hemmstoff brauchen, um nicht psychotisch zu werden.«

Überrascht starrte ihn Scully an. »Alle Empfänger des Transplantats. Soll das heißen ...?«

»Sie haben versucht, ein Transplantat auf meine Wade zu setzen. Glücklicherweise war die Operation ein Fehlschlag. Aber das wußten sie nicht, also haben sie mich an die Infusionsflasche gehängt.« Mulder straffte seinen Bericht, um zum Punkt zu kommen, und während er sprach, wußte er, daß er auf dem richtigen Weg war. Der blauäugige Mann hatte versucht, auch ihm ein Transplantat anzupassen – um auch ihn zu einem Drohnen zu machen. Dann hatten sie ihn an dem Tropf mit dem Dopaminhemmstoff zurückgelassen. Er erinnerte sich an

Scullys Erläuterungen, wonach Dopamin ein Neurotransmitter war, der mit psychotischen Gewaltausbrüchen in Verbindung gebracht werden konnte. Und ein Überschuß an Dopamin mochte durchaus auch die Polypen erklären, die Perry Stantons Hypothalamus umgeben hatten.

Mulder reichte Scully die Ultraschallaufnahmen und beobachtete, wie sie sie durchblätterte. »Die Hypothalami sind vergrößert«, murmelte sie. »Genau wie bei Stanton. Und sehen Sie sich das an. Das Kleinhirn ist beinahe auf die doppelte Größe angewachsen, während das Großhirn kaum noch vorhanden ist.«

Verständnislos hob Mulder die Schultern. »Kleinhirn und Großhirn?«

»Das Kleinhirn steuert die Reflexe und die motorischen Aktivitäten«, erklärte Scully, während sie die Ultraschallaufnahmen genauer studierte. »Das Großhirn steht mit der Persönlichkeit und der Intelligenz in Verbindung. Wenn diese Aufnahmen echt sind, dann sind die Menschen, deren Gehirne hier abgebildet sind, beinahe schon Automaten . . .«

»Drohnen«, fiel Mulder ihr ins Wort, doch aus irgendeinem Grund war Scully von diesem Ausdruck weit weniger schockiert, als er erwartet hatte. Mulder lehnte sich an den Aktenschrank. »Sie können einfache Kommandos befolgen – und sie können kontrolliert werden. Sofern ihnen nicht ihr Dopaminhemmer vorenthalten wird und sie sich in lauter Perry Stantons verwandeln.«

Scully schwieg und betrachtete noch einmal die Ultraschallaufnahmen. »Wenn man dieser Liste glauben kann, dann ist unser John Doe gemeinsam mit hundertneunundzwanzig anderen Schwerstverbrannten hier in Alkut eingetroffen, und zwar vor mehr als fünfundzwanzig Jahren. Und sie glauben, all diese Männer wurden zu Drohnen gemacht?«

Mulder zögerte, da er wußte, wie verrückt seine weiteren Schlußfolgerungen klangen. Aber er hatte es selbst erlebt. Sie hatten versucht, ihm die Haut zu transplantieren – *um ihn zu verwandeln.* »Aber das war erst der Anfang.«

Er zeigte ihr die Liste mit den zweitausend Namen. Scullys Augen weiteten sich, während sie die Seiten überflog. *Zweitausend Männer, die ihren Familien geraubt und als Versuchskaninchen mißbraucht worden waren!*

Ungläubig schüttelte Scully den Kopf. »Unmöglich. Schon der logistische Aufwand wäre überwältigend. Diese Männer müssen in einer Intensivstation untergebracht werden. Es muß ein sehr großes Gebäude sein – und man müßte genug finanzielle Mittel haben, um es über mehr als zwei Jahrzehnte zu unterhalten. Und wozu? Zweitausend geistlose Drohnen – welchem Zweck soll das dienen?«

Langsam quälte sich Mulder auf die Beine, wobei er sich an Scullys Arm festhalten mußte, um nicht das Gleichgewicht zu verlieren. »Ich glaube nicht, daß diese Drohnen das Endprodukt der Experimente darstellen. Sie sind erst im ersten Stadium, Prototypen. Paladin muß etwas weit Spektakuläreres planen.«

Geräuschvoll atmete Scully aus. Diesen Punkt hatten sie bereits mehrfach besprochen. Sie wußte, daß Todesscheine gefälscht werden konnten – doch Mulder hatte noch keinen handfesten Beweis dafür liefern können, daß Paladin noch am Leben war. Da er ihre Einwände kannte, dachte Mulder einen Moment darüber nach, ob er den blauäugigen Mann erwähnen sollte, entschied sich jedoch für das Gegenteil. OP-Kittel und Chirurgenmaske hatten einen so großen Teil des Operateurs verdeckt, daß Mulder keine sichere Aussage machen konnte.

Für den Augenblick nahm Scully seine Bemerkung kommentarlos zur Kenntnis und deutete auf die Tür. »Dann sind Sie also davon überzeugt, daß Paladins Suche nach synthetischer Haut zu all dem geführt hat.«

Wieder zögerte Mulder. Seit seinem Besuch im Tempel hatte er eine Theorie entwickelt – doch er wußte nur allzu gut, daß Scully seine Vermutungen niemals akzeptieren würde. Trotzdem verspürte er das dringende Bedürfnis, sie an seinen Gedanken teilhaben zu lassen. »Sie ist nicht synthetisch«, erwiderte er langsam.

Als er den Raum durchquerte, blieb Scully an seiner Seite, immer bereit, ihn erneut zu stützen. »Wie meinen Sie das?«

»Trowbridge hat uns erzählt, daß Paladin ein begeisterter Schüler der thailändischen Mythologie war. Ich glaube, Paladin wußte schon von dem Skin Eater, bevor er das erste Mal nach Alkut kam. Er hat diese Kreatur gesucht – und er hat ihre Haut als Quelle für seine Transplantate benutzt.« Für Mulder ergab das alles einen Sinn. Für *Gin-Korng-Pew* war Haut die Quelle seiner Kraft, und Haut war auch der Ursprung von Perry Stantons Unverwundbarkeit und Stärke. Paladin hatte die Berge rund um Alkut durchstreift und einen Weg gefunden, Wunder zu wirken.

Nahe den Computerbildschirmen blieb Scully stehen. Schweigend starrte sie die widernatürlichen Epidermalzellen an, die in pulsierenden Schüben über den roten Hintergrund wanderten. Schließlich schüttelte sie den Kopf. »Sie muß synthetisch sein, Mulder. Irgendeine chemische Verbindung, die mit dem Blutkreislauf des Patienten in Interaktion treten kann und auf diese Art auf das motorische Kontrollzentrum des Gehirns einwirkt. Eine extrem elastische und haltbare Substanz, die lediglich auf elektrischen Strom empfindlich reagiert.

Elektrischer Strom kann sie ungehindert durchdringen, das Nervensystem beeinträchtigen und zu einer kardialen Reaktion führen.«

Mulder zog die Brauen hoch. Stanton und John Doe waren beide an einem Stromschlag gestorben, doch bisher hatte Scully einen Zusammenhang stets abgestritten.

»Ich hatte ebenfalls eine Begegnung mit einem dieser Männer«, beantwortete sie seine stumme Frage. »In meinem Hotelzimmer. Er hatte einen Herzstillstand, nachdem er die Nadel einer Subkutanspritze in eine Lampenfassung gerammt hat.«

Mulder nickte. Nun wußte er, warum sie bereit gewesen war, seine Prämissen, wenn auch nicht seine Schlußfolgerungen, zu akzeptieren. Auch sie hatte einem dieser Drohnen von Angesicht zu Angesicht gegenübergestanden.

»Aber wenn diese Männer erst der Anfang sind«, griff Scully Mulders frühere Bemerkung auf, »was kommt dann als nächstes?«

Dessen war sich auch Mulder nicht sicher, doch ein flaues Gefühl in seiner Magengegend sagte ihm, wohin sie ihre Schritte lenken mußten. »Wenn Emile Paladin Experimente mit zweitausend vermißten Soldaten durchführt, dann braucht er einen geheimen, einsam gelegenen Platz, an dem er arbeiten kann. Einen Platz, an dem er ungestört ist.«

Mit einem leisen Stöhnen quittierte Scully die unausgesprochene Nebenbedeutung von Mulders Worten. Dennoch war Mulder überzeugt, daß sie zu einem ähnlichen Schluß gekommen war: Sobald er sich wieder allein auf den Beinen halten konnte, mußten sie die Berge rund um Alkut durchkämmen.

Sie würden sich durch die grüne Hölle kämpfen ... auf der Suche nach einer geheimen Intensivstation – und der Höhle von *Gin-Korng-Pew*.

Kapitel 25

Scully stützte sich neben Mulder auf den Stamm eines umgestürzten Baumes und beobachtete aus respektvoller Entfernung, wie die drei Thailänder mit ihren gewaltigen, gekrümmten Macheten eine Bresche durch das dichte Unterholz schlugen. Alle drei Männer arbeiteten mit entblößten Oberkörpern, und ihre sehnigen Körper glänzten schweißnaß in der drückenden Hitze. Einige Schritte entfernt leitete der ausgemergelte jugendliche Mönch ihre Arbeit mit raschen Gesten seiner knochigen Hand, aber selbst nach sieben Stunden mühsamster Kletterei in bisweilen undurchdringlichem Dickicht, zeigten weder er noch die angeheuerten Helfer Zeichen der Ermüdung. Schon vor beinahe einer Stunde war die Farbe des Himmels von Orange zu Grau übergegangen, und immer noch quälten sie sich vorwärts, weigerten sich, die Hoffnung aufzugeben, den Stützpunkt in den Bergen noch vor Einbruch der Dunkelheit zu erreichen.

»Ganz nah«, rief der Mönch über seine Schulter, während seine Augen den Himmel begutachteten. »Weg endet nach Hügel.«

Scully gab sich wenig enthusiastisch. Ganz ähnliche Verlautbarungen hatte Malku bereits im Laufe der letzten drei Meilen von sich gegeben. Was der Junge als Hügel bezeichnete, waren kleinere Berge, dichtbewachsen von immergrünen Gehölzen, Eichen, Lorbeerbäumen und Dipterocarpen, einer Baumart, die nur im südöstlichen Asien vorkam. Und soweit es Scully betraf, war der ›Weg‹ kaum mehr als eine Reihe unzusammenhängender Breschen im Unterholz, die durch das üppige Grün der tropischen Fauna voneinander getrennt wurden.

Als Mulder einen seiner Kampfstiefel auszog und Steine von der Größe durchschnittlicher Murmeln auf die Erde schüttete, fiel ihm der abgespannte Gesichtsausdruck seiner Partnerin auf. Eine Moskitowolke umschwärmte seinen Kopf, und er blinzelte heftig, um die aufdringlichen Insekten von seinen Augen fernzuhalten. »Er kennt den Weg, Scully. Schließlich ist das seine Religion.«

Scully bedachte ihn mit einem skeptischen Blick. Der Anblick war sonderbar: Mulder in militärischer Tarnkleidung, mit Kampfstiefeln und einem Sturmgewehr über der rechten Schulter. Sie hatten Uniform und Waffe in einem Geschäft gleich neben dem Verwaltungsgebäude der Stadt entdeckt. Wie der Jeep waren auch sie Souvenirs aus dem Vietnamkrieg – und beide befanden sich in erstaunlich gutem Zustand. Die Uniform war an den Säumen ein wenig ausgefranst, und im Bereich der Lenden befanden sich drei Löcher von der Größe einer Münze, doch die Konfektionsgröße paßte. Dennoch hatte Mulder sich gesträubt, die Uniform zu tragen – bis der Händler ihm versicherte, daß der ursprüngliche Eigentümer von seinen Verletzungen genesen war.

Die Entscheidung für das automatische Gewehr war Mulder leichter gefallen. Seine Waffe war mit seinen Kleidern verschwunden, und ihnen war keine Zeit geblieben, den komplizierten offiziellen Weg einzuschlagen, der zu einem regulären Ersatz führte. Mulders FBI-Ausbildung deckte die meisten modernen Handfeuerwaffen ab, und so hatte er auch mit der CAR-15 umzugehen gelernt, die nun über seiner Schulter hing. Das Gewehr entsprach weitgehend der kürzeren Karabinerform einer M16 des Kalibers 5.56 mm, und da der Händler die Waffe gut gepflegt und geölt hatte, schien sie mit den zwanzig Schuß Munition, die er ihnen mitgegeben hatte, mehr als einsatzbereit zu sein. Dieses Gewehr war eine brutale Waffe – gewiß war es imstande, auch die widerstandsfähigste synthetische Haut zu durchschlagen.

»Ich kann Ihre Zuversicht nicht teilen«, entgegnete Scully schließlich, während sie den knochigen jungen Mönch betrachtete. Mit seinem vorspringenden Kinn und den schmalen Augen erinnerte er sie an einen gerupften Vogel. »Selbst wenn der Ort, den wir suchen, existiert . . . es gibt am Fuß des *See Dum Kao* Tausende von Höhlen.«

Mulder hob die Schultern und zog den Stiefel wieder an. Als das Leder den frischen Verband an seiner Wade streifte, zuckte er vor Schmerz zusammen. »Sie haben doch die Karte gesehen, die Ganon mir im Tempel gezeigt hat. Malku hat Jahre damit zugebracht, sich jede Wegbiegung auf dieser Karte einzuprägen. Sein ganzes Leben ist der Auslegung der Legende vom Skin Eater gewidmet. Scully, glauben Sie mir: Die Höhle *ist* am Ende dieses Weges.«

Mit einer energischen Bewegung zog Scully das Gummi straff, das ihre Haare im Nacken zusammenhielt. Sie hatte all ihre Vorbehalte hintanstellen müssen, während sie Mulder zu Ganon in den Tempel von *Gin-Korng-Pew* begleitete. Und nur ein einziger Grund hatte sie schweigen lassen, als der alte Mönch seinen Schüler anwies, die beiden Agenten zu führen: Die legendäre Höhle war ihre erfolgversprechendste Spur auf der Suche nach einer privaten Klinik, die groß genug war, zweitausend Soldaten mit schweren Verbrennungen zu versorgen. Der Mythos war in der Tat hervorragend geeignet, um derartig unethische und radikale Experimente zu verschleiern. Während des Krieges hatte Emile Paladin vielleicht eine Art privater Pflegeeinrichtung aufgebaut, deren Leitung nach seinem Tod an Fibrol gefallen war – das Unternehmen war durchaus imstande, eine solche Einrichtung zu finanzieren, während irgend jemand, möglicherweise Julian Kyle, Paladins Transplantationsforschung fortführte.

Allerdings schenkte Scully der Legende absolut keinen Glauben. Sie hatte die Leichen von Allan und Rina Towbridge gesehen. Sie hatte Emile Paladins Totenschein gelesen. Und sie hatte in dem unterirdischen Labor nichts entdecken können, was auch nur im entferntesten auf die Verbindung zu einem hautvertilgenden Ungeheuer hinwies. Das Hautstück, das in Mulders Wade eingesetzt worden war, war zu Staub zerfallen, der sich während der mikroskopischen Untersuchung vollends in seine molekularen Bestandteile aufgelöst hatte, was jede weitere Analyse unmöglich machte. Als Scully und Mulder vor ihrem Marsch in die Berge ins Hotel zurückgekehrt waren, hatten sie von dem Mann, den Scully mit der Lampe ausgeschaltet hatte, keine Spur mehr gefunden. Scully vermutete, daß der Eigentümer des Hotels den Leichnam entdeckt und dafür gesorgt hatte, daß er gemeinsam mit den Trowbridges abtransportiert wurde. Erfolglos hatte sie versucht, telefonisch etwas über den Verbleib des Toten zu erfahren, bis sie sich schließlich in das offensichtlich Unabänderbare fügte: Der Drohn war eine weitere Autopsie, die niemals stattfinden würde.

Alles wies auf eine Verschwörung zu medizinischen Forschungszwecken hin: Transplantationsexperimente, die irgendeinem dunklen Zweck dienten und ein Ziel verfolgten, für das es sich zu morden lohnte und das es erforderlich machte, die bisweilen tödlichen Nebenwirkungen zu vertuschen. Rückblickend war Scully zu dem Schluß gelangt, daß sie während dieses ganzen Falls von unbekannter Seite beobachtet und in gewissem Umfang gelenkt worden waren. Von dem verschwundenen John

Doe bis hin zum Ausbruch der Enzephalitis Lethargica hatte alles nur dem Zweck gedient, sie von der Wahrheit abzulenken. In dieser Hinsicht hatte Mulder recht behalten: Die Haut, die Perry Stanton transplantiert worden war, war der Ursprung seines mörderischen Amoklaufs, davon war mittlerweile auch Scully überzeugt. Doch sie war sich ebenso sicher, daß diese Haut aus einer synthetischen und nicht aus einer paranormalen Quelle stammte. Und die Leute, die hinter diesem Irrsinn steckten, waren eiskalte Verbrecher. Sie hatten den Mord an den Trowbridges angeordnet, sie hatten die Akten aus dem Vietnamkrieg gefälscht und möglicherweise sogar amerikanische Soldaten verschleppt, um sie für ihre perversen Experimente zu mißbrauchen.

»Mulder, wir dürfen unser Ziel nicht aus den Augen verlieren. Wir sind hier, um ein begrenztes Gebiet zu durchsuchen und vielleicht Hinweise auf eine Krankenhausanlage oder ein Labor zu finden. Wir suchen nach Kriminellen, nicht nach Monstern.«

Mulders Antwort ging im Entsetzensschrei ihrer Begleiter unter. Sofort war Mulder auf den Beinen und entsicherte das Gewehr mit einer routinierten Bewegung, doch während die drei Männer aus dem Unterholz hervorgekrochen kamen, verebbte ihr Geschrei zu einem rhythmischen Singsang. Scully trat zwischen Mulder und den jungen Mönch und folgte ihrem Blick auf den Boden.

Halb von Erde bedeckt lag das Skelett in fötaler Haltung im Unterholz. Die Knochen waren gelblich, offenbar schon mehrere Wochen alt, und der Schädel war teilweise zerstört. Die Wirbelsäule war gekrümmt, und Scully fielen die kurzen Gliedmaße auf. Es war kein menschliches Skelett. »Ein Gibbon. Er ist mindestens seit einer Woche tot.«

»Und sauber abgenagt«, kommentierte Mulder.

»Von den Tieren der Umgebung. Sehen Sie die Spuren in der Erde dort vorn? Sie stammen von einem Paarhufer. Vermutlich ein Wildschwein. Das sind gewaltige Biester, und sie sind bestimmt groß genug, einen Gibbon zu töten.«

Während Mulder in die Hocke ging und das Skelett eingehend berachtete, sprach Malku mit ruhiger Stimme auf seine Landsleute ein, die sich einige Meter von dem Fundort zurückgezogen hatten. Einer von ihnen hatte sich seinen Rucksack mit Proviant bereits über die Schulter geworfen.

»Wildschweine nagen ihre Opfer nicht bis auf die Knochen ab«, sagte Mulder.

»Aber Schakale tun das«, erwiderte Scully barsch. »In dieser Gegend sind mindestens zwei Arten dieser Spezies heimisch. Ganz zu schweigen von den Raubkatzen, den Wölfen und dcn fleischfressenden Insekten!«

Mulder nickte. Sie würden schon einen Zoologen benötigen, um herauszufinden, was diesem Gibbon tatsächlich zugestoßen war. Schließlich erhob er sich und wandte sich den Männern zu. Mittlerweile redete Malku mit beinah schriller Stimme auf die Männer ein, doch sie schüttelten die Köpfe. Es stand außer Frage, wie ihre Entscheidung ausfallen würde.

»Sie zurück«, erklärte der Mönch kurz darauf mit traurigem Blick. »Zurück nach Alkut. Sagen, ich muß sie führen.«

Scullys Blicke wanderten zwischen Mulder und dem Unterholz hin und her. Jenseits eines dichten Blättervorhangs gab es eine Schneise im Unterholz, die etwa so groß wie ein erwachsener Mann war, doch es gab keine Möglichkeit, vorherzusehen, wie weit diese Bresche führen würde. »Dann bleibt uns wohl keine Wahl. Wir kommen mit.«

Mulder blickte an ihr vorbei. »Malku, wie weit ist es noch bis zum Fuß des Berges?«

»Nicht weit. Nur über Hügel.«

»Mulder«, gab Scully zu bedenken. »Dieser Weg könnte noch kilometerlang sein. Es wird bald dunkel, und wir kennen die Gegend nicht.«

»Bevor ich bewußtlos wurde, habe ich gehört, wie Kyle und dieser andere Mann über eine bevorstehende Demonstration gesprochen haben. Das passiert jetzt, Scully. Wir können nicht umkehren!«

Mulder deutete auf einen der Rucksäcke neben dem umgestürzten Baum. »Wir können alles mitnehmen, was wir brauchen. Malku wird später zu uns zurückkommen. Richtig, Malku?«

Der junge Mönch nickte eifrig. Nachdenklich nagte Scully an ihrer Unterlippe. Der Gedanke, sich allein weiter durch diesen Wald zu schlagen, noch dazu kurz vor Einbruch der Dunkelheit, behagte ihr keineswegs. Trotzdem hatte Mulder recht – wenn sie den Berg nicht bald erreichten, war all ihre Mühe vergebens. Also atmete sie tief durch und kostete ausgiebig den Geschmack der schweren Luft. »Noch eine Stunde, Mulder. Wenn wir den Berg dann noch nicht erreicht haben, kehren wir um.«

»Der Trick liegt im Handgelenk«, ächzte Mulder, während er die Machete in weitem Bogen durch die Luft sausen ließ. »Sie dürfen nicht zulassen, daß das Gewicht der Klinge Ihren Schwung kontrolliert. Das ist wie beim Golfspiel – nur daß der Schläger... in diesem Fall Ihren Kopf mitnimmt, wenn Sie den Durchschwung falsch kalkulieren.«

Scully hob ihre eigene Machete und durchtrennte einen Ast, der fast halb so groß wie sie selbst war. Ihr

Körper war schweißnaß, und ihre Schultern schmerzten unter dem Gewicht des schweren Sturmgewehrs. Mulder war mit dem Rucksack beladen, der genug Proviant für zwei Tage im Wald enthielt. Ein Übermaß, wie Scully hoffte. Erst vierzig Minuten waren vergangen, seit Malku und die anderen Männer umgekehrt waren, und schon jetzt fühlte sich Scully, als würden die Bäume auf sie zukommen und sie umschließen, als wolle die Natur selbst sie erdrücken. Ihre Trommelfelle bebten unter den fremdartigen Rufen der tropischen Vögel und den Schreien der Affen, während sie den dichten Schleier blutsaugender Insekten, der den größten Teil ihrer unverhüllten Haut bedeckte, kaum mehr bemerkte.

»Mulder, es wird dunkel«, keuchte sie, als sie über einen eben erst geschlagenen Ast kletterte und sich dem nächsten Hindernis zuwandte, einem Strauch mit den Ausmaßen eines Kleintransporters. *Vorbei, aus und vorbei.* Ihre Expedition schien endgültig gescheitert zu sein, und sie war mehr als bereit umzukehren. Sie konnte an nichts anderes mehr denken als an eine kalte Dusche und den Rückflug nach Washington. »Wir müssen bald ein Lager aufschlagen – und warten, bis Malku zurückkommt. Es sei denn, Sie glauben, wir könnten auch allein zurückfinden.«

Neben ihr hieb Mulder seine Machete tief ins üppige Grün. »Noch nicht, Scully. Ich will noch nicht aufgeben.«

»Das ist keine Frage des Aufgebens«, widersprach Scully, während sie den Strauch mit wütenden Schlägen traktierte. »Es ist eine Frage der Vernunft und der ... Verdammt!«

Scullys Machete entglitt ihren schweißnassen Fingern, flog mit einem Salto durch eine Lücke im Geäst und verschwand aus ihrem Blickfeld. Gleich darauf erklang das laute Klappern von Metall auf blankem Fels, und Mulders Miene hellte sich auf. »Das klingt vielversprechend.«

Ohne eine Erwiderung kletterte Scully vorsichtig durch die zerschmetterten Zweige hindurch zu ihrer Machete. Zu ihrer Überraschung entdeckte sie jenseits des Gestrüpps eine enge Felsenschlucht, kaum so breit wie ein ausgewachsener Mann, die sich zwischen sechs Meter hohen Felswänden hindurchschlängelte. Unmöglich zu sagen, ob diese Schlucht von Menschen in das Gestein getrieben worden war, oder ob sie ein Meisterstück der Erosion darstellte. Scharfe Vorsprünge ragten aus den von grünen Ranken bedeckten Felswänden hervor. Drei Meter vor ihnen beschrieb die Schlucht eine scharfe Rechtskurve, und obwohl sie den weiteren Verlauf des Pfads nicht erkennen konnten, schien es, daß sie den Wald endlich hinter sich hatten.

»Es ist sehr eng«, stellte Scully fest. »Wir werden hintereinander gehen müssen.«

Sie nahm das Gewehr von der Schulter und wog es locker in der Hand. Seit ihrer Zeit in Quantico hatte sie keine so großkalibrige Waffe mehr benutzt, doch in ihrer momentanen Situation empfand sie diese Verteidigungsmöglichkeit als äußerst beruhigend.

Schweigend ging sie voran, und Mulder folgte ihr auf dem Fuße, während die Felswände zu beiden Seiten immer steiler wurden. Bald mußte sie seitwärts weitergehen, um zwischen den Felsen hindurchzupassen, und alle paar Sekunden stieß sie mit irgendeinem Körperteil an einen der scharfen Vorsprünge. Mit jedem Schritt zog sie sich neue Kratzer und Blutergüsse zu, und Mulders Flüche verrieten ihr, daß es ihm nicht besser erging.

»Allmählich kann ich mir vorstellen, wie sich ein Nierenstein fühlen muß«, ächzte er, als er den Rucksack abnahm, um die Enge zu überwinden. Gleich darauf bedeutete ihm Scully mit einer kurzen Geste zu schweigen: Sie waren an eine weitere scharfe Biegung gelangt, wo sich die Schlucht auf eine kleine, sanft ansteigende Ebene öffnete, die mit Geröll bedeckt war. Der rotbraune Boden bestand aus einer Mischung aus verdichteter Walderde und feinem Kies, und von einigen nur kniehohen Sträuchern abgesehen, versperrte ihnen kein nennenswertes Hindernis mehr die Sicht. Nach dem langen Marsch durch den tropischen Wald wirkte diese Öde auf sie geradezu fremdartig.

Auf der anderen Seite der Ebene erkannte Scully nackte Felswände, die beinah senkrecht in die Höhe ragten und im düsteren Himmel den Blicken entschwanden. Die Klippen schienen sich zu schwindelerregenden Höhen aufzutürmen, und sie wußte, daß sie bald am Ziel sein würden. Sie hatten den Fuß des *See Dum Kao* gefunden.

»Scully«, flüsterte Mulder so nah an ihrem Ohr, daß seine Wange fast die ihre berührte. »Da drüben.«

Er deutete auf ein gewaltiges, schwarzes Oval, das ihnen direkt in dem kahlen Fels in etwa dreißig Meter Entfernung entgegengähnte. Dort war der Eingang zu einer großen Höhle, genau wie Ganon es beschrieben hatte. Der Anblick war wie ein böses Omen. Die etwas abschüssig liegende Öffnung maß mindestens sechs Meter in der Höhe und war beinah doppelt so breit. Wie ein lebendiger Vorhang hingen Ranken vom Felsen über den dunklen Höhleneingang.

»Sieht verlassen aus«, befand Scully.

»Es muß noch einen anderen Eingang geben«, hielt Mulder dagegen. »Es ist unmöglich, die ganze Ausrüstung auf dem Weg hierherzubringen, den wir gekommen sind.«

»In Ordnung.« Scully wischte sich den Schweiß aus den Augen. »Sehen wir sie uns an.«

Mit einem kurzen Blick zum Himmel machte sie sich auf den Weg. In wenigen Minuten würde es vollkommen dunkel sein, und sie wären allein, mitten im Nirgendwo, und mußten auf Malku warten, damit sie zurück nach Alkut fanden. Der Gedanke war wenig erfreulich. Andererseits würde die Nacht wenigstens die Hitze des Tages vertreiben und ihnen so ein wenig Erleichterung verschaffen. Und wenn die Höhle so verlassen war, wie es den Anschein hatte, konnten sie dort ihr Lager aufschlagen und warten.

Den felsigen Anstieg hatten sie rasch überwunden, und bald hangelten sie sich an der Klippe entlang der Höhle entgegen. Der *See Dum Kao* lag rechts von Scully, und er erschien ihr höher und steiler als je zuvor. Wie ein Dolch bohrte er sich tief in den schwarzen Himmel hinein. Unwillkürlich fragte sie sich, wieviel tausend ähnlicher Öffnungen diesen alten Berg wie Pockennarben bedecken mochten – und wieviele Meilen unterirdischer Höhlensysteme sich durch das Gestein ziehen mochten.

Langsam schob sie sich näher an den Rand der Öffnung heran. Nur Zentimeter vor ihr hing eine Ranke, und sie streckte die Hand aus und berührte das dicke, grüne Band. Die Außenhaut war mit kleinen Dornen bewehrt, als wäre es ein überlanger Kaktus. Scully sah auf und suchte nach den Wurzeln der Pflanze, doch sie konnte den gewölbten oberen Rand der Höhle nicht mehr erkennen. Vorsichtig streifte sie das Sturmgewehr ab und überreichte es Mulder, ehe sie ihre kleinere Waffe wieder an sich nahm.

Wortlos glitt Mulder zwischen zwei Ranken hindurch in das Innere der Höhle. Als Scully ihm folgte, bemerkte sie die abrupte Luftveränderung. Die Temperatur innerhalb der Höhle war um mindestens zehn Grad niedriger, während die Luftfeuchtigkeit noch höher als draußen war und ihr einen unangenehmen Schauer über den Rücken jagte. Feuchter Moosgeruch stieg ihr in die Nase, und sie mußte gegen einen Hustenreiz ankämpfen. Ihr war bewußt, daß sie Gefahr liefen, giftige Gase einzuatmen: Kohlenmonoxid, Methan, sogar Zyanide konnten im Zuge natürlicher Zersetzungsprozesse entstanden sein. Doch sie hoffte, daß der Höhleneingang groß genug war, um eine ausreichende Luftzirkulation zu gewährleisten.

Jenseits des Eingangs lag ein ovales Gewölbe, das in der Größe dem Labor unterhalb der Kirche entsprach. Gewaltige Stalagmiten erhoben sich in unregelmäßigen Abständen aus dem rötlichen Schlammboden und ließen ihre eingeschlossenen Kristalle geheimnisvoll in der Dunkelheit funkeln. Einige der Kalksäulen waren beinah fünf Meter hoch und wahrscheinlich Tausende, wenn nicht Millionen von Jahren alt. Die Decke verlor sich in der Finsternis, dennoch konnte Scully die Spitzen der Stalaktiten erkennen, die wie stumpf gewordene Reißzähne aus der Höhe herabhingen. Auf der anderen Seite dieser natürlichen Halle befand sich eine weitere runde Öffnung, die tiefer in den Berg hineinführte . . . In diesem Moment stutzte Scully: Gelblicher Lichtschein flutete über den steinernen Boden aus einer Quelle, die sich irgendwo jenseits dieser Öffnung befinden mußte. Scully hatte den Eindruck, daß es sich um künstliches Licht handelte, obwohl es ihr näherliegend erschien, daß reflektiertes Licht durch natürliche Schächte in die Höhle fiel. Vielleicht war es dem Mond gelungen, sich gegen die Wolken durchzusetzen, und sein Schein drang nun durch die feinen Ritzen im Gestein.

Mulder berührte sie an der Schulter und deutete an einem der größeren Stalagmiten vorbei auf einen gesäuberten Bereich der gegenüberliegenden Seite. Eine

Lichtreflexion erregte ihre Aufmerksamkeit – und sie hielt den Atem an. Dort, am unteren Rand der Höhlenwand, befand sich ein großes, rechteckiges Objekt, das aussah, als ob es aus Glas bestünde.

Mulder pirschte näher heran, die automatische Waffe schußbereit auf seinen Armen. Hinter ihm schlängelte sich Scully an dem gewaltigen Stalagmiten vorbei. Als sie sich der Lichtreflexion näherte, erkannte sie einen riesigen Glastank, der sich in Hüfthöhe an der Wand entlangzog. Der Tank war beinahe vier Meter lang und gut einen Meter breit; einige Gummischläuche ragten aus dem Boden hervor und verschwanden in Löchern, die direkt in die Felswand hineinführten.

Während sie neben Mulder stand und den Tank betrachtete, rasten Scullys Gedanken. Das Gefäß war zur Hälfte mit einer durchsichtigen Flüssigkeit gefüllt, die einen herben Geruch verströmte. Salzig und vertraut. Dieses Aroma erinnerte Scully an die vielen tausend Stunden, die sie während ihres Studiums und für das FBI in Laboratorien zugebracht hatte.

»Ringer-Lösung«, sagte sie leise. »Eine biochemische Lösung, die dazu benutzt wird, organische Zellen am Leben zu erhalten. Zellkulturen, Bakterien . . .«

»Auch Transplantationsmaterial?«

Scully zuckte die Schultern. Sie war wie betäubt vom Anblick dieses Tanks. Nun konnte es keine Zweifel mehr geben: Diese gewaltige Höhle war Schauplatz einer medizinischen Forschungsstation; der lange Weg, der in New York seinen Anfang genommen hatte, hatte sie an diesen versteckten Ort in den unzugänglichen Bergen Thailands geführt – begleitet von einem religiösen Kult und einer uralten Legende. Wieder einmal mußte sich Scully die bizarre Logik bewußt machen, die hinter all dem steckte. Der Mythos des *Gin-Korng-Pew* diente lediglich dazu, die Wahrheit zu verschleiern. Schließlich besann sie sich auf Mulders Frage. »Ja . . . es ist durchaus denkbar, daß die synthetische Haut in diesem Tank aufbewahrt worden ist.«

»Vielleicht auch nur das Familienschmusetier«, kommentierte Mulder, während er die Hand ausstreckte und kurz in die Flüssigkeit tauchte. Dann zog er die Finger zurück und schüttelte die Tropfen auf den Boden. »Was auch immer da drin gewesen ist, es ist erst vor kurzem entfernt worden – die Temperatur im Tank ist höher als die Raumtemperatur.«

Er strebte auf den inneren Gang der Höhle zu, und Scully folgte ihm unter höchster Anspannung. Als sie sich dem gelblichen Lichtschein näherten, drangen künstliche, mechanisch erscheinende Geräusche an ihre Ohren, die bald so laut wurden, daß sie sie erkennen konnten. Deutlich hörten sie das rhythmische Pumpen von Beatmungsgeräten, vermengt mit dem Zischen von Infusionspumpen und dem Surren der Computerprozessoren. Als sie den Eingang erreicht hatten, gab sie Mulder mit der Hand ein Zeichen, und die beiden Agenten stellten sich geduckt zu beiden Seiten der Öffnung auf.

Der dahinterliegende Raum war mindestens viermal so groß wie die erste Höhle. Beinah so ausgedehnt wie ein Fußballfeld erstreckte er sich unter der natürlichen Felsenkuppel. Dies war die größte Höhle, die Scully je gesehen hatte. Aus über einem Dutzend gewaltiger Scheinwerfer, die an Stahlpfosten an den Wänden befestigt waren, flutete sanftgelbes Licht den Saal. Und direkt vor Scully standen die ersten leeren Kliniktragen, Reihe um Reihe füllten sie den Raum, soweit das Auge reichte. Fast schien es, als würden die parallelen Reihen, die sich von einem Ende der Höhle zum anderen zogen, niemals enden.

»Sie sind nicht hier«, flüsterte Mulder, während er

langsam zwischen den Pritschen hindurchging. »Die Tragen sind leer . . .«

Mitten im Satz brach er ab. Dann deutete er voraus. Dort befanden sich einige Krankentragen, vielleicht zwanzig oder dreißig, die als gesonderte Gruppe nahe der rechten Wand aufgestellt worden waren. Jede dieser abseits stehenden Rolltragen wurde von einem milchigweißen Sauerstoffzelt bedeckt.

Mulder stürzte voran, dicht gefolgt von Scully. Erst als sie das erste Sauerstoffzelt erreicht hatten, verlangsamten sie ihre Schritte. An jedem Kopfende waren medizinische Gerätewagen im Halbkreis aufgestellt worden. Scully erkannte Beatmungsgeräte, Elektrokardiographen – doch einige der anderen Apparaturen waren ihr fremd. Außerdem waren etliche Infusionspumpen mit einem großen zentralen Behälter verbunden, der mit einer unidentifizierbaren Chemikalienlösung gefüllt war.

Während Scully Mulder zwischen den Sauerstoffzelten hindurch folgte, zählte sie die Tragen. Ihre Schätzung erwies sich als korrekt – es waren genau fünfundzwanzig Sauerstoffzelte. Sie atmete tief durch und näherte sich dem nächststehenden Zelt. Sie konnte hören, wie der Sauerstoff durch die Röhren und Schläuche gepumpt wurde, um im Inneren eine keimfreie Atmosphäre herzustellen, und nachdem sie die Außenseite des Zelts eine Weile untersucht hatte, entdeckte sie eine dreieckige Klappe, die durch einen Reißverschluß verschlossen war. Rasch rief sie Mulder zu sich und zog im gleichen Augenblick an dem Verschluß.

»Mein Gott«, flüsterte sie, während sie durch die dünne, durchsichtige Plastikscheibe starrte, die unter der Klappe zum Vorschein gekommen war. Sie blickte in ein hochgradig verbranntes Gesicht über einem nicht minder schwer entstellten Oberkörper. Beinahe die komplette Haut war versengt, und an vielen Stelle konnte sie direkt bis auf die Muskeln und Knochen sehen. Dieser Patient war ein Flickwerk aus Schwarz, Weiß und Rot, aus verkohlten Regionen, offengelegtem, subkutanem Fettgewebe und pulsierenden Adern und Arterien, die unverdeckt in der sterilen Luft lagen. Beide Augen waren den Verbrennungen zum Opfer gefallen und hatten leere Höhlen zurückgelassen. Der zahnlose Mund des Mannes war weit geöffnet – als wäre er in einem ewig währenden Todesschrei erstarrt.

Doch erstaunlicherweise schien dieser Mann noch am Leben zu sein. Scully konnte das mechanische Auf und Ab seiner Brust erkennen und sie sah, wie das Blut durch seinen Körper gepumpt wurde. *Noch am Leben* . . . aber nur in gewisser Weise. Dieser Mann war eher eine groteske organische Maschine denn ein menschliches Wesen. Das Herz und die Lungen arbeiteten, doch was war mit seinem Gehirn? Das erschien Scully zweifelhaft, wenn nicht schlicht unmöglich.

»Dieser hier sieht genauso aus«, rief Mulder, der einige Schritte entfernt einen weiteren Reißverschluß an einem anderen Sauerstoffzelt geöffnet hatte. Während Scully ihm zusah, ging er von Trage zu Trage und öffnete vorsichtig eine Klappe nach der anderen. »Fünfundzwanzig, alle in einem ähnlichen Zustand. Der Rest der Zweitausend muß fortgebracht worden sein . . . Vielleicht gibt es noch eine andere derartige Einrichtung.«

Scully heftete ihren Blick auf den Halbkreis aus Gerätewagen am Kopfende der Trage und lauschte der Sinfonie der lebenserhaltenden Maschinen. »Wir wissen nicht, ob diese fünfundzwanzig Patienten auf der Liste stehen. Ich bin nicht einmal sicher, ob es noch eine Möglichkeit gibt, diesen Mann zu identifizieren. Keine Fingerabdrücke, keine Zähne.«

»Keiner dieser Männer hat noch Zähne, und zwar aus genau diesem Grund. Aber für mich gibt es da keinen Zweifel. Das hier sind Paladins Versuchskaninchen. Und die übrigen sind irgendwo da draußen«, Mulder wandte sich weiter in Richtung Mitte der natürlichen Halle, »und warten auf die nächste Phase.«

Scully riß sich von dem Anblick los und folgte ihrem Partner durch die Höhle, während sie an den Mann dachte, der sie in ihrem Hotelzimmer überfallen hatte. War auch er einer dieser Patienten gewesen, ein hautloser, dahinvegetierender Leib, nur durch Schläuche am Leben erhalten? Es erschien ihr unvorstellbar. Die Veränderung, der Perry Stanton ausgesetzt gewesen war, die Ultraschallaufnahmen, die sie unter der Kirche gesehen hatte – das alles waren Vorgänge, die sie begreifen konnte. Chemikalien, die sich auf die Hirnstruktur auswirkten, Neurotransmitter, die das Verhalten kontrollierten, synthetische Haut als neues Transplantat. Doch Mulder sprach von etwas ganz anderem. Er sprach davon, die Toten wieder auferstehen zu lassen.

»Nein«, befand Scully schließlich. »Diese Verbrennungen können nicht geheilt werden. Sie sind zu schwer. Medizin ist keine Zauberei.«

Plötzlich packte Mulder ihren Arm und zog sie heftig zur Seite. Nach Luft schnappend kämpfte sie darum, nicht zu stürzen, während Mulders Finger steil geradeaus zeigte. Sie waren kaum zwanzig Meter von der rückwärtigen Wand des gewaltigen Raumes entfernt. Dort befand sich eine große zweiflügelige Tür im Fels, in deren eine Hälfte ein rundes Beobachtungsfenster eingelassen worden war. Grelles Licht strahlte durch die Scheibe, und Scully erkannte schattenhafte Bewegungen auf der anderen Seite.

»Da drüben«, formten Mulders Lippen tonlos, wobei

er auf einige große Apparaturen in ihrer Nähe deutete, die nur wenige Meter von der Flügeltür entfernt waren und die Scully als Autoklaven, gewaltige Sterilisationsgeräte, identifizieren konnte. Jede Apparatur war etwa so groß wie ein Kleiderschrank und hatte eine transparente Front aus Plexiglas. Eines der Geräte stand offen, und auf seinem Display leuchtete ein roter Punkt, der darauf hinwies, daß die Automatikschaltung aktiviert und die Technik einsatzbereit war. Die anderen sahen aus, als wären sie noch vor kurzer Zeit in Gebrauch gewesen – Scully konnte Spuren des extrem heißen Dampfes auf der Innenseite der Plexiglasscheiben erkennen, hinter denen sie glänzende Ständer voller Spritzen und Skalpelle entdeckte.

Sie kauerte sich neben Mulder hinter den zweiten Autoklaven und verrenkte sich fast den Hals, um einen Blick durch das Beobachtungsfenster zu erhaschen. »Sieht aus wie ein medizinisches Theaterstück«, flüsterte sie dann.

»Theater ist das passende Wort«, erwiderte Mulder. »Haben Sie die Kameras gesehen?«

Scully nickte. Aus ihrem Blickwinkel erkannte sie wenigstens drei Videokameras auf Stativen, die auf einen Operationstisch auf der anderen Seite der Tür ausgerichtet waren. Ein großer, dünner Mann in einem OP-Kittel, dessen Gesicht von einer sterilen weißen Maske verdeckt wurde, sprach direkt in eine der Kameras. Ein anderer Mann, vierschrötig und kräftig und ebenfalls mit einem Chirurgenkittel bekleidet, stand näher an dem Operationstisch. In seinen Händen hielt er eine mächtige Kunststoffkühlbox, deren Deckel einen Spalt weit geöffnet war.

»Julian Kyle«, murmelte Scully kalt, während sie ihre Smith & Wesson entsicherte. Zwar wußte sie nicht, was für eine Operation in dem Raum dort stattfinden sollte, dennoch war sie mehr als bereit, eine Festnahme durchzuführen. Hinter ihr lagen fünfundzwanzig wehrlose Verbrennungsopfer an Lebenserhaltungsmaschinen, und es war klar, daß sie ein Teil dieses makabren Unterfangens waren. Opfer, die noch einmal zu Opfern wurden. »Wofür, meinen Sie, sind diese Kameras?«

»Das ist eine Satellitenverbindung«, entgegnete Mulder. Seine Finger spannten sich um die automatische Waffe. Auch er bereitete sich auf eine Konfrontation vor. »Ich habe gehört, wie sie davon gesprochen haben, bevor ich bewußtlos wurde. Sie demonstrieren ihre Operationsmethode, vermutlich für Kaufinteressenten.«

»Drohnen im Do-It-Yourself-Verfahren?« fragte Scully skeptisch. Noch immer hielt sie diesen Gedanken für abwegig. Niemand würde für geistlose Drohnen so viel Ärger und Risiko auf sich nehmen, und der Drohn, der sie attackiert hatte, lieferte das beste Beispiel dafür. Er war unfähig gewesen, auf ihren überraschenden Angriff zu reagieren. Wieviel Geld sollten irgendwelche Machthaber für derartige Soldaten ausgeben wollen?

»Wie ich schon sagte«, erwiderte Mulder. »Die Drohnen waren nur der erste Schritt. Das Verfahren wurde perfektioniert – und das nächste Stadium findet dort in diesem Raum da statt.«

Mulders Flüstern war zu einem wütenden Zischen geworden. Seine Objektivität hatte sich längst verabschiedet, und als sie noch einmal einen Blick auf die fünfundzwanzig Sauerstoffzelte warf, zusammengedrängt wie die Schaumkronen auf aufgewühlter See, fühlte Scully, daß es auch um ihre eigene Nüchternheit nicht gut bestellt war. Mit nicht weniger Vehemenz als ihr Partner verlangte sie nach Antworten.

Sie nickte, und Mulder schob sich geduckt vorwärts. Scully folgte ihm mit einem Schritt Abstand, die Augen starr auf die Türen geheftet. Nur noch ein paar Sekunden, und alles würde vorbei sein.

Kapitel 26

Jegliche Farbe wich aus Quo Tiens Gesicht, als er sah, wie die beiden Agenten hinter dem Autoklaven hervorgekrochen kamen. Er stand nur sechs Meter entfernt im dunklen Eingang zu einem weiteren Tunnel, der von der Haupthalle abzweigte, und konnte kaum glauben, was er sah. Der Mann, dessen Blut Tien beinah gekostet hätte, Fox Mulder, war den Auswirkungen der Transplantation auf irgendeine unerfindliche Weise entgangen. Nun war er hier, infiltrierte gemeinsam mit seiner Partnerin Tiens persönlichen Tummelplatz und war nur ein paar Schritte davon entfernt, alles zu zerstören.

Schnell wandelte sich Tiens Überraschung zu purem Zorn. Dies war sein Zuhause, schon die bloße Anwesenheit der beiden Agenten war ihm zuwider. Und dieses Mal würde Onkel Julian ihm nicht in die Quere kommen.

Tien schlich vorwärts, und seine geschmeidigen Hände schlüpften aus den langen Ärmeln. Gerade erst hatte er den letzten Drohnen des ersten Stadiums gesichert; noch immer hielt er das handliche Elektroschockgewehr in der linken Hand, das seit dem Debakel um den entflohenen Drohnen in New York zum unverzichtbaren Handwerkszeug gehörte. *Besser, einen Drohnen zu töten, als ihn ent-*

kommen zu lassen. Seine rechte Hand umspannte das Heft des Rasiermessers. Die beiden Agenten waren schwer bewaffnet, doch Tien hatte keinerlei Zweifel daran, daß ihm Messer und Betäubungswaffe für sein Vernichtungswerk reichen würden. Zunehmende Erregung pochte durch seinen Unterleib, als er sich den beiden mit der Lautlosigkeit einer Katze näherte.

Kapitel 27

Aus dem Augenwinkel erkannte Scully eine Bewegung, und sie drehte ruckartig den Kopf zur Seite. Der junge Mann lief direkt auf sie zu, und sein schlanker Körper glitt mit einer erstaunlichen Beweglichkeit zwischen den Geräten und Tragen hindurch. Die Augen in seinem Gesicht, das eine Fratze der Wut, Aggression und einer kaum verhohlenen Begierde war, waren zu schmalen Schlitzen verengt. Seine erhobenen Hände erinnerten sie an Fangzähne und verliehen ihm mehr den Anschein einer Schlange als den eines menschlichen Wesens. Scully sah die scharfe Klinge im gelblichen Scheinwerferlicht aufblitzen, dann bemerkte sie die Betäubungswaffe, die direkt auf sie zielte. Ihr blieb keine Zeit, die Waffe auf ihn zu richten, ihr blieb nicht einmal die Zeit zu schreien. Statt dessen tat sie das, was ihr als erstes in den Sinn kam. Sie streckte die Hand aus und packte Mulders Schulter.

Der elektrische Schlag erwischte sie an der rechten Körperseite, und im selben Augenblick schien ein lautes Rasseln ihren Kopf zum Bersten bringen zu wollen. Ihr Körper hob einige Zentimenter vom Boden ab, ihre Muskeln verkrampften sich und sie stürzte genau auf Mulder. Als ein Teil der Elektrizität durch seinen Körper geleitet wurde, zuckte er unter ihrer Hand zusammen. Das automatische Gewehr entglitt seinen Händen und polterte unter eine Rolltrage, die wenige Schritte von ihnen entfernt stand. Gemeinsam prallten sie gegen die Felswand, nur Zentimeter von der Doppeltür entfernt. In der nächsten Sekunde glaubte Scully, ihre Haut stünde in Flammen. Sie japste, Schwindel erfaßte ihre Sinne, und ihr Blickfeld wurde von aufflackernden schwarzen Punkten getrübt. Vage fühlte sie, wie sich Mulder von der Last ihres Körpers befreite und zu seiner Waffe kroch.

Als ihre Wange den Boden berührte, verschwamm der Raum zunehmend vor ihren Augen. Keuchend kämpfte sie darum, bei Bewußtsein zu bleiben. Ihre Hand an Mulders Schulter hatte sie zwar davor bewahrt, die ganze Macht der Betäubungswaffe zu spüren zu bekommen, und sie hatte Mulder mit derselben Berührung warnen können – andererseits waren sie nun beide vorübergehend außer Gefecht. Mit einiger Mühe gelang es ihr, die Hände abzustützen und den Kopf anzuheben. Mulder robbte wenige Schritte von ihr entfernt über den Boden, nur Zentimeter trennten seine Hand von dem Gewehr... doch dann fiel ein langer, dunkler Schatten über ihn, ein sehr lebendiger und kräftiger Schatten. Er zerrte Mulder von der Waffe fort und drehte ihn unsanft auf den Rücken.

Scully schüttelte den Kopf, um die schwarzen Punkte zu vertreiben, und der Schatten bekam plötzlich eine dreidimensionale Gestalt: Es war der junge Mann, der mit gespreizten Beinen über Mulder stand und seine Klinge direkt über das Gesicht ihres Partners hielt. *Nein.* Scully biß die Zähne zusammen und katapultierte sich mit aller verbliebenen Kraft auf die beiden Männer zu.

Sie schlug auf dem Rücken des Angreifers auf, und ihr Gewicht schleuderte ihn von Mulder fort. Doch noch bevor sie auch nur den Boden berührten, hatte er sich bereits aus ihrem Griff befreit. Sein linker Handrücken erwischte Scullys Unterkiefer, und sie flog über den Boden und prallte gegen einen medizinische Gerätewagen, der unter der Wucht ihres Körpers gegen die Wand geschmettert wurde. Einige der Geräte polterten zu Boden. Der Geschmack von Blut erfüllte ihren Mund, während ein gezerrter Muskel stechende Schmerzen durch ihre Körperseite jagte. Nach Luft ringend, hob sie den Kopf und bemerkte, daß eine Herz-Lungen-Maschine zertrümmert neben ihrer Schulter lag. Ein langer Kunststoffschlauch hatte sich aus dem Gerät gelöst, und Scully erkannte einen dünnen Draht, der aus dem Schlauch herausragte. Eine Sonde, die dazu diente, einen Ballon in die Herzgefäße von Patienten einzuführen. Die Sonde erregte ihre Aufmerksamkeit – die stählerne Hohlnadel war zwanzig Zentimeter lang und extrem spitz.

Scully ergriff die Sonde und riß sie aus dem Kunststoffschlauch heraus. Als sie sich mühsam in eine gebückte Haltung hochkämpfte, trieb ihr der stechende Schmerz in ihrem Leib die Tränen in die Augen. Benommen sah sie sich nach Mulder und dem Angreifer um.

Direkt vor den Autoklaven entdeckte sie die beiden Männer. Mulder hockte auf den Knien und umklammerte die Handgelenke des über ihm stehenden Halbasiaten. Blut strömte aus einer Verletzung seiner Wange und aus einer tiefen Schnittwunde im linken Arm. Der Angreifer war unverkennbar in der stärkeren Position. Unerbittlich näherte sich die blutige Klinge Mulders Kehle, und sein Mienenspiel war so ruhig wie die Oberfläche eines Sees vor einem Sturm. Ein sonderbares, beinah sinnliches Lächeln umspielte seine Lippen.

Scullys Hand spannte sich um die Sonde, und sie stürzte voran. Im letzten Augenblick blickte der junge Mann auf, und seine Augen weiteten sich. Er versuchte auszuweichen, doch Mulder hielt seine Handgelenke so fest umklammert, daß seine Bewegung zu langsam wurde. Die Sonde bohrte sich in seine Schulter, drang tief in die Muskulatur ein und hinterließ eine häßliche Wunde. Einem kleinen munteren Geysir gleich spritzte hellrotes Blut in Mulders Gesicht, bevor es ihm gelang, sich zur Seite zu rollen. Der junge Mann taumelte und ließ die Rasierklinge in einem bizarren Tanz nutzlos durch die Luft sausen. Während das Blut mit gleichbleidender Intensität aus der tiefen Wunde quoll, wurde sein Gesicht von Sekunde zu Sekunde blasser. Dann verlor er den Halt, stolperte über die eigenen Füße und stürzte direkt in den offenen Autoklaven. Durch den Aufprall seines Gewichts wurde die Maschine mitgerissen, und die Tür fiel zu.

Ein mechanisches Klicken ertönte, gefolgt von einigen lauten Pieptönen. Scully wollte sich der Magen umdrehen, als ihr bewußt wurde, daß sich die Maschine automatisch in Gang gesetzt hatte. Sie stürzte sich auf die Kontrollinstrumente – doch es war zu spät. Entsetzt mußte sie mitansehen, wie der Körper des Mannes gegen die geschlossene Plexiglastür sackte, bis seine Knie vollends nachgaben. Dann erklang ein tosendes Zischen aus dem Inneren der Maschine. Dichte Wolken extrem heißen Wasserdampfs strömten aus den Düsen des Sterilisierers und umhüllten den jungen Mann von allen Seiten. Sofort löste sich die Haut in langen blutigen Streifen von seinem Körper, und schon in der nächsten Sekunde hatte ihn der heiße Dampf bis auf die Knochen abgenagt. Zurück blieb ein blankes Skelett, sauber und milchig weiß wie für Ausstellungszwecke in einem Naturkundemuseum.

Unfähig, den Blick abzuwenden, starrte Scully durch das Plexiglas, während sich Mulder neben ihr auf die Beine quälte und die Hand auf seinen blutenden linken Arm preßte. »Karma«, kommentierte er trocken. »Zweitausend Grad reinstes Karma.«

Scully sah ihn an. Unvermindert floß ihm das Blut aus der Schnittwunde auf seiner Wange über das Gesicht. Ihr eigenes Kinn schmerzte ebenfalls, und sie stellte fest, daß sich in ihrem Unterkiefer ein Zahn gelockert hatte. »War das Emile Paladins Sohn?«

Doch noch ehe Mulder antworten konnte, ertönte hinter ihnen das Geräusch einer aufschwingenden Tür. Scully wirbelte herum und erblickte Julian Kyle, der vor der Tür stand und sie fassungslos anstarrte. In seinen Händen hielt er eine Kühlbox aus Kunststoff, und auf seinen Zügen zeigte sich der Ausdruck blanken Entsetzens.

»Bleiben Sie, wo Sie sind!« brüllte Mulder, doch Kyle rannte bereits durch den Saal. Mulder ignorierte ihn und stürzte auf die Doppeltür zu. Er mußte wissen, was in dem Operationssaal geschah. »Scully, lassen Sie ihn nicht entwischen. Er hat die Haut!«

Für den Bruchteil einer Sekunde überlegte Scully, ob sie ihre Waffe aufsammeln sollte, entschied aber, daß ihr keine Zeit dafür blieb. Kyle näherte sich bereits dem Tunnel, aus dem der junge Halbasiate gekommen war. Ohne weiter auf den bohrenden Schmerz in ihrer Seite zu achten, sprintete Scully hinter ihm her. Hinter sich hörte sie, wie Mulder die Doppeltür aufstieß, und einen Atemzug lang dachte sie daran, daß auch er unbewaffnet war.

Langsam fragte sie sich, wie weit sie noch kommen mochten, wenn sie sich ausschließlich auf ihr Karma verließen.

Kapitel 28

Mit der gesunden Schulter voran stürmte Mulder durch die Tür, mitten hinein in das strahlendhelle Licht. Seine Stiefel glitten auf dem glatten Boden aus, und er konnte gerade noch einer Videokamera auf einem dreibeinigen Stativ ausweichen. Der Operationstisch befand sich drei Meter von ihm entfernt und war von allerlei medizinischem Gerät umgeben. Am Kopfende stapelten sich Kanister mit Anästhetikum neben einem Beatmungsgerät und zwei gewaltigen Sauerstoffflaschen. Auf der anderen Seite des Tisches erkannte Mulder den künstlichen Arm eines Laserskalpells, der aus einem zylindrischen Gehäuse herausragte und dem Gerät ähnelte, das er in der Chirurgie des *Jamaica Hospitals* im Einsatz erlebt hatte. Neben dem Lasergerät stand ein rollbarer Wagen mit einem Defibrillator und einem Elektrokardiographen. Auf dem Monitor zeigten sich ungleichmäßige hellgrüne Wellenlinien, die dem beängstigenden Rhythmus eines hocherregten Herzschlags folgten. Jedes Mal, wenn ein neuer Höhepunkt am Monitor sichtbar wurde, hallte ein hohes Piepen von den Wänden wider.

Ein Wellenschliffskalpell in der Rechten stand der blauäugige Mann mit der Chirurgenmaske wie erstarrt neben dem Monitor. Drei verschiedene Videokameras waren über seine Schultern hinweg auf den Operationstisch gerichtet, und Mulder sah ein wirres Durcheinander von Kabeln, die von den Kameras zu einem Sendegerät führten, das über einem Generator an der Wand angeschlossen war. Die Kameras surrten die leise Sinfonie unsichtbarer Motoren.

»Tut mir leid, wenn ich Ihre Vorführung unterbreche!« Schweratmend kam Mulder zum Stehen.

Doch der blauäugige Mann rührte sich nicht, und in seine Augen trat der Ausdruck einer gefährlichen Ruhe. Langsam ließ er das Skalpell sinken. Mulder folgte seinem Blick, als er sich ungerührt dem Patienten zuwandte, der vor ihm auf dem Tisch lag.

Die Operation war in vollem Gang. Der nackte Torso des Patienten war in zwei vollkommen unterschiedliche Sektionen unterteilt. Die Bauchgegend war noch immer von schrecklichen Verbrennungen gezeichnet, eine schaurige Mischung aus Weiß, Schwarz und Rubinrot. Der obere Brustbereich hingegen, Schultern, Hals und Gesicht war sorgfältig rekonstruiert worden, und die gelblich schimmernde Haut spannte sich fest über Knochen und Muskelgewebe. An den Rändern der transplantierten Bereiche erkannte Mulder die bekannten Klammern – und um diese Klammern herum zierte ein rotes Pulver die neue Haut. Es war ›Staub‹, jene antibakterielle Substanz, der sie ihre erste Spur zu Fibrol und zu Emile Paladin verdankten.

Das Gesicht des Patienten unter der neuen Haut war unnatürlich ebenmäßig. Vollkommen unbewegt lagen die Züge unter der Atemmaske. Die Augen waren weit geöffnet und strahlten in dem gleichen intensiven Blau wie die des Chirurgen neben dem Operationstisch.

Mit Schrecken erkannte Mulder das Gesicht des Patienten. *Andrew Paladin.* Als der Arzt sich bewegte, glitt Mulders Blick sofort zu ihm zurück. Der blauäugige Mann ging langsam zu einer der Kameras, legte einen Schalter um, und das Surren verstummte. »Sie haben eine äußerst komplizierte Prozedur gestört. Dieser Mann könnte ihretwegen sterben.«

»Dieser Mann hätte schon vor langer Zeit sterben

müssen«, konterte Mulder, während er vorsichtig den Tisch umrundete, ohne das glänzende Skalpell auch nur einen Moment aus den Augen zu lassen. Noch immer fühlte er, wie das Blut warm über sein Kinn und seine Kehle rann und die Vorderseite seiner Tarnkleidung rot färbte. Nutzlos hing der verwundete Arm an seiner linken Seite herab. »Sie halten nebenan noch fünfundzwanzig Menschen wie ihn gefangen. Außerdem sind irgendwo beinahe zweitausend Männer versteckt. Gemarterte Seelen, die ihren Familien vor über zwanzig Jahren entrissen wurden.«

Während seine Hand das Skalpell mit geübtem Griff umfaßte, trat der blauäugige Mann einen Schritt von dem Operationstisch zurück. »Daß diese Männer noch am Leben sind, verdanken sie mir. Meine Haut wird ihnen eine zweite Chance verschaffen und sie von ihren Qualen befreien.«

»Sie meinen, Sie wollen Drohnen aus ihnen machen?«

Als Mulder das Fußende des Tisches erreichte, wich der Mann ein wenig zurück und stellte sich zwischen die Sauerstoffflaschen.

»Nein«, fuhr Mulder fort, und die Wut verlieh seiner Stimme einen scharfen Unterton. »Die Drohnen sind lediglich das erste Stadium. Sie sind unfähig, eigenständig zu denken, willige Diener ohne eigenes Bewußtsein, die brav Ihren Anweisungen gehorchen. Aber das nächste Stadium ist weiter entwickelt, nicht wahr? Es ist wertvoller.«

»Davon verstehen Sie nichts«, entgegnete der Chirurg in gelangweiltem, ja, kaltem Ton. »Sie können nicht einmal ansatzweise begreifen, womit Sie es hier zu tun haben.«

Mulder fühlte, wie sein Zorn noch weiter zunahm. »Ich weiß, daß sie diese Männer während der letzten zwanzig

Jahre am Leben erhalten haben. Medizinisch erscheint das unmöglich. Also muß die Haut selbst – oder die Chemikalien in dieser Haut – die Ursache für ihr Überleben sein. Sie haben die Haut dazu benutzt, um diese Männer zu verändern ... um sie vorzubereiten für die heutige Demonstration.«

Mulder verstummte und betrachtete den Patienten auf dem Operationstisch. Dann wanderte sein Blick über die Kameras zu der Sendeanlage an der Wand. Er vermutete, daß diese Anlage über ein Glasfaserkabel mit einer Satellitenschüssel verbunden war, die sich irgendwo hoch oben auf einem der Berge befand. »Intelligente Soldaten ... unverwundbare Soldaten. Deshalb erschaffen Sie sie, nicht wahr? Und Sie wollen sie verkaufen. An wen? An das Militär? An eine fremde Regierung? Wer ist dort am anderen Ende der Kameras?«

Eine unmerkliche Anspannung legte sich über das Gesicht des Chirurgen, während seine linke Hand plötzlich in seiner Kitteltasche verschwand. Als sie wieder zum Vorschein kam, hielt sie eine Kleinkaliberpistole. Mulders Brustkorb verkrampfte sich, und er wich einen Schritt zurück – das kalte Glitzern in den Augen des Mannes ängstigte ihn mehr als die Waffe.

»Es reicht«, sagte der Chirurg leise.

Das war keine Feststellung, es war ein Befehl. Während er dem Arzt in die Augen sah und die Intensität seines kalten blauen Blicks erfaßte, kam Mulder ein wenig erfreulicher Gedanke: Dieser Mann war anders als Julian Kyle. Er mochte ebenfalls die grüne Uniform getragen haben – doch er war nie ein Militarist der alten Schule gewesen. Er war arrogant, egoistisch, kontrollierend, und gewiß kein Mann, der gerne Befehle befolgte. Seine Motive lagen tief in seinem Inneren, waren geprägt von einer persönlichen Besessenheit, getrieben von einem egomanischen Geist. Erneut starrte Mulder die Kameras und den Operationstisch an und erkannte, daß seine Theorie keinen Sinn ergab.

»Es geht überhaupt nicht um Geld.« Mulder betonte jede Silbe. »Die Männer, die Ihre Forschung finanzieren, mögen das glauben, aber es stimmt nicht. Sie jagen etwas anderem hinterher. Etwas weit Wichtigerem als Geld.«

Die fünfundzwanzig Brandopfer in dem großen Saal, die für so viele Jahre am Leben erhalten worden waren, kamen ihm in den Sinn. Dann dachte er an die Drohnen des ersten Stadiums – Männer, die bereits während des Vietnamkriegs hätten sterben sollen, Männer, die noch immer so jung aussahen wie an dem Tag, an dem sie verwundet worden waren. Und in diesem Moment begriff er, daß er und Scully von Anfang an falsche Motive vermutet hatten.

»Unsterblichkeit«, flüsterte er andächtig, und seine Augen weiteten sich. »Unverwundbare Soldaten sind erst der Anfang. Die Haut altert nicht. Die Zeit kann ihr nichts anhaben. Sie ist unsterblich, so wie *Gin-Korng-Pew* selbst. Das ist es, was Sie wollen, nicht wahr? Unsterblichkeit...«

Mulder ließ sich nach links fallen, als sich ein Schuß aus der Waffe löste. Er fühlte, wie etwas in seine rechte Schulter schlug und ihn von den Beinen riß. Gleich neben seinem Fuß jaulte ein zweites Projektil in den Boden. Gesteinssplitter flogen durch den Raum. Mulder krabbelte hastig davon, und seine Gedanken überschlugen sich, als er sich wenigstens teilweise hinter dem Operationstisch in Sicherheit brachte. Er wußte nicht, wie schlimm die Schußverletzung war, doch in seiner Schulter breitete sich ein dumpfer Schmerz aus, der sich mit dem Brennen der Schnittwunde in seinem linken Arm vermengte. Über sich konnte er hören, wie der blauäugige Mann den Tisch umrundete. Während er gegen das Gefühl aufsteigender Panik ankämpfte, kroch er in die entgegengesetzte Richtung davon und schalt sich gleichzeitig für seine Unvorsichtigkeit. Er hatte die Situation völlig falsch eingeschätzt und zugelassen, daß das Adrenalin in seinen Adern seine Handlungen bestimmte und nicht die nüchterne Überlegung. Nicht einen Augenblick hatte er an die eiskalte Hybris eines Mannes gedacht, der einen Mythos für ein reales Wunder genutzt hatte. *Eines Mannes, der sein Leben dem Versuch gewidmet hat, dem Tod seinen Stachel zu nehmen.*

»Zweitausend unversiegbare Quellen der Unsterblichkeit«, sagte Mulder mit belegter Stimme. »Ihren eigenen Bruder eingeschlossen.«

Ein leises Husten drang an seine Ohren, und Mulders Schultern begannen zu zittern. Er hatte sich nicht geirrt. Der Mann hinter der Chirurgenmaske war Emile Paladin. Mulder mußte sich an den Operationstisch lehnen, da die Wunde in der Schulter Wellen der Ohnmacht durch seinen Körper sandte. Paladins Überzeugung war unerschütterlich, und seine Leistung unter wissenschaftlichen Gesichtspunkten überwältigend. Zweitausend unverwundbare Soldaten, ein jeder eine selbstregenerierende Produktionsstätte jener Haut, die diese Veränderung einzuleiten vermochte ... Doch wozu das alles? Vermutlich für den gigantischen Deal, das Produkt an mächtige Männer des Verteidigungsministeriums zu verkaufen, deren Identität im dunkeln bleiben würde, Männer, die Paladins Forschung bis heute finanziert hatten. Basteleien an der menschlichen Rasse, Experimente mit der Evolution – das alles war letzten Endes verabscheuenswert.

Und doch gab es nichts, was Mulder tun konnte. Er spürte, wie die Kraft ihn verließ, registrierte, daß sein Kopf immer weiter nach vorn sank – als er plötzlich das runde Pedal nur wenige Zentimeter neben seinem rechten Fuß bemerkte. Er folgte der Verkabelung zu ihrem zylindrischen Ursprung und erkannte, daß er sich ganz in der Nähe des Laserskalpells befand.

Heftig schlug das Herz in seiner Brust, und Hoffnung ließ ihn die letzten Reserven mobilisieren. Als er hörte, wie Paladin um das Kopfende des Tischs herumging, schloß er die Augen. Nur noch kraft seiner Vorstellung ortete er den Mann. Gleichzeitig rief er sich das Bild des künstlichen Arms mit dem angeschlossenen Laser ins Gedächtnis, der in flachem Winkel nach oben zeigte. Er biß die Zähne zusammen, spannte die schmerzenden Muskeln an und zwang seinen Körper, sich zusammenzukauern. Dann zählte er die Sekunden und lauschte den Schritten, die immer näher und näher kamen . . .

Plötzlich schoß Mulder unter dem Tisch hervor und richtete sich zu voller Größe auf. Verblüfft zuckte der Chirurg zurück und riß die Waffe hoch, doch bevor er den Abzug drücken konnte, ergriff Mulder den stählernen Läserarm mit der rechten Hand. Das auf Federgelenken gelagerte Instrument sprang vor und drehte sich von dem zylindrischen Gehäuse fort. Im gleichen Augenblick trat Mulder mit aller Kraft auf das Pedal, und das elektrische Schnappen zerriß die Luft wie ein überlauter Peitschenknall . . . aber das rote Führungslicht zielte um wenige Zentimeter an Paladins Schulter vorbei. Mulders Augen weiteten sich vor Entsetzen, als er erkannte, daß der Laser direkt auf die Gummimanschette einer der Sauerstoffflaschen fiel.

Nicht noch eine Fehleinschätzung. Für einen Augenblick schien die Zeit stillzustehen – dann flammte ein alles verschlingender Blitz auf, eine heranrasende Sturmwelle aus grellweißem Licht.

Als die Sauerstoffflasche explodierte, wurde Mulder zurückgeschleudert. Sengende Hitze leckte über sein Gesicht, während die Feuersbrunst den Raum flutete und Paladin von hinten erfaßte. Immer weiter breiteten sich die Flammen aus, umhüllten den Operationstisch, fraßen sich über die Behälter mit dem Anästhetikum. Mulder krachte rücklings an die Wand und bedeckte seinen Kopf mit den Händen, als eine weitere Explosion den unterirdischen Raum erschütterte. Metallteile flogen durch die Luft, Splitter aus Gestein und Stahl bohrten sich in die Wände. Etwas schlug auf Mulders Leib und trieb ihm gewaltsam die Luft aus den Lungen. Aufkeuchend klappte er zusammen, und die Hitze versengte seine Nackenhaare.

Als der Sauerstoff verglüht war, verschwand die Hitze so schnell, wie sie gekommen war. Taumelnd kam Mulder auf die Beine und blickte sich in dem verwüsteten Raum um. Medizinische Gerätschaften lagen auf dem Boden – die meisten waren so verkohlt, daß es unmöglich war, ihren ursprünglichen Zweck zu erkennen. Die Videokameras waren verschmort, und ihre geschmolzenen Linsen hatten kleine kristalline Flecken auf dem Boden hinterlassen. Der Operationstisch war zur Seite geschleudert worden; Andrew Paladin war nur noch ein zusammengeschrumpftes, verkohltes Etwas. Offenbar hatte sich das Betäubungsgas in seinen Lungen entzündet und ihn von innen heraus verbrannt.

Auf der Suche nach dem Mann, der für das alles verantwortlich war, torkelte Mulder durch den Raum. Er stolperte über die geschmolzenen Überreste des Herzmonitors und zuckte zusammen, als die Bewegung neue Schmerzen durch seine rechte Schulter jagte.

Noch während er weiterging, öffnete er sein Hemd und zog den Stoff von der Wunde. Erleichterung erfaßte ihn, als er die blutige Wunde inspizierte und erkannte, daß die Kugel ihn lediglich gestreift hatte. Sie hatte seine Haut tief aufgerissen, Knochen und Muskelgewebe aber verfehlt. Dann richtete er seinen suchenden Blick wieder auf den Boden – und blieb wie angewurzelt stehen.

»Mulder«, hörte er aus der Richtung, in der sich einmal die Tür des zertrümmerten Operationssaals befunden hatte. »Mein Gott. Was zur Hölle ist hier passiert?«

Mulder starrte auf das schwarze verstümmelte Ding am Boden vor seinen Füßen. »Emile Paladin. Aber Sie werden sich wohl mit meinem Wort zufriedengeben müssen. Dieses Mal ist von ihm nicht einmal genug für eine Autopsie übriggeblieben.«

Schließlich sah Mulder auf und beobachtete, wie Scully vorsichtig eine rußgeschwärzte Ecke des Operationstischs berührte. Getrocknetes Blut klebte an ihrer Unterlippe, und ihre Kleidung war schweißgetränkt.

»Was ist mit Julian Kyle und der Kühlbox mit der Haut?«

Bedauernd schüttelte Scully den Kopf. »Kyle ist entkommen. Diese Tunnel ziehen sich meilenweit durch den Berg, und es könnte Tage dauern, sie alle zu durchsuchen. Wir müssen zurück nach Alkut und Washington informieren. Dann können wir Van Epps und das Militär anfordern.«

»Das Militär«, wiederholte Mulder langsam, während sein Blick auf die zerstörten Kameras fiel. Trotz des Infernos, dessen Zeuge er geworden war, verzog er die trockenen Lippen zu einem ironischen Lächeln. »Das Militär wird möglicherweise wenig hilfreich sein.«

Wortlos zuckte Scully die Achseln. Dies war nicht das

erste Mal, daß ihr Partner eine derartige Bemerkung machte.

Mulder seufzte. Frust und Erschöpfung zehrten an seinen Nerven. Der Fall war beendet – und doch hatten sie kaum mehr Beweise als zu Beginn ihrer Ermittlungen. Nur allzu deutlich war ihm bewußt, daß es so gut wie unmöglich sein würde, die fünfundzwanzig Soldaten in der Felsenhalle den Namen auf der Liste zuzuordnen. Außerdem bezweifelte er, daß noch irgendwelche Hinweise auf die hundertdreißig Drohnen des ersten Stadiums, irgendwelche Spuren von den zweitausend Brandopfern zurückbleiben würden, wenn das Militär erst einmal aufmarschiert war. Ohne Kyle und die Drohnen gab es keinen Beweis für Emile Paladins Wunderhaut – und keinen Nachweis ihrer Herkunft.

Scully schien zu dem gleichen Schluß gekommen zu sein, während sie vorsichtig den Raum durchquerte, den Blick konzentriert auf Mulders Schulterwunde gerichtet. In mancherlei Hinsicht war sie zuerst Ärztin und dann Bundesagentin. »Vielleicht werden wir nie die Wahrheit über Paladins synthetische Haut herausfinden . . . aber wir haben immerhin seinen Experimenten ein Ende gesetzt.«

Mulder fragte sich, ob sie recht hatte. Kyle war mit der Haut entkommen, und die übrigen Versuchskaninchen waren noch immer irgendwo da draußen. Es erschien ihm durchaus möglich, daß der Wissenschaftler einen neuen Anfang wagen würde, doch andererseits . . . Julian Kyle war nicht Emile Paladin. Es war nicht seine Forschung – und er hatte nicht Paladins Besessenheit.

Erneut seufzte Mulder, während Scullys geübte Finger seine entblößte Schulter untersuchten. »Wieder ein Fall, der niemals abgeschlossen werden kann, Scully. Und wieder haben wir keine Beweise, die wir vorlegen könnten.«

Scully beendete ihre Untersuchung und trat einen Schritt zurück, während Mulder sein Hemd wieder zuknöpfte. »Auf dem Rückweg zu diesem Raum habe ich etwas gefunden ... aber ich weiß nicht, was ich davon halten soll.«

Mulder sah ihr in die Augen. Irgendwo in dem vertrauten Grün vermeinte er einen Schatten zu entdecken, einen Schemen, der ihre tiefe Beunruhigung spiegelte. Und Mulder fühlte, wie die Schwäche aus seinem Körper wich.

»Zeigen Sie es mir.«

Zwanzig Minuten später standen Mulder und Scully in einer kleinen Nische nahe dem Zentrum des Labyrinths unterirdischer Tunnel und musterten die beiden Gegenstände, die in die Felswand eingebettet waren.

Endlich brach Scully das Schweigen. »Ich kann mir eine ganze Reihe plausibler Erklärungen vorstellen.«

Mulder antwortete nicht. Er brauchte keine Erklärungen. Scully konnte diese Fundstücke bis auf ihre Molekularstruktur zerlegen und sie stundenlang unter einem Elektronenmikroskop betrachten, konnte sie in ein Säurebad legen, messen und wiegen. Sie konnte sie jeder nur denkbaren wissenschaftlichen Behandlung unterziehen – es würde doch keinen Unterschied machen. Für Mulder lag die Erklärung in den Objekten selbst. Ihre Bedeutung war beängstigend, grauenvoll und so überraschend wie ihr Erscheinen.

Schaudernd wandte Mulder sich ab. Scully blieb zurück und starrte voller Unbehagen auf die beiden rasiermesserscharfen, gekreuzten Hauer.

Kapitel 29

Scully lehnte sich an die Absperrkette und schloß die Augen. Selbst mit geschlossenen Lidern entgingen ihr die Lichter nicht: eine endlose Kette flackernder roter und blauer Lampen, ein umgestürzter Christbaum, der sich fünfzig Meter weit über die abgeriegelte Rollbahn erstreckte. Obwohl die Sirenen wegen der späten Stunde und der Nähe zur Abfertigungshalle abgeschaltet waren, war die nächtliche Luft von Geräuschen erfüllt, dem Motorenrasseln der dieselbetriebenen Krankenfahrzeuge, den Rufen des medizinischen Personals, dem schrillen Kreischen der Rolltragen auf dem Asphalt.

»Sieht aus wie eine makabre Zirkusvorstellung«, bemerkte Mulder, der wenige Schritte von ihr entfernt stand. Auch er lehnte sich an die Kette, und sein bandagierter rechter Arm ruhte in einer Schlaufe vor seiner Brust. Zwei Pflasterstreifen bedeckten die Schnittwunde auf seiner Wange, sein linker Unterarm steckte in einem Verband, und unter seinen Augen lagen tiefdunkle Ringe. Die Belastung des zwanzigstündigen Flugs und der anschließenden, zehnstündigen Einsatzbesprechung in der FBI-Zentrale zeigte sich deutlich in seiner gebeugten Haltung. »Aus dieser Entfernung scheinen es weit mehr als nur fünfundzwanzig Krankenwagen zu sein.«

Scully öffnete die Augen und beobachtete das Farbenspiel der Lichter auf Mulders zerschlagenem Gesicht, während sie sich gleichzeitig fragte, ob sie ebenso erschöpft aussah. Noch immer erinnerte ihr Kinn sie schmerzhaft an Tiens Handrücken, und die Erschöpfung trübte ihr Sehvermögen. Im Flugzeug hatte sie sich ein kurzes Nickerchen gegönnt, ehe sie in ihrem Appartement geduscht hatte und in neue Kleider geschlüpft war, trotzdem wußte sie, daß sie mindestens eine Woche brauchen würde, um sich von diesem Fall zu erholen. Die vielen offenen Fragen waren dabei nicht gerade hilfreich, selbst wenn Mulder und sie mit diesem Ausgang einer Untersuchung nur allzu vertraut waren.

Mit dem Handrücken rieb sie sich über die Augen und hoffte, wieder klar sehen zu können. Etwa hundert Meter entfernt, hinter den Ambulanzfahrzeugen, konnte sie gerade noch die Boeing 727 auf der Landebahn erkennen. Ein Dutzend starker Scheinwerfer umgab den gewölbten Rumpf des Flugzeugs und tauchte die militärischen Markierungen an Heck und Tragflächen in helles Licht. Sowohl die vorderen als auch die hinteren Luken der Maschine waren offen. Medizinisches Personal in hellblauer Uniform huschte zwischen grell-orangefarbenen Gabelstaplern hin und her, und Scully verfolgte, wie einer der Wagen langsam zwei Tragen aus der vorderen Luke zum Boden herabsenkte, die gleich darauf von Sanitätern in eines der wartenden Ambulanzfahrzeuge geladen wurden. Schon im nächsten Moment glitt die Gabel wieder hinauf zur Luke, um die nächsten Tragen aufzunehmen.

Nach Skinners Schätzung würde es nur zwei Stunden dauern, die Patienten aus dem Spezialflugzeug auszuladen. Die Kosten für den Transport der fünfundzwanzig Brandopfer – und für die jahrelange Pflege, derer sie nun bedurften – trug der Steuerzahler. Ein Militärkrankenhaus in Maryland war bereits mit den notwendigen Lebenserhaltungssystemen nebst einem Stab frisch eingestellter Krankenschwestern ausgestattet worden.

Offen gestanden, war Scully ziemlich überrascht gewesen, daß sich das Militär der Angelegenheit so rasch angenommen hatte: Die ersten Aufklärungstruppen waren kaum ein paar Stunden, nachdem sie und Mulder ihre Meldung nach Washington durchgegeben hatten, in Alkut aufgetaucht. Angeführt von Timothy Van Epps hatten drei Marine-Einheiten die Einrichtung in Windeseile aufgelöst und für den Abtransport vorbereitet. In der Zwischenzeit hatte Skinner in Washington die offiziellen Wege beschritten, um die weitere Untersuchung und die konzertierte Handhabung der Situation in die Wege zu leiten. Sechs Stunden später saßen die beiden Agenten in einem Ambulanzfahrzeug auf dem Weg nach Bangkok, und Scully hatte darauf bestanden, daß wenigstens eines der Brandopfer im selben Wagen wie sie transportiert wurde.

Während der langen Fahrt nach Bangkok hatte sie mehr als genug Gelegenheit, den Patienten genauer zu untersuchen. Bei näherer Betrachtung wirkte das Überleben dieses Mannes weniger wie ein Wunder, denn wie eine Tragödie. Wie sie vermutet hatte, war der Mann hirntot, sämtliche Organe hatten den Dienst eingestellt, und nur der Einsatz hochkomplizierter Technik hielt ihn noch am Leben. Trotz Mulders Hypothese war es aus medizinischer Sicht unmöglich, daß das Brandopfer sich jemals wieder erholen würde.

Und doch hatte Scully einen Beweis dafür gefunden, daß die zellulare Struktur des Patienten mit einer unbekannten Chemikalie versetzt worden war – ein sonderbares Molekül auf Kohlenstoffbasis, das sie noch nie zuvor gesehen hatte. Die fremdartige Substanz zeigte zwei beeindruckende Fähigkeiten: Zellwände zu stärken und den Zellverfall zu bremsen. Scully blieb nur die Vermutung, daß es sich bei dieser Chemikalie wie schon bei dem roten Staub um ein weiteres neuartiges synthetisches Produkt handelte. Mulders Theorie zufolge waren die Patienten mit dieser Substanz auf Paladins radikale Transplantationen vorbereitet worden, doch es würde jahrelange Untersuchungen erfordern, um herauszufinden, ob er recht hatte.

In der Zwischenzeit beriet das Militär über Mulders Bitte, die Region nach dem Rest der zweitausend Vietnamopfer zu durchsuchen. Scully hielt es für unwahrscheinlich, daß eine so große Suchaktion eingeleitet werden würde – schließlich gab es nicht einen einzigen hieb- und stichfesten Beweis dafür, daß die Brandopfer noch am Leben waren. Überdies war die Hoffnung gering, sie nach so vielen Jahren noch zu finden. Dennoch konnte sie sich durchaus vorstellen, daß ein paar geschickt plazierte diplomatische Anfragen zu einer ausgedehnteren Suche in den Bergen rund um Alkut führen konnten.

Die derzeitigen Bemühungen, die fünfundzwanzig Patienten den Namen auf der Liste der Brandopfer zuzuordnen, betrachtete sie allerdings mit weit größerem Optimismus. Zwar würde die Identifizierung ohne Zähne und charakteristische Merkmale nicht einfach, doch auch nicht unmöglich werden. Die DNA der Opfer konnte mit denen ihrer noch lebenden Familienmitglieder verglichen werden, um so ihre Identität festzustellen. Lediglich ein Mangel an Zeit und Geld stünde der Lösung dieser Aufgabe entgegen, doch beides stand dem Militär in beachtlichem Umfang zur Verfügung.

»Ist das nicht Skinner?« riß Mulder sie aus ihren Gedanken und deutete mit seinem noch einigermaßen gesunden Arm auf das Rollfeld. Scully entdeckte einen hochgewachsenen Mann, der sich in etwa fünfzig Meter Entfernung direkt hinter dem letzten Krankenwagen aus einer Gruppe uniformierter Polizisten löste. Problemlos identifizierte sie die breiten Schultern und die entschlossene Haltung des Assistant Directors. Mit einem Klemmbrett in der Hand kam Skinner direkt auf sie zu, und

Scully erkannte den Abschlußbericht, den Mulder und sie bereits auf dem Rückflug nach Washington verfaßt hatten.

»Vielleicht gibt es Fortschritte bei der Suche nach Julian Kyle«, meinte sie hoffnungsvoll. Sie und Mulder hatten eine internationale Fahndung nach dem flüchtigen Wissenschaftler eingeleitet und seine Daten an Interpol und die südostasiatische Außenstelle des CIA übermittelt. Doch entgegen ihrer eigenen Hoffnung bezweifelte Scully, daß es in nächster Zeit gelingen würde, Kyle festzunehmen. Er war ein ehemaliger Offizier und kannte genug Mittel und Wege, auf unbestimmte Zeit in Asien unterzutauchen.

»Ich würde mir nicht allzu viele Hoffnungen machen.« Wieder einmal schien Mulder ihre Gedanken gelesen zu haben. »Nach dem, was die Durchsuchung bei Fibrol ergeben hat, vermute ich, daß sich Kyle von langer Hand auf einen solchen Fall vorbereitet hat.«

Seufzend stieß sich Scully von der Kette ab und nahm eine aufrechte Haltung ein. Mulders Einschätzung traf zu: Es gab kaum eine Hoffnung, Kyle aufzuspüren oder auch nur einen Beweis für die Verbindung zwischen Fibrol International und Paladins Experimenten zu finden.

Nur wenige Stunden nachdem Scully und Mulder ihren Bericht bei Skinner abgeliefert hatten, waren drei Suchmannschaften des FBI über das Hauptgebäude von Fibrol hergefallen. Jeder Büroraum und jedes Labor war gründlich durchsucht, jeder Aktenschrank und jeder virtuelle Speicher auf Beweise abgeklopft worden, doch bis jetzt hatte sich keinerlei Zusammenhang mit Paladin oder seinen Experimenten ausfindig machen lassen. Es gab nichts, was Fibrol oder Julian Kyle aufgrund der Durchsuchung zur Last gelegt werden konnte, und es gab keinerlei Hinweise darauf, daß irgendein Mitarbeiter des Unternehmens schon vor dem Auftauchen der Beamten von Emile Paladins gefälschtem Totenschein gewußt hatte. Fibrols Direktorenkonsortium hatte während einer zwölf Stunden umfassenden Befragung nicht die geringste Täuschungsabsicht erkennen lassen, und auch über Kyles Aufenthaltsort schienen die Geschäftsführer des Unternehmens wirklich nichts zu wissen. Offenbar hatten Paladin und Kyle allein gearbeitet. Wenn sie sich – wie Mulder vermutete – aus einer Quelle des Verteidigungsministeriums finanziert hatten, so waren sämtliche schriftlichen Beweise längst vernichtet worden.

Dennoch war die Durchsuchung des Fibrol-Gebäudes keine reine Zeitverschwendung gewesen. In Julian Kyles Büro hatten die Beamten in einer verschlossenen Schreibtischschublade eine Telefonnummer ohne Namensangabe entdeckt. Die Nummer war bis zu einem Appartement in Chelsea zurückverfolgt worden, das bereits vor mindestens einer Woche verlassen worden war, doch die Spurensicherung hatte Haare und Hautpartikel im Abfluß der Dusche gefunden, die den Beweisstücken entsprachen, die in der Höhle am Fuße des *See Dum Kao* entdeckt worden waren.

Den DNA-Spuren zufolge hatte das Appartement Quo Tien, dem Sohn Emile Paladins, gehört. Nur zwanzig Minuten nach Beginn der Durchsuchung machten die Beamten eine verblüffende Entdeckung. Hinter einer aufklappbaren Fliese im Badezimmer des Appartements fanden sie eine Phiole mit einer klaren Flüssigkeit und zwei winzige Spezialspritzen. Scully konnte sie als Spritzen klassifizieren, von denen sie im *New England Journal of Medicine* in einem Artikel über Mikrochirurgie gelesen hatte: Diese Spritzen waren für interkapillare Einstiche im Zuge mikrochirurgischer Operationen gefertigt worden. Nach dieser Erkenntnis konnte es sie nicht mehr überraschen, daß die Flüssigkeit in der Phiole ein seltenes Virenmuster in einer gekühlten, basischen Lösung enthielt – die Durchsuchungsmannschaft hatte das Rätsel um den merkwürdig gezielten Ausbruch der Enzephalitis Lethargica aufgeklärt.

»Kyle ist längst weg«, setzte Mulder nach einem längeren Schweigen hinzu, während er und Scully auf die Rollbahn traten, um Skinner auf halbem Wege entgegenzukommen. »Und er hat Paladins Haut mitgenommen. Wir haben nur fünfundzwanzig unbekannte Soldaten, eine Reihe brutaler Morde, einen zumindest medizinisch entlasteten Perry Stanton – und natürlich ein Paar Stoßzähne. So betrachtet ist das ein passendes Ende für einen dreihundert Jahre alten Mythos.«

Scully vermied es, ihren Partner anzusehen. Mindestens ein Dutzend Mal hatten sie schon über diese Angelegenheit gesprochen. Die Stoßzähne waren gemeinsam mit ihrer Fallakte in die FBI-Zentrale gebracht worden, und die vorläufige Radiokarbonuntersuchung hatte ihr Alter auf etwa dreihundert Jahre festgelegt – eine Tatsache, die allein noch keine Schlüsse erlaubte. Vor ebenfalls dreihundert Jahren waren in dieser Gegend Thailands Elefanten und Wildschweine beheimatet gewesen, und obwohl die DNA-Analyse zu keinem Ergebnis geführt hatte, war es durchaus möglich, daß die Stoßzähne zu einem Elefanten oder einem Keiler gehörten, dessen Art inzwischen ausgestorben war.

»Vielleicht will Skinner uns deshalb sprechen«, sagte Scully in einem Anflug von Sarkasmus. Nur ein Dutzend Meter trennte sie noch von dem schnell näherkommenden Assistant Director. »Vielleicht will er die Stoßzähne einem Museum spenden. Oder noch besser, er verkauft sie, um unsere kleine Exkursion zu finanzieren.«

»Ich würde sie lieber in meinem Büro an die Wand hängen«, verkündete Mulder mit undurchdringlicher Miene. Dann zwinkerte er. »Zur Erinnerung an unsere romantische Reise nach Südostasien. Was halten Sie davon, Scully? Wir könnten uns das Paar teilen.«

»Danke«, entgegnete Scully mit einer Mischung aus Amüsement und Entsetzen, doch insgeheim froh, daß ihrem Partner schon wieder nach Scherzen zumute war. »Danke, Mulder, aber ich glaube, das ist doch eher Ihr Stil.«

WUNDERLICH TASCHENBUCH

7-4 26139-1 26169-3

WUNDERLICH TASCHENBUCH

Lady Crime. Jeden Monat neu als Wunderlich Taschenbuch.

…ir wünschen gute Unterhaltung!

5074/1